Nora Roberts est le plus grand auteur de littérature féminine contemporaine. Ses romans ont reçu de nombreuses récompenses et sont régulièrement classés parmi les meilleures ventes du *New York Times*. Des personnages forts, des intrigues originales, une plume vive et légère… Nora Roberts explore à merveille le champ des passions humaines et ravit le cœur de plus de quatre cents millions de lectrices à travers le monde. Du thriller psychologique à la romance en passant par le roman fantastique, ses livres renouvellent chaque fois des histoires où, toujours, se mêlent suspense et émotion.

INSOLENCE DU CRIME

LIEUTENANT EVE DALLAS • 37

NORA ROBERTS

LIEUTENANT EVE DALLAS · 37

INSOLENCE DU CRIME

Traduit de l'anglais (États-Unis)
par Guillaume Le Pennec

J'AI LU

Titre original
THANKLESS IN DEATH

Éditeur original
G.P. Putnam's Sons,
published by the Penguin Group (USA), New York

L'ingratitude d'un enfant est pire qu'un croc de vipère.
WILLIAM SHAKESPEARE

Celui qui s'applique à la vengeance
garde fraîches ses blessures.
FRANCIS BACON

1

Il n'en pouvait plus de ses remarques incessantes.

Elle ne savait que râler et se plaindre, râler et se plaindre, en lui prenant la tête chaque fois qu'elle ouvrait sa grande gueule.

Il aurait bien aimé pouvoir la lui fermer.

Jerald Reinhold se tenait assis à la table de la cuisine, le catalogue sans fin des critiques et des exigences de sa mère roulant sur lui comme autant d'épais nuages noirs.

« Putain, c'est tous les jours la même chose », songea-t-il. Comme si c'était sa faute s'il avait perdu son job débile et sans avenir. Si sa petite amie – une autre connasse qui ne savait pas la fermer – l'avait foutu dehors, l'obligeant à retourner vivre chez ses geignards de parents. Sa faute s'il avait dépensé quelques milliers de biffetons à Vegas et se retrouvait endetté.

Sa faute, sa faute, sa faute. Merde ! La vieille ne le laissait jamais souffler une minute.

Il lui avait pourtant expliqué qu'il n'aurait pas perdu son boulot si son trouduc de superviseur ne l'avait pas viré ? Ouais, il avait pris quelques jours par-ci, par-là, mais tout le monde le faisait, non ?

Ouais, il s'était quelquefois pointé en retard, mais ça pouvait arriver à n'importe qui.

Sauf bien sûr à son idiot de père, aussi ponctuel qu'un droïde.

Mais merde, elle en faisait vraiment toute une montagne. De toute façon, il détestait ce job et n'avait accepté que sous la pression de Lori. Et maintenant c'était lui qu'on blâmait !

Il avait vingt-six ans, bon Dieu, et méritait carrément mieux que d'être payé des clopinettes pour livrer des plats à emporter.

Et Lori qui l'avait mis à la porte sous prétexte qu'il était – temporairement – au chômage après avoir pété une durite parce qu'il avait perdu un peu de fric durant une virée avec ses potes ?

Il pourrait – et allait ! – trouver bien mieux que Lori « gros cul » Nuccio. Cette garce avait menacé d'appeler les flics rien que parce qu'il lui avait mis une beigne ou deux. Des chiquenaudes, rien de plus, alors qu'elle méritait une vraie trempe.

Et *lui* méritait mieux qu'une chambre dans l'appartement de ses parents et les jérémiades incessantes de sa mère.

— Jerry, tu m'écoutes ? demanda Barbara Reinhold, les poings sur les hanches.

Jerry leva les yeux de l'écran de son mini-ordinateur sur lequel il tentait – vainement – de se détendre à l'aide d'un jeu pour fusiller sa mère du regard. Une madame Je-sais-tout doublée d'une planche à pain maigrichonne.

— Bien obligé vu que t'arrêtes jamais de causer.

— C'est comme ça que tu me parles ? C'est comme ça que tu témoignes ta gratitude d'être logé et nourri sous notre toit ?

Elle leva une assiette contenant une tranche de pain et une fine tranche de fausse dinde.

— Je suis là en train de te préparer un sandwich, alors que monsieur s'est enfin décidé à se lever à plus de midi, et tu as le culot de te plaindre ? Pas étonnant que Lori t'ait fichu dehors. Laisse-moi te dire une chose, Jerry : tu ne vas pas pouvoir continuer à te la couler douce comme ça pendant très longtemps. Ça fait presque un mois maintenant et tu n'as rien fait pour te trouver un boulot.

« Ferme ton caquet ou c'est moi qui te le ferme », songea-t-il. Mais il ne dit rien. Il voulait son sandwich.

— Ton père m'avait prévenue que tu étais un irresponsable. Mais j'ai dit : « Carl, c'est notre fils, on doit l'aider. » Quand est-ce que tu vas t'aider toi-même ? C'est ça que je voudrais savoir.

— Je t'ai dit que je trouverais un boulot. J'ai des pistes. J'en étudie plusieurs.

— Des pistes.

Avec un grognement sceptique, elle reporta son attention sur le sandwich.

— Tu as eu quatre emplois différents dans l'année. Quelles pistes tu explores assis là en pleine journée dans le vieux survêtement qui te sert de pyjama ? Je t'ai dit qu'ils cherchaient un magasinier au supermarché d'à côté. Est-ce que tu t'es bougé pour aller voir ?

— Je suis pas un foutu magasinier.

Il valait mieux que ça. Il était quelqu'un. Ou plutôt il *serait* quelqu'un si les gens arrêtaient de lui mettre des bâtons dans les roues.

— Lâche-moi la grappe, lança-t-il.

— Peut-être qu'on ne s'est pas assez accroché à ta grappe, justement.

Elle déposa une tranche de fromage orange vif par-dessus la dinde et sa voix adopta ce ton doux et raisonnable qu'il détestait.

— Ton père et moi, on a fait des économies en se privant pour que tu puisses aller à l'université et t'as rien fichu. Tu as dit que tu voulais te former pour apprendre à développer ces jeux que tu aimes tant et on t'a soutenu, on t'a donné les fonds pour ça. Quand ça n'a pas marché, ton père t'a trouvé un boulot à son bureau. Il est intervenu pour toi, Jerry, mais t'as fait des conneries, tu t'es montré insolent et tu t'es fait virer.

Elle tira un couteau du bloc sur le comptoir pour couper le sandwich.

— Et puis tu as rencontré Lori, une vraie perle. Une fille intelligente et bosseuse issue d'une bonne famille. Ça nous a donné beaucoup d'espoirs. Elle t'a fait entrer comme commis dans le restaurant où elle travaille et elle ne t'a pas lâché quand tu as perdu ce job. Lorsque tu nous as affirmé que tu pourrais bosser comme coursier si tu avais un bon vélo, on t'a prêté l'argent. Mais ça n'a même pas duré deux mois. Et tu ne nous as jamais remboursés, Jerry. Et voilà que tu perds aussi ton dernier boulot.

— J'en ai marre que tu me jettes le passé à la figure comme si tout était ma faute !

— Le passé n'arrête pas de se répéter, Jerry, et ça a l'air d'empirer.

Elle fit la moue en ajoutant à son assiette une poignée des oignons frits qu'il aimait.

— Te revoilà sans emploi et tu ne peux pas te payer ton propre appartement. Tu as pris l'argent du loyer et celui des pourboires que Lori avait économisés et tu es parti à Las Vegas avec Dave et ce bon à rien de Joe. Tout ça pour revenir sans le sou.

Il se redressa d'un bond.

— C'est faux ! s'exclama-t-il. C'était mon argent et j'ai bien le droit de passer un peu de bon temps avec mes amis, merde.

— C'était l'argent du loyer, Jerry, et celui qu'elle avait économisé sur ses pourboires. Elle me l'a dit.

— Tu vas la croire, elle, plutôt que moi ?

Elle plia une serviette en papier en forme de triangle comme elle le faisait lorsqu'il était enfant et poussa un profond soupir. Un son qui témoignait de la tristesse de son cœur meurtri, mais lui n'entendit que ses accusations.

— Tu mens, Jerry, et tu te sers des gens. J'ai peur qu'on t'ait laissé faire trop longtemps. Chaque fois qu'on te donne une nouvelle chance, tu la gâches. Peut-être que c'est en partie notre faute, et peut-être que ça explique aussi pourquoi tu penses pouvoir me parler comme tu le fais.

Elle posa l'assiette sur la table et lui versa un verre de la boisson aromatisée au café qu'il aimait.

— Ton père et moi, on espérait que tu trouverais un travail aujourd'hui, ou au moins que tu sortirais en chercher un, que tu ferais un véritable effort. On en a parlé hier soir, pendant que tu retournais faire la bringue avec tes copains. Après avoir prélevé cinquante dollars sur mes réserves d'urgence sans demander…

Il prit son air le plus choqué et insulté.

— Qu'est-ce que tu racontes ? Je t'ai rien piqué du tout. Tu dis que je suis un voleur, maintenant ? Maman !

— Ce ne serait pas la première fois.

Elle pinça les lèvres en entendant que sa voix tremblait puis reprit la parole sur le ton sérieux qu'elle employait quand il s'agissait de poser fermement des conditions.

— Nous avons discuté et décidé qu'il fallait durcir notre attitude envers toi, Jerry. On allait t'en parler au retour de ton père, mais je vais te le dire maintenant, comme ça, tu auras d'autant plus de temps. On te donne jusqu'à la fin du mois – c'est-à-dire le 1er décembre, Jerry – pour trouver du travail. Sinon, tu ne pourras pas rester ici.

— J'ai besoin de temps.

— On t'a donné un mois, Jerry, et tu n'as rien fait à part sortir le soir et dormir la moitié de la journée. Tu n'as pas cherché de boulot. Tu es un adulte, mais tu te comportes comme un gamin, un gamin ingrat et trop gâté. Si tu veux plus de temps, si tu veux qu'on te soutienne, alors mange ton sandwich et ensuite sors chercher du travail. Va au supermarché et décroche ce poste de magasinier. Tant que tu travailleras et que tu nous montreras que tu fais des efforts, tu pourras rester.

Il se força pour que les larmes lui montent aux yeux ; une ruse qui marchait à chaque fois.

— Tu ne comprends pas, dit-il. Lori m'a largué. Elle était tout pour moi et elle m'a jeté pour un autre mec.

— Quel autre mec ?

— Comment tu veux que je le sache ? Elle m'a brisé le cœur, maman. Il me faut le temps pour m'en remettre.

— Tu disais qu'elle t'avait mis dehors parce que tu avais perdu ton job.

— Y avait aussi de ça, c'est sûr. Ce connard chez *Americana* m'a eu dans le nez dès le premier jour. Mais au lieu de prendre ma défense, elle me dégage parce que je ne peux pas lui payer des trucs. Et après elle te raconte tout un tas de mensonges à mon sujet pour essayer de retourner ma propre mère contre moi.

— Mange ton déjeuner, répondit avec lassitude Barbara. Puis va faire ta toilette, habille-toi et descends jusqu'au supermarché. Si tu fais ça, Jerry, on te donnera un peu plus de temps.

— Et sinon, vous me mettrez dehors ? Vous me jetterez à la rue comme si j'étais un inconnu ? Mes propres parents !

— Ça nous fait mal d'en arriver là, mais c'est pour ton bien, Jerry. Il est temps que tu apprennes à faire ce qui est juste.

Il la dévisageait en les imaginant, son père et elle, en train de comploter contre lui.

— T'as peut-être raison.

— On veut que tu trouves ta place, Jerry. Que tu deviennes un homme.

Il hocha la tête en se rapprochant d'elle.

— Trouver ma place. Devenir un homme. D'accord.

Il saisit le couteau dont elle s'était servie pour découper son sandwich et le lui enfonça dans le ventre.

Elle écarquilla des yeux exorbités, bouche bée.

Il n'avait pas prévu de le faire, n'y avait pas accordé plus qu'un instant de réflexion.

Mais, Seigneur, quelle sensation géniale ! Mieux que le sexe. Mieux qu'une bonne dose d'Essor. Mieux que tout ce qu'il avait pu ressentir jusqu'à ce moment.

Il retira la lame. Sa mère tituba en arrière, mains tendues devant elle.

— Jerry… souffla-t-elle dans une sorte de gargouillis.

Il lui assena un nouveau coup de couteau. Il adorait le son que ça faisait. En entrant et en sortant.

Il se délecta de l'expression de stupeur absolue sur son visage, de ses faibles tentatives de le repousser des deux mains, comme s'il lui faisait des chatouilles.

Alors il recommença. Une troisième puis une quatrième fois dans son dos quand elle tenta de s'enfuir. Et de nouveau quand elle s'effondra sur le sol de la cuisine en s'agitant comme un poisson hors de l'eau.

Il continua longtemps après qu'elle eut cessé de bouger.

— Alors ça, oui, c'était pour mon bien.

Il contempla ses mains, couvertes du sang de sa mère, la flaque rouge qui s'élargissait sur le sol, les grandes éclaboussures sur les murs et le plan de travail, qui lui rappelaient certaines peintures délirantes du musée d'Art moderne.

« Un artiste », songea-t-il. Peut-être devrait-il être un artiste.

Il posa le couteau sur la table puis se lava les mains et les bras dans l'évier en regardant le liquide écarlate tourbillonner avant de disparaître.

Elle avait eu raison en parlant de trouver sa place, de devenir un homme. Il avait désormais trouvé sa place et savait exactement comment affirmer sa virilité.

Ce qu'il voudrait, il le prendrait. Et quiconque l'emmerderait devrait en payer le prix. Il le leur ferait personnellement payer car rien d'autre ne lui avait jamais permis de se sentir aussi bien, aussi vivant, aussi heureux.

Il s'assit, jeta un coup d'œil au corps étendu de sa mère et se dit qu'il avait hâte que son père rentre à la maison.

Puis il mangea son sandwich.

Le lieutenant Eve Dallas enfila son harnais réglementaire. Elle venait d'avaler une pile de petites gaufres pour le petit-déjeuner, le genre de choses qui lui donnait le sourire. Son mari, indéniablement l'homme le plus magnifique de la Création, savourait une tasse de café dans le coin détente de leur chambre à coucher. Leur chat, à qui l'on venait d'interdire de sauter sur la table, était assis par terre, occupé à se lécher le flanc.

C'était un joli tableau, pensa-t-elle : Connors, avec sa crinière de cheveux noirs encadrant son visage sculptural, un demi-sourire sur les lèvres et son regard d'un bleu intense rivé sur elle. Les reliefs de leur repas encore posés sur la table – et Galahad faisant semblant de ne pas vouloir plonger le museau dans le sirop d'érable – participaient à cette imagerie du foyer paisible et détendu.

— Tu parais très contente de toi, lieutenant.

— Je suis contente, dit-elle en ajoutant la musicalité irlandaise de la voix de Connors à la liste de ses plaisirs matinaux. J'ai eu deux jours sans affaire urgente et j'ai pratiquement rattrapé mon retard dans la paperasse. Les prévisions météo du jour disent que je ne devrais pas me les geler et je m'apprête à sortir le ventre plein de délicieuses gaufres. Jusqu'ici, c'est une belle journée.

Elle boutonna un gilet par-dessus son chemisier – tous deux approuvés par Connors –, puis s'assit pour enfiler ses boots.

— D'habitude, tu préférerais avoir plusieurs affaires urgentes à régler plutôt que de mettre le nez dans les tâches administratives.

— Les fêtes approchent, la fin de l'année 2060. C'est la saison où on se paie tous les dingos. Plus j'avancerai dans mon rapport annuel, mieux ce sera. Ces deux derniers jours ont été une vraie promenade de santé, donc si je peux en avoir deux de plus, je…

Connors secoua la tête en lui décochant un regard apitoyé.

— Et voilà ! Tu viens de gâcher toute chance que ça se produise.

— Toi et tes superstitions irlandaises !

— Du bon sens, plutôt. Mais puisqu'on parle de fêtes et d'Irlandais… La famille va débarquer mercredi.

— Mercredi prochain ?

— C'est celui qui précède Thanksgiving, lui rappela-t-il. Certains cousins restent tranquillement chez eux pour que ceux qui n'ont pas pu être là l'année dernière viennent cette fois-ci. Tu m'avais dit que ça te convenait.

— Tout à fait. Vraiment, je t'assure. J'aime ta famille.

Il ne les avait retrouvés que récemment. Tout comme elle, Connors avait passé l'essentiel de sa vie sans famille autour de lui, et donc sans le réconfort – ni les soucis – qui allaient avec.

— Simplement, je ne sais jamais très bien comment me comporter quand la maison est pleine de gens qui ne sont pas des flics.

— Ils auront de quoi s'occuper. Visiblement, ils ont déjà prévu de faire les boutiques, visiter la ville, aller au théâtre, et ainsi de suite. Peu probable que tu les voies tous réunis sauf au moment de Thanksgiving proprement dit. Et là il y aura aussi tous les autres.

— Ouais…

Elle avait également donné son accord là-dessus et cela lui avait paru être une bonne idée, sur le moment. Tous les invités du dîner de l'année précédente, en plus de sa partenaire, Peabody, et de son compagnon, McNab, qui avaient choisi de rester en ville cette année.

Elle se releva avec un haussement d'épaules.

— Ça s'est bien passé la dernière fois. C'est quoi, le dicton : plus on est de fous, plus c'est la folie ?

— Je crois que c'est « plus on rit », mais les deux fonctionnent. D'ailleurs, j'aimerais bien en ajouter quatre nouveaux.

— Quatre nouveaux quoi ?

— Invités. Richard DeBlass et sa famille. Elizabeth m'a contacté hier. Richard et elle amènent les enfants à New York pour la parade.

— Là, on peut vraiment parler de folie. Qui voudrait se retrouver au milieu de cette foule ?

— Des milliers de gens. Sinon ça ne serait pas une foule, tu ne crois pas ? Ils ont réservé une suite sur le parcours de la parade. Je me suis dit que ce serait sympa de les inviter à partager notre repas de Thanksgiving. Nixie, en particulier, a envie de te voir.

Eve pensa à la petite fille, unique survivante du massacre de sa famille à leur domicile.

— C'est vraiment une bonne idée de la ramener dans la ville où ces événements ont eu lieu durant des fêtes de famille ?

— Elle s'adapte bien, comme tu le sais, mais elle a besoin de ce lien avec son passé. Ils forment une famille tous les quatre, mais ils ne veulent pas que Nixie oublie celle qu'elle a perdue.

— Jamais elle ne l'oubliera.

— Non, effectivement.

Connors lui-même porterait toujours en lui l'image de la petite fille à la tête posée contre la poitrine inerte de son père à la morgue.

Il se leva et s'approcha d'Eve.

— Ce n'est pas comme si toi tu retournais à Dallas pour revivre toute cette souffrance, ce traumatisme. Elle avait une famille qui l'aimait et qui lui a été arrachée.

— Donc, ce lien est important. Je n'ai pas de problème avec ça, mais rien ne pourra me convaincre de participer à cette parade.

— C'est noté, répondit-il en l'attirant à lui pour l'embrasser. Nous avons beaucoup de choses à célébrer à cette occasion, toi et moi.

— Et ça nécessite que notre maison soit envahie par une famille irlandaise et une horde de sauvages affamés de dinde et de tartes ?

— Absolument.

— Je te ferai savoir vendredi si je suis d'accord avec ça. Pour le moment, je dois y aller.

— Prends bien soin de toi, mon flic adoré.

— Toi aussi, mon multimilliardaire préféré.

Elle sortit de chez elle en se résignant déjà à l'inévitable invasion.

Qu'avaient donc tous ces gens ? se demandait Eve. Ils obstruaient ses rues, encombraient ses trottoirs, s'agglutinaient sur les escaliers roulants et fourmillaient sur les passages cloutés. Qu'est-ce qui les poussait à se rassembler à New York durant les fêtes ?

N'avaient-ils pas un chez-eux quelque part ?

Sur le trajet vers le Central, elle dut se frayer un chemin à travers trois zones embouteillées tandis que des dirigeables publicitaires martelaient leurs messages depuis les airs :

Méga-soldes du Black Friday !
Des affaires « complètement dindes » !
Promos pour les fêtes au centre commercial Sky

Elle aurait tellement aimé qu'ils quittent tous sa ville pour foncer au centre commercial Sky. Grommelant de concert avec les autres conducteurs aussi irrités qu'elle face à un nouveau bouchon, elle observa un voleur aux doigts habiles profiter d'une grappe de touristes inattentifs rassemblés autour d'un glissa-gril fumant.

Même si elle n'avait pas été coincée au milieu d'un groupe de Rapid Taxis et derrière un maxibus pétaradant, les chances de l'appréhender auraient été très minces. Aussi rapide qu'adroit, il s'éloigna à toute vitesse, plus riche selon Eve de trois portefeuilles et deux communicateurs de poche.

« Le butin sourit au voleur qui se lève tôt », songea-t-elle. Et cela ferait quelques clients en moins pour le centre commercial.

Repérant un étroit passage au milieu de la circulation, elle appuya sur l'accélérateur et, sans se soucier de la cacophonie des klaxons, zigzagua jusqu'au centre-ville.

En arrivant au Central, elle avait un plan précis en tête. Elle s'occuperait d'abord de la paperasserie afin de désencombrer son bureau de la manière la plus vertueuse qui soit. Après quoi elle pourrait consacrer du temps à l'examen des affaires en cours de ses inspecteurs. Peut-être qu'elle déléguerait les notes de frais à Peabody ; sa partenaire saurait se charger de tous ces chiffres. Cela lui fournirait peut-être l'occasion de se replonger dans un cas non résolu avec un regard neuf.

Quoi de plus satisfaisant que d'arrêter un criminel qui se croyait tiré d'affaire ?

Elle descendit de l'escalier roulant – grande silhouette mince revêtue d'un manteau de cuir – et se dirigea vers les bureaux de la Criminelle. Ses cheveux bruns, coupés court et de manière inégale, encadraient un visage anguleux dont le menton s'ornait d'une petite fossette. À la façon typique des flics, ses yeux d'un brun doré au regard observateur scrutaient les alentours tandis qu'elle traversait les locaux débordants d'activité jusqu'à son département.

En arrivant dans l'espace ouvert, elle repéra d'abord Sanchez, les pieds posés sur son bureau et occupé à tapoter sur son communicateur. Puis Trueheart, stylé et innocemment séduisant dans son uniforme, travaillant dur sur son ordinateur. La pièce sentait le mauvais café et le faux sucre bon marché : tout allait pour le mieux dans le meilleur des mondes.

Jenkinson émergea de la salle de repos avec un énorme mug rempli de ce café infect de flic et un donut à l'aspect grumeleux. Il portait un costume vert-de-gris avec une cravate rose décorée de cercles atomiques concentriques bleus et verts.

— Yo, lieutenant, lança-t-il.

— Sacrée cravate, Jenkinson.

Celui-ci posa sa tasse sur son bureau avant d'agiter l'objet du délit.

— J'avais envie d'ajouter un peu de couleur dans ce monde grisâtre, dit-il.

— Vous l'avez piquée à l'un des geeks de la DDE ?

— C'est sa maman qui la lui a achetée, lança Sanchez.

— Non, c'est ta mère qui me l'a offerte pour me remercier pour hier soir !

— Seulement pour être sûre de te voir arriver de loin et de pouvoir s'enfuir.

Avant que Jenkinson puisse répliquer par une repartie bien sentie, Baxter fit son entrée. Il portait un élégant costume couleur chocolat noir mis en valeur par une cravate impeccablement nouée ornée d'un motif en damier marron et rouge mat.

Il s'arrêta comme s'il avait heurté un champ de force.

— Ah, mes yeux !

Il dégaina une paire de lunettes de soleil à la mode qu'il enfila avant d'examiner Jenkinson.

— Qu'est-ce que c'est que ce truc autour de ton cou ? C'est vivant ?

Toujours occupé à travailler sur son ordinateur, Trueheart répondit sans lever les yeux :

— C'est ta sœur qui la lui a achetée, dit-il. En témoignage de toute son estime.

« Le gamin fait des progrès », pensa Eve, amusée, avant de laisser ses hommes à leur petit jeu.

En entrant dans son bureau avec son unique fenêtre et son fauteuil destiné aux visiteurs affreusement inconfortable, elle se dirigea droit vers l'autochef.

Par la grâce de Connors, elle n'était pas obligée de se contenter du mauvais café du Central. Elle se programma une tasse de breuvage noir et brûlant puis, une fois servie, s'installa à son bureau, prête à attaquer sans faillir son travail administratif.

Son communicateur bipa avant qu'elle ait pris sa première gorgée.

— *Appel du Central, lieutenant Eve Dallas. Contacter agent au 735, Downing Street, appartement 825. Deux corps, un homme et une femme.*

— Ici Dallas. Je vais m'y rendre avec l'inspecteur Peabody.

— *Reçu. Central, terminé.*

« Merde, songea-t-elle en avalant une gorgée de café qui lui brûla la langue, j'aurais effectivement mieux fait de me taire ce matin. »

Attrapant le manteau qu'elle venait à peine d'enlever, elle ressortit.

Les autres étaient arrivés dans la salle commune et la cravate de Jenkinson était toujours le sujet de conversation du moment. Peabody, qui n'avait pas retiré son manteau, annonça qu'à ses yeux cette cravate avait du style.

Cela dit, Peabody adorait les couleurs fluo de son chéri McNab.

— Peabody, avec moi, ordonna Eve.

— Quoi ? Déjà ? Où ça ?

Eve ne ralentit pas, si bien que Peabody dut s'élancer derrière elle au pas de course dans ses santiags roses.

À quoi allait ressembler son département, se demanda Eve, à force de cravates roses et de bottes roses ? Peut-être devrait-elle interdire le rose au sein de la Criminelle.

— On est sur quoi ?

— Un double meurtre, on dirait.

— Deux pour le prix d'un, la journée commence bien.

Tandis qu'elles attendaient l'ascenseur, Peabody sortit de sa poche une écharpe qu'elle enroula autour de son cou. Motifs bleus et roses, remarqua Eve. Elle allait clairement se renseigner sur la manière d'interdire le rose.

— Et il fait un temps magnifique, poursuivit Peabody.

Ses yeux noirs brillaient et un grand sourire barrait son visage carré.

— Vous êtes en retard à cause d'un câlin matinal ?

— Je n'étais pas en retard. Enfin, deux minutes à peine, corrigea Peabody. On est sortis du métro un arrêt plus tôt pour marcher un peu. Il n'y aura plus beaucoup de belles journées comme celle-ci.

Elles se serrèrent à l'intérieur de l'ascenseur déjà plein de flics.

— J'adore l'automne quand le temps est frais et venteux et qu'on fait cuire des marrons sur les glissa-grils, ajouta Peabody.

— Je vois, vous avez fait un câlin.

Peabody se contenta de sourire.

— On s'est fait une soirée à deux hier soir. Un truc improvisé, comme ça. On s'est changés, on est allés danser et on a bu des cocktails sophistiqués. On est tellement occupés que parfois on oublie d'organiser ce genre de moment rien que tous les deux. La piqûre de rappel fait du bien.

Arrivées au niveau du parking, elles s'extirpèrent de la cabine.

— Et ensuite on a fait l'amour, précisa Peabody. Bref, c'est vraiment une belle journée.

— Dommage que nos deux morts sur Downing Street ne puissent pas en profiter.

— Ben... ouais. Ça montre bien que c'est vrai.

— Quoi donc ?

— Qu'on devrait s'habiller classe, aller danser, boire des super cocktails et faire l'amour autant qu'on peut avant de mourir.

— C'est une façon de voir les choses, dit Eve en se glissant derrière le volant de sa voiture.

— Thanksgiving approche, déclara Peabody.

— Il paraît.

— On avait une tradition, dans ma famille. On notait sur des morceaux de papier tout ce pour quoi on était reconnaissants et on mettait ça dans un bol. Et au moment de Thanksgiving, chacun en tirait quelques-uns. L'idée, c'est que ça nous rappelle des choses qu'on devrait apprécier dans la vie et ce qui compte pour les autres. C'était chouette. Je sais qu'on ne sera pas en famille cette année, mais je vais leur envoyer mes petites notes.

Tout en affrontant la circulation du matin, Eve réfléchit aux propos de sa collègue.

— Nous enquêtons sur des meurtres. Ça voudrait dire que nous devrions apprécier la découverte de chaque nouveau corps, sans lesquels on serait au chômage. Cela dit, les morts, eux, doivent moyennement apprécier.

— Non. Nous sommes reconnaissantes d'avoir l'intelligence et le talent nécessaires pour retrouver et arrêter le ou les responsables du meurtre.

— Ceux qu'on appréhende ne risquent pas de nous en être reconnaissants. Il faut toujours un perdant.

— C'est une façon de voir les choses, maugréa Peabody.

— J'aime être gagnante.

Eve se gara derrière une voiture de patrouille stationnée sur Downing.

— Moi, j'apprécie de gagner, reprit-elle. Alors c'est exactement ce qu'on va faire.

Son kit de terrain à la main, elle se dirigea vers l'entrée de l'immeuble et présenta son insigne au flic posté devant la porte.

— On est au huitième, lieutenant.

— Je sais. Des mesures de sécurité dans l'immeuble ?

— Un interphone pour entrer, mais vous savez à quel point c'est efficace. Des caméras sur la porte, mais rien à l'intérieur.

— On aura besoin des vidéos de la porte.

— Le gardien s'en occupe.

Elle hocha la tête puis se dirigea vers l'ascenseur. « L'endroit est correct, songea-t-elle. Mesures de sécurité minimales, mais les lieux sont propres. »

Le sol du minuscule hall d'entrée était brillant et les murs paraissaient avoir été récemment repeints. Et l'ascenseur s'ouvrait sans heurt ni bruit, remarqua-t-elle avec un certain soulagement.

— C'est facile d'accès, commenta-t-elle. Il suffit d'entrer dans le sillage de quelqu'un ou de sonner à l'interphone en demandant à ouvrir la porte. Pas de garde dans le hall, pas de caméras intérieures.

— Et donc facile de ressortir.

— Exactement. L'immeuble paraît bien tenu, ce qui me laisse à penser que les locataires sont des gens convenables et le gardien sérieux.

Eve déboucha sur le palier du huitième étage et s'approcha du flic en faction devant l'appartement 825.

— Comment ça se présente ? demanda-t-elle.

— Bonjour, lieutenant. La locataire du 824 a pénétré dans l'appartement 825 à environ 7 h 20 ce matin. Elle possédait la clé et le code.

— Pourquoi est-elle entrée ?

— La victime de sexe féminin et elle se rendaient tous les lundis à la boulangerie locale à 7 heures précises, d'après elle. Comme personne ne répondait à la porte ou au communicateur, elle s'est inquiétée, s'est décidée à entrer et a découvert les corps qu'elle a identifiés comme étant Carl et Barbara Reinhold, résidents officiels de cet appartement.

— Où est le témoin ?

— Chez elle, avec une des nôtres. Elle est très secouée, lieutenant. C'est moche, là-dedans, ajouta-t-il avec un mouvement de tête en direction du 825.

Eve sortit une bombe de Seal-It de son sac.

— Veillez à ce qu'elle n'aille nulle part, dit-elle. Et restez à disposition.

Elle alluma son enregistreur. Une fois leurs mains et leurs semelles isolées par le Seal-It, Eve et Peabody entrèrent.

« Moche » était effectivement une manière de décrire la scène. Le salon était bien rangé. Les coussins du sofa bien rebondis, les sols impeccablement nettoyés, les e-magazines soigneusement disposés sur une table basse. L'ensemble contrastait étrangement avec l'odeur de mort, laquelle était loin d'être récente.

Leurs premiers pas dans la pièce les conduisirent vers la droite où une table tenait lieu de ligne de démarcation entre le salon et la cuisine. Ainsi, surtout, qu'entre une vie bien rangée et une mort affreuse.

L'homme gisait à côté de la table, sa tête, ses épaules et l'un de ses bras passés sous le meuble.

Son cadavre était une masse brisée et sanguinolente engoncée dans ce qui avait été un costume bleu foncé. Des éclaboussures de sang et de matière grise maculaient les murs, les placards de la cuisine… et la batte de base-ball qui reposait dans une mare coagulée près de lui.

La femme était allongée face contre terre entre l'autre côté de la table et le réfrigérateur. Son chemisier et son pantalon étaient couverts de sang, au point que leur couleur d'origine était indiscernable. Ils avaient été déchirés et déchiquetés, sans doute à l'aide du couteau de cuisine planté dans son dos jusqu'à la garde.

— Ils ont été massacrés, commenta Peabody.

— Ouais. Beaucoup de colère ici. Occupez-vous de la femme, ordonna Eve.

Elle s'accroupit auprès de l'homme et ouvrit son kit. Elle s'autorisa à éprouver de la pitié pendant un bref instant puis laissa le sentiment s'évanouir. Et se mit au travail.

2

— Victime identifiée comme étant Reinhold, Carl James. De race blanche, cinquante-six ans.

Eve examina sa tablette d'identification avant d'ajouter :

— Marié à Reinhold, Barbara, née Myers, âgée de cinquante-quatre ans.

Elle jeta un coup d'œil à Peabody.

— Ouais, l'identité de l'autre victime est confirmée.

— Ils ont un enfant de sexe masculin, Reinhold, Jerald, vingt-six ans, officiellement domicilié sur West Houston.

Eve remarqua que Carl Reinhold avait encore ses deux parents, désormais installés en Floride, et un frère doté d'une adresse à Hoboken. Le dossier indiquait que la victime travaillait chez Revêtements Beven & Fils, une entreprise dont les bureaux et la salle d'exposition ne se trouvaient qu'à quelques pâtés de maisons de là.

— La victime a été sévèrement battue à la tête, sur les épaules, la poitrine et les membres. Les blessures ont vraisemblablement été provoquées par la batte de base-ball retrouvée sur les lieux et recouverte de sang et de matière grise. On a cherché à écrabouiller son visage. Le crime est personnel.

— Je serais incapable de compter le nombre de coups de couteau sur la femme, Dallas. Elle a été mise en pièces.

— Je pense qu'on a la cause du décès. Voyons quand il s'est produit.

Eve sortit sa jauge.

— Il est mort depuis à peu près soixante-deux heures, annonça-t-elle. C'est-à-dire vendredi soir. À environ 18 h 30.

— Elle le précède de presque six heures. Heure du décès estimée à 12 h 40.

Eve s'assit sur les talons.

— Six heures entre les deux meurtres. Le tueur poignarde la femme en début d'après-midi, puis quoi ? Attend ensuite le retour de l'homme ? Aucun signe de lutte. Pas de trace d'effraction.

Elle se releva.

— Allez-y, appelez la morgue et la police scientifique.

« On semble avoir affaire à un couple de classe moyenne plutôt aisée, songea Eve en arpentant l'appartement. La femme laisse entrer quelqu'un en pleine journée ? Pas de lutte. Les deux sont tués dans la cuisine. »

Elle écarta ces pensées en arrivant dans ce qui semblait être la chambre à coucher principale.

— Quelqu'un a fouillé la chambre, lança-t-elle à haute voix.

— Plutôt étrange et violent pour un cambriolage… commença Peabody.

Elle se figea, sourcils froncés, en arrivant sur le seuil.

— Ça me paraît plutôt bien rangé.

— Rangé mais pas impeccable comme le salon et la salle à manger. Il y a plein de petits détails qui clochent ici. Le dessus-de-lit est froissé, les portes des placards sont entrouvertes, il y a des vêtements par terre là-bas. L'un des tiroirs du bureau n'est pas complètement refermé. Et où est l'ordi ? Ni ordinateur ni tablette sur le bureau.

Eve ouvrit l'un des tiroirs.

— Tout est en désordre là-dedans. Non, cette femme tenait un appartement propre et soigné dans un immeuble propre et soigné. Celui qui a fait ça cherchait quelque chose. Je parie que le témoin est déjà venu ici et pourra nous dire s'il manque des objets.

— Vous voulez qu'elle vienne voir ?

— Oui, une fois qu'on aura évacué les corps, répondit Eve en ressortant. La deuxième chambre n'est pas bien tenue non plus. Le tapis est de travers, il y a de la poussière sur les meubles. Pourquoi ne faisait-elle pas le ménage ici ? Le placard est vide, ajouta-t-elle en l'ouvrant. Qui vivrait avec un placard vide ?

— Pas moi. Quand on a de l'espace, on finit par s'en servir.

— Quelqu'un était hébergé ici. Il y a de la vaisselle sale, des emballages de plats à emporter.

Elle se dirigea vers le lit, écarta la couverture et se pencha pour humer les draps.

— Quelqu'un a dormi ici récemment. Ajoutez-les aux pièces à conviction. On pourrait obtenir des traces ADN.

Elle pivota sur elle-même.

— Quelqu'un qui séjourne sur place, quelqu'un qu'ils connaissent. Elle est dans la cuisine, peut-être en train de préparer le repas à cette heure-là. On consultera le journal interne de l'autochef. Peut-être qu'il veut quelque chose et qu'elle refuse de le lui donner.

Sans cesser d'imaginer la scène, elle ressortit en direction de la cuisine.

— Il est en colère, oh oui, très, très en colère. Le couteau est juste là, il s'en saisit et la poignarde. Encore et encore. Je parie que ça lui a plu.

— Pourquoi ? demanda Peabody. Pourquoi dites-vous que ça lui a plu ?

— Il ne s'est pas enfui, n'est-ce pas ? Il est resté là pour attendre le mari. Un deuxième meurtre sanglant. Donc, oui, je pense qu'il y a pris plaisir. Faites dire aux techniciens de vérifier toutes les canalisations. Il devait être couvert de sang, il s'est forcément lavé. Mais il avait plusieurs heures devant lui avant le retour du mari. Largement de quoi se laver, se changer et fouiller les lieux. Elle devait bien avoir un ou deux bijoux de valeur faciles à mettre en gage.

— Ils disposaient sûrement d'une réserve d'argent liquide pour les coups durs, ajouta Peabody. C'est ce que font beaucoup de gens, se garder un petit bas de laine au cas où.

— Admettons. Bijoux, argent liquide. Le portefeuille du mari a disparu et il ne porte pas de montre. Et quand on trouvera le sac à main de la femme, son portefeuille n'y sera plus non plus. Quant aux appareils high-tech… il n'y en a aucun en vue ici.

— Faciles à piquer et à emporter.

Eve examina de nouveau les victimes.

— Mais l'idée lui est venue après coup. On ne tue pas des gens de cette façon pour quelques babioles. On n'assassine pas des personnes que l'on connaît pour un peu d'argent liquide. On le fait pour beaucoup plus que ça. Peut-être qu'ils avaient plus. Voyons ce que la voisine peut nous dire.

Tout en se dirigeant vers la porte, Eve jeta un coup d'œil par-dessus son épaule.

— Rendez une visite au fils, dit-elle à Peabody.

— Vous pensez que quelqu'un pourrait faire ça à ses propres parents ?

— Quoi de plus énervant que la famille ?

Elle sortit de l'appartement et s'adressa au planton.

— La voie est libre pour la police scientifique. Et l'ambulance est en route. Comment s'appelle le témoin ?

— Sylvia Guntersen. Son mari Walter est là également. Il n'était pas allé travailler aujourd'hui.

— Bien.

Eve alla frapper au 824. L'agent qui lui ouvrit était une jeune femme blonde aux cheveux soigneusement tirés en arrière.

— Salut, Cardininni, lança Peabody.

La blonde sourit et un éclat chaleureux apparut dans son regard d'un bleu de glace.

— Salut, Peabody. Sacrée matinée, hein ?

— On peut dire ça. L'agent Cardininni et moi avons eu l'occasion de patrouiller ensemble par le passé, expliqua Peabody.

— Avant que tu nous quittes pour la Criminelle. Ravie de vous rencontrer, lieutenant, salua la jeune femme. Même si les circonstances…

Elle jeta un coup d'œil par-dessus son épaule.

— La dame est très choquée, prévint-elle. Le mari tient le coup, mais de justesse. Ils étaient très proches des victimes. Ça fait une dizaine d'années qu'ils vivent côte à côte. Ils se voyaient souvent, prenaient des vacances ensemble. De vrais amis.

— Compris.

L'agencement de l'appartement était le reflet du 825. La décoration était moins élaborée mais l'endroit tout aussi bien tenu. Les Guntersen étaient attablés dans la cuisine, devant deux tasses de café. Eve estima qu'ils avaient à peu près le même âge que les victimes.

La femme avait les cheveux courts et en épis, une coupe à la mode. L'homme arborait une longue queue-de-cheval. Tous deux avaient les yeux rougis et gonflés. En voyant arriver Eve, la femme se mit à sangloter.

Eve n'eut qu'à croiser le regard de Peabody pour que celle-ci s'avance immédiatement.

— Toutes nos condoléances, madame Guntersen. Voici le lieutenant Dallas, je suis l'inspecteur Peabody. Nous allons faire tout notre possible au nom de vos amis.

— C'était mes amis, nos meilleurs amis, articula difficilement la femme en tendant la main pour prendre celle de son mari. Comment une telle chose a pu leur arriver ?

— C'est ce que nous allons découvrir.

Eve s'assit à la table.

— Et nous aurons besoin de votre aide, ajouta-t-elle.

— Je me suis simplement inquiétée de voir qu'elle ne répondait pas, alors je suis entrée. Je les ai trouvés. J'ai trouvé Barb et Carl…

— Je sais que c'est dur, dit Peabody, mais nous devons vous poser quelques questions.

Jaugeant le témoin du regard, elle se dit que celle-ci se sentirait mieux si elle avait quelque chose à faire.

— Vous accepteriez de nous faire une tasse de café, madame ?

— Oh… Oui, bien sûr.

Sylvia se ressaisit et se leva.

— Quand avez-vous vu ou parlé à Barbara et Carl ? demanda Eve.

— J'ai discuté avec Barb vendredi matin. Une petite conversation avant que Walt et moi partions. Nous passions le week-end chez notre fille et son compagnon à Philadelphie. Ils viennent de se fiancer.

— Carl et moi avons pris une bière après le travail jeudi dernier, intervint Walter. C'est la dernière fois que je l'ai vu.

— Quand êtes-vous rentrés de Philadelphie ?

— Dimanche soir, dit Sylvia. J'ai appelé Barb, mais je ne me suis pas posé de questions quand elle n'a pas répondu. Je me suis dit que Carl et elle avaient dû sortir. Ils aiment bien aller au cinéma.

Son menton tremblait, mais elle déposa deux tasses devant Eve et Peabody.

— On y va souvent ensemble le vendredi soir, mais là nous allions retrouver Alice et Ben, donc…

— Qui séjournait chez eux ?

— Oh, c'est Jerry. Leur fils. Mon Dieu, je n'y ai même pas pensé. Je ne sais pas où il peut être, ce qui a pu lui arriver.

Elle tourna vers la porte un regard empli d'une horreur renouvelée.

— Il est… Il y est, lui aussi ?

— Non.

— Dieu merci !

— Quand est-il revenu habiter avec eux ?

— Il y a un moment. Je dirais trois semaines, non quatre. Après une rupture avec sa petite amie.

— Son nom ? demanda Eve. Ainsi que tous ceux que vous connaissez chez qui il pourrait être allé. Des amis ?

— Euh, Lori. Nuccio. Lori Nuccio, répondit Sylvia. Et il n'avait pas beaucoup d'amis. Mal, Dave, Joe. Mal Golde, Dave Hildebran, Joe Klein. Surtout ces trois-là.

— Merci. Il avait des collègues ?

— Il… En fait, il a perdu son travail et c'est pour ça qu'il est revenu, le temps de se reprendre en main. Jerry est… disons… que c'est un enfant difficile.

— Un petit con qui n'en fout pas une.

— Walter !

Consternée, Sylvia se laissa retomber sur sa chaise.

— C'est horrible de dire ça. Il vient de perdre ses parents !

— Ça ne change rien à ce qu'il est. Fainéant, ingrat et accro à la drogue.

La voix de Walter avait des accents rocailleux, comme s'il avait de petits cailloux coincés dans la gorge.

Le chagrin et la colère se peignirent sur son visage.

— J'ai retrouvé Carl jeudi soir parce qu'il avait besoin d'en parler. Barbara et lui ne savaient plus quoi faire. Le gamin était au chômage depuis plus d'un mois, peut-être même un mois et demi, et il n'avait même pas commencé à chercher un job. De toute façon, il ne l'aurait pas gardé longtemps.

— Il y avait des frictions entre ses parents et lui ?

— Barb lui en voulait, répondit Sylvia en refermant les doigts sur la minuscule étoile de David autour de son cou. Elle aurait voulu qu'il grandisse et fasse quelque chose de sa vie. Et elle aimait beaucoup Lori, la petite copine. Barb pensait qu'elle pourrait aider Jerry à mûrir un peu, à se comporter en homme responsable. Mais ça n'a pas marché.

— Il a dilapidé l'argent du loyer – et tout ce qu'il avait volé à Lori – à Las Vegas.

Sylvia laissa échapper un soupir en tapotant la main de son mari.

— C'est vrai. Il est immature et impulsif. Vendredi matin, Barb m'a dit qu'il avait pris de l'argent dans sa petite réserve.

— Où gardait-elle cet argent ? demanda Eve.

— Dans une boîte à café au fond du placard de la cuisine.

Sur un nouveau coup d'œil d'Eve, Peabody se leva et sortit. Walter prit une cuillère et mélangea son café froid.

— Ils allaient lui laisser jusqu'au début du mois. Carl m'a dit jeudi qu'il allait en discuter avec Barb, mais qu'il avait pris sa décision. Ils lui donneraient jusqu'au 1er décembre pour trouver un boulot et commencer à agir de manière responsable, sans quoi il devrait partir. Barbara était contrariée en permanence, il y avait tous les jours des disputes. Ça ne pouvait pas continuer comme ça.

— Donc, ils se disputaient beaucoup, reprit Eve.

— Il passait la moitié de la journée au lit et la moitié de la nuit dehors. Le reste du temps, il était du genre à se plaindre que l'eau n'était pas assez mouillée et le ciel pas assez bleu. Il ne leur témoignait aucun respect, aucune gratitude. Et maintenant ils sont morts. Maintenant il ne pourra jamais réparer son erreur.

Carl s'étrangla en sanglotant et sa femme se leva pour le prendre dans ses bras.

— Savez-vous comment contacter Jerry ?

— Non, pas vraiment, répondit Sylvia en caressant son mari pour l'apaiser. Il sera sans doute parti avec ses copains pour quelques jours.

« J'en doute », songea Eve. Elle hocha néanmoins la tête.

— Je suis navrée de vous demander ça, mais seriez-vous en mesure de me dire s'il manque quelque chose dans leur appartement ?

Sylvia ferma les yeux.

— Oui. Je pense que je pourrais. Je... Je connais l'appartement et les affaires de Barb aussi bien que les miens.

Eve se leva.

— Je vous serais reconnaissante de bien vouloir y jeter un coup d'œil. Je vous informerai quand tout sera prêt. Merci pour votre aide.

— Nous ferons tout ce que nous pourrons.

Sylvia appuya sa tête contre l'épaule de son époux et ils se serrèrent mutuellement dans les bras.

Quand Eve ressortit dans le couloir, Peabody s'y trouvait en compagnie de Cardininni.

— La boîte à café est bien là, mais elle est vide.

— Les bras m'en tombent.

— Et les techniciens de la police scientifique arrivent.

— D'accord. Agent Cardininni, une fois la scène du crime évacuée, je veux que vous escortiez Mme Guntersen à travers l'appartement en prenant note de tout ce qui manque selon elle.

— Oui, lieutenant.

— Peabody, mettons-nous en quête de leur fils, le petit branleur.

— Reste bien droite dans tes bottes ! lança Peabody à Cardininni.

— Bien obligée.

Eve s'arrêta du côté des ascenseurs le temps d'informer les techniciens qui en émergeaient, puis elle entra dans la cabine avec Peabody.

— Parlez-moi du fils.

— « Petit branleur » correspond plutôt bien au personnage. Il a été recalé dès sa deuxième année d'université. Il n'a jamais gardé un boulot plus de six mois, y compris dans l'entreprise où travaille son père. Son dernier emploi était un poste de livreur pour le restaurant *Americana*. Il a déjà un casier chez nous, dont une arrestation pour ivresse publique. Rien de sérieux, rien de violent.

— Je pense qu'il est passé à la vitesse supérieure.

— Rien que pour le contenu de cette boîte à café ?

— Il a fait ça parce que sa vie part en sucette et qu'ils avaient décidé de ne plus le sortir du pétrin. C'est l'impression que ça me donne. Voyez s'il s'est servi d'une quelconque carte de crédit, au nom de son père ou de sa mère.

Elle s'arrêta pour récupérer le disque de la caméra de sécurité auprès du policier en faction dans le hall.

— Commencez à interroger les gens dans l'immeuble, lui dit-elle. Je veux savoir si quelqu'un a vu ou entendu quoi que ce soit. Et si quelqu'un a vu Jerry Reinhold. Débutez par le huitième étage, mais faites bien tout l'immeuble.

— Oui, lieutenant.

De retour à la voiture, Eve inséra le disque dans le lecteur de son tableau de bord.

— Voyons quand il est parti.

Elle passa directement à l'enregistrement du vendredi matin puis fit défiler les images en accéléré. Elle vit les Guntersen sortir, un grand sourire aux lèvres et valises à la main, puis d'autres locataires aller et venir.

— Voilà notre victime qui rentre du travail à 18 h 23 vendredi soir.

— Il a l'air fatigué, commenta Peabody.

— Ouais, il s'imagine qu'il va avoir une dispute avec son fils. Mais la réalité va se révéler bien pire.

Elle fit se dérouler le reste du disque jusqu'au samedi matin. Peabody parut horrifiée.

— Il serait resté dans l'appartement ? Avec ses parents morts ?

— Largement le temps de récupérer tout ce qu'il voulait et de réfléchir à la suite. Et le voilà qui sort à 20 h 28 le samedi soir. Vérifions si des taxis se sont rendus à cette adresse ou à l'un des coins de rue à ce moment. Je doute que notre petit branleur ait traîné très loin ses grosses valises.

— Il sourit, fit remarquer Peabody à mi-voix.

— Ouais, je vois ça. Continuez le défilement, au cas où il serait revenu.

Tout en parlant, Eve avait guidé leur véhicule au sein de la circulation.

— Par où commence-t-on ?

— On va essayer sa dernière adresse connue.

Tandis qu'Eve conduisait, Peabody menait plusieurs tâches de front.

— Aucune activité sur les cartes de crédit des victimes.

— Il n'est donc pas complètement stupide.

— Et il n'est pas revenu à l'appartement.

— Il a emporté tout ce qu'il pouvait récupérer.

— Mais combien de temps pourra-t-il tenir avec le contenu d'une simple boîte à café ? Même en admettant qu'ils y aient mis deux mille dollars, et ça fait beaucoup pour ce genre de réserve de secours.

— Il faut qu'on vérifie les finances des deux victimes, pour voir s'il y a eu des transferts ou des retraits sur leurs comptes. Les gens ont tendance à noter leur mot de passe quelque part, ajouta Eve avant que Peabody puisse reprendre la parole. Il a eu largement le temps de dégoter codes et mots de passe et de puiser dans leurs comptes.

» Mais d'abord les taxis. On aura peut-être de la chance.

Eve s'apprêtait à tourner en direction de l'adresse enregistrée au nom de Jerry quand Peabody laissa échapper un cri de joie.

— Je le tiens !

Elle leva l'index tout en parlant très vite avec le correspondant à l'autre bout de son communicateur :

— Compris. Merci.

Elle se tourna vers Eve.

— Pris en charge par Rapid Taxis juste en face de l'immeuble et largué au *Manoir*. C'est un hôtel chic avec boutiques du côté de West Village.

— L'adresse, Peabody.

Tandis que sa partenaire lui dictait l'adresse, Eve actionna sirène et gyrophare avant de virer au coin de la rue. Peabody se cramponna à son siège en récitant une courte mais très sincère prière.

Le *Manoir* était fidèle à son nom, le genre d'établissement qu'on aurait pu trouver dans la campagne anglaise sous l'autorité d'un comte fortuné. Le superbe immeuble de grès brun – de toute évidence récemment et soigneusement restauré – s'enorgueillissait d'un large portique d'entrée encadré par de grandes urnes chargées de fleurs. Eve s'attendit que le concierge en livrée debout devant l'entrée vienne lui chercher des poux quand elle gara sa DLE d'apparence ordinaire sur la zone de chargement.

Elle se prépara à le recevoir comme il s'approchait d'un pas vif dans son uniforme bleu roi et or et ses hautes bottes cirées.

— Écoutez, mon vieux... commença-t-elle.

Puis elle vit son expression changer brusquement. D'homme sur le point de se débarrasser de vieux rebuts puants, il était passé à l'ami chaleureux mais distingué.

— Lieutenant Dallas. Que puis-je faire pour vous aujourd'hui ?

Elle se retrouva décontenancée. Et elle détestait ça. Mais il ne lui fallut qu'un instant pour comprendre : le *Manoir* appartenait à Connors et le portier avait reçu le mémo adressé à tous ceux qui travaillaient pour lui, leur demandant de coopérer sans réserve avec la femme du grand patron.

Elle ne pouvait pas dire que c'était déplaisant, mais ça la hérissait un peu.

— Vous pouvez laisser ma voiture où je l'ai garée et m'appeler le directeur au plus vite.

— Absolument. Diego !

Il fit signe à un portier en costume noir qui poussait un chariot roulant chargé de bagages.

— Veillez à ce que personne ne touche au véhicule du lieutenant Dallas. Laissez-moi vous ouvrir la porte, lieutenant.

Il tira sur le lourd battant sculpté et leur fit signe d'entrer.

Le hall ressemblait à un vaste salon dans le plus pur style du Vieux Continent.

« Tout à fait le genre de Connors », se dit Eve. Tout n'était que bois verni, carreaux laqués, lampes de bronze massif et arrangements floraux en abondance. En lieu et place d'une équipe s'affairant à la réception, une femme se tenait derrière une longue table, assise dans un fauteuil de cuir à haut dossier qui affichait les mêmes couleurs que la livrée du concierge. Elle portait un costume noir sobre et élégant et ses cheveux auburn étaient rassemblés en une queue-de-cheval haute.

— Rianna, dit le concierge, voici le lieutenant Dallas et... Pardonnez-moi ?

— L'inspecteur Peabody, compléta Eve.

— Elles ont besoin de parler immédiatement à Joleen.

— Bien sûr. Accordez-moi un instant. Asseyez-vous, je vous en prie.

— Pas la peine.

Sans cesser de sourire, la femme tapota son oreillette.

— Joleen, ici Rianna de l'accueil. Le lieutenant Dallas est à la réception. Je… D'accord, oui.

Nouveau tapotement, nouveau sourire.

— Elle arrive tout de suite. En attendant, pouvons-nous vous proposer un rafraîchissement ? Nous avons une exquise sélection de thés.

— Pas la peine. Par contre…

Eve sortit son mini-ordinateur.

— Cet homme. Il se serait enregistré sous le nom de Jerald Reinhold. J'ai besoin de son numéro de chambre et de…

— Ah, mais M. Reinhold a réglé sa note il y a à peu près deux heures.

Le sourire de Rianna se mua en une expression de détresse presque comique.

— Je suis vraiment désolée, reprit-elle.

— Et merde. Vous étiez en service ? demanda Eve au concierge.

— Oui. J'ai chargé ses deux valises dans notre navette gratuite en direction de l'aéroport. Il a parlé de prendre un vol tôt ce matin pour Miami.

— Lieutenant ?

Une brune d'âge mûr à la longue chevelure aux reflets dorés et vêtue d'un tailleur grenat traversa rapidement la pièce sur ses talons hauts, main tendue.

— Je suis Joleen Mortimer. Bienvenue au *Manoir*. En quoi puis-je vous aider ?

— J'aurais besoin de voir la chambre où séjournait Jerald Reinhold. Je veux savoir comment il a payé, ce qu'il a commandé le cas échéant, et qui lui a parlé.

— Bien sûr. Rianna ?

Déjà occupée à faire courir ses doigts à toute vitesse sur une tablette, celle-ci hocha la tête.

— J'affiche le dossier. M. Reinhold avait loué la suite de l'écuyer. Il l'a réservée le vendredi soir, par e-mail, à l'aide d'une carte de crédit. Mais il a payé en liquide en arrivant samedi soir. Il a payé de la même manière pour le room service, avec des commandes à 21 h 05, hier à 10 h 30 puis à 17 heures et de nouveau ce matin à 7 heures. Une facture supplémentaire a été établie pour l'usage du minibar dans la suite.

— Ça monte à combien ? demanda Eve.

— Je vous demande pardon ?

— Combien a-t-il dépensé ?

— Oh...

Rianna échangea un regard avec sa responsable qui hocha sèchement la tête.

— Trois mille six cents dollars et quarante-cinq cents, payés en totalité. En liquide, comme je vous le disais.

— Nous aurons besoin d'une copie de tous les documents dont vous disposez. Et il faut que je voie sa chambre. Immédiatement.

— Suivez-moi.

D'un pas rapide, Joleen retraversa le hall en direction de portes d'ascenseur couleur de bronze.

— La suite est sur le point d'être nettoyée.

— Empêchez ça, ordonna Eve.

— Oui, c'est fait. J'ai demandé à l'équipe d'entretien de laisser intacts poubelles, linge et vaisselle dans la chambre.

— Bien vu. J'aurai aussi besoin de copies des enregistrements de sécurité pour l'entrée, cet étage, les ascenseurs et le hall.

— Je m'en occupe.

Peut-être que l'aide de Connors n'était pas si agaçante que ça, finalement.

— Puis-je savoir ce qu'a fait M. Reinhold ? s'enquit Joleen.

— Il est notre principal suspect dans un double homicide.

— Eh bien... Mon Dieu.

Au sortir de l'ascenseur, Joleen les escorta sur la gauche, le long d'un grand corridor. Elle s'arrêta devant une porte d'un blanc immaculé ornée d'une plaque en bronze qui indiquait SUITE DE L'ÉCUYER et l'ouvrit à l'aide de son passe-partout magnétique.

— Peabody.

Suivant le geste d'Eve, Peabody se dirigea vers un sac-poubelle soigneusement noué posé près de la porte. Eve examina la petite table sur laquelle s'amoncelaient assiettes, tasses et verres.

— Il s'est offert un copieux petit-déjeuner.

— Des œufs Bénédicte, une coupe de champagne, un jus d'orange pressée, un chocolat chaud, un mélange de fruits rouges avec de la crème fouettée, une grande tarte aux pommes, une tranche de bacon.

Joleen releva les yeux vers Eve.

— D'après les détails de sa facture, je peux vous dire qu'il a commandé en entrée les crevettes à la Émilie, une spécialité de la maison, suivies d'un filet mignon à point avec ses pommes de terre rôties et un supplément de beurre, des carottes confites, un soufflé au chocolat, deux cookies aux pépites de chocolat et une bouteille de notre champagne Jouët haut de gamme dans la soirée suivant son arrivée. Il a également consommé huit tubes de cola, trois bouteilles d'eau, deux paquets de noix de cajou, des friandises au chocolat et des bonbons gélifiés ainsi qu'un assortiment d'alcools dans le minibar.

— Un festin de roi, murmura Eve. Un roi au bec drôlement sucré.

Elle fit le tour de la pièce. Il avait pleinement profité de la chambre, se dit-elle en remarquant les disques vidéo éparpillés et les verres posés un peu partout à travers la pièce.

— Pouvez-vous vérifier s'il s'est servi de ceci ? demanda-t-elle en désignant le communicateur discrètement serti dans un bureau aux pieds incurvés.

— J'ai regardé. Il n'a passé que des appels intérieurs, pour commander au room service et pour s'enquérir de la navette pour l'aéroport.

— Je n'ai rien trouvé, lieutenant, annonça Peabody.

— Miami ?

— J'ai lancé les recherches, lui répondit Peabody en tapotant l'écran de son mini-ordinateur. Ça va prendre un moment pour analyser tous les moyens de transport : navettes, vols commerciaux, charters, avions privés.

Avec un hochement de tête, Eve se dirigea vers la chambre. L'équipe d'entretien avait déjà retiré les draps, mais l'ensemble du linge avait été déposé par terre en une pile ordonnée. Eve examina le placard et tous les tiroirs de la commode ainsi que la baignoire tandis que Peabody faisait de même dans le petit salon.

— Il est bordélique, conclut Eve. Il jette ses serviettes, s'amuse avec tous les produits de bain, met de l'eau partout, regarde tous les disques vidéo, pioche dans le minibar, se commande des repas plantureux. Il se paie un super hôtel, il se prend pour un gros bonnet.

— Il estime qu'il peut se le permettre.

Peabody fronça les sourcils, les yeux rivés sur son écran, tandis qu'Eve se tournait vers elle.

— Je viens d'avoir les infos financières. Les Reinhold disposaient de quatre-vingt-quatre mille et quelques sur leurs comptes joints, encore quarante mille et des poussières dans un compte à taux progressif et six mille sur une carte de débit. Le tout a été transféré, par un mandat électronique contenant les identifiants de Carl Reinhold, vendredi soir et samedi. Il a opéré les transferts en plusieurs fois et fait virer les fonds sur trois comptes différents à son nom. Il a tout pris.

— Pas si on en bloque l'accès, répondit Eve en dégainant son communicateur.

— C'est trop tard, lieutenant. Il a tout retiré. Liquide et chèques de banque qu'il est allé chercher en personne. Le dernier retrait date d'il y a moins d'un quart d'heure.

— Il dispose donc à présent de cent trente mille dollars après ses récentes dépenses. Largement de quoi s'amuser. Et il n'est clairement pas parti pour Miami.

— Lieutenant, y a-t-il quelque chose que nous puissions faire ? demanda Joleen.

— Vous l'avez déjà fait et nous vous en remercions. Nous aurons simplement besoin des enregistrements de sécurité et de tous les documents concernant Reinhold.

— Vous les aurez.

Plongée dans ses réflexions, Eve ressortit dans le couloir.

— Il ne reviendra pas, mais au cas où...

— Oui, je vais faire afficher sa photo et son nom. S'il devait repasser au *Manoir*, je vous contacterais personnellement.

— Très bien. Depuis combien de temps travaillez-vous pour Connors ?

Joleen sourit.

— Trois ans à ce poste. J'étais directrice adjointe ici pour les anciens propriétaires. Quand Connors a fait l'acquisition du *Manoir*, il m'a demandé si j'étais intéressée par des missions temporaires au sein de certains de ses autres hôtels durant les six mois nécessaires au réagencement. Et si j'étais en mesure de former le personnel, particulièrement pour le *Manoir*, avant de prendre le poste de directrice une fois l'établissement rouvert.

— Connors s'y connaît pour sélectionner ses collaborateurs. Et l'ancien directeur ?

Le sourire de Joleen s'accentua légèrement.

— Disons qu'il n'a pas été retenu.

Elle les escorta dans le hall jusqu'à l'endroit où Rianna avait laissé une pochette de disques et une épaisse enveloppe à leur intention.

Joleen tendit de nouveau la main à Eve puis à Peabody.

— J'espère que vous parviendrez à l'appréhender rapidement.

— C'est l'idée.

— C'était agréable, commenta Peabody une fois qu'elles furent remontées dans leur voiture. Frustrant mais agréable. Si Connors possédait toute la ville, cette partie du boulot serait beaucoup plus tranquille.

— Il y travaille… Je vais vous déposer à la première banque, puis j'irai inspecter sa dernière adresse connue avant d'aller à la morgue. Rendez-vous dans les trois établissements financiers pour récupérer le maximum d'infos. Lançons un avis de recherche incluant tous les aéroports et les agences de location de véhicules.

— Il n'a pas de permis de conduire, fit remarquer Peabody.

— Il pourrait faire sans s'il tombe sur quelqu'un d'assez bête.

— Il pourrait s'acheter une voiture.

— Ça représenterait une grosse part de son butin, mais couvrons aussi cette possibilité. Et les hôtels de luxe. Il cherche à mener la grande vie maintenant.

Après avoir déposé Peabody, Eve fit demi-tour et tâcha d'imaginer ce que Jerry pouvait bien faire.

Il voudrait soit trouver un moyen de quitter la ville, soit un endroit pour s'y installer, au moins un temps. Se trimbaler deux valises en permanence ? Trop d'efforts et de contrariétés.

Il avait emporté ce qu'il voulait de l'appartement de ses parents. Leur avait piqué tout leur argent et leurs objets de valeur.

Pourquoi prendre le risque de rester à New York ?

Elle l'en pensait pourtant capable. Il n'était pas stupide, de l'avis d'Eve, du moins pas complètement. Mais il se comportait comme un idiot. Claquer plus de trois mille dollars pour une seule nuit d'hôtel et quelques repas ? Assez malin pour se cacher jusqu'aux horaires d'ouverture des banques le lundi matin ; assez bête pour dépenser une telle somme par pure jubilation.

Elle s'arrêta devant sa dernière adresse connue, alluma son panneau EN SERVICE. Puisqu'il était dans la jubilation, ne serait-il pas tenté de se vanter auprès des copains ? Peut-être refaire une virée à Vegas pour voir si sa chance avait tourné, ou se trouver une plage tropicale pour faire bronzette ?

Il avait eu une petite amie, se rappela Eve en prenant note d'aller lui poser quelques questions.

Elle se servit de son passe-partout pour accéder à l'immeuble et, dédaignant l'ascenseur bringuebalant, monta les escaliers jusqu'au dernier étage.

3

Convaincue de perdre son temps à cette heure de la journée, elle frappa néanmoins à la porte. Quelques instants plus tard, elle entendit coulisser les verrous.

L'homme qui lui ouvrit était de taille moyenne, dans la vingtaine et adepte des salles de sport. Ce n'était pas difficile à voir : il portait un short de cycliste et un tee-shirt moulant. Sa chevelure brune était décorée d'une unique mèche rouge et rassemblée en une courte queue-de-cheval.

Il s'appuya contre le chambranle de la porte, une main sur la hanche. « Une pose conçue pour mettre en valeur ses biceps et triceps », constata Eve.

— Salut, mademoiselle ! lança-t-il.

— Bonjour.

Son air de dragueur s'évanouit dès qu'Eve lui présenta son insigne.

— Il y a un problème ?

— Je ne sais pas encore. Puis-je entrer pour vous parler un instant ?

— Oh…

Il jeta un coup d'œil par-dessus son épaule, pivota légèrement sur lui-même et reporta son regard sur elle.

— Ouais, si vous voulez. Je travaille chez moi aujourd'hui, dit-il en ouvrant grande la porte. Je faisais une petite pause, histoire de faire quelques kilomètres sur mon vélo.

Eve aperçut le bureau installé sous la petite fenêtre, surmonté de piles de disques et de dossiers, ainsi qu'un sachet de chips au soja et un tube de boisson énergétique. Un vélo d'appartement était installé à côté, en face d'un énorme écran mural.

— Écoutez, je sais bien que j'ai eu une contravention il y a deux semaines. Je vais la payer.

— J'ai l'air d'un agent de la circulation ?

— Hum… Non, pas vraiment.

— Lieutenant Dallas, de la Criminelle du NYPSD.

— Criminelle ? Ouah, merde !

— Vous êtes Malachi Golde ?

— Ouais. Mal. Les gens m'appellent Mal. Qui s'est fait tuer ? Je connais quelqu'un qui s'est fait tuer ?

Il avait soudain l'air d'un petit jeunot.

— Je ne sais pas encore. Vous connaissez Jerry Reinhold ?

— Jerry ? Jerry ?

Un petit jeunot à l'air malade.

— Oh, bon Dieu, bon Dieu ! s'exclama-t-il. Faut que je m'asseye.

Il se laissa tomber de tout son poids sur un sofa plastifié argenté.

— Jerry est mort ?

— Je n'ai pas dit ça. D'après mes renseignements, vous le connaissez. Comment l'avez-vous rencontré ?

— Il est du quartier. On a grandi ensemble. On vivait dans le même pâté de maisons quand on était gamins, on allait à la même école. On traîne ensemble, on boit des coups, ce genre de trucs. Je connais Jerry depuis toujours. Qu'est-ce qui s'est passé ?

— J'y viens. Quel genre de travail faites-vous, Mal ?

— Quoi ? Oh, euh, je suis programmeur. Je peux travailler chez moi la plupart du temps si j'en ai envie. Je fais de la programmation et du dépannage pour Global United.

— Vous êtes doué ?

— Ouais, répondit-il en se passant la main sur le visage comme s'il essayait de se réveiller. C'est un boulot à la cool, exactement ce que j'ai toujours voulu faire.

— La paie est bonne.

— Ouais, ça paie bien si on est bon. Je ne comprends pas ce que vous cherchez.

« Seulement à me faire une idée de la situation », songea Eve.

— En regardant autour de moi, Mal, je constate que vous avez de belles choses : meubles, équipement high-tech. Mais cet immeuble ressemble plutôt à un taudis.

— Oh...

Il esquissa un sourire inquiet.

— Ouais, mais c'est juste l'enveloppe extérieure. C'est ce qu'il y a dedans qui compte. Et j'aime bien le coin. Je peux aller bosser à pied ou à vélo. Pareil pour la salle de sport ou chez mes parents. Je connais tout le monde, vous savez ? Je n'ai pas voulu déménager même quand j'ai commencé à gagner du fric.

— Je comprends. Le dossier de Jerry indique qu'il habite ici.

— Ah bon ? s'étonna Mal, sourcils froncés. On a été en coloc pendant deux à trois ans, mais ça remonte à un moment, peut-être huit à neuf mois.

— Pourquoi a-t-il déménagé ?

— Oh, il s'est maqué avec Lori et...

— Lori Nuccio ?

— Ouais, Lori. Il a emménagé chez elle.

— Ce n'est pas pour ça qu'il a déménagé.

L'expression de Mal changea, se fit plus douloureuse.

— D'accord, écoutez… J'ai payé sa moitié du loyer pendant trois mois, presque quatre. J'ai trouvé ça injuste qu'il ne règle pas sa part. Il n'a même pas cherché une solution. Alors il est reparti chez ses parents pendant deux à trois mois puis il a emménagé chez Lori.

— Vous vous êtes disputés à ce sujet ? À propos du loyer ?

— Oh, ouais, on a eu des mots, bien sûr. Vous savez comment ça se passe. Il était un peu furax, c'est vrai, mais ça s'est arrangé depuis. Ça remonte à loin, nous deux. Cet été, quand j'ai obtenu une grosse augmentation, j'ai carrément loué une baraque dans les Hamptons. J'ai invité Jerry et deux autres potes. La tension est retombée. Qu'est-ce qui lui est arrivé ? Comment il est mort ?

— Il n'est pas mort.

— Mais vous disiez…

— Non, je n'ai pas dit ça. Pour autant que je le sache, Jerry est en vie. Mais ses parents, eux, sont morts.

À ces mots, Mal se redressa d'un bond, comme propulsé par des ressorts.

— Quoi ? Non… M. et Mme Reinhold ? Non ! Ils ont eu un accident ?

— Brigade criminelle, Mal. Vous vous souvenez ?

— Bon sang…

Il en avait les larmes aux yeux et des sanglots dans la voix.

— Ils se sont fait agresser ? Ils adorent aller au ciné, et parfois ils rentrent à pied tard le soir.

— Non.

Il s'affala sur le canapé et se couvrit le visage de ses mains.

— J'arrive pas à le croire. Mme R., elle avait toujours un truc pour moi quand je passais chez eux. Des cookies, une tarte, un sandwich. Elle me disait à chaque fois que j'avais besoin d'une coupe de cheveux et de me trouver une gentille fille avec qui m'installer. Elle est comme une deuxième mère, vous savez ? Bon Dieu, quand ma mère saura ça, elle va avoir du mal à s'en remettre. Ça fait une éternité qu'elles se connaissent... Pauvre Jerry. Purée, pauvre Jerry. Il est au courant ?

— Ouais, il est au courant. C'est lui qui les a tués.

Mal abaissa lentement ses mains. Ses yeux, rendus vitreux par la stupeur et les larmes, plongèrent dans ceux d'Eve.

— C'est pas vrai. C'est des conneries. C'est pas possible. Pas moyen. Pas moyen que ce soit vrai, m'dame.

— Lieutenant, corrigea-t-elle. Et c'est absolument vrai. Où est-il, Mal ? Où a-t-il pu aller ?

— Je sais pas. Je sais pas.

Oscillant légèrement d'avant en arrière, il appuya son poing contre son ventre.

— Où est-ce qu'on va quand les choses deviennent dingues ou que tout s'écroule ? On retourne fissa à la maison.

— Il en a fini avec ça.

— Il ne leur aurait pas fait de mal. Vous vous gourez.

— Contactez-le. Appelez-le sur votre communicateur.

— Écoutez, je suis son ami. Vous essayez de le piéger pour un truc qu'il n'a pas fait. Qu'il n'a pas pu faire.

Eve se pencha vers lui.

— Il a poignardé sa mère dans la cuisine. Je ne suis pas encore passée à la morgue donc je ne sais pas exactement combien de fois, mais il l'a déchiquetée. Puis il a attendu que son père rentre du travail et lui a défoncé la tête à coups de batte de base-ball.

Mal affichait un teint grisâtre.

— Non, non, il... Une batte de base-ball.

— C'est ça.

Mal déglutit avec difficulté.

— On y jouait autrefois. Le championnat pour les minots. Et puis dans une équipe de copains assemblée par mon père pour jouer sur le terrain vague, il y a quelques années. Mais Jerry n'aurait pas fait ça.

— Il l'a fait. Après quoi il a volé tout l'argent qu'ils avaient chez eux avant de trouver leurs mots de passe et de transférer jusqu'au moindre centime sur des comptes à son nom. Il s'est ensuite offert un petit séjour dans un hôtel chic pour profiter de la belle vie.

— Non !

Il se leva et se dirigea vers la fenêtre face à son bureau.

— Je peux pas croire ce que vous me dites. On se connaît depuis qu'on a six ans !

— Où a-t-il pu aller ?

— Je vous jure que j'en sais rien. Sur la vie de ma propre mère, je vous le jure. Il n'est pas venu ici. Il m'a pas appelé.

— Il s'est débarrassé de son communicateur. Il doit disposer d'un appareil cloné à l'heure qu'il est, donc vous ne reconnaîtrez pas l'identifiant s'il appelle. Mais s'il le fait, restez détendu, Mal. S'il vous demande de le retrouver quelque part, acceptez puis contactez-moi. S'il vient ici, ne le laissez pas entrer. Ne le laissez pas voir que vous êtes chez vous et contactez-moi.

Elle déposa sa carte sur la table en se redressant.

— Donnez-moi des noms. Ceux de vos autres amis. Et les coordonnées de cette Lori Nuccio.

— D'accord.

Il lui confia plusieurs noms qu'Eve nota dans son carnet.

— Elle l'a largué, en fait. Lori. Il avait perdu son boulot et ne payait plus sa part du loyer.

— Une habitude chez lui.

— Faut croire, ouais. Il est allé à Vegas avec des potes il y a deux à trois mois. Joe et Dave, ceux dont je vous ai donné les noms. Je n'ai pas pu y aller. C'était l'anniversaire de ma sœur et, franchement, j'étais dégoûté de ne pas pouvoir les accompagner. Il a perdu un gros paquet de fric, à ce qu'on m'a dit, et Lori l'a mis dehors. Du coup, il était retourné vivre chez ses parents... Il faut que j'aille voir ma mère, souffla-t-il en se frottant de nouveau le visage.

— Je peux vous y conduire.

— Non, ça ira. Merci. Je crois que marcher un peu me fera du bien. C'est presque mon frère, vous savez ? Ils n'avaient que lui, et moi je n'ai qu'une sœur, donc on était comme des frères quand on était petits. C'est un tocard, OK ? Je n'aime pas dire ça, mais c'est un tocard. Mais ce que vous dites qu'il a fait... Faut que je rentre chez moi.

— D'accord, Mal.

Elle reprit sa carte et la lui tendit.

— Notez ces numéros dans votre communicateur. Joignez-moi si vous le voyez ou s'il prend contact avec vous ou avec quelqu'un d'autre. C'est bien compris ?

— Ouais, compris.

Après avoir appelé Peabody pour lui indiquer de se charger des deux autres amis dont Sylvia Guntersen leur avait parlé, Eve se mit en quête de l'ex-petite amie. Elle n'eut pas la même chance qu'avec Mal Golde.

Constatant que personne ne répondait chez elle, Eve frappa aux portes des voisins jusqu'à ce que l'une d'elles s'entrouvre.

— Je n'achète rien, dit la femme.

— Et moi, je ne vends rien, répliqua Eve en lui présentant son insigne. Je cherche Lori Nuccio.

— Ne me dites pas que cette petite mignonne a commis un crime ?

— Non, madame. J'aimerais lui parler, mais elle n'est accusée de rien.

La porte s'ouvrit un peu plus et la résidente dévisagea Eve par-dessus un grand nez crochu.

— C'est son jour de congé, dit-elle. Et le mien aussi. Elle est sortie il y a deux heures, je dirais. Pour faire les magasins, je crois, déjeuner avec une copine, peut-être aller chez le coiffeur. Les trucs que font les filles de son âge.

— Madame… ?

— Crabtree. Sela Crabtree.

Eve sortit son mini-ordinateur et afficha la photo de Jerry.

— Madame Crabtree, avez-vous vu cet homme par ici ?

La femme eut un petit rire moqueur puis ouvrit grande la porte et passa la main dans les mèches en pointe de ses cheveux d'un blond doré.

— Celui-là ? Pas depuis qu'elle l'a fichu dehors, et bon débarras. Maintenant, si vous me dites que lui a commis un crime, j'aurais pas de mal à vous croire. Il ne traitait pas la petite comme il l'aurait dû, si vous voulez mon avis. Je le lui avais dit, d'ailleurs. Elle peut trouver mieux. J'en ai connu un comme lui au même âge. Le larguer a été la meilleure décision de ma vie.

« Décidément, personne n'aime Jerry », songea Eve en hochant la tête.

— Si elle revient, vous voulez bien lui donner ma carte et lui demander de me contacter ?

— D'accord.

— Et si lui repasse par ici, madame Crabtree, prévenez-moi.

Un sourire féroce apparut sur les lèvres de Sela Crabtree.

— Comptez sur moi, sœurette.

— Ne vous opposez pas à lui.

— Il a fait du mal à quelqu'un, hein ?

— Pourquoi dites-vous cela ?

— Ça se voyait dans son regard. J'ai été serveuse dans un bar pendant trente-trois ans. Je sais lire dans les yeux des gens et repérer les regards mauvais.

— Il s'en est pris à quelqu'un, confirma Eve. Restez à l'écart et dites à Lori de me contacter aussi vite que possible.

— Je surveillerai pour voir si elle revient. Et lui aussi. Mais ça fait bien un mois qu'il n'est pas venu. Hé ! lança-t-elle, l'index dressé, j'ai le numéro du communicateur de Lori.

— Moi aussi. Je vais l'essayer immédiatement. Merci.

Elle tapa le numéro en descendant l'escalier, mais la ligne était morte. Perplexe, elle consulta son dossier, s'assura qu'elle ne s'était pas trompée, puis refit un essai. Même résultat.

« T'as changé de numéro, c'est ça ? »

Eve remonta rapidement pour vérifier le numéro dont disposait la voisine, mais c'était le même que le sien.

— Maintenant que j'y pense, je crois bien qu'elle avait parlé de se prendre un nouveau communicateur, se souvint Crabtree. Et un nouveau numéro, la totale. Elle voulait faire table rase partout où c'était possible.

« Aïe », pensa Eve.

Elle acquiesça néanmoins :

— Dès que vous la verrez, dites-lui de me contacter.

Elle repartit vers la sortie et décida de passer quelques coups de fil sur le chemin de la morgue.

Le temps d'arriver sur place, elle avait réussi à joindre trois personnes sur la liste fournie par Mal et avait laissé un mot au directeur du restaurant où travaillait Lori Nuccio, au cas où.

Peut-être que ce passage à la morgue n'était pas franchement utile. Elle n'avait en tout cas pas besoin de s'entendre confirmer la cause du décès. Mais cela faisait partie du processus de l'enquête et de son processus personnel. Elle voulait voir de nouveau les victimes, y regarder de très près. Et elle voulait l'avis de Morris. Le médecin légiste en chef lui fournissait souvent un nouvel angle d'attaque ou lui donnait en tout cas matière à réfléchir.

Eve traversa le tunnel blanc empli par l'écho de ses pas et ralentit en passant devant la salle de repos. Elle aurait bien eu besoin d'une boisson fraîche, mais les machines lui jouaient trop souvent des tours. Et elle n'était pas d'humeur à subir les facéties d'un fichu distributeur automatique.

Elle reprit son chemin, les mains dans les poches, et poussa les portes de la salle où travaillait Morris.

Celui-ci avait fait disposer les deux victimes sur les tables d'examen. Il avait pratiqué une incision en Y sur la poitrine de la mère et se tenait au-dessus d'elle pour scruter l'intérieur du torse ouvert.

Son regard intelligent brillait derrière une paire de microlunettes et il portait une blouse transparente par-dessus son costume gris aux reflets bleu acier. Il avait noué ses longs cheveux noirs en trois queues-de-cheval superposées reliées ensemble par un fil d'argent.

— Ce serait leur fils, à ce qu'on m'a dit.

— Mouais.

Il se redressa.

— C'est nettement plus effilé qu'un croc de vipère.

— Quelle vipère ?

Le légiste sourit et une expression chaleureuse se dessina sur son visage fascinant.

— Celle de Shakespeare.

— Ah…

Pas étonnant que Connors et lui se soient si bien entendus.

— Rien de poétique dans cette histoire, lui assura-t-elle.

— Il écrivait aussi des tragédies. Et celle-ci en est une.

— Moi, je vois que le fils est un parfait petit con qui a viré psychopathe. Vous avez un truc frais à portée de main ?

— On garde tout le monde au frais ici, répondit-il avec un petit sourire. Mais si vous parlez de quelque chose à boire, oui. Servez-vous, lui dit-il avec un geste de ses mains isolées par le Seal-It mais couvertes de sang.

— Les distributeurs ont la mauvaise habitude de tomber en panne quand j'y touche, expliqua-t-elle en traversant la pièce jusqu'au petit réfrigérateur. Je pense que c'est un truc chimique chez moi.

— Vraiment ?

Reconnaissante, elle piocha un tube de Pepsi, l'ouvrit et prit une gorgée.

— Bref.

— Bref, répéta-t-il. Les dames d'abord, comme vous pouvez le voir. Vrai dans la mort comme dans la vie, en ce qui la concerne. Elle avait avalé une tranche de pain complet, à peu près dix-huit centilitres de café de soja accompagné d'un édulcorant et onze centilitres de yaourt à la grecque avec du muesli environ cinq heures avant son décès. Pas franchement somptueux comme dernier repas. Elle était très légèrement en sous-poids et en très bonne santé. En tout cas, elle l'était avant d'être poignardée cinquante-trois fois.

— Beaucoup plus que nécessaire.

— D'après leur angle, la majorité des blessures ont été infligées alors qu'elle était face contre terre. Et plusieurs coups ont été donnés avec assez de force pour endommager les os. Ils ont même brisé et délogé l'extrémité de son tibia, ajouta-t-il en lui montrant un fragment dans un pot en verre.

» Selon moi, toutes les blessures ont été causées par la même lame, laquelle correspond à celle que vous avez trouvée sur elle. Aucune trace de lésions défensives.

— Elle n'a rien vu venir. Et elle n'y a sans doute même pas cru quand ça s'est produit.

— Je suis d'accord. D'après la reconstitution que j'ai pu faire, le premier coup a été porté ici, dit-il en indiquant du doigt l'abdomen. Il a occasionné des dégâts considérables, mais elle aurait pu s'en remettre si elle avait bénéficié de soins efficaces et rapides. Le deuxième, probablement celui-ci, a atteint à peu près la même zone.

— Ils étaient face à face.

— Oui, sans doute très proches. Après ça, les coups semblent avoir été donnés de manière plus aléatoire et plus violente.

— Tu te mettais en train, murmura-t-elle.

— Passons au dos.

Morris modifia l'affichage à l'écran pour qu'Eve puisse examiner le dos de la victime.

— Une ou deux blessures, toujours à en juger par l'angle de pénétration, ont sans doute été infligées alors qu'elle essayait de s'enfuir. Elle était morte, ou du moins inconsciente, au moment de recevoir la grande majorité des coups suivants. Maigre consolation. Il y a des hématomes aux endroits où elle est tombée, mais elle ne les aura pas sentis.

— Très maigre consolation.

— Vous savez qui a fait le coup. Savez-vous pourquoi ?

— C'est un petit con. Un tocard, y compris d'après son plus vieil ami. Il était incapable – ou n'avait pas envie – de garder un boulot, sa copine l'a mis dehors. Il était de retour chez papa et maman, et ses parents allaient lui faire le coup classique du « grandis ou va-t'en ». Je pense que maman l'a prévenu de ce qui l'attendait.

— J'imagine qu'être parent est un parcours semé d'embûches. Mais ceci ne devrait pas en faire partie.

— Non, en effet.

Combien de fois Eve elle-même avait-elle poignardé son père ? Quelqu'un avait-il compté ? Mais à l'époque, c'était une question de vie ou de mort. Pour elle.

— Vous pouvez me dire quelque chose à propos de l'autre victime ?

— Seulement quelques remarques préliminaires.

Morris se rapprocha de l'autre table d'examen.

— L'heure de la mort que vous avez estimée sur place était correcte et, de nouveau, la batte que vous avez récupérée comme pièce à conviction correspond aux lésions constatées. Le premier coup dans ce cas-ci ? En plein visage, avec une force considérable et la partie épaisse de la batte.

— Comme un joueur en plein match, commenta Eve avec un hochement de tête. Le couloir bifurque avant de donner sur la cuisine. Il a dû se cacher dans ce recoin. Le mari rentre, s'avance dans l'appartement, voit sa femme, le sang, le corps. Il se met à courir. Notre tueur sort de sa cachette et balance un grand coup de batte dans le visage de son père.

— Il lui a brisé le nez ainsi que la pommette et l'orbite gauches. Les coups suivants lui ont cassé plusieurs dents et la mâchoire, ont fracturé le crâne en trois endroits distincts. Après quoi il s'est attaqué au corps. Mon estimation, que j'affinerai ensuite, est d'environ trente coups. Certains à la verticale : la tête de la batte s'enfonçant dans le corps. Dans cette situation, j'ai la conviction que le premier coup a fait perdre connaissance à la victime.

— On peut dire qu'il a été un peu plus chanceux que sa femme.

— Elle aura plus souffert, oui.

— Vous vous disputiez avec vos parents ?

Il sourit immédiatement.

— J'ai été un ado, moi aussi. C'était mon devoir de me disputer avec mes parents et de les rendre chèvres.

— Il vous est arrivé de fantasmer à l'idée de leur envoyer un ou deux coups bien sentis ?

— Pas que je me souvienne, non. J'imaginais régulièrement que je leur donnais tort, par contre. Ce que je crois n'avoir jamais réussi à faire. Ou que je fuguais et devenais un musicien de blues célèbre.

— Vous assurez au saxo.

— C'est vrai, mais...

Il leva les mains.

— Les morts sont mon travail, comme pour vous. Et maintenant, nous allons faire le maximum pour la mère et le père de ce salopard.

— Ouais, c'est sûr. Merci pour la boisson.

— Mon frigo sera toujours plein pour vous. Et, Dallas, laissez-moi vous remercier par avance pour Thanksgiving. Ça me touche vraiment d'être invité en même temps que votre famille et vos amis.

Ces paroles déclenchèrent chez Eve un sentiment bizarre ; elle haussa les épaules.

— Bon sang, Morris, sur combien de corps nous sommes-nous penchés tous les deux ? À mes yeux, vous faites presque partie de la famille.

Eve repartit directement vers le Central. Elle voulait mettre en place son tableau de meurtre, rédiger son rapport préliminaire et, s'ils n'avaient pas appréhendé Reinhold d'ici à ce soir, prendre rendez-vous avec Mira pour établir son profil psychologique.

Quand un groupe de visiteurs sous la houlette d'un Gentil Organisateur en uniforme s'engouffra dans la cabine, Eve descendit pour emprunter les escaliers roulants, plus lents mais moins fréquentés. Son communicateur sonna et le visage de Peabody apparut sur son écran.

— Ici Dallas. Qu'est-ce que vous avez dégoté ?

— Un pain pita au fromage et légumes et des frites de soja. Je suis au glissa-gril dans le coin est du Central et j'arrive. Vous voulez que je vous prenne quelque chose ?

Eve était sur le point de refuser, obnubilée par le travail, quand elle s'aperçut qu'elle était affamée.

— Rapportez-moi un hot-dog complet. Je suis déjà à l'intérieur, je grimpe vers le bureau.

— Compris. Laissez-moi dix minutes.

Dans la salle commune, Jenkinson – qui portait toujours sa cravate atomique – était assis devant son écran, l'air dépité. Baxter – qui n'avait pas quitté ses lunettes de soleil – crachait une série de questions dans son communicateur. Eve capta l'odeur éminemment reconnaissable des oignons frits par-dessus les effluves de mauvais café.

Elle repéra Carmichael assise dans son box qui en piochait dans un sachet taché de gras en continuant à taper sur son clavier de sa main libre.

« Tout est normal », conclut-elle avant d'entrer dans son bureau.

Elle ne prêta pas attention à la diode clignotante qui signalait des messages. Cela pourrait attendre qu'elle soit installée. Elle ordonna les impressions des photos de la scène de crime, de ses victimes et de Reinhold.

Elle s'assit à son bureau pour établir sa chronologie, l'imprima et se mit au travail sur son rapport.

— Un hot-dog complet, un ! annonça Peabody en faisant son entrée en même temps que l'odeur appétissante. Je vous ai aussi pris des frites, au cas où.

— Merci.

— Euh…

Peabody fit un geste en direction de l'autochef. Connaissant sa partenaire, Eve leva deux doigts pour indiquer de lui faire un café aussi.

— Qu'avez-vous tiré de vos entrevues ?

— Que Joe Klein est un imbécile. Il refuse de croire que son vieux pote Jerry ait pu tuer quelqu'un, m'a draguée d'une manière super-lourde, prétend que l'ex de Reinhold est une garce autoritaire et s'est beaucoup amusé à me raconter comment Reinhold a perdu plus de cinq mille dollars à Vegas pendant que lui en gagnait huit… Un fait que, selon Dave Hildebran, qui est beaucoup moins con, Klein n'a pas arrêté de renvoyer au visage de Reinhold jusqu'à aujourd'hui.

Peabody s'approcha du bureau et tendit son café à Eve.

— Hildebran est monté à dix sur l'échelle de la stupeur, poursuivit-elle. Mais une fois remis, il m'a avoué qu'il s'était déjà demandé si Reinhold n'était pas une bombe à retardement en puissance. « En rogne contre le monde entier », pour reprendre ses mots. Reinhold considérait que ses parents se mêlaient sans cesse de ses affaires, qu'ils étaient exigeants et qu'à peu près tout était leur faute.

Elle s'interrompit pour goûter au café.

— Sauf quand c'était celle d'un ancien patron, d'un collègue, de son ex ou d'un inconnu croisé dans la rue. D'après Hildebran, Reinhold, Klein et lui sont sortis en boîte la nuit précédant le meurtre, et Reinhold n'aurait fait que se plaindre.

» Dave ne traîne plus autant avec eux depuis Vegas. Il fréquente quelqu'un et dit en avoir un peu marre des geignardises sans fin de Reinhold et de l'attitude de salaud assumé de Klein. Il passait un peu plus de temps avec Mal Golde que vous avez peut-être croisé vu qu'il habite à la dernière adresse connue de notre suspect.

— Ouais, je l'ai rencontré.

— Ni l'un ni l'autre de mes deux témoins n'ont vu ou parlé à Reinhold depuis jeudi soir. Klein a tenté de le joindre samedi soir, mais n'a pas reçu de réponse.

— Reinhold était très occupé. Et Golde n'est pas con, au passage.

Tout en mangeant le hot-dog, elle résuma pour Peabody les éléments clés de son entrevue avec Mal Golde.

— Et les banques ? termina-t-elle, la bouche pleine.

— J'ai récupéré des copies des disques de sécurité et je les ai examinés pendant le trajet. Reinhold se la jouait sûr de lui. Il avait une mallette mais pas de valise. D'après les cadres que j'ai interrogés, il voulait uniquement du liquide, mais certains montants rendaient la chose compliquée, donc il a dû accepter les chèques de banque. Deux d'entre eux l'ont poliment questionné sur la raison de ces dépôts et retraits en urgence. Il leur a dit de lui donner l'argent ou bien il ferait un scandale. Et j'ai l'intuition qu'il ne l'a pas exprimé de manière aussi polie.

— Il faudrait que je regarde ces enregistrements. Est-ce que quelqu'un l'a vu repartir, a aperçu dans quel véhicule il était ?

Peabody s'agita sur le fauteuil destiné aux visiteurs d'Eve, tentant vainement de trouver une position confortable.

— Les caméras extérieures le montrent circulant à pied, dit-elle. Il avait peut-être un véhicule qui l'attendait ailleurs ou bien il en a trouvé un une fois hors de vue.

— Envoyons quelques agents auprès des commerces alentour pour voir s'ils ont repéré quelque chose. En attendant, je n'ai pas réussi à joindre l'ex-copine. D'après sa voisine, elle est sortie avec une amie aujourd'hui. Et elle s'est acheté un nouveau communicateur, avec un nouveau numéro. Voyez si vous pouvez trouver quelque chose de ce côté. La voisine – Sela Crabtree – a ma carte donc je devrais avoir des nouvelles de l'ex dès qu'elles se seront parlé. Sinon on ira la chercher demain matin.

— Compris.

— Je vais prendre rendez-vous avec Mira et m'occuper d'informer les proches. Il faut avertir les parents des victimes avant que les médias fassent circuler leurs noms. Mettez vos notes en forme pour que je puisse…

Elle s'interrompit comme son communicateur de bureau s'allumait. Elle n'avait pas l'intention de décrocher, mais jeta un coup d'œil à l'affichage.

— Mince, c'est le commandant.

Elle s'essuya la bouche, pour chasser toute miette, avant de prendre la communication.

— Lieutenant Dallas.

Le visage de Whitney, et non celui de son assistante, emplit l'écran.

— J'aimerais vous voir dans mon bureau, lieutenant.

— Bien, chef.

— Tout de suite.

— J'arrive.

Il raccrocha.

— Mon Dieu, avoua Peabody, mon estomac fait des nœuds rien qu'en pensant à ce que je ressentirais si c'était moi qu'il convoquait comme ça.

— Flûte, j'ai à peine terminé mon hot-dog. Je dois avoir une haleine chargée.

Eve se leva et ouvrit brusquement les tiroirs de son bureau.

— J'ai forcément un truc pour l'haleine…

— Essayez ça.

Peabody lui tendit une petite boîte dont le couvercle se souleva pour laisser apparaître de minuscules billes roses.

— Pourquoi sont-elles roses ?

— Goût chewing-gum. C'est bon. Et ça fonctionne.

Eve n'avait guère le choix, elle en avala deux. Roses ou non, elles avaient bon goût.

— Si je ne suis pas revenue dans dix minutes, il faudra que vous vous occupiez d'avertir les proches.

— Oh, s'il vous plaît, revenez vite !

— Ce sera à Whitney d'en décider.

Traversant la salle commune, Eve remarqua que Jenkinson et sa cravate avaient disparu. Elle se dit qu'il avait dû filer sur une nouvelle affaire avec son partenaire, Reneke.

Baxter, nota-t-elle, s'était installé devant son ordinateur, l'air concentré. Ses lunettes noires étaient accrochées à la poche de sa chemise. Elle supposa qu'il les gardait là pour pouvoir les enfiler de nouveau dès que la cravate flashy serait de retour.

La plaisanterie durerait pendant tout le temps de leur service.

Elle sortit et croisa l'inspecteur Carmichael dans la salle de repos.

— Hé, lieutenant. Je prenais juste une boisson fraîche pour notre suspect du moment. Sanchez le travaille au corps dans la salle d'interrogatoire A.

— Et qu'a fait le suspect en question ?

— Balancer un junkie au bas d'un escalier avant de le piétiner à mort pour avoir essayé de l'arnaquer avec des billets factices. Je veux dire, des billets factices tirés d'un jeu de société. Ce type deale surtout avec des accros au Funk.

Et le Funk vous bousillait carrément la vision.

— Cet argent devait ressembler à du vrai à ses yeux.

— Ouais, mais lui n'a pas touché vingt mille au départ.

— Au départ ?

— Vous savez, la case départ, répondit Carmichael en traçant un cercle dans l'air. Monopoly. Le jeu.

— Un jeu dangereux dans le monde réel.

— Comme vous dites. Notre lascar prétend que le junkie est tombé tout seul et que la raison pour laquelle il a détalé comme un lapin quand on l'a retrouvé, c'est parce qu'il était en retard pour un rendez-vous. Et que tous les sachets de Funk et de Zoner laissés dans son sillage – on a même réussi à en récupérer quelques-uns avant que les passants se ruent dessus – n'étaient pas à lui. Il est même franchement arrogant sur le sujet, au point qu'on a envie de lui coller une ou deux baffes bien senties.

— Je n'ai pas entendu ce que vous venez de dire.

Carmichael sourit.

— Sanchez veille à ce que je reste dans le droit chemin. Il est du genre pacifique.

— Vous dites qu'il a piétiné la victime ? À quoi ressemblent ses chaussures ?

Le sourire de Carmichael s'élargit.

— Il n'a même pas pris le temps de changer de boots ou de nettoyer le sang de la victime dessus. On est en train de les faire analyser, mais de toute façon, il a laissé une empreinte visible sur la poitrine de la victime. Aussi nette que sur du sable humide. Et on a deux témoins qui regardaient par leur judas au moment où il a poussé le junkie dans l'escalier parce qu'il hurlait comme un putois.

— On dirait que vous le tenez. Pourquoi lui apporter une boisson fraîche ?

— Avant tout parce que Sanchez voulait que je me calme. Ce sale con m'a traitée de « mal baisée ». Il s'est agrippé l'entrejambe en me disant qu'il avait ce qu'il fallait sur lui.

— Il existe plus d'une manière de coller des gifles, Carmichael. La salle en question est sur mon chemin.

Elle se remit en route.

— Comment s'appelle-t-il ?

— Il se fait appeler « Croc » mais son vrai nom est Alvar Ramondo.

Eve désigna la porte d'un geste du menton.

— Ouvrez et faites mine d'entrer, ne refermez pas derrière vous.

Carmichael obtempéra.
— Donc, on se voit après… Hé !
Eve passa la tête par l'entrebâillement de la porte et désigna du doigt le suspect, un métis massif d'environ vingt-cinq ans, au look latino, avec des tatouages complexes sur les bras.
— Hé ! Vous ne m'aviez pas dit que vous aviez Al avec vous.
Avant que Sanchez puisse répondre, Eve lui décocha un très bref coup d'œil. Il se laissa retomber sur son siège.
— Comment ça va, Al ? Pas si bien, j'imagine, vu la situation.
— Qui c'est, cette salope ? demanda Croc. Vous m'amenez une garce en plus ? Pas de problème. J'ai de quoi m'occuper des deux.
Il sourit, prouvant au passage qu'il ne consacrait pas beaucoup de ses profits à l'hygiène dentaire, puis agrippa son entrejambe et ondula des hanches avec des grognements suggestifs.
— Ouais, c'est ce que tu disais ce soir-là, après tous ces shots de tequila. Je craque pour les tatouages, expliqua-t-elle à Carmichael, alors je lui ai donné une chance. Très mauvaise idée, laissez-moi vous dire !
Avec un regard moqueur, Eve leva son index et son pouce, écartés d'à peine cinq centimètres. Puis, index dressé vers le ciel, elle émit le bruit d'un ballon qui se dégonfle en laissant son doigt s'affaisser piteusement.
Le visage de Croc s'empourpra et il tenta de se relever pour bondir vers elle.
— Salope ! Menteuse ! *Puta !* Je t'ai jamais vue de ma vie.
— Tu ne te souviens pas de moi, Al ? Tu disais qu'on t'appelait « Croc », c'est ça ? Ça manquait de mordant, pourtant, ajouta-t-elle à l'intention de Carmichael sur le ton de la confidence entre filles.

— Sale menteuse ! Je te connais pas !

Eve haussa les épaules.

— Trop de tequila… C'est pas grave. Moi, je me souviens de toi. Je n'oublie jamais un…

Elle refit le geste du doigt se ratatinant sur lui-même.

— Bref, on se voit plus tard, dit-elle à Carmichael.

Le flot d'injures qu'elle entendit en refermant la porte derrière elle lui confirma qu'elle avait réussi son coup.

Satisfaite, elle se hâta de rejoindre le bureau de Whitney.

4

Il n'y avait personne à l'extérieur du bureau de Whitney et la porte était ouverte. Eve s'avança sur le seuil et patienta un instant en le voyant assis, un air concentré sur son large visage à la peau sombre tandis qu'il faisait défiler des informations sur l'écran de son bureau.

Il paraissait à sa place derrière ce meuble imposant, songea-t-elle, avec derrière lui les grandes fenêtres qui surplombaient la ville qu'il avait fait vœu de protéger. Il avait travaillé dans la rue autrefois, avec succès. Et à présent il siégeait derrière un bureau pour diriger ce qu'Eve considérait comme les meilleures forces de police et de sécurité du pays.

Et pour cela aussi il était doué.

Elle cogna doucement sur le montant de la porte.

— Excusez-moi, commandant. Votre assistante n'est pas à son poste.

— Elle est partie déjeuner.

Il lui fit un geste du doigt pour l'inviter à entrer.

— Fermez la porte derrière vous.

— Oui, commandant.

Sachant qu'il allait l'inviter à s'asseoir alors qu'elle-même préférait rester debout lorsqu'il s'agissait de faire son rapport, elle démarra immédiatement :

— Peabody et moi venons de rentrer séparément après le début de l'enquête de terrain sur l'homicide des époux Reinhold.

Il s'appuya contre le dossier de son fauteuil, les mains en triangle devant lui.

— Un double meurtre. La mère et le père.

— Oui, commandant. Les preuves indiquent d'ores et déjà de manière irréfutable que Jerald Reinhold a donné plus de cinquante coups de couteau à sa mère puis a attendu en embuscade le retour de son père pendant plus de six heures. Il l'a frappé à mort à l'aide d'une batte de base-ball.

Elle déroula l'affaire dans les moindres détails sans être réellement interrompue. Pour l'essentiel, Whitney demeura assis à l'observer, avec de temps à autre un hochement de tête ou une brève question pour obtenir une clarification.

— J'ai prévu de demander au Dr Mira d'établir un profil et je dois encore interroger l'ex-petite amie et ses anciens collègues et responsables. Mais les trois hommes présentés comme ses plus proches amis n'ont pour le moment eu aucun contact avec lui.

— Vous les croyez ?

— Oui. Il a ce qu'il désire. Il a pu célébrer son méfait. J'attends un rapport de l'agent Cardininni sous peu pour savoir ce qui a disparu de la scène du crime afin que nous puissions avertir les boutiques de prêteurs sur gages et d'articles de seconde main. Il va chercher à se débarrasser de ce qu'il a volé pour augmenter son magot. Il s'est montré assez malin pour ne pas rester au même endroit afin d'éviter qu'on ne remonte facilement sa piste, mais il va bien devoir atterrir quelque part.

— Les médias locaux vont en parler à l'occasion des prochains flashes d'information. Je vous laisse gérer ça.

Elle détestait cette partie du travail, mais pouvait et allait s'en occuper.

— J'aurai un rapport plus détaillé dans peu de temps, reprit-elle.

— Je n'en doute pas. Je suis convaincu que vous avez la main sur cette enquête. D'ailleurs, ce n'est pas pour cela que je vous ai fait venir.

Il posa les deux paumes sur son bureau.

— Vous allez recevoir la médaille d'honneur, annonça-t-il.

— Pardon ?

— Pour saluer votre travail exemplaire, les risques personnels que vous avez pris et les innombrables vies que vous avez sauvées lors des récents meurtres à l'arme chimique, des arrestations de Lewis Callaway et Gina MacMillon et du dossier que vous avez monté contre eux.

— J'en suis honorée, commandant. Mais je n'ai ni enquêté, ni appréhendé les suspects, ni bâti ce dossier seule. Mon équipe...

— Sera également mentionnée, de même que l'agent Teasdale du HSO. Vous étiez à la tête de cette équipe, lieutenant. Vous avez commandé et commandez toujours ces hommes et ces femmes. Cette médaille représente la plus haute distinction que le NYPSD puisse accorder à un officier de police et elle n'est pas donnée à la légère, même si certains aspects politiques jouent parfois. Dans ce cas précis, selon mes conclusions au terme d'une longue réflexion, ils ont joué dans le bon sens.

» Chercheriez-vous à contredire mes conclusions, lieutenant ?

Il l'avait joliment piégée, pensa-t-elle.

— Non, commandant. Et merci.

— La présentation est prévue pour ce mercredi, à 14 heures. On m'a autorisé à vous en informer. Et je suis fier de le faire.

— Merci, commandant.

Pour tout dire, elle avait l'impression d'avoir du mal à respirer sous l'effet d'un enchevêtrement de fierté, de gratitude et d'embarras.

— Je ne voudrais pas sembler ingrate. Je suis très reconnaissante. Mais serait-il possible de faire en sorte que l'événement soit…

— Discret, dénué de décorum et relativement intime ?

La fleur de l'espoir parut sur le point de bourgeonner au cœur de l'enchevêtrement.

— Oui. C'est possible ?

Il eut un petit sourire.

— Absolument pas. Il vous faudra faire avec, Dallas !

L'espoir se flétrit en silence.

— Bien, commandant.

— Et, pour aborder un autre sujet qui possède aussi une dimension politique, j'ai une question pour vous. Souhaitez-vous un poste de capitaine ?

Eve ouvrit la bouche sans avoir la moindre idée de comment répondre. L'espace d'un instant, elle eut l'impression de ne plus sentir ses jambes.

— Commandant ?

— C'est une question directe, lieutenant. J'aimerais une réponse qui le soit autant.

Mais avant qu'elle puisse en formuler une, il leva l'index pour lui faire signe d'écouter d'abord ce qu'il allait dire.

— Vous êtes jeune pour atteindre un tel grade. Vous seriez le plus jeune capitaine sous mes ordres. Et si j'étais seul décisionnaire, ces galons vous auraient été proposés il y a longtemps. Des questions de politique, d'image et de préjugés ont retardé la chose. Notre vie personnelle fait partie de notre identité et de la façon dont nous sommes perçus.

— Compris, commandant, dit-elle, plus apaisée. J'ai toujours su que les choses fonctionnaient ainsi et je n'ai aucun regret vis-à-vis de ma vie personnelle.

— Vous avez bien raison. Il est devenu de plus en plus difficile – voire même impossible – de pointer votre mariage comme un obstacle à votre promotion. Surtout maintenant que Connors s'apprête à recevoir la médaille du mérite pour les civils.

Eve écarquilla les yeux et laissa échapper un petit rire surpris.

— Je vais pouvoir le taquiner pendant des années avec ça.

— Vous avez une dynamique intéressante, tous les deux, commenta Whitney. Maintenant, j'aimerais avoir votre réponse.

— Commandant…

Eve se passa la main dans les cheveux en tâchant de s'éclaircir les idées.

— Il y a trois ans, je n'aurais pas hésité. J'avais des choses à prouver, en particulier à moi-même. Ma vie en dehors du travail reposait sur des bases vacillantes et je ne m'en rendais même pas compte. Ou du moins pas vraiment. Alors je voulais montrer que j'étais parfaitement à ma place ici. Et je voulais le mériter.

— Vous l'avez mérité.

Comme il la dévisageait, des rides se creusèrent entre ses sourcils.

— Mais à présent, vous hésitez ? demanda-t-il.

— Commandant, j'admire la transition que vous avez effectuée de l'enquêteur au commandant, votre talent et votre efficacité. Non seulement votre travail doit être plus difficile que je ne peux l'imaginer, mais il est honorable et nécessaire.

— Les flatteries sont inutiles. La promotion vous est déjà acquise si vous la voulez, Dallas.

Cela l'aida à se détendre un peu plus.

— Je ne suis pas prête à m'installer derrière un bureau. J'ai les compétences administratives suffisantes, mais je reste une enquêtrice avant tout. La présence d'un capitaine sur le terrain pour mener l'enquête est l'exception plutôt que la règle. Je résous des meurtres, c'est là que réside ma force. C'est là que s'exercent mon talent et ma perspicacité. Sans quoi on ne me proposerait pas cette promotion.

Elle repensa à la cravate ridicule de Jenkinson, au poulet en caoutchouc suspendu au-dessus de Sanchez à l'époque où il était le petit nouveau du service. Plus encore, elle songea à la confiance absolue qu'elle avait en chaque membre de son équipe quand il fallait que l'un d'eux l'accompagne en mission.

— Vous savez quoi, commandant ? Je n'ai pas envie de créer un fossé entre mes enquêteurs et moi. Je ne veux pas qu'ils aient l'impression de devoir suivre la voie hiérarchique pour venir me parler, pour solliciter mon avis sur une affaire ou me demander mon aide. Je ne veux pas m'éloigner d'eux. Ces hommes et ces femmes, ce travail, sont plus importants que des galons de capitaine. Je suis heureuse de pouvoir dire ceci avec une totale conviction.

— Vous y avez beaucoup réfléchi.

— À vrai dire, commandant, j'avais mis cette idée de côté. Cela fait très longtemps maintenant que je n'y avais pas repensé.

Elle se surprit à constater qu'elle était en paix avec cette question ; une position qui ne lui était pas si familière.

— Je suis honorée par cette proposition. Mais je reste persuadée que je servirai mieux ce département de police et les habitants de New York au poste que j'occupe aujourd'hui.

Whitney se cala de nouveau au fond de son fauteuil, un homme massif avec une ville massive derrière lui.

— Au fil de notre collaboration, j'aurais pu insister davantage à plusieurs occasions pour vous obtenir cet avancement. Et j'ai souvent débattu intérieurement de la question.

— Les complications politiques… commenta-t-elle avec un haussement d'épaules.

— Cela joue, évidemment, mais ce n'est pas tout. Si je me suis abstenu d'insister, c'est surtout parce que je suis d'accord avec vous. Vos points forts tiennent à vos compétences d'enquêtrice et à votre talent dans la gestion de votre service, à votre capacité à décoder les actes des coupables comme des victimes. Je n'avais pas envie de perdre tout cela. Mais à présent que certains obstacles sont levés, j'ai estimé qu'il était temps de vous poser directement la question.

— Puis-je vous parler franchement, commandant ?

Il acquiesça et Eve reprit :

— C'est un soulagement d'apprendre que ces obstacles sont levés, tout comme c'en est un de savoir que vous comprenez mes objectifs et mes priorités.

— Alors je transmettrai votre réponse à ceux qui doivent l'entendre.

— Merci, commandant. Très sincèrement.

— Avec plaisir, lieutenant. Tout aussi sincèrement.

Il se leva, contourna le bureau et fit quelque chose qu'il ne faisait que rarement : il lui serra la main.

— Vous pouvez disposer.

Elle ressortit un peu sonnée mais, oui, elle s'en rendait compte, satisfaite de cette entrevue.

Comme si elle s'était débarrassée d'un poids dont elle avait oublié l'existence tout en sachant exactement où il avait atterri si elle voulait un jour le reprendre sur ses épaules.

Mais là, tout de suite ? Elle était ravie de pouvoir avancer d'un pas plus léger.

La cravate avait fait son retour dans la salle commune en même temps que son propriétaire, penché sur son bureau. Baxter et Trueheart étaient en grande conversation. Peabody travaillait de son côté, son air morose laissant entendre qu'elle s'était chargée de prévenir les proches.

Et tous les flics dans la pièce, Jenkinson compris, portaient des lunettes de soleil.

— On se croirait dans une brigade hollywoodienne, lança Eve.

— J'en ai aussi pris pour vous, lieutenant.

Baxter lui lança une paire de lunettes à la monture noire chaussées de verres ambrés rectangulaires.

— Ça ferait mauvais genre que notre supérieure pisse le sang par les yeux.

D'accord pour jouer le jeu, elle enfila les lunettes et s'avança jusqu'au bureau de Peabody.

— On en est où ?

— Je viens d'informer la famille. Ça a été dur pour eux. Ma mère répète souvent que quel que soit son âge, votre enfant reste votre enfant. Je me dis qu'elle doit avoir raison. J'ai également contacté la cellule de soutien psychologique du commissariat près de chez eux.

— Bien.

— Le rapport préliminaire de la police scientifique est dispo et Cardininni nous a envoyé la liste des objets manquants identifiés par la voisine. Vous devriez avoir des copies dans votre ordi.

— J'irai voir.

— Vous êtes partie un bon moment...

Comme Eve demeurait silencieuse, Peabody poursuivit :

— Donc, j'ai envoyé un aperçu des premiers éléments au Dr Mira, au cas où vous voudriez toujours une évaluation du profil psychologique de Reinhold.

— Oui, toujours.

— Rien du côté du nouveau communicateur de Nuccio. Soit elle ne l'a pas activé, soit il y a du retard dans la mise à jour des données d'enregistrement, ce qui est le plus probable. Quand on s'offre un nouveau communicateur, ajouta-t-elle, c'est comme un jouet. On ne peut pas s'empêcher de s'amuser avec.

— Combien de temps en général avant que les données soient mises à jour ?

— En général ? Ça va de deux heures à « quand ça voudra bien ».

— Super. Si ça n'apparaît pas et qu'elle ne prend pas contact avec nous d'ici à la fin de la journée, je referai un passage à son domicile avant de rentrer chez moi. Et si elle a décidé de rester dehors jusqu'à pas d'heure avec son amie, on la joindra demain matin. Faites circuler la description des objets manquants.

— Je suis dessus.

— Bien.

Elle se dirigea vers son bureau puis tourna la tête pour jeter un coup d'œil en arrière.

— Bon boulot, Peabody.

— Merci.

Arrivée dans son bureau, Eve s'apprêta à fermer la porte, mais suspendit son geste. Non, elle n'allait pas rester assise là à ressasser sa discussion avec Whitney. Elle n'avait pas le temps de faire le tri dans ces histoires de promotions, de politique et de perception. Elle avait une tâche à mener à bien.

Elle afficha d'abord la liste des objets et la lut avec attention.

Quelques bijoux, comme elle s'y était attendue. De petites boucles d'oreilles en forme d'étoile qui, selon le témoin, constituaient un cadeau de vingt-cinquième anniversaire de mariage de la part de Carl à Barbara. Une ancienne montre en or pour femme, une Rolex sertie de diamants et de saphirs, datant à peu près du milieu du XXe siècle. Cette fois, le témoin assurait qu'elle avait appartenu à l'arrière-grand-mère, *a priori* maternelle, de la victime. Deux bracelets en or, un collier de perles avec un fermoir en or – autre bijou hérité de la grand-mère maternelle – et la bague de fiançailles de la victime, un diamant monté sur un anneau d'or sans fioritures.

« Les victimes étaient donc plutôt traditionalistes, songea Eve. Bague de fiançailles, plusieurs bijoux hérités de leur famille. »

Du côté du mari, cela se limitait à une montre en or, là aussi une Rolex (traditionalistes, décidément) sur laquelle sa femme avait fait graver ses initiales pour leur vingt-cinquième anniversaire de mariage, une paire de boutons de manchettes en or brossé et une autre en argent martelé.

Il y avait d'autres bijoux dans la liste, mais le témoin affirmait qu'il s'agissait de babioles et déclarait s'être trouvé en compagnie de la victime au moment de l'achat de plusieurs d'entre eux.

Le témoin mentionnait également deux e-tablettes, deux mini-ordinateurs, une menora en argent massif, un service en argent pour huit personnes, également issu d'un héritage. Manquait aussi un panier en cristal doté d'une anse, dont le témoin déclarait qu'il s'agissait du seul objet ayant appartenu à l'arrière-grand-mère de Barbara, auquel elle tenait comme à la prunelle de ses yeux.

Cardininni avait ajouté ses propres commentaires pour signaler ce qui, étonnamment, n'avait pas été volé, y compris un houppa en soie sur lequel était peint l'Arbre de Vie.

Le témoin déclare que l'article a été fabriqué pour le mariage de l'arrière-grand-mère de la défunte et qu'il a servi durant le mariage de la grand-mère, de la mère et de la victime elle-même. Le houppa est en parfait état et signé par l'artiste Mirium Greene. La victime aurait confié au témoin qu'elle espérait la transmettre à son fils et l'avait fait assurer pour quarante-cinq mille dollars. En pièce jointe, une photo du houppa et de la boîte à musique en bois que, d'après le témoin, le père du défunt lui avait récemment léguée. Elle semble ancienne. Le couvercle est orné de la silhouette d'une femme jouant du luth. Le témoin pense que cet objet aussi était assuré.

« Un rapport très complet et intéressant », approuva Eve, avec une pensée approbatrice à l'intention de Cardininni. Elle en concluait que Reinhold n'avait pas eu connaissance de ces informations. Le houppa de mariage ne représentait rien pour lui et il n'avait pas conscience de sa valeur. La boîte à musique sur la photo n'avait en apparence rien d'extraordinaire. Il avait sans doute considéré que ce n'était que des objets sans valeur chers à ses parents.

Alors il avait pris tout ce qui brillait, les appareils high-tech et l'argent liquide.

« Il n'est pas stupide, songea-t-elle de nouveau, mais pas franchement brillant non plus. »

Elle lut le rapport de la police scientifique et s'agaça qu'ils n'aient pas encore identifié la chaussure correspondant aux empreintes sanglantes sur les lieux du crime. Elle étudia ensuite les conclusions du légiste avant de rédiger son propre rapport à partir de l'ensemble des éléments.

Elle envoya une copie à Mira, Peabody et son commandant, puis ajouta les données à son tableau.

Les pieds posés sur le bureau, elle scruta alors l'ensemble des données. Des gens plutôt ordinaires. Portés sur la tradition, mariés depuis longtemps, de classe moyenne. La femme s'occupe du logis, l'homme subvient aux besoins du foyer. Des liens familiaux solides, des amitiés durables, un voisinage bien installé. Ils avaient élevé un fils. Une déception ? Incapable de se débrouiller à l'université, de garder un emploi, de faire perdurer une relation amoureuse.

L'avaient-ils aiguillonné pour l'inciter à changer ? « Ouais, bien sûr, se dit-elle. Des gens conservateurs. Sois un homme, trouve-toi un travail, pense à ton avenir, paie tes factures. »

— Tu en as eu marre d'entendre ça, hein ? soufflat-elle en examinant le visage de Reinhold. Marre qu'ils te disent quoi faire, comment le faire, qu'ils te regardent avec cette lueur de déception dans les yeux. Il y a ton père, qui trime tous les jours dans un boulot à la noix, pauvre con ennuyeux qu'il est. Et ta mère qui s'affaire dans la cuisine, qui cancane avec les voisins, toujours à te dire de ranger tes affaires. Garce jamais contente. Toujours à t'empêcher d'avoir ce que tu veux, tous les deux.

» Oui, c'est comme ça que tu vois les choses. Tu n'as plus à les supporter, plus à les écouter. Tu es un homme libre maintenant… Mais pas pour longtemps, termina-t-elle en se relevant.

Alors qu'elle saisissait son manteau, Peabody apparut sur le seuil.

— On a déjà un retour sur les deux montres et les perles. Une boutique chic dans l'East Village.

— Allons y jeter un œil. Puis on ira visiter le dernier endroit où Reinhold a travaillé. Seulement les montres et les perles ? ajouta-t-elle comme elles se dirigeaient vers la sortie.

— C'est tout ce qu'il leur a proposé.

— Il répartit son butin. Il ne veut pas que les gens posent trop de questions et il choisit des boutiques en dehors de son quartier.

— Le propriétaire a appelé dès qu'il a vu l'alerte. Il m'a dit que Reinhold était passé chez lui vers 11 heures avec les montres et le collier de perles.

— Soit environ deux heures après sa tournée des banques. Notre oiseau se constitue un nid.

Une fois dans le garage, elle s'installa derrière le volant tandis que Peabody entrait l'adresse du magasin dans le système de navigation.

— Moi, j'aurais fait virer l'argent dans le New Jersey, commenta Peabody. Ou mieux, à Pittsburgh.

— Pittsburgh ?

— Ouais, peut-être du côté de Pittsburgh. Puis j'aurais fait mes bagages le samedi et serais remontée à pied vers les quartiers résidentiels. J'aurais sans doute pris un bus, me serais arrêtée pour faire un changement en direction du New Jersey où je me serais dégoté un petit hôtel tranquille pour faire une pause. Le dimanche, je serais partie vers le sud, après avoir coupé et teint mes cheveux. Je me serais acheté des lentilles de contact pour changer la couleur de mes yeux et des tatouages éphémères.

— Il faut s'identifier au moment de retirer l'argent. Un changement de look attirerait la suspicion.

— Exact. D'accord, j'attendrais. J'achèterais le matos, mais sans l'utiliser de suite. Je chercherais peut-être à Jersey une boutique comme celle où nous allons pour y refourguer un ou deux trucs. Lundi matin, je récupère l'argent, puis je vais dans un motel à trois sous, je paie en liquide, je change de look et je vais vendre le reste à Pittsburgh.

— Vous devriez encore attendre avant de changer d'apparence, sans quoi on saura à quoi vous ressemblez quand on retrouvera la piste des biens revendus.

— Mince, c'est vrai. Donc, je vais dans le motel après avoir tout vendu et je me sers de l'argent pour m'acheter une nouvelle carte d'identité.

Cela amusait Eve – et participait, espérait-elle, à la formation de Peabody – de traquer les erreurs dans ce grand plan d'évasion.

— Et comment un fainéant de première du Lower West Side saurait-il comment obtenir de faux papiers à Pittsburgh ?

— D'accord, il s'en procure avant de quitter New York.

— La question demeure.

— Il doit bien connaître quelqu'un qui connaît quelqu'un. Il a sûrement acheté une fausse carte d'identité pour entrer dans les bars et aller en boîte avant d'avoir l'âge légal. Qui n'a jamais fait ça ?

Peabody lui décocha un coup d'œil en biais.

— Vous n'avez jamais fait ça ?

— Non.

Eve ne se souvenait pas d'avoir jamais été intéressée par les sorties en boîte.

— Croyez-moi, la plupart des jeunes font ça. Donc, je me servirais de ça comme point de départ et dépenserais une partie de mon argent dans une nouvelle carte d'identité.

— Sauf qu'à New York vous n'avez pas encore votre nouveau look.

— Merde !

Coincée, Peabody se tapota la cuisse de son poing fermé.

— Laissez-moi réfléchir. Comment vous feriez, vous ?

— Je consacrerais une partie du temps passé dans l'appartement avec mes parents morts à faire des recherches sur la manière de faire mes propres faux papiers. J'usurpe l'identité d'un type décédé, je récupère les fournitures dont j'ai besoin pour créer de toutes pièces des documents qui satisferont le préposé du guichet qui fournit les cartes d'identité. Et je revends toutes les breloques dès le samedi, bien avant que qui que ce soit ait le temps de diffuser une alerte. En partant, je m'équipe d'une valise facile à porter, d'un sac à dos et d'un sac de voyage. Voyager léger et voyager vite. Je n'ai pas besoin ni envie d'emporter toutes mes affaires, de toute façon. Je ne prendrais que de quoi tenir deux ou trois jours. Je transfère l'argent sur un compte offshore, le genre qui ne mentionne pas le détail des transactions. Ça ne représente pas une si grosse somme que ça ; personne n'y verra rien à redire. Puis je me donne toute la journée du dimanche pour fuir. Je pars sans changer d'apparence, je trouve un motel – cette partie-là fonctionne bien – et je change de look pour que ça corresponde à la fausse carte que je vais faire.

» Je me prépare pour faire moi-même ma photo qui ira avec les documents que j'ai falsifiés. J'ajoute quelques trucs pour ne pas ressembler aussi parfaitement à l'homme que je vais devenir. J'enfile plusieurs couches de vêtements pour me rendre plus massif. Je garde exprès des cheveux que j'ai coupés pour me faire une barbiche, j'ajoute une boucle d'oreille, un ou deux tatouages temporaires, peut-être de la crème bronzante lavable.

» Alors je prends un bus, un train, je change plusieurs fois de mode de transport. Pas pour Pittsburgh mais plutôt pour un endroit comme Milwaukee.

— Milwaukee ? Qu'est-ce qu'il y a de si bien à Milwaukee ?

— L'idée m'est venue comme ça, mais c'est loin. Dans le Midwest. C'est là que je pars en reconnaissance dans les différents bureaux administratifs jusqu'à trouver celui qui me semble le plus adapté. Je reprends mon nouveau look et j'y vais en racontant que j'ai perdu ma carte d'identité alors que je faisais un stage de plongée à Cozumel.

Peabody la regarda d'un air surpris.

— Sérieux ?

— Ça semble idiot et bizarre et c'est exactement pour ça qu'ils y croiront si vous savez vous y prendre. Je ressors avec mes papiers tout neufs, je prends un avion pour les îles Caïmans ou un autre endroit où j'ai fait virer les fonds, je récupère le tout, m'installe dans un bel hôtel et file à la plage pour m'envoyer un de ces cocktails avec un petit parasol dedans.

— Vous êtes forte.

Eve secoua la tête tout en cherchant une place pour se garer.

— Pas tant que ça. Ça ne représente pas suffisamment d'argent pour que ça marche ni pour que ça en vaille la peine. Et ça laisse quand même une piste que les flics pourraient remonter.

Elle repéra une place au deuxième niveau du parking et un autre véhicule qui cherchait à se garer. Sans hésiter, elle activa la propulsion verticale, inclina le nez de la voiture, vira de bord et se faufila directement jusqu'à l'emplacement libre.

— On suivrait l'argent, poursuivit-elle en sortant de la voiture avec Peabody. Et on finirait par retrouver sa trace. Il aurait mieux fait de se contenter du liquide présent dans l'appartement et de ce qu'il pouvait emporter et revendre. Puis s'enfuir à toute vitesse, changer ses papiers, son apparence, son nom, peut-être s'installer à Milwaukee en prenant un petit job tranquille et discret. Mais la plupart des gens sont trop avides, trop impatients. Ils veulent tout, tout de suite.

Arrivées dans la rue, elles longèrent le pâté de maisons jusqu'à la boutique Les Joyaux d'Ursa qui vantait son expertise en matière de vente, réparation et acquisition.

En entrant, Eve fut accueillie par un parfum de fleurs, quelques voix murmurantes et le scintillement des bijoux.

— Houuu ! laissa échapper Peabody.

— Refrénez-vous, l'avertit Eve.

— Ursa est le type avec les cheveux gris ondulés et le bronzage d'un touriste de croisière.

Eve avisa l'individu en question en train de ranger un présentoir de bagues étincelantes dans une vitrine. Elle se dirigea vers lui.

— Monsieur Ursa ?

Elle lui présenta son insigne et le vit hocher la tête avec un soupir.

— Lieutenant Dallas et inspecteur Peabody, annonça-t-elle. Nous sommes sensibles à votre coopération dans cette affaire.

— Il avait pourtant l'air d'un jeune homme très bien.

— Je n'en doute pas.

— Il disait avoir récemment perdu ses parents dans un accident. Il m'a paru très ému en en parlant, donc je n'ai pas insisté. Il m'a expliqué qu'il ne supportait pas l'idée de garder ces montres ou ce collier de perles. Apparemment, il avait essayé de porter la montre de son père, mais c'était trop douloureux.

— J'imagine.

— Je lui ai suggéré qu'il aurait peut-être intérêt à attendre un peu plus longtemps et à les conserver dans un coffre en attendant. Qu'il risquait de regretter de les avoir vendus par la suite. Mais il a dit que non, qu'il quittait New York et qu'il avait le sentiment de devoir faire table rase. Ce sont tous de beaux articles, en particulier la montre de femme. Si vous voulez bien patienter, je les ai remis dans notre chambre forte après que ma fille a vu le signalement sur notre écran. Une telle chose ne nous était jamais arrivée avant. C'est très contrariant.

— Je comprends.

— Excusez-moi.

Il s'éloigna et emprunta une porte au fond du magasin. Une jeune femme s'approcha derrière le comptoir.

— Je suis Naomi Ursa, dit-elle. Mon père est très affecté par cet incident. J'ai vu dans les médias l'histoire de ces deux personnes, mari et femme, assassinés dans leur appartement du West Side. Je n'en ai pas parlé à mon père. Mais ces montres, ce beau collier de perles… Ils appartenaient à ces pauvres gens, n'est-ce pas ?

— Je ne peux rien confirmer sur ce point. Ce serait utile si nous pouvions avoir accès à vos enregistrements de sécurité.

— Oui, papa a déjà fait une copie pour vous, mais si vous voulez bien passer derrière le comptoir, je peux vous les montrer sur notre écran tout de suite.

Au moment de contourner le meuble, Eve dut donner un coup de coude à Peabody qui restait les yeux rivés sur un collier ressemblant à une chaîne de petites larmes roses.

— À votre arrivée, j'ai calé la vidéo sur le bon moment, expliqua Naomi en lançant la séquence.

Eve regarda Reinhold entrer dans l'établissement. Sans valises, remarqua-t-elle. Il avait donc trouvé un endroit où les remiser, un endroit où se cacher.

Le jeune homme, qui affichait ce qu'il devait penser être une expression de tristesse, se dirigea droit vers l'homme âgé derrière le comptoir.

« Intéressant, estima Eve. Il a opté pour la figure paternelle, représentante de l'autorité, plutôt que pour la femme plus jeune. »

Elle suivit le déroulement de la conversation, la compassion d'Ursa. Celui-ci avait étalé sur le comptoir un petit tapis en velours pour les montres et un second pour le collier de perles.

« Il n'est pas nerveux, pensa Eve qui continuait à observer Reinhold plutôt qu'Ursa pendant que le joaillier, muni de sa loupe et d'une sorte d'outil de mesure, examinait les trois articles. Impatient, plutôt. Envahi par l'excitation. »

Ursa reprit la parole et Reinhold secoua la tête avant de baisser les yeux, de détourner le regard, lèvres pincées. Toujours dans le rôle qu'il s'était créé. Ursa posa la main sur celle du jeune homme. Sa compassion sincère était visible même à travers l'écran. Ursa fit glisser les carrés de velours sur le côté et fit signe à sa fille d'approcher pour lui murmurer quelque chose à l'oreille.

— Il me dit de les ranger dans le coffre afin que le vendeur n'ait pas à les voir, expliqua Naomi. Et il lui en a proposé un peu plus qu'il ne l'aurait dû. On se sentait tous les deux désolés pour lui. Et, d'un point de vue pratique, la vente de la montre pour femme aurait compensé la différence.

Ursa revint de l'arrière-boutique.

— Je vous ai tout mis dans des boîtes, annonça-t-il.

Il déposa les trois boîtes en question sur la table située derrière le comptoir et les ouvrit.

— Ce sont de très beaux objets, dit-il. La montre pour homme ne peut pas vraiment être qualifiée d'ancienne, mais c'est un très bon modèle qui a été bien entretenu. Celle pour femme est une pièce d'exception et en excellent état. Les perles sont superbes et bien préservées. J'ai également les papiers pour vous.

— Merci, monsieur Ursa. Ma partenaire va vous donner tous les documents nécessaires pour faire jouer votre assurance, ainsi qu'un reçu pour les trois articles. N'hésitez pas à me contacter, dit Eve en lui tendant sa carte. Par ailleurs, si M. Reinhold devait revenir, ne lui dites rien. Trouvez une raison de vous rendre dans l'arrière-boutique et contactez-moi.

— Vous pensez qu'il va revenir ? demanda Naomi en portant la main à son cou.

— Non. Mais je veux que vous compreniez, si vous deviez le voir ou lui parler à l'avenir, que c'est un homme dangereux et que vous devrez contacter la police. Peabody, assurez-vous que Mlle Ursa a tout ce qu'il lui faut de notre part.

— Vous venez avec moi, mademoiselle Ursa ? proposa Peabody.

Une fois seule avec le gérant, Eve s'adressa à lui à voix basse :

— Vous vous êtes montré généreux avec lui. N'allez pas vous le reprocher.

Une esquisse de sourire apparut sur les lèvres d'Ursa.

— Ça se voit ?

— Je parie que vous avez un site Web et qu'il insiste sur le fait que votre magasin existe depuis deux ou trois générations, que c'est une affaire familiale qui offre à chaque client un service personnalisé et que vous êtes spécialisé dans les biens familiaux.

— Pari gagné. Nous avons trois générations sur place. C'est le jour de congé de mes parents, mais mon fils et sa femme sont là-bas, dit-il en indiquant l'autre extrémité du magasin où un homme et une femme accueillaient des clients.

— C'est l'une des raisons pour lesquelles il vous a choisis, lui dit Eve. Vous êtes sérieux, respectés et équitables. Il aura sans doute fait des recherches sur vous, de même que sur la valeur des montres et du collier. Et parce que votre affaire est familiale, il savait que vous seriez sensible à l'histoire qu'il vous a racontée.

— Le nom de son père est gravé sur la montre. Et j'ai demandé à voir sa pièce d'identité.

— Vous n'aviez aucune raison de douter de son récit et je crains que vous ne soyez pas le seul à qui il l'a servi aujourd'hui.

Une fois ressortie de la boutique, Eve reprit la direction du parking.

— Mettez ces pièces à conviction en sécurité jusqu'à notre retour au bercail, dit-elle à Peabody.

— Comptez sur moi. Reinhold est reparti avec quarante-cinq mille dollars. J'ignore combien il va obtenir avec le reste de ce qu'il a volé, mais apparemment la montre ancienne était le gros lot de l'histoire. En tout cas, il s'est fait un beau bas de laine.

— Alors à nous de trouver où il a caché le bas en question.

Eve ouvrit la portière de sa voiture et s'immobilisa un instant, parcourant du regard la rue en contrebas.

« Il profite de la vie, se dit-elle, tranquillement allongé sur un gros tas de fric taché du sang de ses parents. »

5

Conformément à la commande, Fitz Ravinski déposa par-dessus la part de tarte aux pommes une tranche de fromage orange aussi fine que du papier. Puis vint s'y ajouter une boule de glace sans lait de la couleur d'un kiwi radioactif.

— Du yaourt au tofu parfumé à la menthe fraîche, dit-il en secouant la tête. Qui met des trucs pareils sur une belle part de tarte ?

— Pas moi, lui assura Eve.

— Faut de tout pour faire un monde.

Il glissa la tarte et une tasse minuscule de café noir comme la nuit dans la trappe de livraison, fit danser ses doigts sur le pavé numérique et laissa partir la commande.

— Le coup de feu du déjeuner est terminé, mais on a passé l'après-midi à servir des tourtes et des tartes.

— Je vois ça.

Eve jeta un coup d'œil de l'autre côté du comptoir en direction de la salle du restaurant. Lors du pic de fréquentation, elle accueillait sans doute quatre-vingt-dix couverts, façon « sardines new-yorkaises ». Pour l'heure, il devait y avoir une bonne vingtaine de personnes, y compris l'homme visiblement très occupé sur sa tablette qui attaquait la première bouchée de sa tarte et yaourt au tofu parfum menthe fraîche.

Elle sentit son estomac se contracter rien qu'en y pensant.

— Vous pouvez nous accorder cinq minutes ?

— Ouais, ouais. Sal, remplace-moi un instant.

Fitz s'essuya les mains sur son tablier blanc, sans doute pas pour la première fois de la journée à en juger par les traces qui maculaient le tissu. Il s'empara d'une grosse bouteille noire et, d'un geste sec du menton, fit signe à Eve et à Peabody de le suivre jusqu'à une table libre.

— Vous devriez goûter une tarte. C'est la maison qui régale. Les flics ne paient pas quand je suis là. J'ai deux cousins dans la maison.

— Ici à New York ?

— Dans le Bronx tous les deux. Les tartes sont bonnes. Faites maison par ma mère et mes sœurs.

— Alors le restaurant est une affaire familiale.

— Dix-huit ans qu'on est ici, répondit-il en tapotant le bois de la table du bout de son doigt épais. On s'en sort pas trop mal.

— Merci de nous le proposer, mais nous n'allons pas prendre beaucoup de votre temps.

Eve eut l'impression d'entendre le gémissement déçu de l'estomac de Peabody à ses côtés.

— Nous aimerions vous poser quelques questions à propos de Jerald Reinhold.

— Je l'ai viré il y a deux à trois mois. Il arrivait tard, partait tôt, s'emmêlait dans ses livraisons. Les livraisons représentent un bon tiers de notre chiffre. Il n'était pas fiable et n'en avait clairement rien à foutre de bien faire le boulot.

Ravinski se pencha vers elles en appuyant de nouveau son doigt sur la table.

— S'il essaie de porter plainte contre moi, j'ai des enregistrements pour prouver ce que j'avance.

— Comment a-t-il accueilli la nouvelle quand vous l'avez renvoyé ? demanda Eve.

— Il m'a dit d'aller me faire voir, et en sortant, il a renversé une tarte à la banane qui était posée sur le comptoir. Il a filé à toute vitesse, ajouta Ravinski avec un sourire carnassier. Ce petit lâche a mis les gaz quand la tarte s'est écrasée par terre, des fois que je décide de lui mettre une rouste.

— Vous l'avez fait ?

— Non. C'était qu'une tarte, après tout – même si elle était délicieuse – et puis ça valait le coup de le voir se magner un peu le train, pour changer. S'il avait mis autant d'énergie dans le boulot que dans sa fuite, il serait encore à bosser chez nous. C'est la première fois que je l'ai vu se bouger le cul, si vous voyez ce que je veux dire.

— Tout à fait. Vous aviez reçu des plaintes précises à son sujet ? De la part de ses collègues ou de clients ?

— Vous voulez la liste complète ? demanda Ravinski, l'air amer.

Avant de poursuivre, il porta la bouteille à ses lèvres et renversa la tête en arrière, sa pomme d'Adam oscillant tandis qu'il buvait.

— Ma sœur Fran l'a surpris en train de fumer un joint dans l'arrière-cour. J'aurais dû le virer pour ça, mais je lui ai donné une deuxième chance en me disant qu'il était jeune et encore un peu bête.

— Il avait un problème avec les substances illégales ?

— Je crois pas. J'ai gardé un œil sur lui après ça, mais je ne l'ai jamais vu faire quoi que ce soit de ce genre. Son problème, c'était la paresse et l'insolence. Des clients se sont plaints que leur plat était abîmé ou froid et que le livreur – Jerry, donc – s'était montré grossier.

— L'avez-vous vu depuis son renvoi ?

— Pas vraiment, non. J'ai vu sa copine la semaine dernière. Enfin, son ex-copine maintenant, ce qui prouve qu'elle a quelque chose dans le crâne.

— Lori Nuccio ?

— C'est ça. Lori travaillait pour moi il y a à peu près trois ans. Bonne serveuse, aimable, rapide. Elle a bossé avec nous pendant deux ans avant de trouver une place dans un endroit chic avec une meilleure paie, de meilleurs pourboires. Tant mieux pour elle. Cela dit, j'ai engagé ce petit con parce qu'elle m'avait demandé de lui donner un coup de pouce. Après que je l'ai viré, elle est venue me dire qu'elle était désolée, comme si c'était sa faute à elle. Lori est une fille bien. Si vous voulez mon avis, elle semble plus heureuse depuis qu'elle l'a foutu dehors.

— Est-ce qu'il passait du temps avec des employés en particulier ?

— Non, ce serait plutôt le contraire. Il ne s'entendait avec personne ici. Il ne s'est pas fait d'amis ; il ne s'est pas vraiment fait d'ennemis non plus. Il se contentait de venir faire ses heures… quand ça l'arrangeait. Rien de plus.

— D'accord. Merci pour votre temps.

— Ça m'a permis de m'asseoir une minute. Maintenant, vous pouvez peut-être me dire pourquoi vous me posez des questions sur Jerry ?

Si les médias n'avaient pas déjà fait circuler le nom des victimes et certains détails des circonstances du crime, cela ne tarderait pas.

— Nous voulons l'interroger à propos du meurtre de ses parents.

— Du quoi ?

La surprise était audible dans la voix de Ravinski. Il abaissa sa grosse bouteille noire.

— Ses parents ont été tués ? Tous les deux ? Bon Dieu, quand ça ? Comment c'est…

Il rapprocha son siège de la table et expira avec force.

— Il les a tués. Vous dites que Jerry a assassiné son propre père et sa propre mère ?

— Il est crucial que nous le retrouvions et puissions lui parler. J'ai l'impression que vous ne savez pas où il pourrait être, où il aurait pu aller ?

— Il n'a même pas passé trois mois ici et j'ai perdu le compte du nombre de fois où il a appelé pour dire qu'il était malade ou pour me sortir une autre excuse bidon.

Ravinski passa la main sur ses cheveux en brosse, taillés de manière si stricte et nette qu'Eve fut surprise qu'il n'ait pas la paume en sang.

— Il avait deux copains qui sont venus ici une fois ou deux. Mince, comment ils s'appelaient ? Mal ! L'un d'eux s'appelait Mal. Il avait l'air d'un bon gars. L'autre, par contre, était un petit con. Je ne me souviens pas de son nom.

— Nous avons déjà ces informations. Si autre chose vous revient, contactez-nous.

— Ma mère avait dit qu'il ferait du mal à quelqu'un.

— Pardon ?

— Ma mère. Elle aime raconter qu'elle pressent des trucs, répondit-il en agitant les mains devant lui. Ses arrière-grands-parents étaient siciliens. Bref, elle m'a dit : « Écoute-moi bien, Fitz, ce gamin fera du mal à quelqu'un. Il y a quelque chose de sombre en lui. »

Il secoua la tête avant de poursuivre :

— Je ne sais pas si elle pensait à un truc aussi sombre que ça, mais je peux vous dire que quand elle l'apprendra, elle va devenir invivable.

Une fois qu'elles furent sorties du restaurant, Peabody décocha à Eve un regard boudeur.

— J'en connais qui auraient bien mangé un bout de tarte.

— Économisez-vous pour Thanksgiving, répliqua Eve. Nous allons faire le tour de ceux qui le connaissent, décida-t-elle. Parler à ses anciens employeurs, ses collègues. Peut-être qu'on trouvera une piste.

— Il va s'enfuir. C'est la seule option logique.

— S'il agissait de manière logique, il serait en fuite depuis vendredi. On s'occupe du côté professionnel puis on passera chez l'ex-petite amie sur le chemin du retour. Je m'installerai dans mon bureau à domicile pour chercher d'autres angles d'attaque.

— Et Mira ?

— J'organiserai la consultation demain matin. Il s'est terré quelque part et il se sent vraiment plein aux as, fort et puissant. Donc, il est sûrement dans un endroit qui pue le fric. Il va s'offrir un beau dîner ce soir. Peut-être même une bonne tarte.

— Le salaud.

Comme elles repartaient vers leur voiture, Peabody lança par-dessus son épaule un regard triste et plein d'envie. D'envie de tarte.

« La journée a été longue », songea Peabody. Et elles n'avaient pas accompli autant qu'elle l'avait imaginé. Dallas lui avait enseigné à ne jamais croire qu'une affaire était du tout cuit même quand – comme pour celle-ci – on savait qui, pourquoi, comment et quand pratiquement dès le départ.

— La chance est avec lui, se plaignit-elle.

Ian McNab, l'étoile montante de la DDE, lui donna une petite tape sur les fesses comme ils arrivaient devant l'immeuble de Lori Nuccio.

— La chance, ça ne dure pas, dit-il. Sauf la nôtre, p'tit body.

Il la faisait sourire. C'était l'une de ses plus grandes qualités, aux yeux de Peabody. Ça et son propre petit derrière, ses yeux verts pleins d'intelligence, son cerveau toujours en effervescence et son énergie doublée d'une créativité exceptionnelle sous la couette.

— On va passer par les escaliers, dit-elle.

— Ah bon ?

— Je n'arrête pas de penser à cette tarte avec sa boule de glace. Rien que d'y songer, mes fesses ont déjà pris deux kilos. Sans compter qu'on va s'arrêter au supermarché sur le chemin du retour pour que j'achète de quoi en faire une, alors je…

— Tu vas nous préparer une tarte ?

— Celle aux fruits rouges de ma grand-mère, si j'arrive à trouver les ingrédients et qu'on partage la note.

— Hé, si c'est toi qui cuisines, je veux bien payer pour tout.

Il se dandina d'un air très fier.

— Ma super copine va me préparer une tarte !

Avec un grand sourire sur son visage étroit, il gravit les marches derrière elle, des mèches de ses longs cheveux blonds battant par-dessus les multiples anneaux scintillants passés à son oreille gauche. Il tendit la main pour caresser les doigts de Peabody.

— J'aime bien quand on sort du bureau au même moment.

— Moi aussi. Mais j'aurais encore plus apprécié si on avait pu choper ce salopard avant de partir.

— Vous l'aurez. Tu n'auras qu'à me raconter tout ça en arrivant à la maison. De quoi se prendre la tête ensemble… voire d'autres parties du corps…

Elle lâcha un petit rire comme ils arrivaient à l'étage où vivait Lori Nuccio.

— Elle habite là.

Peabody s'approcha de la porte et frappa sèchement contre le panneau.

— Tu disais qu'elle avait pris sa journée pour passer du temps avec une copine ? Elles ont sûrement décidé d'en profiter jusqu'au soir. Aller dîner, sortir en boîte.

— Ouais. Mais j'espérais…

Peabody se retourna en entendant s'ouvrir la porte d'en face.

— Madame Crabtree ? demanda-t-elle.

— C'est ça.

Peabody prit soin de présenter son insigne.

— Vous avez rencontré ma partenaire plus tôt dans la journée. Le lieutenant Dallas. Je suis l'inspecteur Peabody et voici l'inspecteur McNab.

— Lori n'est pas encore rentrée. Je commence à m'inquiéter.

— Est-ce inhabituel pour elle de s'absenter si longtemps ?

— Non, mais c'est carrément inhabituel pour son ancien petit copain d'assassiner ses parents. J'ai appris la nouvelle aux infos en rentrant il y a une heure. Je n'étais pas sortie longtemps, juste histoire de faire quelques courses, et j'avais laissé un mot sur la porte de Lori au cas où elle rentrerait pendant mon absence. Le mot était toujours là à mon retour. Alors je continue à guetter pour voir si elle arrive.

— Nous vous remercions pour votre vigilance. Et nous serions très reconnaissants si Mlle Nuccio pouvait nous contacter à son retour.

— Elle a mal choisi son jour pour se prendre un nouveau communicateur et un nouveau numéro. Mais si je ne peux pas la joindre, ce salaud non plus. C'est plutôt que je me sentirais mieux si je savais qu'elle était bien rentrée pour la nuit. Je vais guetter jusqu'à ce qu'elle arrive, répéta Crabtree.

En redescendant l'escalier avec McNab, Peabody fit rouler ses épaules.

— La voisine m'a inquiétée, dit-elle. On ne sait pas avec qui elle est sortie, donc impossible de joindre son amie et de lui demander de relayer l'info.

— On pourrait sans doute le découvrir. Obtenir des noms à son travail et partir de là. Les filles se baladent toujours en troupeau. Il suffit d'identifier les membres du troupeau et de procéder par élimination. Ça prendra du temps, mais c'est faisable.

— En troupeau ?

— Hé, j'y peux rien si vous n'êtes même pas capables d'aller faire pipi en solo.

— Je te giflerais bien si ce n'était pas vrai et si ce n'était pas une bonne idée. On se donne sûrement beaucoup de mal pour rien, mais allons-y.

— Donc, on va commencer à établir la liste et on ira acheter les ingrédients pour la tarte. Tu te charges de la tarte, je m'occupe d'écrémer la liste.

Arrivés sur le trottoir, elle lui prit la main.

— Après quoi on se prendra la tête... et le reste aussi.

— Excellent plan.

Si seulement ils étaient arrivés vingt minutes plus tard, ils n'auraient pas raté Lori...

Elle rentra à l'heure où les réverbères s'allumaient dans les rues. À l'origine, elle avait prévu d'enfiler la nouvelle robe moulante qu'elle venait d'acheter en compagnie de Kasey avant de sortir en club. Mais alors qu'elles terminaient une assiette de pâtes aux aubergines – une seule pour deux afin d'éviter d'accumuler les calories et les dépenses – au terme de leur virée shopping et salon de beauté, leur amie Dru avait appelé Kasey.

Elle n'y avait d'abord pas cru. Avait refusé d'y croire. Mais Dru était absolument sûre de ce qu'elle disait. Et puis Kasey et Lori avaient affiché la nouvelle sur l'écran de leurs nouveaux communicateurs.

Jerry, l'homme avec qui elle avait vécu, avec qui elle avait couché, qu'elle avait aimé pendant au moins quelque temps, était recherché par la police. En tant que suspect dans le meurtre de ses propres parents.

Mon Dieu, les parents de Jerry étaient morts. Elle les trouvait tellement adorables... et maintenant ils étaient morts. Elle n'avait jamais eu de lien avec une personne assassinée, et certainement pas quelqu'un d'aussi proche qu'avaient pu l'être les parents de Jerry.

Elle pensait sincèrement, au plus profond d'elle-même, qu'il s'agissait d'une terrible méprise. Oui, Jerry pouvait parfois s'emporter. Et la fois où il l'avait frappée avait révélé une facette de sa personnalité qu'elle ne pouvait ni aimer ni tolérer. Mais une paire de gifles, si inacceptable qu'elle ait pu être, n'était pas comparable à un meurtre !

Elle avait envisagé d'appeler Jerry, mais Kasey le lui avait interdit avec véhémence. Son amie avait même insisté, voyant que Lori voulait rentrer chez elle, pour la raccompagner en taxi. Qu'elle ne rentre ni à pied ni en métro. Lori avait eu du mal à convaincre Kasey qu'elle n'avait ni besoin ni envie que celle-ci dorme chez elle cette nuit.

Elle voulait simplement rentrer chez elle, être un peu seule et tâcher de digérer ce qu'il s'était passé.

Et elle avait besoin de pleurer un peu. Peut-être même beaucoup. Pour M. et Mme Reinhold et aussi pour Jerry. Pour le futur commun qu'elle avait un jour imaginé.

Elle passa sous son bras les sacs pleins d'articles dont elle ne voulait plus et ouvrit la porte de l'immeuble. Pressée de rentrer chez elle, et parce qu'elle avait passé la journée à marcher, elle prit l'ascenseur. La cabine monta cahin-caha jusqu'à son étage et s'ouvrit en grinçant.

Mme Crabtree émergea de son appartement avant que Lori ait rejoint le sien.

— Vous voilà ! J'étais inquiète.

— Je... J'ai fait plein de courses.

Mme Crabtree plissa les yeux.

— Vous êtes au courant. Pour ce fichu Jerry.

— Je viens de l'apprendre. Je pense qu'il doit y avoir une erreur parce que...

— Petite, la police est passée. Deux fois. Ils vous cherchaient.

— Moi ? Pourquoi ? Pourquoi ?

— Pour vous parler. De lui. Venez donc à la maison une minute, je vais vous servir un petit thé. Non, mieux, un grand verre de vin. J'ai une bonne bouteille que je garde en réserve depuis mon anniversaire.

— Merci, mais je veux juste rentrer chez moi et... rentrer et... être un peu au calme, j'imagine.

— D'accord, d'accord. Très bien.

Mme Crabtree caressa gentiment la chevelure châtain brillante de Lori.

— Vous êtes très jolie.

— Nous... Nous sommes allées dans un salon de beauté.

— J'aime bien, cette nouvelle couleur vous va à ravir. Ça fait du bien, le changement. Tenez, voilà la carte de la première personne qui est venue. Elle voudrait que vous la contactiez dès que possible.

Je pense que ça vous aidera peut-être à vous sentir mieux.

Lori n'avait jamais parlé à un policier – pas de manière officielle – et l'idée la mettait mal à l'aise.

— Mais je ne sais rien, dit-elle.

— On n'est jamais sûre de ce qu'on sait, répondit Mme Crabtree en tâchant de sourire. Et cette femme m'a donné l'impression d'être intelligente. Alors allez-y, appelez-la. Et si vous changez d'avis pour le verre de vin et la compagnie, vous n'aurez qu'à venir frapper à la porte. À n'importe quelle heure, d'accord ?

— D'accord.

Lori baissa les yeux vers la carte et lut : *Lieutenant Eve Dallas*.

— Oh, c'est la femme flic de l'affaire Icove. Celle de Connors.

— Ah, mais c'est ça ! lança Mme Crabtree en se tapotant la tempe. Je savais que je la reconnaissais de quelque part, mais je ne savais pas d'où. Vous voyez, on n'est jamais sûre de ce qu'on sait.

— Vous devez avoir raison. Merci, madame Crabtree.

— Je suis là en cas de besoin, lui rappela la voisine avant de rentrer, visiblement soulagée, dans son propre appartement.

Tranquille. En sécurité.

Lori ferma la porte derrière elle, mit le verrou et la chaîne.

Elle laissa ses sacs de courses tomber à terre. Ses achats ne l'intéressaient plus ; au contraire, elle se sentait coupable et honteuse. Elle était sortie s'offrir des choses dont elle n'avait pas vraiment besoin, profiter d'une manucure et de soins du visage, rire, boire du vin... et pendant ce temps M. et Mme Reinhold étaient morts.

Elle s'aperçut qu'elle avait envie de parler à sa mère, à ses deux parents. C'était ce qu'elle allait faire. Mais d'abord, comme ils le lui avaient enseigné, faire les choses dans l'ordre.

Elle rangerait ses emplettes, puis elle appellerait la police.

Elle traversa son petit appartement coloré jusqu'à l'alcôve qui lui tenait lieu de chambre à coucher. Un rideau de perles la séparait du salon avec son sofa bleu électrique et les caisses rembourrées qu'elle avait peintes en rouge.

Un sofa convertible aurait peut-être paru plus logique, mais elle refusait de dormir dans l'espace où elle mangeait et recevait les visiteurs.

D'ici à un an, elle se trouverait un deux-pièces, dans le même immeuble avec un peu de chance. C'était en tout cas son prochain objectif, lequel avait subi un revers quand Jerry avait pris l'argent du loyer et les pourboires qu'elle avait mis de côté pour tout dépenser à Las Vegas. Elle devait à présent compenser cette perte et celle que représentaient les dépenses qu'elle venait de faire.

Mais elle avait vraiment eu besoin de sortir, de se laisser vivre l'espace d'une journée. Et elle s'était effectivement sentie mieux, avait eu l'impression de se retrouver elle-même. Kasey avait raison : cela faisait trop longtemps qu'elle broyait du noir à propos de sa Grosse Erreur, à savoir Jerry.

« Il est temps de reprendre le cours de ma vie », se dit-elle en sortant le joli pull turquoise qu'elle avait trouvé en solde.

Elle suivrait aussi les conseils de Kasey en matière d'attitude, décida-t-elle. Elle devait voir la chance qu'elle avait. Si Jerry avait vraiment fait ce dont on l'accusait – et elle n'arrivait toujours pas à y croire –, elle s'en était tirée à bon compte en rompant avec lui.

Au final, cela ne lui avait coûté que du temps, une peine de cœur, deux gifles et une certaine somme d'argent.

Ça aurait pu être pire.

Elle ne l'entendit pas arriver derrière elle. L'impact sourd de la batte contre son crâne la projeta vers l'avant. Elle s'affala sur le lit, rebondit dessus et retomba à terre, inerte.

La contemplant de toute sa hauteur, Jerry sourit en lui tapotant la jambe de l'extrémité de sa batte.

— À ton tour, dit-il.

Il ne l'avait pas frappée très fort. Pas aussi fort que son vieux, c'était certain. Il ne voulait pas la tuer. Pas encore. Ils avaient quelques questions à régler avant.

Mais il avait parfaitement conscience de l'insonorisation merdique de son appartement minable : la discussion devrait se faire à voix basse.

— Espèce de conne, reprit-il en lui donnant un coup sur la hanche. Tu pensais vraiment pouvoir me dire de me barrer ? Que je ne ferais pas de double des clés ? Et où t'étais passée toute la journée ? Je t'ai attendue.

Il jeta un coup d'œil aux articles qu'elle avait achetés et montra les dents. Lui aussi avait fait quelques courses durant les deux derniers jours. Il était temps de faire bon usage de ses dernières acquisitions.

Il mit de la musique. Pas trop fort, pour ne pas que les voisins se plaignent, juste assez pour ce qui allait suivre.

Puis, il alla chercher son propre sac de courses dans la salle de bains où il s'était caché en entendant l'ascenseur arriver sur le palier, l'oreille dressée pour épier sa conversation avec la vieille mégère d'en face.

Dommage que la commère ne soit pas entrée avec Lori. Il aurait pu s'offrir son deuxième duo.

Pour le moment, et pour le moment seulement, il se contenterait de Lori.

Il souleva la jeune femme inconsciente pour l'étendre sur le lit et, pour la première fois, remarqua sa nouvelle couleur de cheveux. Cette greluche en avait sans doute changé pour espérer attirer un nouveau pigeon. C'était tout ce qu'il avait été pour elle : un mec avec qui baiser et jouer les princesses.

Mais c'était elle qui allait se faire baiser à présent.

Pas sexuellement, non. Rien que l'idée le rendait malade. Mais il la déshabilla dans le but de l'humilier et de l'intimider. Il avait beaucoup réfléchi à ce qu'il allait faire.

Il lui ligota les poignets et les chevilles en serrant très fort sur les cordes jusqu'à ce qu'elles s'enfoncent dans la chair. Elle méritait d'avoir mal. Il lui recouvrit ensuite la bouche de ruban adhésif, ce qui était bien dommage car il aurait vraiment aimé profiter de ses cris.

Tout en chantonnant en rythme avec la musique, il l'installa en position assise contre les oreillers empilés dans son dos avant d'enrouler deux longueurs de corde supplémentaires au niveau de son torse, l'une autour de la tête de lit et l'autre autour du sommier. Il fixa solidement le tout à l'aide d'un fermoir à clip afin qu'elle soit fermement retenue.

— Comme ça, tu risques pas de bouger.

Il plongea de nouveau la main dans le sac pour en sortir une capsule de sels d'ammoniaque qu'il brisa sous le nez de Lori.

Il la regarda battre des paupières et agiter la tête de droite à gauche. Elle poussa un gémissement étouffé contre son bâillon tandis qu'elle reprenait connaissance.

Alors il s'assit à califourchon sur elle et lui lança un violent coup de poing dans le ventre.

— Coucou, Lori !

C'est à ce moment qu'il vit quelque chose qu'il n'avait pas vu chez ses parents. Pas seulement la surprise, pas seulement la douleur.

La peur.

Cela le remplit de quelque chose qu'il n'avait jamais réellement connu. Cela le remplit de joie.

Il sourit largement, porté par cette joie intense, tandis qu'elle se débattait vainement, son regard affolé parcourant l'espace merdique de son appartement merdique. Des sons étranglés se firent entendre derrière l'adhésif épais.

— Ne t'inquiète pas. Je ne vais pas te violer. D'ailleurs, ce serait pas du viol vu le nombre de fois où tu m'as laissé te prendre. Mais tu ne m'excites pas. Regarde-moi ça : tu es là, à poil et impuissante, et je n'ai même pas la trique. Alors tu peux chasser cette idée de ton esprit.

Il lui pinça violemment le bout du sein et rit en la sentant ruer sous lui.

— Je parie que je pourrais te faire mouiller, cela dit. Si j'en avais envie. Mais tu veux savoir un truc ? Pendant les dernières semaines où on a été ensemble, te baiser était une corvée de plus sur ma liste. Voici un petit conseil : si tu veux qu'un mec te fasse jouir, ne passe pas la nuit à te plaindre et laisse tomber les larmes de crocodile. Ouais, comme celles que tu verses, là, tout de suite !

» Et surtout, surtout, ne lui dis pas ce qu'il doit faire ! Tu n'es pas ma mère, connasse, et vu que t'as entendu ce qui lui est arrivé, ça vaut mieux pour toi.

Il descendit du lit et resta debout à l'observer sans parvenir à se rappeler la raison pour laquelle elle avait pu un jour lui plaire.

— J'ai des choses à dire, et pour une fois, tu vas la fermer et m'écouter. Compris, salope ?

Il ne se sentait pas seulement joyeux, constata-t-il. Il se sentait fort. Il se sentait important.

— T'as cru que tu pouvais me larguer, me montrer la porte juste parce que j'avais eu un peu de malchance au jeu ? Toujours à te plaindre et à pleurnicher sur ton sort alors que c'était moi qui avais des ennuis. T'as cru que tu pouvais m'humilier de cette manière ? Tu ramènes toujours tout à toi. Espèce de garce égoïste.

» Et cette façon d'agir comme si j'avais commis un crime à cause de deux malheureuses petites tapes ? Tu les avais méritées, et même plus. Maintenant, regarde-toi. C'est comme ça qu'ils vont te retrouver : nue, impuissante, humiliée ! Qu'est-ce que ça fait, hein ?

Les grosses larmes qui roulaient sur les joues de Lori ne faisaient qu'ajouter à son plaisir.

Il donna un coup de pied dans les sacs de courses qu'elle avait apportés.

— Tu n'es pas la seule à avoir fait des achats aujourd'hui. Regarde ce que j'ai trouvé, dit-il en sortant de sa poche un couteau pliant. T'appuies sur ce bouton et « bim ! ».

Une larme incurvée et dentelée, à peine plus petite que la limite légale, jaillit. Jerry sourit en voyant Lori écarquiller les yeux et se débattre, ses cris terrifiés étouffés par le bâillon adhésif.

— Ne t'inquiète pas, ce n'est pas pour toi. Je me suis servi d'un couteau de cuisine sur maman et il s'est enfoncé direct, comme dans un oreiller. Mais ça a foutu un sacré bordel. Aucune envie d'avoir ton sang sur mes nouvelles fringues. Elles sont plutôt classe, non ?

Il pivota sur lui-même comme pour lui permettre d'admirer sa tenue.

— J'ai foutu en l'air deux de mes anciens ensembles, d'abord avec la vieille puis avec le daron. Pour lui, je me suis servi de ma vieille batte de base-ball. Et crois-moi, le sang et les bouts de cervelle volaient dans tous les sens !

Avec un rire, il appuya de nouveau sur le bouton pour replier la lame.

— Tu m'as renvoyé en enfer. Tu sais ce que c'est de vivre avec ces deux-là ? Toujours à se plaindre, toujours à me dire quoi faire, à se comporter comme si c'était eux qui décidaient de tout. Qui c'est qui décide maintenant, hein ?

À force de se débattre, Lori avait les poignets ensanglantés par le frottement des cordes. « Chouette bonus », songea-t-il en rangeant le couteau dans sa poche.

— Alors, qu'est-ce que t'as acheté, aujourd'hui ?

Il s'accroupit et vida le contenu des sacs sur le sol. Il eut ensuite l'idée de ressortir son couteau et de faire courir la lame parmi les vêtements éparpillés. Il entendit Lori sangloter contre son bâillon.

— Des chaussures de pétasse ? Voyons voir.

Il se redressa et les lui enfila de force sur les pieds.

— Ouais, ça le fait.

Il s'assit de nouveau à califourchon sur elle.

— T'as vraiment fait une grosse connerie en me virant, Lori. J'ai du fric maintenant. Beaucoup de fric. Je peux faire tout ce que je veux. Et je peux te faire tout ce que je veux, sans que tu puisses m'en empêcher. Tu trouvais qu'une gifle était tout un drame ?

Il la gifla, de la paume et du revers de la main, une fois, deux fois, assez fort pour lui faire tourner la tête à chaque coup et que ses joues prennent une teinte de roses rouges.

— C'est pas un drame, connasse. Je vais te montrer ce qu'est un vrai drame.

Il referma le poing et l'écrasa contre son visage.

Elle tourna brièvement de l'œil et du sang se mit à couler sous l'adhésif, là où sa lèvre s'était fendue.

— Tu sais, peut-être que je vais réussir à bander après tout. Dis-moi que t'en as envie. Que tu veux que je te la mette bien profond. Ah, ouais, tu ne peux pas parler !

Il tapota du doigt sur le bâillon.

— Hoche la tête. Hoche la tête pour me dire que tu veux que je te baise. Fais-le ou je te défonce.

Elle réussit à incliner la tête, mais il lui donna un deuxième coup de poing.

— Pas assez rapide ! cracha-t-il tandis que l'œil de Lori commençait à enfler. Hoche la tête, connasse. Plus vite que ça !

Elle hocha la tête en sanglotant.

— C'est ça que tu veux ? Ce que j'ai là ?

Il agrippa son entrejambe, la gifla de nouveau.

— Eh ben tu l'auras pas !

Il réfléchit un instant, puis ressortit son couteau. Une lueur affolée apparut dans l'œil indemne de Lori et elle rua encore.

— Bouge pas ou je te larde !

Il trancha une poignée de ses cheveux.

— J'aime pas ta nouvelle coiffure. Je vais t'arranger ça.

Il entreprit de couper, tailler et cisailler jusqu'à ce que la belle chevelure châtaine soit réduite à quelques touffes inégales.

— Ouais, c'est mieux. Ils vont te retrouver à poil, à moitié chauve et moche. Tu l'as bien cherché. T'as voulu me traiter comme un chien. Maintenant, c'est ton tour. Aboie ! Aboie !

Il lui mit la lame sous la gorge.

— Aboie, je te dis !

Elle émit des bruits inarticulés, une lueur suppliante dans le regard.

— Bonne chienne ! Tu sais qui commande maintenant.

Quand il lui pinça le nez pour l'empêcher de respirer, elle se tortilla violemment sous lui.

— Dommage que t'aies pas fait autant d'efforts quand on baisait, sale garce. T'étais un mauvais coup.

Il relâcha sa prise et elle inspira désespérément par le nez, toute tremblante. Elle fut secouée de sanglots ; l'adhésif laissait échapper des bruits humides de déglutition.

— Qu'est-ce que tu dis ? demanda-t-il en tournant l'oreille vers elle dans un geste théâtral. Je ne t'entends pas bien. Tu as quelque chose à me dire ? Tu veux que je sache que tu n'es qu'une chienne moche et chauve ? Me supplier de te pardonner ? Tu veux me donner ton point de vue, sale chienne ? Bon, pourquoi pas.

Il saisit le coin du ruban adhésif et le tira légèrement en arrière.

— Ah, un petit détail, dit-il en s'interrompant.

Il plaqua le couteau contre sa gorge.

— Si tu cries, je te tranche la gorge. Pigé ?

Elle fit oui de la tête.

— Bonne chienne.

Il tendit de nouveau la main vers le bâillon et se pencha afin que leurs visages soient tout proches.

— J'ai failli oublier un autre truc.

Il passa la main dans son dos et saisit la longueur de corde rangée dans sa poche arrière.

— J'en ai rien à foutre de ce que t'as à dire.

Il passa la corde autour du cou de Lori et tira, tira. En voyant les veines rouges marbrer le blanc de ses yeux exorbités, en sentant son corps qui ruait et se tortillait sous lui, en entendant ses gargouillis terrifiés, il sentit l'excitation renaître en lui.

Plus il serrait le nœud et plus le frisson gagnait en force, jusqu'à embraser son être.

Les pieds ligotés de Lori martelaient le lit au rythme de ses convulsions. Ses mains ensanglantées tremblaient comme celles d'une vieille femme. Et Jerry serra plus fort encore. Il émit un grondement de plaisir et ondula des hanches, traversé par une sensation aussi vivace qu'incontrôlable.

Au moment où le regard de Lori se figea, un orgasme puissant le foudroya. Énorme, incroyable, différent de tout ce qu'il avait pu connaître auparavant.

Il se laissa alors retomber auprès d'elle, rassasié, stupéfait et – pour la première fois de sa vie – totalement comblé.

— Bon Dieu ! J'ai attendu ça toute ma vie…

Il lui donna une petite tape sur la cuisse.

— Merci.

Il ne lui restait plus qu'à prendre une douche, à trouver l'endroit où elle cachait l'argent de ses pourboires et à fouiller cet appart minable pour dénicher ce qui méritait d'être emporté. Mais d'abord, il irait voir ce qu'elle avait dans sa cuisine.

Tuer lui donnait encore plus les crocs qu'un gros joint de Zoner.

6

Passer le portail de son domicile ne dissipa nullement le tourbillon de pensées sous le crâne d'Eve. Souvent – la plupart du temps, même –, la vision de cette magnifique demeure aux allures de château que Connors avait fait construire avait un effet apaisant au terme d'une longue journée. Cette silhouette élégante et massive qui se découpait sur le ciel nocturne au bout de la longue route incurvée lui ôtait un poids, lui rappelait qu'elle avait un foyer.

Après une vie entamée en plein cauchemar avant de connaître la tristesse des familles d'adoption sous contrôle de l'État puis d'obtenir enfin son propre logement new-yorkais qui servait surtout d'espace pour dormir quelques heures entre ses enquêtes, elle avait finalement une vraie maison.

Mais ce soir, le fardeau sur ses épaules était simplement trop lourd.

Elle avait du mal à admettre qu'un abruti égoïste ait pu lui échapper, ne serait-ce qu'une journée. Elle devait tout reprendre depuis le début et revoir toute l'affaire étape par étape. Tout cela sans être distraite par une proposition de promotion au rang de capitaine.

Elle avait besoin de clarifier ses pensées et de regarder les choses sous un angle nouveau.

Il fallait bien l'avouer : elle avait besoin de Connors. De son écoute, de son œil acéré, de son cerveau brillant.

Elle allait tout lui raconter, écouter son avis, éprouver ses hypothèses auprès de lui, décida-t-elle en freinant devant l'entrée. Peut-être qu'elle avait raté quelque chose que lui verrait ou auquel il penserait.

Il l'aiderait. Ce n'était pas une supposition mais un fait. Et aux yeux d'Eve, son foyer tenait à cela au moins autant qu'à l'édifice de verre et de pierre dans lequel ils vivaient.

Au moment de sortir de la voiture, les paroles de Peabody à propos de sa soirée en amoureux lui revinrent à l'esprit. Et franchement, elle n'avait pas le temps pour ce genre de choses.

« Je ne prends pas le temps », se corrigea-t-elle en se laissant retomber sur son siège.

Lui le faisait. Connors prenait le temps alors qu'il était l'un des hommes les plus occupés de la planète, voire hors planète.

Elle se donnait trop rarement la peine de faire des choses un peu raffinées. Un poids de plus sur ses épaules. Même lorsqu'elle n'était pas plongée jusqu'au cou dans une enquête, elle n'y pensait simplement pas.

Et maintenant qu'elle y songeait, la culpabilité l'envahissait.

Elle n'était pas capable de prévoir toute une soirée en amoureux. C'était trop. Mais elle devrait être en mesure de préparer un bon repas avec quelques petites touches élaborées.

Histoire de remercier Connors pour son regard, son écoute et son cerveau brillant.

Elle bondit hors de la voiture et se précipita vers la maison.

À peine avait-elle passé le seuil qu'elle aperçut Summerset, tout de noir vêtu, avec le gros chat à ses pieds.

— Je n'ai pas le temps pour vos reparties assassines, annonça-t-elle sèchement.

— C'est fort dommage.

— Il est rentré ?

— Pas encore.

— Il faut que je prépare un repas, dit-elle. On le prendra sur la terrasse du toit.

Summerset haussa les sourcils.

— Il n'y a rien d'indiqué sur le calendrier.

— Contentez-vous...

Elle s'interrompit et fit un geste comme pour chasser une pensée tandis que le chat s'approchait à petits pas pour se frotter contre ses jambes.

— Je peux m'occuper de dresser la table, mais dites-moi ce qu'il devrait manger. Ce que *nous* devrions manger. Et ne choisissez pas exprès quelque chose que je déteste.

Même les épouvantails pouvaient prendre un air amusé, remarqua Eve.

— Très bien. Je commencerais par une soupe de tomate et ses crevettes pochées.

— Attendez !

Elle sortit son mini-ordinateur pour noter la suite.

— Allez-y...

— Poursuivez avec une salade aux poires de saison dans une vinaigrette au champagne. Pour le plat principal, je préconise un homard thermidor.

— Qu'est-ce que c'est que ce truc ?

— C'est délicieux. Vous allez adorer. Je le servirais avec un sauvignon blanc ou du champagne et je terminerais par un soufflé à la gousse de vanille, un brandy et un café.

— D'accord. Compris.

Elle fila vers les escaliers.

— C'est la tenue que vous comptez porter ?

— La ferme !

Elle fonça vers la chambre. Mince, mince, elle n'allait tout de même pas porter une robe de soirée. Ce n'était pas une vraie soirée en amoureux. Elle entra néanmoins dans son dressing, le chat sautillant sur ses talons comme s'ils jouaient ensemble.

Elle disposait de plus de vêtements qu'une centaine de femmes ordinaires ; elle devait forcément avoir le moyen de se choisir une tenue correcte.

Mais pas question de consulter Summerset sur le sujet !

Elle sélectionna un pantalon noir. Le noir allait avec tout, non ? Elle choisit ensuite un pull – tout doux – d'une couleur qui lui rappelait les feuilles d'automne et dont le col et l'ourlet étaient décorés d'un liseré brillant. Cela lui éviterait d'avoir à s'embarrasser avec des bijoux.

Ses boots étaient sans doute inappropriées, mais elle se refusait à porter des escarpins vertigineux.

Elle fut surprise de découvrir une paire de chaussures noires à talons compensés. Cela n'aurait pas dû la surprendre, se dit-elle en se changeant rapidement. On ne savait jamais ce que la fée du placard choisissait d'y ajouter à intervalles réguliers.

Étant donné les circonstances, elle décida d'appliquer quelques trucs colorés sur ses lèvres, ses cils et son visage.

« Il faudra bien qu'il s'en contente », se dit-elle en fonçant vers l'ascenseur.

En émergeant de la cabine, elle marqua un temps d'arrêt. Par une délicate attention de Summerset, le dôme en verre était ouvert sur le ciel indigo et les radiateurs diffusaient déjà une agréable chaleur pour compenser la fraîcheur de la soirée de novembre.

Pour le reste, c'était à elle de jouer.

Encore irrité des tracas de la journée, Connors entra dans le vestibule. Il fut surpris de trouver les lieux déserts. Ni Summerset ni chat. Décevant, surtout en ce jour où un accueil aimable lui aurait fait du bien.

Avec un mouvement d'épaules, il se délesta de son manteau et, dans un geste qu'il avait emprunté à sa femme, le suspendit au pilier central en montant l'escalier. Il allait passer une heure dans la salle de sport à taper dans un truc, décida-t-il. Après quoi il ferait quelques longueurs de piscine. De quoi évacuer ses soucis. Sinon, un très grand verre ferait sans doute l'affaire.

Mais en arrivant dans la chambre, il aperçut l'arme et l'insigne d'Eve sur sa coiffeuse.

Le lieutenant était donc rentré. Peut-être pourrait-il lui faire oublier un moment son double meurtre – il suivait de près les signalements de crimes – pour la convaincre de boxer ou nager avec lui. Voire, mieux encore, de passer à l'horizontale.

Une manière imparable d'oublier ses moindres soucis.

Elle était certainement dans son bureau, se dit-il, occupée à faire les cent pas devant son nouveau tableau de meurtre ou penchée sur son ordinateur. Il songea qu'il était sans doute bon pour une pizza et d'innombrables tasses de café tandis qu'elle lui exposerait les détails macabres de sa journée.

Ce qui ne le gênait pas le moins du monde.

Il posa sa mallette et dénoua en partie sa cravate. Le métier d'Eve était presque aussi fascinant à ses yeux que sa personne, et le rôle qu'il jouait en l'assistant lui procurait un sentiment de... satisfaction, conclut-il. D'implication et d'excitation, aussi, mais de satisfaction avant tout.

Personne – lui compris – n'aurait cru que le rat d'égout de Dublin, le voleur accompli, l'homme riche et influent qu'il était devenu après un départ aussi douteux dans la vie, puisse travailler du côté des forces de l'ordre. Même si la frontière qu'il traçait entre un camp et l'autre avait tendance à fluctuer selon son caprice.

Mais Eve l'avait changé. « Non, c'est plus que ça », se corrigea-t-il. Elle avait su le trouver. Et cela avait fait toute la différence pour lui.

Alors, il mangerait une pizza dans son bureau, l'écouterait, réfléchirait et donnerait un coup de main à sa femme flic, toujours dévouée à la cause de nouvelles victimes.

Et les frustrations de sa propre journée de travail ? Eh bien, elles faisaient pâle figure face à tout ce sang versé, non ?

Pour gagner du temps et être sûr de la suite, il s'avança jusqu'au tableau de contrôle de la maison.

— Où est Eve ?

— *Eve est actuellement sur la terrasse du toit, secteur est.*

« Bizarre », se dit-il. Ce n'était pas le dernier endroit où il se serait attendu à la trouver, mais pas loin. Sa curiosité aiguisée, il se dirigea vers l'ascenseur.

— Terrasse du toit, côté est, ordonna-t-il.

Il doutait qu'elle soit montée simplement pour admirer la vue ou profiter de l'air frais. Sa femme ne faisait pratiquement rien sans une raison précise, surtout quand elle venait de démarrer une nouvelle affaire. Quel rapport tout cela avait-il avec ces meurtres ? Peut-être une question de prise de hauteur ou de perspective sur l'horizon dont elle avait besoin pour découvrir quelque chose. À moins que…

Lorsqu'il déboucha au milieu des fleurs, de l'éclat des bougies, de la douce chaleur et du scintillement des verres en cristal, son esprit se retrouva momentanément – et très inhabituellement – pris de court.

— Salut.

Eve lui jeta un bref coup d'œil distrait.

— J'ai presque terminé.

— Ah bon ?

Perplexe, il s'approcha d'elle tout en feuilletant rapidement les pages de son calendrier mental.

— Et c'est quoi, tout ceci ?

— Notre dîner.

Elle lui avait déjà fait une surprise du même genre par le passé, se souvint-il. À l'époque, elle arborait une robe rouge conçue en priorité pour qu'on ait envie de l'ôter. « C'est un peu différent, cette fois, songea-t-il en se fiant à son intuition. Mais tout aussi charmant. »

— On fête quelque chose ?

— Non. Enfin si, peut-être.

— Tu as résolu l'affaire ? Le double homicide qu'on t'a confié ce matin ?

— Non. C'est… Il y a des pistes, mais quand je me suis mise à réfléchir, à me dire que je voulais te parler de tout ça, mon cerveau a fait une fixette sur une histoire de soirée en amoureux dont Peabody m'a parlé.

— On va passer une soirée en amoureux avec Peabody ? Deux femmes superbes à mes côtés ? Quelle chance pour moi.

Elle lui décocha un nouveau regard derrière ses paupières étrécies.

— Tu m'as, moi, et ça s'arrête là, mon vieux.

— Dieu merci ! répondit-il avant de lui prendre le visage entre ses mains pour déposer un délicieux baiser sur ses lèvres. On passe une soirée en amoureux ?

— Pas exactement. Je ne suis pas capable de faire le grand numéro où on met tout le reste entre parenthèses, mais j'ai eu envie de trouver un moyen de te remercier un peu pour tout ce que tu fais. Quelque chose de mieux qu'une pizza dans mon bureau.

Il la dévisagea pendant un moment si long qu'elle craignit d'avoir fait un faux pas. Puis il l'attira contre lui, l'enveloppa dans ses bras et la serra fort. Très fort.

— Merci.

— Ce n'est pas grand-chose.

— Ça l'est pour moi. En particulier ce soir.

— Qu'est-ce qu'il y a ce soir ?

Merde, avait-elle oublié un truc important ? Elle fit un pas en arrière et scruta attentivement ses traits. Non, c'était autre chose.

— Il y aurait eu du grabuge dans l'univers de Connors ?

Il lui sourit et tapota gentiment la fossette sur son menton.

— On peut dire ça.

— Quoi donc ?

— Ce n'est pas important, surtout que je vois qu'on a du champagne.

— Non.

Elle lui barra le passage avant qu'il puisse s'éloigner.

— Tu es attentif à mes soucis. Je peux t'écouter me parler des tiens.

Il fit courir la main le long de son bras en caressant le doux tissu du pull.

— C'est une règle du mariage ?

— Exactement. Quel est le problème ?

— J'ai dû renvoyer trois personnes cet après-midi. Je déteste virer les gens.

— Pourquoi l'as-tu fait ?

— En gros, pour ne pas avoir fait ce pour quoi ils sont payés. Je leur laisse toujours une certaine marge de manœuvre. Ils peuvent traverser des moments difficiles, avoir des problèmes de santé, des ennuis personnels. Donc un peu d'espace, de temps ou une discussion peuvent régler la situation. Mais quand les résultats décevants s'accompagnent de négligence, voire d'arrogance, la marge de manœuvre disparaît.

— Donc, tu les as virés pour s'être comportés comme des nazes.

Il se mit à rire et sentit s'envoler une partie de ses soucis.

— On peut dire ça comme ça.

— La question ne m'est pas étrangère, dit-elle.

Elle le suivit jusqu'à la table qu'elle avait dressée – dans les règles de l'art, espérait-elle – pour déboucher le champagne.

— Le responsable du double meurtre est un paumé incapable de garder un boulot, poursuivit-elle. Arrogance, négligence, avec en prime la certitude que tout lui est dû.

— On dirait que nos problématiques coïncident.

Après que la bouteille eut émis un « pop » aussi étouffé qu'élégant, il leur servit le champagne dans deux hautes flûtes.

— Si tu détestes virer les gens, c'est en partie parce que cela te donne l'impression que les embaucher était une erreur.

— Tu me connais bien, admit-il.

Il lui tendit une flûte et trinqua avec elle.

— C'était une erreur ? demanda-t-elle.

— De toute évidence, oui. Mais à l'époque, ils correspondaient bien au poste, à tous les niveaux. Avec le temps, cependant, certains sont devenus complaisants, paresseux et imbus d'eux-mêmes.

Connors avait la conviction qu'il n'était jamais payant de prendre quoi que ce soit – le bon, le mauvais ou le médiocre – pour acquis.

— Et maintenant, ces trois personnes sont sans emploi, ajouta-t-il. Et elles auront du mal à trouver un poste équivalent avec les références peu flatteuses qui accompagnent le renvoi.

— Ce qui te tracasse, c'est de savoir que leur vie va en pâtir et que ça pourrait durer un moment. C'est dommage pour elles, mais qui aime le vent décolle dans la tempête. En admettant qu'elles sachent piloter.

Il fallut quelques instants à Connors pour comprendre, puis il éclata de nouveau de rire, dissipant au passage le reste de ses idées noires.

— C'est : « Qui sème le vent récolte la tempête ». L'idée que l'on obtient les fruits de ce qu'on a semé.

Eve haussa les épaules.

— Celui qui pilote par temps venteux doit s'attendre à tomber un jour sur une tempête. Non ?

— En effet, répondit-il. Tu as raison. Elles ont aimé, semé, décollé ou récolté. Et maintenant, elles volent au-dessus d'un champ en jachère, secouées par de méchantes bourrasques, avec le risque de s'écraser. Et je vois bien que ce n'est pas moi le responsable, donc merci à toi.

— Mais de rien. T'as faim ?

— Maintenant oui. Qu'as-tu prévu pour le dîner, Eve chérie ?

— On va commencer par une soupe. C'est Summerset qui a sélectionné le menu, donc tu ne risques rien.

— J'étais tout à fait préparé à manger une pizza dans ton bureau.

Il lui caressa doucement les cheveux, puis lui effleura la joue.

— Nous ne sommes pas du genre à avoir besoin ou envie de confier nos problèmes, ou en tout cas pas souvent. On gère ça très bien. On gère ça très bien tous les deux.

— Heureuse de l'entendre parce que j'ai un gros paquet de trucs à te raconter.

— Laisse-moi prendre un peu de soupe et je suis à toi.

— Non, c'est moi qui m'occupe de tout ce soir.

Elle lui désigna une chaise.

— Quel homme n'aimerait pas rentrer chez lui pour profiter d'un dîner préparé avec amour par son adorable femme ?

— Tu bois du petit-lait, hein ? souffla-t-elle en retirant les cloches en argent au-dessus de leurs assiettes.

— Tu veux dire de la soupe, non ? plaisanta-t-il. D'après les rapports que j'ai entendus, tu cherches un homme d'environ vingt-cinq ans qui a assassiné ses parents ?

— C'est plus que ça. Il a poignardé sa mère plus de cinquante fois à l'aide d'un couteau de cuisine et réduit son père en bouillie, plusieurs heures après, avec une batte de base-ball.

— Ça témoigne d'une fureur immense…

Il étudia attentivement le visage d'Eve.

— Les parents étaient violents avec lui ?

— Non, il n'y a aucune indication d'un problème de ce genre. C'est un raté. Il a foiré ses études universitaires et semble incapable de garder un boulot pendant plus de quelques mois, y compris après que son père lui en a trouvé un dans son entreprise. Un job correct. J'ai parlé à son responsable et à ses collègues là-bas. Le père faisait partie de l'entreprise depuis deux décennies : un type fiable, bosseur, responsable. Le fils est tout l'inverse. Même chose pour les autres patrons avec qui j'ai discuté.

— Il serait donc abonné à l'échec et à l'irresponsabilité.

— Ouais, y compris au niveau personnel. Sa petite amie – et, d'après ce que j'ai compris, la seule femme avec qui il ait jamais cohabité ou même vécu une relation de plus de deux semaines – l'a jeté dehors. Il a pris l'argent du loyer et tous les pourboires qu'elle avait gardés de son boulot de serveuse pour flamber à Vegas. Il a été obligé de retourner chez ses parents et, là aussi d'après ce que j'ai compris, n'a pas levé le petit doigt pour dégoter un travail. Ils avaient décidé de lui laisser jusqu'à décembre pour se trouver un emploi, sans quoi il finirait à la rue.

Tout en réfléchissant, Connors goûta la soupe : chaude, réconfortante, avec un goût légèrement épicé.

— Il les aurait tués parce qu'ils refusaient de le laisser vivre plus longtemps à leurs crochets ?

— Ça résume bien la chose. Il a poignardé sa mère au moment du déjeuner, expliqua Eve.

Elle lui déroula ensuite toute la chronologie, les transferts d'argent, le cambriolage et la revente des objets.

— Quel salopard. Et maintenant, il a de l'argent. Plus qu'il n'en a jamais eu. Je doute qu'il cherche à économiser. En plus d'être insensible et violent, il est jeune et bête. Je peux faire circuler un avertissement dans tous mes hôtels en ville.

— C'est déjà fait, et je te remercie. Au passage, ajouta Eve, tu ne t'es clairement pas trompé en embauchant Joleen Mortimer, ni aucun autre des employés auxquels j'ai eu affaire au *Manoir*. Elle, surtout, est une vraie perle.

— Je suis d'accord. Dans ce cas précis, l'arrogance était du côté des précédents propriétaires et de son ancien responsable. Tant pis pour eux, tant mieux pour moi.

» Je peux aussi lancer une recherche pour voir si ton bonhomme a ouvert un nouveau compte, même s'il est plus probable qu'il garde son argent en liquide. C'est quelque chose de tangible, qu'il peut palper. Je doute que tu puisses retrouver sa trace par le biais d'éventuels dépôts et transferts. Pas avec – combien ça fait ? – environ cent soixante-quinze mille dollars. Il va tout rassembler puis tout dépenser.

— Ça ne lui durera pas longtemps.

Eve se leva pour débarrasser les assiettes et apporter le plat suivant.

— La vente des montres et des perles auprès d'Ursa n'est qu'un bonus, reprit-elle. Je doute qu'il se soit attendu à une telle somme. Il va empocher un peu plus en mettant le reste des articles au clou, mais il mène grand train.

» Au passage, parce que je sais que tu ne vas pas pouvoir t'empêcher de m'offrir de jolies choses pour Noël, tu pourrais aller voir chez eux. Les Joyaux d'Ursa, dans le Lower East Side. Des gens très bien.

— C'est noté. Tu as vu quelque chose qui te plaisait ?

— Le propriétaire. Je n'ai pas regardé les bijoux. Personne ne l'aime vraiment, poursuivit-elle. Le fameux Jerry, je veux dire. Il a trois amis, dont deux sont des types raisonnablement stables. Tous les deux se sont éloignés de lui avec le temps. Le troisième est un petit con, donc ils s'entendent comme larrons en foire.

Elle se dit que Summerset avait vu juste en recommandant cette salade. S'il fallait se résoudre à avaler de la verdure, c'était la bonne manière de le faire.

— Donc, il y a plus de chances qu'il prenne contact avec l'autre petit con ?

— S'il doit se tourner vers quelqu'un, oui, peut-être.

C'était une piste qu'elle allait devoir creuser un peu plus.

— Je pense que Peabody et moi leur avons fait assez forte impression pour qu'ils nous préviennent. Il aura peut-être envie de faire le malin, non ? En particulier face à ses amis ? Peut-être retourner à Vegas pour essayer d'effacer ses pertes et l'humiliation qui allait avec ?

— Tu as fait une évaluation des probabilités ?

— Ouais. Soixante-douze pour cent. C'est suffisamment élevé pour passer la surveillance des routes jusqu'à Vegas au niveau supérieur et y ajouter les casinos de New York et de Jersey. Note quand même qu'il n'avait jamais joué d'argent auparavant, donc ça ne fait pas partie de ses habitudes.

— Disposer de plus de cent soixante-quinze mille dollars non plus, fit remarquer Connors.

— Ouais, raison pour laquelle on maintient l'état d'alerte. J'aimerais dire que je comprends comment fonctionne ce type, que ce n'est que par chance qu'il a pu aller si loin. Mais je n'en suis pas si sûre. Il y a aussi du calcul derrière tout ça. Mettre la main sur tout cet argent a demandé de la réflexion et du travail, un certain talent même. Tout comme le choix de la boutique d'Ursa pour revendre les montres. C'était futé.

— Et la petite amie ? Comme pour ses potes, il pourrait avoir envie de faire le malin devant elle, histoire de lui prouver – ou de se prouver, plus exactement – qu'elle a eu tort de le jeter.

— Exact. Je vais lui parler demain. Elle n'est sans doute pas encore rentrée chez elle.

Eve jeta un coup d'œil à sa montre sans savoir que Lori Nuccio gisait morte dans son appartement tandis que Jerry s'offrait un énorme gueuleton dans sa cuisine.

— Tu as peur d'avoir raté quelque chose, commenta Connors.

— Je me pose la question, admit-elle. Rien dans l'histoire de ce garçon ne laissait présager un tel déchaînement de violence. Il s'est déjà fait taper sur les doigts une ou deux fois et il aurait peut-être – mais ce n'est pas encore confirmé – donné une gifle ou deux à son ex. Il n'a pas lancé de représailles contre les employeurs qui l'ont viré ou la copine qui l'a mis dehors. Il s'est contenté de gueuler un peu avant de tourner les talons.

— Un monstre qui attendait de se réveiller ?

— Possible. J'en parlerai à Mira. Je pense qu'il a tué sa mère sur un coup de tête. Il a pété un plomb. Le couteau de cuisine est juste là alors qu'elle est en train de se plaindre, de lui donner des conseils ou de le réprimander. Il agrippe le couteau et la poignarde. Et…

Elle laissa sa phrase en suspens pour saisir sa flûte de champagne.

— Si tu t'avises de comparer ça à ce que tu as fait quand tu avais huit ans, je vais t'en vouloir.

Il était capable de lire en elle, de scruter les profondeurs de son for intérieur.

— Ce n'est pas ça. Mais je comprends ce moment et ce qu'il peut déclencher. Je subissais un viol, j'avais le bras brisé et je craignais pour ma vie, donc quand mes doigts se sont refermés sur ce couteau, je m'en suis servie pour faire cesser la souffrance, pour survivre.

» Lui l'a fait pour frapper quelqu'un qui ne représentait aucune menace physique, qui lui offrait un foyer, une famille. Mais je connais ce moment et il peut déboucher sur deux résultats différents. La plupart des gens dotés d'un psychisme sain vont craquer à cet instant. Leur réaction sera : "Bon sang, qu'ai-je fait ?"

Elle but lentement une gorgée de champagne. Elle visualisait la scène. Elle comprenait.

— Lui, et tous les autres comme lui, réagissent de façon jubilatoire. « Bon sang, regardez ce que je peux faire ! » Et ce frisson, cette révélation, si perverse soit-elle, les pousse à continuer.

— Nous connaissons tous les deux ce genre d'individus. Nous avons croisé leur regard.

— Trop souvent, approuva Eve. Malgré tout, la plupart n'auraient pas commis cela. Mais à ce moment précis, on peut perdre la tête. On ne s'arrête plus, on ne peut plus s'arrêter, que l'on soit motivé par la peur ou par l'excitation.

C'était de cela qu'elle avait eu besoin, se dit-elle en se levant pour débarrasser de nouveau afin de servir le plat principal.

— Tout ce sang, c'est puissant et c'est horrible. Dans mon cas, la douleur, le sang et la réalité terrifiante de mes actes m'ont poussée à la fugue. Perdue, errante : seule dehors pour la première fois de ma vie, complètement submergée par la souffrance de mon bras cassé et de cet ultime viol. J'ai tout refoulé. La douleur, les événements, tout. Et j'ai continué à refouler tout ce que je pouvais durant la majeure partie de ma vie.

» C'était lui ou moi. J'avais huit ans, j'étais terrorisée. J'ai fait ce qu'il fallait, mais je reste horrifiée à l'idée de ne pas avoir pu me contrôler. Mon esprit avait cédé et je ne pouvais pas m'arrêter. Peut-être que ce type non plus. Ou du moins, c'est ce que son avocat plaidera sans doute quand nous l'aurons arrêté. Mais lui ne s'est pas enfui, alors que pratiquement n'importe qui d'autre l'aurait fait. S'enfuir ou tenter de dissimuler le crime. "Quelqu'un s'est introduit chez nous et a tué ma mère." Il n'a pas fui parce qu'il n'était pas horrifié. Je dirais qu'au contraire il a pleinement adhéré à son acte, ce qui lui a permis d'attendre – en prenant le temps de planifier la suite – le retour de son père. Et de tuer de nouveau.

— Après quoi il ne s'est toujours pas enfui.

— Non.

Eve se remémora l'image de Jerry sur les enregistrements vidéo de la banque. Il avait l'air fier de lui.

— Plutôt qu'une cassure, je crois que quelque chose est mort en lui. À l'instant où il a saisi le couteau pour poignarder sa mère.

— Est-ce que ça va t'aider à le capturer ?

— Tout est utile. Je retournerai demain sur la scène de crime pour visualiser de nouveau les événements. Ce soir, je vais reprendre la chronologie depuis le début. Et si tu peux lancer cette recherche de comptes bancaires, je t'en serai reconnaissante.

» Il ne s'est pas servi de son communicateur. Il s'en sera sans doute débarrassé pour en acheter un autre. Il n'a pas été assez bête pour utiliser de carte bancaire à son nom ou à celui de ses parents, mais ses réserves de liquide ne dureront pas éternellement. Et puis, on a diffusé son nom et son portrait partout.

— Tu penses que maintenant il va essayer de fuir ?

— Je ne vois pas ce qu'il pourrait faire d'autre. Rester à New York est trop dangereux pour lui et il a ce qu'il a toujours voulu. De l'argent plein les poches et plus de parents pour se plaindre de lui.

— Et le reste de sa famille ?

— Il a encore tous ses grands-parents et ils ont été prévenus. Plus un oncle du côté de son père, une tante de celui de sa mère et cinq cousins. Tous ont été informés. Je ne peux pas garantir qu'ils appelleront s'il entre en contact avec l'un d'eux, mais j'ai du mal à croire qu'ils aideraient l'homme qui a tué leur enfant, leur sœur ou leur frère.

— Les liens du sang sont parfois étonnamment puissants, fit remarquer Connors.

— Ouais, possible. On ne peut pas tous les surveiller avec les moyens dont nous disposons. Certains vivent aux alentours de New York, d'autres non. Tout ce qu'on peut faire, c'est rester en contact, explorer toutes les pistes.

La main de Connors effleura la sienne.

— Tu as peur qu'il s'en prenne à quelqu'un d'autre.

— Ouais, je me dis que si quelqu'un se plante sur son chemin ou ne lui donne pas ce qu'il veut, c'est ce qui arrivera. S'il se met en quête d'un refuge ou de plus d'argent et ne les obtient pas, et s'il a l'occasion, il tuera de nouveau. Mais…

— Mais ?

— Je ne crois pas qu'il s'attaquera à sa famille, en tout cas pas avant d'avoir épuisé ses réserves financières ou de sentir qu'on est sur sa piste. Mon intuition me dit qu'il ne pense pas en termes de famille mais d'obstacles à son bonheur ou à sa réussite. De gens qui l'empêchent d'avancer ou lui donnent des ordres. S'il doit le faire, je pense qu'il ira d'abord vers les grands-parents. Il les considérera sans doute comme plus faibles, plus susceptibles de l'aider.

Ceux qui vivent loin sont en chemin vers New York et il n'a aucun moyen de le savoir. Il trouvera porte close s'il va chez eux durant les prochains jours.

— D'après mes observations, une grande part du boulot de la police est constituée de travail rébarbatif à ressasser encore et toujours les mêmes faits, interroger des gens pendant des heures, écrire et compiler des rapports. Et puis il y a de rares moments terrifiants de risques extrêmes, d'action furieuse et de décisions cruciales à prendre dans la seconde. Aujourd'hui, tu as surtout eu affaire à la partie la moins excitante.

— On devrait me filer une médaille pour ça, maugréa Eve.

Tandis que Connors souriait et leur versait un peu plus de champagne, elle se redressa sur son siège.

— Je vais en avoir une. De médaille.

— C'est génial. Félicitations.

— Une grosse. Enfin, je ne veux pas dire…

Elle écarta les mains pour indiquer une grande taille.

— C'est un truc important. La médaille d'honneur. Pour les…

— Je sais de quoi il s'agit et ce qu'elle signifie.

Il lui prit la main et plongea son regard dans le sien.

— Il n'y a pas de plus grand honneur dans ton univers. Et c'est plus que mérité.

— Ils pourraient garder la médaille et me donner un plus gros budget à la place.

Il porta la main d'Eve à ses lèvres.

— Je suis très fier de toi, et très amusé de te voir aussi mal à l'aise quand on récompense ton dévouement et ton talent.

— Amusé, hein ? Alors j'ai une autre bonne blague pour toi : toi aussi, t'auras droit à ta médaille.

Il lâcha sa main.

— Quoi ? Je suis un civil, comme tu ne cesses de me le rappeler.

— La médaille civile du mérite. Et ils ne sont pas du genre à distribuer ça comme des bonbons, surtout pas aux individus louches.

— Je ne crois pas que ce soit très approprié.

Elle adorait ça, adorait le voir adopter soudain son air le plus digne.

— Oh mais si. Et maintenant, c'est moi qui suis amusée. C'est toi qui as tenu à mettre le nez là-dedans, puis tout le reste de ta personne. Tu vas devoir te tenir sous les projecteurs mercredi après-midi – à 14 heures précises, note ça dans ton agenda – pour accepter cette distinction. Et moi aussi, je suis franchement fière de toi, alors ravale tes plaintes.

— On fait la paire, hein ? Mon Dieu, mes vieux potes vont s'en donner à cœur joie après ça. Une médaille remise par la police, carrément !

— Tu as de la valeur aux yeux du service et je ne peux que leur donner raison. D'ailleurs, c'est pour cela que nous allons profiter de ce champagne et de ce succulent homard avant que je me remette au travail, dit-elle en buvant une gorgée. Et puis, il y a un autre truc.

— Encore ? En plus des doubles meurtres, des assassins en liberté et des médailles ?

— Mouais. Whitney m'a convoquée pour m'informer de la remise des médailles et me demander si je voulais devenir capitaine.

Cette fois, Connors lui agrippa la main avec force.

— Eve ! C'est ce qui s'appelle bien cacher son jeu, et on peut dire que je n'ai rien vu venir ! Oh, Eve, répéta-t-il en faisant mine de se lever.

— J'ai dit non.

Il se rassit.

— Pardon ? Quoi ?

— J'ai dit que je ne voulais pas de ces galons.

— Tu as un grain ?

— C'est une expression à toi pour « stupide » ? demanda-t-elle, les yeux étrécis.

— Pour « folle », plutôt.

Un agacement mâtiné de stupeur se lisait sur le visage de Connors.

— Pourquoi est-ce que tu refuserais un avancement pareil ? C'est une promotion majeure, une preuve de réussite. Je comprends que la médaille te mette mal à l'aise : tu considères que tu fais ton boulot et tu n'as ni besoin ni envie qu'on t'épingle une babiole sur le torse en retour. Mais un poste de capitaine ? Bon Dieu, Eve, c'est ta carrière, c'est tout ce que tu es et plus encore. Et on sait tous les deux que c'est à cause de moi s'il ne te l'a pas proposé plus tôt.

— Non, ça n'a rien à voir avec toi. C'est moi. Quoi que tu en penses, c'était mon choix. Je t'ai choisi, et si cela a influé sur les petits jeux politiques des hauts gradés, c'est leur problème.

— Mais maintenant, ils s'apprêtent à me donner une médaille et ils t'ouvrent la porte. Pourquoi est-ce que tu ne la franchis pas ? Je me serais attendu que tu y ailles carrément en dansant de joie.

— Tu n'as pas besoin de te mettre en colère.

— Je ne suis pas en colère, estomaqué plutôt. Pourquoi as-tu refusé ?

— Je ne peux pas renoncer à ce que j'ai, répondit-elle simplement. Je ne suis pas prête. Et je ne le serai peut-être jamais. Je suis un flic. Je dois rester un flic.

— Des galons de capitaine y changeraient quelque chose ?

— Ces galons me tiendraient à l'écart du terrain. À cet instant, quelqu'un d'autre que moi serait sur la piste de Jerry Reinhold. Cela créerait une distance entre mon équipe et moi parce que je ne serais plus leur responsable directe. Je passerais plus de temps – l'essentiel de mon temps – dans des réunions, à compiler des rapports et à prendre des décisions administratives en grappillant quelques heures par-ci, par-là pour faire ce pour quoi je suis vraiment douée.

Voyant qu'il ne disait rien, elle inspira profondément.

— J'ai besoin d'être un flic, un bon flic, plus que je n'ai besoin de monter en grade. J'en ai eu la certitude aujourd'hui, quand on m'a proposé ces galons.

Comme il restait silencieux, elle haussa les épaules.

— J'ai sans doute enfreint l'une des règles du mariage en n'en discutant pas d'abord avec toi, mais…

— Ça t'appartient, l'interrompit Connors. C'est ton travail. Je ne discute pas avec toi des affaires que je conclus, de ce que j'achète, vends ou développe.

— Tes affaires ne te mettent pas en danger. Enfin, pas la plupart du temps. Je comprends que ce serait plus facile pour toi si j'acceptais ce poste.

— C'est vrai, si tu veux dire par là que je m'inquiéterais moins. Mais je t'ai épousée. J'ai fait un choix et, comme toi, je t'ai prise telle que tu étais et non telle que j'aurais voulu que tu deviennes.

— Je rêvais de ce poste autrefois. Beaucoup. Peut-être même un peu trop. J'en voulais à l'époque où ce job n'était pas simplement mon métier ou mon identité mais tout ce que j'avais. Ce n'est plus le cas aujourd'hui et ça fait de moi un meilleur flic. J'ai besoin d'arrêter les criminels, Connors. Et j'ai besoin d'arriver chaque jour dans la salle commune pour y voir l'équipe que j'ai participé à constituer faire de même. Quand je mets ça dans la balance, les galons ne font pas le poids.

— Bon, d'accord.

— C'est tout ?

— Lieutenant, je ne peux pas contester la vérité. J'ajouterai seulement que je suis heureux – très heureux, même – qu'ils te l'aient proposé. Parce que même si c'était ton choix, être avec moi faisait obstacle à une telle promotion, et ce n'est plus le cas à présent. Donc, je vais accepter la médaille et ravaler mes commentaires.

— D'accord.

Elle laissa échapper un long soupir.

— Je t'aime, dit-elle.

— Moi aussi, je t'aime.

— Mais je ne vais pas pouvoir manger le soufflé au chocolat prévu pour le dessert.

— Un soufflé ? Un vrai repas gastronomique. Pourquoi on ne ferait pas une petite pause afin de mieux en profiter plus tard ? Dans ton bureau, pendant qu'on travaillera.

Elle le gratifia d'un grand sourire.

— J'ai vraiment bien choisi.

— Ça, tu peux le dire.

Il la prit par la main et l'aida à se relever en même temps que lui.

— Tu ferais un bon capitaine, assura-t-il.

— Dans quelques années, peut-être. Non, bon, d'accord. Je ferais un bon capitaine.

Elle le faisait sourire.

— Quel que soit ton grade, mon Eve chérie, tu seras toujours mon flic préféré.

— Ça me va.

— Alors descendons.

— Il faut que je m'occupe de ranger tout ça.

— Summerset s'en chargera.

— Encore mieux. Je vais juste faire un arrêt dans la penderie pour enfiler des vêtements de travail.

Connors sourit pour lui-même.

— Alors nous ferons un petit détour par la chambre. Je ne serais pas contre l'idée de quitter ce costume.

7

Une fois dans la chambre, Eve se débarrassa immédiatement de ses chaussures. Pour elle, marcher pieds nus était un petit plaisir réservé aux zones privées de la maison ou à la plage.

— Peut-être que le simple fait de monter un nouveau tableau de meurtre ici, à partir de zéro, révélera quelque chose de nouveau.

— Possible.

Elle retira son pull tandis que Connors se délestait de sa veste et sa cravate.

— D'après la chronologie, il a remisé les deux valises quelque part après avoir quitté le terminal de navettes. Le véhicule de l'hôtel l'a déposé là, mais c'était seulement pour étayer la fausse piste de son départ pour Miami. Puis il a rebroussé chemin, mais je n'ai pas été en mesure de déterminer à bord de quel véhicule. Il est possible qu'il se soit déplacé à pied, mais il me semble plus probable qu'il ait pris un taxi ou un bus.

— Est-ce qu'il aurait pu laisser les valises en consigne à la gare, avec l'idée d'y retourner une fois l'argent récupéré, avant de prendre une navette pour une autre destination ?

— Ça ne colle pas. Il avait tous les objets de valeur à vendre et on sait qu'il a entamé le processus après avoir fait le tour des banques. Donc, il est revenu sur ses pas pour rejoindre une autre cachette et y laisser les valises le temps d'aller vider les comptes, histoire de ne pas être encombré. J'aimerais savoir quel mode de transport il a utilisé pour se rendre dans les banques afin d'avoir une vision plus claire de ce qui s'est passé.

Elle se dandina pour enlever son pantalon et, désormais en sous-vêtements, ouvrit un tiroir en quête d'un tee-shirt et d'un jean, avant de reprendre :

— Le bus serait plus malin, mais…

Connors l'interrompit en la faisant pivoter sur elle-même pour l'attirer à lui et s'emparer de sa bouche. Un baiser brûlant, plein d'un désir teinté d'une pointe d'humour.

Lorsqu'elle parvint à reprendre son souffle, elle tenta de le repousser.

— Hé !

Il reprit possession de ses lèvres puis la fit de nouveau tournoyer, en direction du lit cette fois. Elle envisagea de résister, pour la forme, mais se contenta de se débattre juste assez pour pouvoir reculer d'un pas et le fusiller du regard.

— Je travaille, dit-elle.

— Pas encore. Et tu es pratiquement nue. Une tenue qui te va à ravir, d'ailleurs, l'une de mes préférées.

— Alors pourquoi ce dressing est-il rempli de vêtements ?

— Parce que je suis un homme compréhensif et que je respecte ton désir insistant d'être toujours habillée quand tu sors en public.

Il la saisit par les hanches et la souleva afin de pouvoir la porter jusqu'à la plate-forme où le lit s'étalait tel un lagon aux eaux bleues. Il s'y laissa tomber sans cesser de la serrer dans ses bras.

— Ce n'est pas parce qu'on garde le soufflé pour plus tard qu'on ne peut pas profiter d'un petit dessert immédiatement.

Comme pour prouver ses dires, il lui mordilla le menton.

— Et c'est toi que j'ai envie de dévorer, précisa-t-il.

— Le sexe, le sexe, toujours le sexe.

— Si tu insistes.

Ses lèvres s'écrasèrent de nouveau contre les siennes, étouffant le rire qu'elle avait tenté de réprimer jusque-là. « Pourquoi pas, après tout ? » songea-t-elle. Lui aussi était presque nu.

Elle agrippa son magnifique postérieur et l'étreignit.

— T'as intérêt à ce que ce soit bien, dit-elle.

— Un défi que je suis toujours prêt à relever.

— Ça, pour être toujours prêt…

Pour mieux appuyer ses propos, elle glissa les mains entre eux et se saisit de lui. Lorsqu'elle serra les doigts, il laissa échapper un gémissement et abaissa sa bouche pour lui mordiller le cou.

Incroyable comme il pouvait éveiller le désir en elle, à chaque fois, en toute occasion. Si familière soit-elle, cette vague d'émotions lui paraissait toujours aussi nouvelle. Et toujours aussi irrésistible.

Le poids et le relief du corps de Connors, sa bouche ardente et ses doigts habiles ne manquaient jamais de l'exciter, encore et encore, et de lui promettre que cette excitation serait satisfaite.

Elle se laissa envahir par cette faim, cette gourmandise, ces sensations tumultueuses. Chaleur soudaine et délicieux désirs. Elle se laissa conquérir pour mieux retourner toutes ces énergies vers lui.

Elle donna et elle prit, tout ce qu'il avait besoin de recevoir, tout ce qu'il voulait donner en retour.

Enroulée autour de lui, le possédant autant qu'il la possédait, elle céda à chacune de ses exigences tout en affirmant les siennes.

Connors connaissait les rythmes du corps d'Eve et tous les endroits secrets à explorer, à séduire, à embraser. Pourtant, elle demeurait toujours aussi fascinante et magnifique à ses yeux, un cadeau constant pour le corps et l'âme.

La façon dont ses doigts maintenaient ses cheveux lorsqu'il se nourrissait de son sein l'enflammait autant que la fermeté de ses courbes ou le satiné de sa peau. Les tressaillements qui la parcouraient, aussi subtils qu'un battement d'ailes de papillon, et la manière dont elle retenait son souffle lorsqu'il la touchait décuplaient sa vigueur et sa passion.

La cambrure de son corps – si souple, si offert – et le martèlement effréné de son pouls sous ses lèvres lui révélaient qu'elle avait désormais la même envie, le même besoin urgent que lui.

Il prit plaisir à faire courir ses mains sur sa peau, douce et chaude au-dessus de muscles durs et disciplinés. Il se délecta de la souplesse du corps d'Eve, sa guerrière, sa femme.

Et lorsque sa bouche revint vers la sienne, quand les lèvres d'Eve se cramponnèrent fiévreusement aux siennes, ce plaisir, cette délectation s'envolèrent vers les sommets.

Il la trouva humide et brûlante, et la fit monter de plus en plus haut, en avalant ses cris et ses halètements tel un homme affamé. Lorsqu'elle explosa entre ses doigts, il ne fléchit pas et poursuivit inlassablement son but : attiser la flamme qui la consumait jusqu'à ce qu'elle se débatte sous lui.

— Maintenant. Tout de suite. Toi. En moi.

Comme elle se cambrait, frémissante, il s'enfonça en elle, profondément et avec force.

« Maintenant », pensa-t-elle de nouveau, le souffle court, les poings serrés. Les secousses s'étendirent à tout son être et firent trembler son cœur comme ils se chevauchaient mutuellement.

Ces étreintes, furieuses, déchaînées, accaparèrent leur esprit, chassant toute autre pensée.

« Toi. Toi », se dit-elle.

Et lorsqu'elle explosa, il explosa cette fois avec elle.

Elle resta allongée sans bouger, attentive aux répliques de son corps et de celui de Connors. Elle se souvint d'avoir pensé, avant Connors, que le sexe était une méthode basique – quoique parfois compliquée – pour se détendre.

Après Connors ? Cette définition était tellement loin du compte.

À cet instant, après cette débauche de sexe, elle sentit les lèvres de Connors lui effleurer l'épaule. Un signe d'affection à la fois simple et merveilleux.

Elle prit conscience que ces moments étaient pour elle les plus précieux qui soient.

En réponse, elle lui caressa paresseusement le dos. Puis, parce que c'étaient eux, elle lui pinça prestement les fesses.

— Nom d'un chien… souffla-t-il.

— Lève-toi, mon grand. Tu as eu ta bouchée de dessert. Une bonne bouchée bien gourmande.

— Et toi aussi.

— Ouais. Pas mal.

Elle lui sourit lorsqu'il leva la tête, puis le saisit gentiment par les cheveux pour lui donner un petit baiser.

— Pas mal du tout, même. Maintenant, il faut que je travaille pour me remettre.

— Très bien…

Il pivota sur lui-même, l'aida à s'asseoir et passa une main caressante dans sa chevelure.

— Merci pour ce dîner plein de saveurs et d'attentions, ajouta-t-il.

— Et pour le dessert.

— Et pour le dessert !

— Ça rattrape combien de soirées pizza, à ton avis ?

— Donne-moi une minute et je te concocte un petit graphique circulaire divisé en tranches pour te répondre.

— Ha, ha. En tranches. Comme une pizza. Petit comique, va ! Bon, il est temps de passer à la douche maintenant.

— Excellente idée.

Il laissa échapper un soupir en la voyant plisser les yeux.

— Le sexe, le sexe, toujours le sexe. Tu ne penses donc jamais à rien d'autre ? demanda-t-il.

— Ouais, t'es vraiment un petit comique.

— Et un comique parfaitement satisfait, donc tu devras te contenter de simplement prendre une douche.

Avec une petite tape sur ses fesses, il passa devant elle pour filer dans la salle de bains.

Eve resta moins de cinq minutes sous les jets d'eau chaude et enfila ses vêtements après un passage express dans la cabine de séchage. Aussi rapide qu'elle, Connors l'accompagna jusqu'à son bureau.

— On commence par le tableau, j'imagine ?

— Oui, je veux un support visuel.

— Pendant que tu t'en occupes, je vais lancer la recherche sur les comptes bancaires. D'après ce que tu m'as dit, il n'a rien d'un génie de la finance ni d'un geek expert en informatique, mais Internet contient un paquet d'idées et de modes d'emploi pour dissimuler des fonds. Par chance, c'est un jeu d'enfant de percer à jour ce genre de méthodes, termina-t-il avec un sourire.

— Vas-y, amuse-toi, dit-elle.

Elle installa son tableau, en modifiant l'agencement afin d'avoir une vision d'ensemble différente de celle de son bureau. Elle y ajouta la chronologie, les divers rapports, puis fit les cent pas tout autour avant d'en ajouter d'autres.

Enfin, elle se concentra sur Jerry Reinhold.

— Qui es-tu vraiment ? demanda-t-elle à haute voix.

« Devrais-je reparler à ses amis ? s'interrogea-t-elle. Insister un peu plus fermement ? »

Il ne lui donnait pas le sentiment d'être du genre à vivre dans la solitude. N'avait-il pas besoin de quelqu'un auprès de qui se plaindre ou se vanter ?

Mieux, songea-t-elle en faisant de nouveau le tour du tableau, il n'avait jamais rien accompli de concret dans sa vie. Un état de fait qu'il voyait sans doute différemment, considérant que c'était la faute des autres. Mais à en juger par ses dernières actions et les images qui le montraient à la sortie de l'immeuble, dans la banque ou chez le bijoutier, il se sentait désormais important, compétent.

N'allait-il pas chercher à en récolter les lauriers ?

Plutôt de la part d'inconnus, peut-être ? Difficile de se vanter auprès de ses potes d'avoir brutalement tué ses parents et de se cacher de la police. Mais auprès d'une fille draguée dans un bar ? À moins qu'il n'embauche une compagne licenciée de luxe pour la nuit ?

— Tu ne pourras pas leur dire que tu es un tueur, murmura-t-elle. Mais tu pourrais te targuer d'avoir fait une affaire mortelle, d'être un gros bonnet. D'avoir touché le jackpot. Ça te ressemblerait bien.

L'hypothèse de la compagne licenciée paraissait la plus probable. Bien sûr, Jerry devrait payer, mais cela le plaçait dans le rôle du patron, d'un homme important.

Aurait-il envie ou besoin de sexe ? Rien n'indiquait qu'il ait cherché quoi que ce soit en la matière depuis sa rupture, mais le sexe constituait une autre forme de célébration, une autre manière pour un homme de prouver sa puissance.

Peut-être en parlerait-elle à son ami Charles Monroe, ancien CL devenu thérapeute sexuel.

Elle regarda l'heure et, jugeant qu'il était largement assez tôt, se dirigea vers son bureau. Son communicateur s'alluma alors même qu'elle allait s'en saisir. Elle vit qu'il s'agissait de Peabody et répondit.

— Oui, qu'y a-t-il ?

— Bonsoir. Je voulais vous informer que McNab et moi sommes passés au domicile de Nuccio en rentrant chez nous. Je vous ai envoyé un bref rapport.

— Je n'ai pas encore consulté ma boîte de réception.

Pas avec ce quasi-dîner en amoureux et ces ébats en guise de dessert.

— Ouais, j'ai vu que vous n'aviez pas encore reçu le fichier. Bref, elle n'était toujours pas rentrée, et la voisine – Crabtree – est sortie sur le palier. Elle va guetter le retour de Nuccio. Elle avait même laissé un mot sur sa porte le temps d'aller faire quelques courses et l'a retiré en revenant.

— D'accord. On ira lui parler dès demain.

Sur l'écran du communicateur, le visage de Peabody exprimait une certaine inquiétude.

— Le truc, c'est que McNab a eu une idée sur la manière dont on pourrait identifier la fille avec qui elle est allée faire les magasins. Obtenir les noms de ses collègues, rassembler les infos les concernant et s'en servir comme point de départ.

— Si c'est ce que vous voulez faire, allez-y.

— On l'a fait, répondit Peabody. Ça valait le coup d'essayer pour retrouver sa trace. Et ça a marché. Elle est sortie avec une dénommée Kasey Rider. Je viens tout juste de raccrocher d'avec elle. Avec Rider. Elles avaient prévu de passer la nuit à s'amuser, à sortir en boîte, mais l'une de leurs copines a envoyé à Kasey l'info concernant les Reinhold.

— Donc, Nuccio est au courant.

Un soupçon d'inquiétude s'était insinué dans l'esprit d'Eve.

— Ouais. Gros pétage de plombs : dénégation, incrédulité puis déprime de la part de Nuccio. Elles ont interrompu leur soirée et Rider a insisté pour ramener Nuccio en taxi. Elle l'a laissée devant chez elle vers 18 h 40, ce qui veut dire que McNab et moi l'avons manquée de peu. J'ai son nouveau numéro, mais elle ne répond pas. Et je me suis dit que si vous n'avez pas mis le fichier à jour, c'est qu'elle ne vous a pas appelée non plus.

— Non, en effet.

Elle avait pourtant eu trois heures pour le faire.

— Peut-être que la voisine ne l'a pas entendue rentrer ? hasarda Eve.

— J'en doute, Dallas. Elle était sur le qui-vive.

— D'accord. Nuccio ne veut sans doute pas avoir affaire à la police ce soir.

Eve se retourna vers le tableau de meurtre et se dandina d'un pied sur l'autre en interrogeant son intuition.

— Il va pourtant falloir qu'elle le fasse. Je vais y aller tout de suite.

— Je suis plus près, si vous préférez que McNab et moi y allions.

— Non, je m'en charge. S'il faut l'obliger à parler à un flic, autant jouer la carte de la plus gradée. Je vous tiens au courant. Merci de m'avoir prévenue.

— Pas de problème. Mais, Dallas, j'ai un mauvais pressentiment.

— Je l'imagine mal laisser entrer Jerry. Ou que celui-ci puisse échapper à la vigilance de la voisine s'il essayait de lui rendre visite. Je vous rappelle.

Elle raccrocha en se disant pourtant que Peabody avait raison. Elle aussi avait un mauvais pressentiment.

Elle fila directement jusqu'au bureau de Connors. Il était assis devant son écran, ses cheveux noués en arrière comme toujours lorsqu'il travaillait.

— Je dois retourner en centre-ville, dit-elle.

— Jusqu'au Central ?

— Non, chez l'ex-petite amie. Apparemment, elle serait rentrée depuis trois heures, mais n'a contacté ni Peabody ni moi. Soit elle est mal à l'aise et repousse à plus tard, soit quelque chose cloche. Je vais voir ce qu'il en est.

— Bon. Dans ce cas, je t'accompagne.

Il donna à son ordinateur l'ordre de continuer les recherches en mode automatique, puis se leva.

— J'attrape mon arme et mon insigne, lui dit Eve.

— Et tes boots, ajouta-t-il en désignant ses pieds nus.

Chaussée et armée, elle le laissa s'asseoir au volant, notamment parce qu'il avait fait avancer un coupé élégant et sexy.

— Nouvelle voiture, lui expliqua-t-il. Je n'ai pas encore pris le temps de la roder comme il se doit.

Le véhicule sentait le cuir, un parfum auquel Eve avait du mal à résister. Et le tableau de bord semblait aussi sophistiqué que celui d'une navette spatiale.

— Tu en as combien de ce genre ? demanda-t-elle.

— Une de plus maintenant, répondit Connors avant de pratiquement s'envoler à travers le portail.

— Je n'ai pas dit qu'on y allait en urgence.

— C'est une bonne idée de pousser un peu le moteur. Et j'ai un flic avec moi si les gens du coin se plaignent…

Il passa en mode vertical et décolla au-dessus de la circulation qui serpentait devant eux.

— Tu es inquiète, ajouta-t-il.

— Elle fait sans doute la taupe.

— L'autruche, en fait, mais je vois ce que tu veux dire. Alors pourquoi cet air soucieux ?

— Elle l'a largué et jeté dehors. Après qu'il lui a volé son argent et potentiellement mis quelques gifles. Et pourtant, elle ne prend pas le temps de parler aux flics en apprenant qu'il a commis un double meurtre ? J'ai eu l'impression qu'il s'agissait de quelqu'un de plutôt intelligent, responsable. Et sa voisine aura sûrement insisté pour qu'elle appelle. Donc, je n'aime pas ça.

— Elle l'aurait laissé entrer ?

— Je ne la vois pas faire ça.

Eve tournait et retournait la situation dans son esprit.

— Non, vraiment pas. Et une amie l'a déposée en taxi, s'est assurée qu'elle rentrait bien dans l'immeuble. La voisine a dû lui mettre le grappin dessus dès qu'elle est montée, donc je perds sans doute mon temps. Je pourrais l'interroger demain.

— J'ai confiance en ton instinct, répondit Connors en appuyant sur l'accélérateur.

— Ou bien tu cherches une bonne raison de battre des records de vitesse sur terre et dans les airs.

Elle aimait la vitesse, mais de préférence quand elle tenait le volant. Elle ne lui demanda cependant pas de ralentir et ne manifesta pas son soulagement quand il glissa souplement la voiture dans une place minuscule à quelques mètres seulement de l'entrée de l'immeuble.

Elle scruta la rue en mettant le pied sur le trottoir. Trop tôt pour s'attirer des problèmes dans ce quartier, estima-t-elle. Or le joli petit jouet rouge métallisé de Connors risquait de susciter les convoitises.

— Ta voiture semble supplier qu'on la vole.

— Oui, mais c'est une vicieuse, elle a pensé à être armée et à activer ses boucliers.

— Une bonne chose.

Eve se dirigea vers l'entrée et s'apprêta à sonner chez Nuccio avant de se raviser.

— Tu ne veux pas qu'elle sache que tu montes ? demanda Connors en la voyant utiliser son passe-partout pour entrer.

— Pas exactement.

— Tu es inquiète.

— Toujours ce mauvais pressentiment. Prenons les escaliers.

Eve pianota du bout des doigts sur son arme tout en montant les marches.

— Toi aussi, t'es armé et t'as tes boucliers activés ? demanda-t-elle.

— Toujours.

Elle capta le son d'une émission vidéo et un rire sonore avant qu'une porte se referme pour assourdir les bruits. D'un geste du menton, elle désigna la porte de chez Nuccio, puis s'approcha et appuya sur la sonnette.

Les verrous ne bougèrent pas ; personne ne regarda dans le judas. Eve sonna deux fois de plus avant de taper du poing sur le panneau.

— Lori Nuccio, NYPSD ! Nous avons à vous parler.

La porte demeura fermée. Celle de l'autre côté du couloir s'ouvrit.

— Encore vous ?

— Oui. Madame Crabtree, vous savez si Mlle Nuccio est rentrée ?

— Oui, elle est revenue vers 18 h 45. À peu près. Je lui ai donné votre carte.

Tout en parlant, la voisine avait tourné les yeux vers Connors, et Eve lut dans son regard une expression qu'elle avait vue chez nombre de femmes lorsqu'elles avaient l'occasion de l'admirer de près. Elle aimait y voir une forme de « soupir oculaire ».

— Bref. J'avais pensé que vous reviendriez plus tôt, ou que vous attendriez demain.

— Elle ne m'a pas contactée.

Le regard de Crabtree revint immédiatement sur Eve.

— Bon sang ! Elle m'avait pourtant dit qu'elle le ferait. Elle n'était pas bien ; elle ne m'a pas laissée lui offrir un thé ou un petit verre. Elle m'a dit qu'elle préférait être tranquille, au calme. Je pense qu'elle veut ruminer toute seule chez elle.

— Elle ne répond pas.

— Je ne l'ai pas entendue sortir. L'ascenseur fait un sacré boucan, mais peut-être qu'elle a pris l'escalier. Cela dit, elle ne donnait pas l'impression d'avoir envie d'autre chose que de rester dans son appart. Peut-être qu'elle a pris un somnifère ?

— Je vais devoir accéder à son appartement. Je n'ai pas de mandat, mais…

— Attendez, attendez ! Vous ne pouvez pas faire ça. Elle n'aimerait pas ça.

« Alors elle aurait dû me contacter », pensa Eve.

— Je m'inquiète pour elle. Je vais entrer.

Eve fit un signe de tête à Connors, puis se rapprocha de Crabtree pour faire taire ses objections... et l'empêcher de voir Connors crocheter la serrure.

— Elle s'est claquemurée chez elle, c'est tout, insista la vieille femme. Vous ne pouvez pas entrer dans son appart comme ça. Ça ne se fait pas !

— Alors vous pourrez déposer une plainte, dit Eve.

— C'est fait, murmura Connors.

Eve se retourna.

— Enregistrement, dit-elle.

Résistant à l'envie de dégainer son arme, elle ouvrit simplement la porte en appelant d'une voix forte :

— Lori Nuccio, nous sommes du NYPSD ! Nous entrons dans l'appartement !

Elle avait à peine passé le seuil qu'elle huma une odeur de sang et de mort. Elle sortit immédiatement son arme et Connors l'imita dans la seconde.

— Lumière, intensité maximale ! ordonna-t-elle. Restez en arrière. En arrière ! lança-t-elle à Crabtree.

Elle pivota d'abord vers la gauche, puis fonça droit devant elle. Elle repéra le corps étendu sur le lit derrière le rideau de perles colorées.

— On sécurise les lieux ! ordonna-t-elle.

Elle traversa rapidement le petit appartement afin d'avoir un aperçu de chaque recoin.

Dans son dos, Crabtree laissa échapper un cri étranglé.

— Je vous demande de rester en arrière. Rentrez dans votre appartement !

— Mais... mais...

— Connors.

— Madame Crabtree, venez avec moi, s'il vous plaît.

Il escorta la voisine à l'extérieur. En sanglots, Mme Crabtree s'appuya contre lui tandis qu'il refermait la porte.

Eve rangea son arme et s'approcha du rideau.

Il y avait plus que de la colère, cette fois. C'était aussi une vengeance et il avait pris son temps. Fureur, représailles, un besoin d'humilier et d'engendrer la peur.

Non, il n'était pas resté seul ce soir. Et il n'avait pas fait appel à une CL ou à une fille draguée dans un bar. Il était allé chercher la personne précise devant laquelle il voulait se pavaner, se la jouer.

— La victime est une femme de race blanche, petite vingtaine, chevelure tirant sur le roux, yeux bleus. Elle a été ligotée aux chevilles et aux poignets avec de la corde. Une autre corde lui enserre le torse et on l'a bâillonnée avec de l'adhésif. Ses vêtements lui ont été retirés, elle ne porte que des chaussures. Celles-ci sont neuves, les semelles sont intactes. Hématomes sur le visage, l'aspect des plaies fait penser à des coups de poing. Hématomes encore sur l'abdomen et le long des côtes, probablement dus à d'autres coups de poing. Le sang autour de la corde indique qu'elle s'est débattue. Ses cheveux ont été coupés grossièrement. Nombreuses mèches éparpillées sur le sol et sur le lit. La corde autour du cou de la victime suggère une strangulation. Et ce salopard a fait un joli nœud avec, comme pour un cadeau.

Elle enregistra le contenu de la chambre, les vêtements déchirés, puis patienta en sachant que Connors lui apporterait son kit de terrain. Elle en profita pour appeler Peabody.

— Il s'en est pris à elle.

— Quoi ? Non !

— Je suis dans l'appartement de Nuccio, j'ai son cadavre sous les yeux. Prévenez le Central et ramenez-vous.

— J'arrive. Bon sang, Dallas…

— Ouais.

Elle raccrocha et recula de quelques pas pour observer les lieux. Elle vit des miettes et des restes de nourriture et d'emballages, plusieurs bouteilles sur la petite table, d'autres détritus sur le comptoir de la cuisine.

Une fois de plus, aucune trace d'un ordinateur, remarqua-t-elle. Le bien le plus facile à revendre.

Elle retourna jusqu'à la porte pour examiner les serrures. Aucun signe d'effraction ; Connors n'en laissait jamais. Et aucun signe d'un récent changement de serrures, pour autant qu'elle puisse en juger. Les techniciens du labo s'en assureraient.

Avait-il rendu ses clés ? Quelle idiote aurait oublié de récupérer les clés lors d'une rupture ? Mais il pouvait très bien en avoir fait un double. Nuccio s'était-elle montrée assez confiante et naïve pour ne pas y penser ?

Possible. Possible.

Connors réapparut, le kit à la main.

— Je ne crois pas qu'elle l'ait fait entrer, lui dit-elle. Je l'imagine mal faire un truc pareil. Et s'il avait tambouriné à la porte, ou tenté de l'amadouer pour qu'elle lui ouvre, Crabtree l'aurait entendu.

— Je vais regarder si les verrous ont été forcés.

— Il y a peu de chances. Je doute qu'il ait ce genre de compétences. Mais il aurait pu se faire un double des clés quand les choses ont commencé à sentir le roussi entre eux. Une précaution. Donc, il s'est introduit ici pendant qu'elle était sortie, sans faire de bruit. Peut-être même – c'est probable – pendant que la voisine s'était absentée. Peut-être qu'il a surveillé l'immeuble un moment. En tout cas, il est entré et l'a attendue. Il avait tout ce qu'il lui fallait : la corde, le ruban adhésif. Ce n'est pas une agression spontanée, il n'a pas vu rouge, pas cette fois.

Elle ouvrit son kit et en sortit la bombe de Seal-It.

— Tu n'aurais pas pu l'empêcher.

— On peut toujours l'empêcher, rétorqua-t-elle. Tourner à gauche plutôt qu'à droite, aller en avant plutôt qu'en arrière, passer à l'action dix minutes plus tôt et pas dix minutes trop tard. Je ne l'ai pas arrêté. Et je n'ai pas su voir qu'il avait cela en lui. Ni cette capacité de préméditation ni ce besoin de vengeance. Il lui a infligé beaucoup de souffrance.

Elle lui tendit le Seal-It et passa le rideau, équipée de son kit. Elle s'approcha du lit et sortit d'abord sa tablette d'identification.

— La victime est Lori Nuccio, vingt-trois ans, domiciliée à cette adresse. Son dossier indique qu'elle est brune. Elle a dû faire une couleur et les données n'ont pas été corrigées.

Elle se pencha vers le corps.

— Un peu de sang séché, dit-elle en faisant pivoter la tête avec précaution. À l'arrière du crâne. Il l'attendait et l'a frappée par-derrière pour l'assommer. Cela lui a donné le temps de la ligoter et de la bâillonner. L'espèce de lâche.

À l'aide d'une pincette, elle ramassa une capsule brisée qu'elle huma.

— Pour la réveiller, dit-elle, comme Connors lui tendait une pochette en plastique pour y glisser la pièce à conviction. Tu peux regarder dans son sac. Vois s'il a pris son portefeuille, regarde s'il y a encore les clés de la victime, son communicateur.

Sans rien dire, il ramassa le sac posé à terre.

— La corde est serrée, reprit Eve. Elle s'est enfoncée dans la chair de la victime. C'était ce qu'il voulait : lui faire mal autant que lui faire peur.

— Pas de portefeuille, annonça Connors. Pas de communicateur, de tablette ou de mini-ordinateur. Ses clés sont là.

— Il a pris tout l'argent qu'il a pu trouver ici, ainsi que ses appareils high-tech. Les chevilles de la victime sont ligotées entre elles, elle n'a pas de marques sur les cuisses. Je ne crois pas qu'il l'ait violée. Il n'était pas intéressé ou bien pas capable d'avoir une érection. Non, c'est plutôt un manque d'intérêt, affirma-t-elle en tentant de se projeter dans la tête du tueur.

» S'il en avait eu envie, il aurait pu la violer en utilisant un accessoire. L'idée ne lui est simplement pas venue. Il n'est pas particulièrement sexuel ou ne voit pas le viol ou le sexe comme une manière d'exercer son pouvoir. Pas encore.

— Pourquoi lui enlever ses vêtements ?

— Pour l'humilier, la terrifier. Comme ça, elle était totalement vulnérable. Il lui a massacré les cheveux pour la même raison. Ça la déshumanise.

« Une manière de la réduire à néant », songea Eve. Elle connaissait ce genre d'individu. Son père était pareil.

— Il lui a donné des coups de poing, plusieurs fois, au visage et à l'estomac. L'agression est plus personnelle que pour ses parents. Ou peut-être qu'il disposait simplement de plus de temps et d'espace. Une occasion d'expérimenter ?

— Elle avait fait des courses. Alors il a vidé ses achats par terre et a tout saccagé.

À l'aide de sa jauge, elle détermina l'heure du décès.

— 19 h 55. Il a passé un peu plus d'une heure à la tourmenter. C'était risqué, mais il y a pris beaucoup de plaisir. Elle a une légère incision au niveau de la gorge. Peut-être qu'il avait un couteau. Il l'a menacée, lui a fait peur, sans réellement la taillader. La strangulation est beaucoup plus personnelle : on voit la victime souffrir et mourir en face.

— Elle est très jeune, commenta Connors à mi-voix.

— Et elle n'aura jamais l'occasion de vieillir.

« Une affirmation cruelle », songea Connors. Du moins pour qui ne connaîtrait pas assez son flic préféré pour percevoir la colère teintée d'amertume derrière ses paroles.

— Pas de bijoux, ajouta Eve. Pourtant, je parie qu'elle en portait. Une sortie avec une copine ? Oui, elle en avait forcément sur elle. Qu'ils aient ou non eu de la valeur, il les lui a pris. Comme pour lui interdire de les garder. « Tu m'as foutu dehors, hein ? Tu me le paieras. Tu veux que je me trouve un boulot, que je me casse de chez toi ? Va te faire voir ! »

— Pourquoi les chaussures ?

— Un truc sexy. Une image classique du porno, non ? Une femme nue dans des escarpins à hauts talons. Le côté salope ?

— Hmm.

— Elle les aura sans doute achetées aujourd'hui. Ça a mis Jerry en colère. Elle qui passe son temps à s'inquiéter pour le loyer, qui lui reproche d'être allé se lâcher un peu à Vegas avec ses potes, la voilà qui sort et dépense allez savoir combien pour ces conneries. Garce égoïste.

Elle marqua un temps d'arrêt, très bref, tandis que la colère que Connors avait devinée cherchait à sortir. Mais Eve ne se l'autoriserait pas.

— Les chaussures lui donnent l'air d'une fille facile, comme si elle ne demandait que ça. Lui n'a pas succombé à cette séduction. Mais il a fait en sorte qu'au moment où on la retrouverait elle ait l'air d'une fille de mauvaise vie, pitoyable. Prenons ses cheveux. Je pense qu'elle sortait juste de chez le coiffeur : nouvelle coupe, nouvelle couleur, si l'on en croit la photo de sa fiche d'identité. Maintenant, ils ne ressemblent plus à rien. Mamelon droit couvert de bleus, sans doute à force de pincements répétés. Humiliation, encore et encore. « Tu m'as humilié, maintenant c'est ton tour. »

Tout en parlant, Eve examina les mains puis le reste du corps de la victime à la recherche d'autres lésions, de tout indice que le tueur aurait pu laisser derrière lui.

— Il lui raconte ce qu'il a fait à ses parents. Elle est la première personne à qui il peut en parler, s'en vanter. Pas de risque puisqu'il va la tuer, mais ça lui permet de pavoiser, de lui montrer qu'il roule sur l'or alors qu'elle n'a rien. Qu'elle n'est rien.

Eve sortit de la chambre pour examiner le reste de la scène de crime.

Connors resta sur place quelques instants de plus. « Vous n'êtes pas rien, pensa-t-il. Eve va tout faire pour obtenir justice pour vous et rien ne l'arrêtera. Vous êtes à elle, maintenant, donc vous êtes importante. »

Il aurait aimé pouvoir recouvrir le corps nu et exposé, tout en sachant que ce n'était pas possible.

Au lieu de quoi il entreprit d'assister Eve de son mieux en attendant l'arrivée de Peabody.

8

Eve examina la petite salle de bains, les serviettes encore humides jonchant le sol et le boxer noir abandonné dans un coin.

— Ça l'a fait jouir. Sans doute au moment de la strangulation. Il ne l'a pas violée, mais le fait de la tuer, de la regarder mourir... Toutes ces émotions lui ont fait prendre son pied. Je parie que ça l'a surpris. Il ne s'attendait pas à ce bénéfice sexuel et il a éjaculé dans son caleçon. Et il s'en fout suffisamment pour se contenter de le laisser sur place, en même temps que les serviettes dans lesquelles il s'est essuyé.

Elle croisa le regard de Connors dans le miroir au-dessus du lavabo.

— C'est un gamin. Il jette les trucs par terre. Je parie que ce boxer est tout neuf, qu'il vient de l'acheter, et pourtant il s'en débarrasse. Mieux, il se fiche de l'identification ADN. Ça lui va qu'on sache que c'est lui qui l'a tuée. Il veut être reconnu pour ce qu'il a réussi à faire.

Elle se baissa pour poser des marqueurs près des serviettes et du boxer à l'intention des techniciens de la police scientifique.

— Je l'ai mal jugé, dit-elle.

— Que veux-tu dire ?

— Je pensais qu'il avait ce qu'il voulait. Mais tuer ses parents et s'approprier leurs biens lui a montré ce qu'il pouvait faire, ce qu'il pouvait avoir. Maintenant, il en veut plus.

Elle ressortit et se tourna vers l'entrée en entendant arriver Peabody, McNab sur ses talons.

— Des agents sont sur le point de débarquer pour sécuriser les lieux… annonça Peabody.

Elle s'interrompit et regarda de l'autre côté du rideau de perles que Connors avait maintenu entrouvert.

— Bon sang, il l'a bien amochée.

— Je me charge du corps. Nous devons alerter tous ceux contre lesquels il pourrait avoir une dent. Ses amis, anciens patrons, collègues, grands-parents.

— Vous pensez qu'il s'attaquera à l'un d'eux ?

— Je ne croyais pas qu'il s'en prendrait à son ex, répondit Eve sur un ton catégorique. Je me trompais ; elle est morte. Faites savoir qu'il a tué de nouveau, mais ne donnez pas l'identité de la victime. Je veux que chacun d'eux soit mis en sécurité.

— Je m'en occupe.

— Je peux jeter un œil à ses appareils, proposa McNab.

— Il a pris son ordi et son communicateur. Pas de caméra ni de mesures de sécurité à la porte, pas de communicateur d'appartement, elle devait tout faire depuis son portable. Je n'ai pas encore cherché d'autres éléments électroniques. Si j'en trouve, je vous les ferai passer.

— En attendant, je peux faire le tour du voisinage.

Il arborait un manteau orange long et ample par-dessus un pantalon rouge cerise et un tee-shirt aux rayures multicolores. Eve n'avait pas de mal à voir le flic derrière les vêtements, mais ce ne serait pas le cas de la plupart des gens.

— Ça nous ferait gagner du temps, merci. Mais pour l'amour de Dieu, montrez bien votre insigne, que les gens ne vous prennent pas pour un échappé du cirque !

Avec un sourire, il extirpa son insigne de l'une de ses nombreuses poches et l'accrocha au col de sa chemise avant de ressortir.

— Personne n'a crocheté les serrures avant moi, annonça Connors.

— Donc, il avait les clés. Elle gardait ses pourboires pour faire des économies. Elle a dû avoir le temps de remettre une certaine somme de côté après que Jerry lui a tout pris pour aller à Vegas. Mais je n'ai rien vu qui soit clairement visible. Peut-être qu'elle cachait sa réserve.

— Je vais jeter un coup d'œil.

— Merci. Il faut que je…

— Les agents sont dans l'escalier, annonça Peabody en passant la tête dans l'embrasure de la porte.

— Demandez à l'un d'eux de rester avec Mme Crabtree et de prendre sa déposition. Je veux savoir exactement quand elle a quitté l'immeuble, où elle est allée et quand elle est revenue. Aussi précisément qu'elle pourra nous l'indiquer.

— C'est comme si c'était fait.

— Et il faut que je parle à Mira. Tout de suite, reprit Eve à l'intention de Connors. J'ai besoin de mieux comprendre ce type, et ce avant qu'il décide de tuer quelqu'un d'autre.

Elle se tourna vers le policier en uniforme qui se tenait sur le seuil.

— L'inspecteur McNab a commencé à interroger les voisins. Voyez avec lui pour l'aider. Demandez la photo du suspect à l'inspecteur Peabody. Je veux qu'on s'occupe de l'immeuble en priorité, après quoi vous couvrirez la rue et le reste du pâté de maisons. Et je souhaite m'entretenir avec quiconque aura vu le suspect.

Elle sortit son communicateur, s'isola dans un coin de la pièce et contacta Mira.

— Docteur Mira. Navrée de vous déranger chez vous.

— Ce n'est rien, Eve. Désirez-vous modifier l'horaire de notre consultation demain ?

— Ouais, j'ai besoin de vous parler immédiatement. Il s'en est pris à son ex-compagne.

— Je vois.

— Tout laisse à croire qu'il s'est introduit chez elle pendant qu'elle était sortie et lui a tendu un guet-apens. Il avait apporté des outils avec lui : de la corde, du ruban adhésif, un couteau.

Eve fit une description sommaire de ce qu'ils avaient découvert sur place.

— J'aimerais voir le corps, la scène de crime.

— J'ai tout enregistré. Je peux vous l'envoyer tout de suite.

— Non, je crois qu'il serait préférable que je vous rejoigne.

« Étrange et même un peu idiote cette répugnance que j'ai à laisser Mira contempler de ses propres yeux la morte, le sang et la laideur de la scène », songea Eve.

Mira n'en était pas arrivée à ce point de sa carrière en se montrant impressionnable. Elle n'avait pas besoin qu'on la protège.

— Ce serait utile mais…

— Votre rapport mentionne l'adresse. Je serai là sous peu.

— Merci. Je vais faire en sorte qu'on vous laisse passer.

Elle rangea son communicateur et se dirigea vers l'entrée pour ordonner au policier en faction de ne pas barrer le passage au Dr Mira quand elle arriverait. Au moment de faire demi-tour, elle croisa le regard de Connors.

— Je parie qu'elle a vu pire, commenta-t-il.

— Ouais. Il y a toujours pire.

— J'ai trouvé un pot vide, annonça-t-il en lui montrant un récipient bleu pâle frappé d'un motif en forme de fleur. Il gisait au milieu du bazar dans la cuisine. J'imagine que c'est lui le responsable. Je pense qu'il s'est de nouveau emparé de toutes ses économies avant de vider aussi son garde-manger.

Eve entra dans la cuisine et programma le minuscule autochef pour afficher le détail de ses dernières préparations.

— Mouais. Il s'est préparé des mini-pizzas environ quinze minutes après l'heure du décès. Il a fouillé dans tous les placards : chips au soja, biscuits à apéritif au fromage, bouteille de vin et tube de soda vide. Des trucs à grignoter. Le meurtre lui a ouvert l'appétit.

Elle se représenta mentalement la scène de crime initiale.

— Même chose dans l'appartement de ses parents. Il avait fait une razzia sur la nourriture. Gros gueuleton également quand il a séjourné au *Manoir*. Tuer lui donne faim.

— S'il continue comme ça, vous serez obligées de le faire rouler jusqu'à sa cellule.

Eve ne put réprimer un petit sourire.

— Il lui a pris ses économies, son portefeuille, son communicateur, a fouillé l'appart à la recherche de tout ce qui pourrait lui être utile. Puis il a récupéré ses affaires, s'est douché et est ressorti d'un pas léger.

Elle leva la main comme les premiers techniciens arrivaient.

— Restez à l'écart de la chambre et du corps pour le moment, leur dit-elle.

Elle s'approcha d'eux pour leur donner des instructions plus détaillées avant de les laisser investir les lieux. Peabody était de retour.

— J'ai contacté tout le monde, dit-elle. Golde s'est rendu chez ses parents. Il est paniqué ; il craint que Reinhold s'en prenne à eux. J'ai pu joindre Joe le Goujat dans une discothèque. Il a paru vaguement surpris mais pas spécialement troublé ou mal à l'aise.

— Il est à la hauteur de sa réputation.

— Tout à fait. J'ai également parlé à Dave Hildebran, aux employeurs et responsables hiérarchiques de Reinhold durant l'année écoulée. Et j'ai prévenu Kasey Rider. Je me suis dit que Reinhold la connaissait peut-être. S'il sait qu'elle est très proche de la victime, il pourrait vouloir lui rendre visite.

— Très bonne initiative.

— Elle est très secouée, Dallas. J'ai pris les devants et lui ai envoyé un conseiller psychologique et une de nos collègues pour ne pas la laisser seule. Il faudra sans doute qu'on aille lui parler à un moment ou à un autre, mais elle se sentira plus en sécurité d'ici là.

— Bien.

— Après l'appel que McNab et moi lui avons passé, elle a essayé de joindre la victime sur son nouveau communicateur. Apparemment, elle n'est tombée que sur le répondeur.

— Reinhold l'a pris. On ne l'a pas trouvé sur place ni entendu sonner. Un communicateur tout neuf, il s'est dit qu'il en tirerait un peu d'argent en plus.

— Je vais le rajouter à la liste des articles sous surveillance. McNab a un témoin au rez-de-chaussée. Il a vu entrer le suspect. Il ne connaissait ni Reinhold ni la victime, mais il les avait déjà vus, leur disait bonjour en passant. Habitué à le voir dans le coin – sans savoir qu'il n'était plus censé être là –, le témoin lui a fait un signe de tête avant de rentrer chez lui.

— À quelle heure ?

— Il a vu Reinhold arriver vers 17 heures et emprunter les escaliers. Il ne l'a pas vu ressortir. Crabtree dit qu'elle était sortie faire des courses à peu près au même moment et qu'elle est revenue vers 17 h 15.

— Ce n'est pas une coïncidence. Il surveillait l'entrée de l'immeuble et a trouvé le moyen de monter sans se faire repérer par des gens au courant de la rupture. Ou peut-être qu'il surveillait seulement la victime et qu'il a saisi l'occasion d'entrer discrètement au moment où Crabtree est sortie.

— Une fenêtre de seulement un quart d'heure. Il a eu de la chance, commenta Peabody.

« Et nous, non », songea Eve.

— Je veux que les agents identifient tous les endroits où il aurait pu s'installer pour attendre, de l'autre côté de la rue ou à proximité. Faites passer l'info et retournez parler au témoin. Mira arrive et il faut que je sois sur place au moment où elle débarquera.

— Elle vient ici ?

Peabody fit la grimace en jetant un regard vers le corps. Eve se sentit un peu moins bête en constatant que sa coéquipière avait la même réaction qu'elle.

— Elle a déjà vu des cadavres, dit-elle.

— Ouais. Je vais prévenir les agents et m'entretenir avec le témoin.

Connors s'approcha dans le dos d'Eve.

— Aucune trace de communicateur dans l'appartement, comme tu t'y attendais. J'ai fait une brève analyse des finances de la victime pour voir où elle s'était servie de ses cartes de crédit aujourd'hui. Ça te permettra de recréer son itinéraire. Je t'ai envoyé la liste.

— Ça me sera utile. D'après ce que tu as vu, est-ce qu'il a essayé de vider les comptes de la victime ?

— Non, pas encore. Mais il pourrait le faire, puisqu'il a son ordinateur. La DDE ne devrait pas avoir de mal à détecter ce genre d'activité.

— Peut-être qu'on aura un coup de chance et qu'il se montrera assez bête pour essayer.

— Tu as l'air d'en douter.

— Effectivement. Je vais devoir passer au Central quand j'aurai terminé ici. Tu devrais rentrer et dormir un peu.

— Je vais voir quels indices je peux trouver par ici et je repartirai en même temps que toi. J'ai fait avancer ta voiture pour qu'elle soit là quand tu seras prête à partir.

— Tu es plein d'attentions.

— Considère que ça fait partie de notre soirée presque en amoureux.

Eve esquissa un sourire qui disparut quand elle aperçut Mira.

— Merci d'être venue, lui dit-elle.

— Aucun problème. Bonsoir, Connors.

Ils se firent la bise avant que Connors ne l'aide à retirer son manteau. Apparemment, Mira considérait que c'était un comportement acceptable sur une scène de crime.

Elle ne portait ni l'un de ses élégants tailleurs ni ses escarpins habituels. Elle avait opté pour un pull bleu acier et un pantalon noir moulant accompagné de bottines grises qui paraissaient délicieusement confortables. Sa chevelure ébouriffée couleur de vison encadrait son joli visage et ses magnifiques yeux bleus qui scrutaient la pièce d'un regard expert.

— J'ai croisé Peabody en bas. Elle m'a aidée à mettre le Seal-It. J'ai la permission d'examiner le corps ?

— Oui, allez-y.

Eve l'escorta à l'intérieur tout en déroulant les informations de base. Âge, nom, heure et cause du décès.

— Je n'ai pas trouvé ce dont il s'est servi pour l'assommer. Il l'a peut-être emporté avec lui, peut-être même qu'il l'avait apporté sur place. Il semble amateur de battes de base-ball et la blessure pourrait correspondre. Morris pourra nous le confirmer.

— Oui, bien sûr. Vous dites qu'il est venu avec de la corde et du ruban adhésif ?

— Ouais, il s'était préparé.

— Un acte prémédité, donc. Comme pour le meurtre du père. Mais c'est différent cependant. Il ne voulait pas seulement la tuer, la détruire. Il voulait lui faire mal, la terroriser, l'humilier. Je suppose que vous êtes arrivée aux mêmes conclusions.

— Exact. Mais c'est important pour moi d'avoir votre avis. Prenons la coupe de cheveux massacrée, par exemple. Il y a là quelque chose de méchant, de mesquin, de la part d'un homme qui comprend l'importance que revêt la chevelure d'une femme.

— Oui, je suis d'accord.

— Je suis presque certaine qu'elle sortait de chez le coiffeur, qu'elle avait changé de coupe et de couleur.

— Ah, alors c'est encore plus signifiant. Elle n'a pas le droit d'être attirante. Je ne vois aucun signe d'agression sexuelle, à part cet hématome au niveau du mamelon droit.

— Il a joui dans son caleçon et l'a laissé dans la salle de bains après s'être lavé.

Mira hocha la tête.

— Le meurtre l'a excité sexuellement. Ou peut-être la torture, voire les deux. Il en a laissé la preuve, de même que son ADN. Il veut que vous sachiez qu'il est un homme, au sens viril du terme. Vous voyez ce que je veux dire ?

— Très bien, oui.

— Il l'a frappée, essentiellement au visage. Pour lui faire mal, pour laisser sa marque sur elle et se sentir puissant. Je vois des sacs provenant de plusieurs boutiques. Elle avait fait des achats ?

— Ouais. Je pense qu'il a tout renversé et saccagé.

— Pour lui interdire de posséder quoi que ce soit. Il aura fait cela avant de la tuer. Un autre moyen de la blesser. Des chaussures neuves… Il lui a fait porter pour lui donner une apparence pornographique, peut-être.

— C'était mon hypothèse.

— La strangulation en face à face. C'est intime. Le nœud qu'il a fait ensuite, comme un paquet cadeau, on retrouve ce côté mesquin, méchant. Eve, je pense qu'il a pris des mèches de ses cheveux.

— Qu'est-ce qui vous fait dire ça ?

— Je ne veux rien toucher mais… Vous voyez la longueur de certaines de celles qu'il a coupées ? Je pense qu'il devrait y avoir plus de cheveux. Si j'ai raison, vos techniciens le confirmeront.

— Donc, il aurait emporté quelque chose d'elle, un trophée. Je n'ai rien vu de tel sur la première scène de crime. Peut-être que j'ai raté quelque chose.

— J'en doute. Elle comptait plus à ses yeux que ses parents. Eux n'étaient que des obstacles, une gêne et, une fois morts, un moyen de servir ses objectifs.

— C'est comme ça que je le voyais, confirma Eve. Elle était plus importante que ça. C'est dans ce lit qu'il a dormi avec elle, fait l'amour avec elle. Et elle s'est refusée à lui, l'a rejeté, l'a renvoyé chez ses parents, tel un petit garçon. Et après, elle voudrait s'acheter des vêtements, s'offrir une nouvelle coupe de cheveux ? Non, c'est inacceptable.

— Elle est si jeune, souffla Mira à voix basse avant de retourner vers le salon.

— Si vous avez terminé, je vais dire aux techniciens de se mettre au travail et faire venir l'équipe de la morgue.

— Oui, j'ai vu ce que j'avais à voir. C'est lui qui a fait ça ? demanda Mira en désignant le petit coin cuisine.

— Ouais, il a mangé après le crime. En tout cas une partie. Il s'est servi de l'autochef après l'heure du décès.

Eve fit un signe aux techniciens qui attendaient à l'entrée.

— Des cochonneries, constata Mira. De la nourriture ludique pour l'apéritif ou les soirées. Il s'est offert une petite fête, d'autant plus agréable qu'elle gisait morte, tout près. A-t-il emporté autre chose ?

— Le portefeuille de la victime, l'argent de ses pourboires, son ordinateur et son nouveau communicateur. Ce sont les éléments dont je suis sûre pour le moment. Sans doute des bijoux. Je me disais que pour sortir avec une bonne copine et aller se faire coiffer et pomponner, elle avait sans doute mis des boucles d'oreilles, peut-être deux ou trois autres accessoires.

— Je suis d'accord. C'était une femme jeune, une serveuse, donc il est peu probable qu'elle ait possédé quoi que ce soit de très précieux, à moins qu'il ne s'agisse d'un bijou de famille.

Tandis qu'elle observait Mira se déplacer dans l'appartement, Eve sentit un sentiment de frustration monter en elle.

— J'ai merdé, lâcha-t-elle.

L'air calme et l'œil toujours scrutateur, Mira se tourna vers elle.

— Pourquoi dites-vous cela ?

— Je n'aurais jamais imaginé qu'il s'en prendrait à quelqu'un d'autre – et certainement pas aussi tôt – à moins de se retrouver acculé, ou éventuellement face à des gens qui refuseraient de l'aider. Mais je n'avais pas vu venir ce qu'il a fait ici.

— Je ne sais pas comment vous auriez pu le prévoir. Venir ici et commettre ce crime ? C'est risqué et c'est prémédité. Ses meurtres précédents ne l'étaient pas. Il a d'abord tué sur un coup de tête, puis il en a profité pour se remplir les poches. Par ailleurs, vous avez tenté de la joindre, plusieurs fois. Les circonstances vous en ont empêchée.

— Je m'étais trompée au sujet de Reinhold. Il n'avait jamais fait montre de comportements particulièrement violents auparavant, ni d'ambition ou de calcul. Il a tué sa mère sans réfléchir, puis s'est laissé aller à une fureur aveugle.

— Oui.

— Ensuite son père, plusieurs heures après. De la colère, toujours, mais également une sorte de joie malsaine et assez de sang-froid pour rester dans l'appartement, d'abord pour attendre son père et planifier la suite, puis avec ses deux parents morts juste à côté tandis qu'il mettait ses plans à exécution. Il a mangé, dormi et programmé la suite alors que leurs cadavres gisaient à quelques mètres de lui.

— Il ne ressentait rien, affirma Mira. C'est un psychopathe, un être narcissique. Il est persuadé que tout tourne autour de lui et de ses besoins. Ou en tout cas que ce devrait être le cas. Il se sert de ses projections faussées pour attribuer ses fautes et responsabilités à d'autres. Il y croit fermement et ne ressent pour son comportement ni culpabilité, ni remords, ni aucun besoin de changer.

— Il a pourtant changé, rétorqua Eve. Quand il s'est emparé du couteau pour poignarder sa mère.

— Il est passé au cran supérieur, la corrigea Mira. S'est libéré des contraintes qui pesaient sur lui. Et bien sûr, c'était la faute de sa mère.

Eve se mit la main dans les cheveux et hocha la tête.

— D'accord. Tel que je le voyais, une fois ses parents hors de son chemin, il se retrouve avec un accès à leur argent, une manière de vivre comme un roi sur le court terme. Exactement ce qu'il voulait. Ni culpabilité ni remords, j'avais compris. Cela ressemblait plutôt à une forme d'allégresse. Mais… tuer ses parents, est-ce que cela a aussi tué quelque chose en lui ? Cette minuscule étincelle de conscience, d'humanité, le besoin de faire partie d'un tout ?

— En voyant ce qu'il a accompli ici, ce qu'il a pris du plaisir à commettre, je pense que non, cela n'a pas tué une partie de son être, mais libéré une part de lui qu'il avait refoulée. Probablement par peur d'être puni. Et une part de lui dont il n'était peut-être pas véritablement ou pleinement conscient jusqu'à ce qu'elle soit libérée. Il s'est trouvé lui-même.

Peabody s'approcha, un petit plateau à la main.

— Pardon de vous interrompre, dit-elle. Connors a fait livrer ceci. Il y a un thé pour vous, docteur Mira, et du café pour vous, Dallas, le gobelet du fond. Et un café classique pour moi. Connors et McNab sont dans l'établissement ouvert vingt-quatre heures sur vingt-quatre sur le trottoir d'en face. Le serveur a reconnu le suspect. Ils sont en train d'examiner les vidéos des caméras qui donnent sur la rue.

— Bien. Très bien.

— Ce thé aussi est très bien, commenta Mira après une gorgée. C'est mon préféré. Comment fait-il ça ?

Eve haussa les épaules.

— J'ai arrêté de me poser la question.

— Pouvons-nous nous asseoir quelques instants ?

— Allez-y, lui dit Eve. Moi, je ne peux pas encore.

— Moi si, pour une minute, s'empressa de répondre Peabody en s'asseyant sur l'une des caisses rembourrées.

— Sa vision de lui-même est confirmée, reprit Mira une fois assise. Tous ces petits boulots qu'on l'a poussé ou forcé à faire ? Ils ne lui étaient pas destinés ; il l'a toujours su et il vient de le démontrer. Tous les patrons qui lui demandaient de travailler à leur manière ? Des individus stupides, à courte vue ou décidés à le dénigrer parce qu'ils voyaient bien qu'il était beaucoup plus que cela. Il a tué trois personnes et il reste libre. Vous savez qui il est, mais vous ne pouvez pas l'arrêter : il vient d'en faire la preuve avec ce dernier meurtre. Il a de l'argent désormais, une vraie liberté, une vraie identité.

— Il va avoir besoin de tuer de nouveau.

— Sans aucun doute. La réaction sexuelle à ce meurtre ne fera que renforcer ce besoin. Tuer est gratifiant pour lui.

— Quelqu'un qu'il connaît ? Un inconnu ne lui procurera pas le même frisson, en tout cas pas si tôt.

— Effectivement. Savoir que sa victime l'a toujours sous-estimé, n'a pas su déceler sa grandeur, voire l'a blessé ou insulté d'une façon ou d'une autre, n'est qu'une moitié du processus.

Oui, Eve voyait en lui à présent, jusque dans les coins les plus sombres de son être.

— L'autre moitié, c'est son désir de vengeance, dit-elle. Ses parents l'empêchaient de se réaliser, le bousculaient, le critiquaient, le menaçaient et étaient sur le point de le mettre dehors. Ce que son ex, elle, avait déjà fait. Il y a sans doute encore beaucoup de gens sur lesquels il porte le même regard.

— Une longue liste d'affronts, d'occasions de prouver sa valeur et de ressentir ce frisson et cette jouissance. Sa récompense.

— Nous avons contacté tous les membres connus de son entourage.

Eve jeta un coup d'œil vers Peabody.

— Anciens employeurs, collègues, amis et membres de sa famille, confirma celle-ci.

— Ça ne se limitera pas à ce cercle, dit Eve. Un voisin qui lui aura fait une remarque désobligeante ou causé des ennuis, un professeur ou formateur, voire une simple serveuse ou un vendeur avec qui il se sera accroché.

Mira se délectait de son thé.

— Je suis tout à fait d'accord, dit-elle. Il va vouloir s'attaquer à quiconque l'aura rabaissé dans sa virilité, tous ceux qui l'ont offensé ou rejeté.

— On a fait afficher son nom et sa photo partout. Il doit bien le savoir. Il va devoir changer d'apparence.

— Il porte un costume, indiqua Peabody. J'ai demandé au témoin comment Reinhold était habillé. Au départ, il ne s'en souvenait pas. Puis je l'ai travaillé un peu au corps et il s'est rappelé qu'il portait un costume, notamment parce qu'il n'en avait jamais vu sur Reinhold avant.

— Intéressant, murmura Mira. Il voulait avoir l'air professionnel.

— Il s'est fait beau pour le meurtre, ajouta Eve. Pimpant pour aller punir son ex. « Regarde-moi, sale garce. Je fais dans le haut de gamme maintenant. »

Elle se tourna vers Peabody.

— Surveillons les salons de beauté, dit-elle. Tous les endroits où il pourra se faire faire une nouvelle coupe, des soins, un changement de couleur d'yeux. Il change aussi de méthodes. Couteau, puis batte, puis strangulation. Il expérimente ? demanda-t-elle à Mira.

— C'est possible, oui. Ou alors il adapte l'arme à la personne.

— Une méthode pour correspondre à la proie et à l'offense commise contre lui. Ouais. Je penche plutôt pour cette idée. De quoi lui donner l'impression d'être... habile et malin. Bon, il doit se trouver un endroit où se poser, où dormir, où vivre. Il ne se contentera pas d'un trou à rats.

— Ce serait indigne de lui, approuva Mira.

— À la rigueur à très court terme, s'il était en fuite, mais je ne le vois pas faire ça. Pas maintenant qu'il a goûté au luxe.

— Il y a un paquet d'hôtels à New York, commenta Peabody.

— À nous de les couvrir.

— Il va passer beaucoup de temps à regarder et à lire les informations à son sujet, ajouta Mira. Une autre forme de validation. Les gens connaissent son nom, désormais, et ont peur de lui. Ils savent qu'il est un homme, un homme dangereux.

— Et vu la façon dont il dépense son argent, il va bientôt lui en falloir plus.

Il avait trouvé le moyen d'obtenir ce qu'il voulait, et plus encore. Il avait oublié de demander à Lori la Chauve – il repenserait toujours à elle sous ce nom, désormais – de transférer ses économies sur un compte pour lui.

Il s'était laissé emporter. Il savait qu'elle avait mis quelques milliers de dollars de côté, mais elle l'avait distrait avec tous ses pleurs et ses tremblements. Alors il avait tué cette traînée avant de penser à piquer l'argent.

La sale conne égoïste !

Pas grave. Quelle importance ? Il n'avait pas besoin de l'épargne misérable d'une serveuse.

Il s'était attendu à être fatigué, mais se sentait au contraire plein d'énergie, comme s'il avait pris de la drogue de super qualité. Chose qui, se dit-il, méritait sans doute de figurer sur sa liste de courses.

Mais pour le moment, il lui fallait une belle piaule où se poser, une nouvelle injection de liquidités sur son compte de nabab et une fausse identité top niveau pour aller avec le nouveau look qu'il avait prévu d'adopter.

Tout cela, et plus encore, l'attendait à l'intérieur du petit immeuble de grès brun propret du quartier de Tribeca.

Non, il n'avait pas besoin des pitoyables économies de Lori la Chauve. Il allait mettre la main sur bien mieux.

Il avait simplement à attendre que cette salope de Mme Farnsworth sorte son chien, ce petit roquet à la con de Snuffy, pour sa dernière promenade du soir. Ou plutôt sa dernière promenade tout court.

« Bon sang, je m'éclate trop ! »

Impossible de surveiller l'endroit depuis un café comme il l'avait fait pour Lori la Chauve. Il devait donc rester hors de vue, dans l'ombre, ou faire semblant de parler dans son communicateur.

Peu après 23 heures, il vit la porte s'ouvrir et Mme Farnsworth sortir son gros cul avec son affreux roquet au bout d'une laisse. Elle s'adressait au chien avec la même voix aiguë insupportable que lorsqu'elle s'en prenait à Jerry à l'époque du lycée, quand elle l'avait recalé au cours d'informatique.

Lorsqu'elle était partie à la retraite, ils en avaient fait tout un pataquès. Il avait même reçu une invitation électronique pour son pot de départ. Sacré culot après l'avoir recalé par pure malveillance !

Quand elle fut à bonne distance et occupée à surveiller son chien qui faisait sa crotte au pied d'un arbre, il se glissa dans la cour étroite devant chez elle et se dissimula dans l'ombre près de la porte d'entrée.

« Chouette baraque », se dit-il.

Il y serait bien pendant deux à trois jours. La vieille peau avait hérité de la maison à la mort de son promoteur immobilier de père. Elle vivait seule depuis que son idiot de mari avait claqué. Pas étonnant, d'ailleurs, vu qu'elle était grosse, moche et aussi sympa qu'un rat d'égout.

Il sortit la batte de base-ball de son sac et la soupesa avec plaisir. Il savait ce qu'il allait faire avec.

Il songea qu'il aurait pu être un assassin. L'un de ces agents très spéciaux – avec permis de tuer – au service du gouvernement. Peut-être que ce serait encore possible une fois qu'il aurait fini ce qu'il avait à faire. Ce pourrait être marrant de tuer des gens qu'il ne connaissait pas. Mais il en connaissait tellement qui méritaient vraiment de mourir. Il allait être occupé pendant un bon moment. Sa carrière devrait attendre un peu.

Il la regarda revenir, son affreux cabot caracolant devant elle. Lorsqu'ils passèrent le portail, le pouls de Jerry accéléra sous l'effet de l'anticipation.

Le chien s'arrêta, frémit, puis aboya.

« Merde ! » Il n'avait pas pensé à ça.

— Eh bien, Snuffy ? C'est encore ce méchant chat ? Ce gros méchant matou ?

« Ouais, songea Jerry avec un sourire mauvais. Je suis le grand méchant chat. »

— Allons, du calme. Ne fais pas l'enfant.

Elle souleva le petit chien qui continuait à aboyer et se dirigea vers la porte en le berçant contre elle avec des petits bruits rassurants.

Elle fit tourner la clé dans la serrure, ouvrit la porte.

Jerry fondit sur elle comme un oiseau de proie. Le premier coup la fit basculer à l'intérieur et il la suivit en claquant la porte derrière lui. Il respirait vite, très vite, luttant contre un irrésistible désir de se déchaîner sur elle. Au lieu de quoi il lança au cabot qui jappait un violent coup de pied qui le projeta contre le mur. Snuffy s'effondra sans connaissance, comme sa maîtresse.

Jerry s'efforça de respirer lentement, de ralentir, de se calmer, jusqu'à ce que le rugissement tempétueux du sang sous son crâne se taise et qu'il puisse de nouveau réfléchir.

Puis, avec un petit hochement de tête satisfait, il posa sa fidèle batte de base-ball contre le mur et se frotta les mains d'excitation à l'idée de ce qui l'attendait.

Toujours à Chelsea, Eve s'entretint brièvement avec le serveur qui avait pris la commande de Reinhold.

— Il est arrivé vers 16 heures, peut-être 16 h 15, et a commandé un latte Maxima avec double dose de caramel et un cookie croustillant géant. Il a sorti son communicateur et son mini-ordinateur, mais beaucoup de gens font ça.

— Vous l'avez entendu parler à quelqu'un ?

Le serveur se gratta l'oreille comme si cela pouvait l'aider à réfléchir.

— Maintenant que vous le dites, je ne crois pas. Il est resté assis là à regarder par la fenêtre. De temps en temps, il essayait un truc sur son communicateur ou bidouillait sur son ordi. Je me suis dit qu'il attendait peut-être quelqu'un qui était en retard. Mais quand je lui ai demandé s'il attendait une deuxième personne, il m'a dit que non, qu'il tuait le temps avant un rendez-vous. Il a payé en liquide.

» D'un coup, après avoir poireauté un moment, il s'est levé brusquement. Il a pris son sac, déposé du liquide sur la table et est sorti à toute vitesse. Presque en courant. Je suis allé voir s'il avait bien réglé la note – c'était le cas, même si le pourboire n'était pas bien gros – et je l'ai vu traverser la rue en contournant des voitures arrêtées au feu. C'est tout.

— Quel genre de sac ?

— Quel genre de quoi ?

— De sac, répéta Eve. Vous dites qu'il a pris son sac avant de sortir.

— Ah ouais, ouais. Un beau sac, plutôt neuf, visiblement. Grand et noir. Une sorte de sac de marin mais en plus classe.

— D'accord. S'il vous revient autre chose ou si vous le revoyez, contactez-nous.

— Pas de problème.

Eve ressortit. McNab et Connors se tenaient sur le trottoir, lancés dans l'une de leurs conversations de geeks. Elle leva la main pour les interrompre.

— Des images sur les caméras de sécurité ?

— On en parlait justement.

— Pas dans une langue compréhensible.

McNab la gratifia d'un grand sourire.

— On l'a repéré sur plusieurs caméras de rue. On essayait de déterminer comment on peut remonter sa piste jusqu'à l'endroit d'où il venait.

— Pourquoi vous ne me l'avez pas dit plus tôt ?

— C'est ce qu'on a fait. Ou ce qu'on était en train de faire, corrigea Connors. Dans la mesure où les lois sur la vie privée limitent les possibilités d'observation par satellite, nous sommes principalement dépendants des caméras d'immeubles, quand il y en a. On cherchait la méthode la plus efficace pour retracer en sens inverse le chemin qu'il a parcouru depuis sa cachette ou son véhicule.

— D'accord. Continuez là-dessus. Tenez-moi informée dès que vous aurez quelque chose d'utilisable.

Elle prit Connors par le bras et le tira à quelques pas de distance.

— Tu n'as pas l'intention de rentrer à la maison, c'est ça ?

— Je veux continuer à jouer avec les copains. Il se pourrait que je dépasse un peu l'heure du couvre-feu.

Elle reporta son attention sur McNab qui discutait avec Peabody, pris par ce qu'Eve appelait « les trépignements de la DDE ». Sous ses vêtements bigarrés, le corps de McNab ne tenait pas en place quand il était sur une enquête.

À l'inverse, Connors était aussi calme et discret qu'un chat dans son pantalon noir impeccable et son blouson de cuir.

Et pourtant ils étaient amis, avec tout ce que cela impliquait.

— Fais comme tu veux, dit-elle.

— C'est ma façon de faire préférée. D'ailleurs…

Il l'agrippa et l'embrassa avec force avant qu'elle puisse lui échapper.

— En service et en public ! Mais vous m'avez dit de faire comme je voulais, lieutenant.

Elle lui décocha un petit coup de poing dans le ventre.

— Et je fais pareil, répliqua-t-elle. Peabody ! Avec moi.

Elle traversa la rue jusqu'à l'emplacement où – comme promis – l'attendait sa voiture.

Pendant qu'Eve travaillait, l'homme qu'elle traquait n'avait pas chômé. Il pouvait prendre son temps cette fois et profiter de l'excitation qu'il y avait à explorer la maison de quelqu'un d'autre sans y être autorisé. Il pouvait faire ce qu'il voulait, emporter tout ce qui lui faisait envie.

Il y avait un paquet de trucs électroniques à revendre ou à échanger pour regarnir son compte de nabab. En authentique geek, Mme Farnsworth adorait les gadgets. Elle possédait même un droïde de maison revêtu d'un costard noir et heureusement mis en veille.

Les cours de programmation que Jerry avait pris – et pour lesquels ses radins de parents avaient renâclé à payer – lui en avaient assez appris pour effacer la mémoire du droïde. Le reprogrammer serait plus complexe, mais il pouvait gérer les parties les plus simples. Et il ferait en sorte que la grosse Farnsworth le guide pas à pas pour les trucs plus compliqués si besoin.

Il s'était fait un casse-croûte après avoir ligoté et bâillonné la vieille conne sur une chaise dans son bureau. C'était là qu'ils travailleraient ; il avait donc ordonné au droïde réactivé de monter la grosse dinde dans les escaliers avant de se remettre en veille.

Puis Jerry avait entamé sa petite visite.

Il flottait sur les lieux une odeur de vieille dame et de chien, lequel se tenait à présent dans un coin, tremblant et le regard terne.

« Mon coup de pied a dû lui péter un truc à cette bestiole de merde », se dit-il avant d'engloutir une pleine poignée de chips au vinaigre qu'il fit passer avec une gorgée de soda.

De temps à autre, il s'essuyait les mains sur le dossier d'un fauteuil ou les rideaux kitsch de la vieille.

Il jeta un œil dans sa chambre à coucher. Super écran géant. La rombière était pleine aux as. Ce n'était pas le genre de trucs qu'il serait capable de déplacer par lui-même. Peut-être pourrait-il se servir du droïde pour ça et l'envoyer revendre certaines des babioles électroniques. Pas trop près de la maison, par contre. Pas là où la vieille faisait ses courses.

Il allait devoir y réfléchir. Pour le moment, il profiterait de l'écran géant tant qu'il serait « à domicile ».

Il laissa échapper un rire joyeux et se félicita de sa bonne fortune en constatant qu'elle disposait non seulement d'une baignoire à remous, mais aussi d'une superbe douche multijets.

Ça, c'était la grande vie !

Il n'y connaissait rien en art et n'en avait rien à foutre, mais il se dit que peut-être il pourrait apporter deux ou trois tableaux dans une galerie en racontant un bobard à propos de sa défunte tante Martha pour voir s'il pouvait se faire un peu de fric.

Mais sa plus grande découverte, le truc le plus excitant, c'était le coffre-fort.

Un coffre de belle taille encastré dans le mur derrière une toile représentant une ferme à la noix au milieu d'un champ de cultures à la con.

Le coffre-fort était ancien, en tout cas il en avait l'air avec sa serrure à combinaison classique. Il était sans doute là depuis des décennies, voire plus. Et tout son contenu appartenait désormais à Jerry.

De retour dans la chambre à coucher, il fourra tous les vêtements de grosse vieille dame dans des sacs. Peut-être pourrait-il en tirer quelque chose, mais surtout il ne voulait plus les voir. Il transporta le tout, ainsi que le tapis du cabot et un panier de jouets pour chien malodorants jusqu'à une autre pièce. Une chambre d'ami, sans doute, au vu de la déco pleine de dentelles et de tableaux fleuris.

La vieille avait désormais un invité inattendu.

Il repartit et se changea, remplaçant son costume par un jean neuf, un tee-shirt à la mode et de nouvelles baskets. « Des vêtements de travail », se dit-il en s'admirant dans le miroir.

Il déposa ses affaires dans la salle de bains pour plus tard. La teinture capillaire, la tondeuse, la lotion bronzante pour corps et visage.

Il aurait aimé pouvoir se rendre dans un institut de soins, mais il n'était pas stupide. À la place, il avait lu les instructions sur le Net sur la manière de changer son apparence. Il s'en sentait tout à fait capable. Et il pourrait se rendre plus tard dans un institut pour affiner les détails. Pour l'heure, il fallait simplement qu'il change de look en vue de la nouvelle identité que la vieille mégère l'aiderait à créer.

Il savait exactement comment s'y prendre pour la convaincre.

Il sortit ses cisailles métalliques, le fendoir à viande qu'il avait trouvé dans la cuisine – pratique et plein de potentiel – et une petite perceuse manuelle sans fil.

« Ça devrait suffire pour le moment », se dit-il en retournant d'un pas tranquille vers le bureau.

Il sourit joyeusement en la voyant ouvrir des yeux terrifiés, éperdus. Et son sourire s'élargit lorsque ce regard se posa sur lui et qu'il vit une lueur de compréhension, puis d'horreur, s'allumer derrière ses pupilles.

— Salut, madame Farnsworth ! Vous vous souvenez de moi ? Vous m'avez recalé en cours d'info.

Foutu ma vie en l'air. On va se faire une petite réunion élève-professeur.

Dans un geste théâtral, il planta le fendoir dans le bois du bureau.

— On commence tout de suite !

9

Il tira le fauteuil à lui afin qu'ils soient face à face, puis s'assit, une cheville nonchalamment appuyée sur son genou.

— J'ai dû recommencer votre cours parce que vous aviez une dent contre moi. Je me suis retrouvé privé de sortie pendant un an, coincé là avec mes parents râleurs et jamais contents. Vous leur avez farci la tête de mensonges quand ils sont venus à votre réunion « de crise ». Comme quoi j'étais paresseux et négligent, que je préférais jouer à des jeux sur l'ordi plutôt que d'apprendre ces conneries sans intérêt sur l'informatique. Vous avez foutu en l'air mon été : toutes ces semaines à reprendre les cours pendant que mes potes se la coulaient douce. Je n'ai pas pu aller à la plage.

Il leva les cisailles et les examina avec attention. Il huma la peur dans la transpiration de la vieille.

— Le pire été de ma vie. Mes copains se payaient ma tronche à la moindre occasion et j'étais bloqué en classe avec des blaireaux, tout ça parce que vous m'aviez dans le pif !

Il se pencha en avant et, malgré les tentatives de la grosse dinde pour garder le poing fermé, déplia de force l'un de ses doigts qu'il plaça entre les lames des cisailles. Il lui sourit.

— Je vais retirer l'adhésif pour que vous puissiez vous expliquer. Me donner votre version des faits. Si vous criez, je vous coupe le doigt. Pigé ?

Elle hocha la tête, son regard rivé sur le sien lorsqu'il tira sur l'un des coins du bâillon.

— Un cri, un doigt ! lança-t-il avant d'arracher l'adhésif.

Elle inspira en sifflant sous l'effet de la douleur, puis laissa échapper un soupir tremblant.

— Je ne crierai pas, Jerry.

— Personne vous entendrait de toute façon, vu comment vous avez isolé la baraque. Mais j'ai pas envie de vous entendre gueuler.

Ce dont il avait vraiment envie, c'était de refermer sa prise sur les cisailles, de sentir les lames trancher dans la chair et de regarder son visage pendant qu'il le ferait. Mais il se dit qu'elle aurait sans doute besoin de ses doigts pour lui confectionner la fausse identité dont il avait besoin.

Quoi qu'il en soit, il pourrait toujours s'attaquer à ses orteils s'il était obligé de sévir. D'un geste lent, il retira les pinces et les posa sur le bureau.

— Alors, quelle est votre version, madame Farnsworth ? Ça m'intéresse sincèrement de l'entendre, dit-il avec une expression attentive, sans toutefois pouvoir dissimuler l'éclat de joie mauvaise dans ses yeux.

— Je voulais vous aider… Vraiment ! insista-t-elle en le voyant reprendre les cisailles. Mais j'ai mal fait. J'ai commis une erreur.

Elle lutta pour maîtriser les larmes de soulagement qui lui étaient montées aux yeux en le voyant reposer l'instrument. Elle se tut quelques secondes pour tenter de se reprendre.

— Je n'aurais pas dû être aussi dure avec vous.

— Vous m'avez pris en grippe dès le premier jour.

— Vous aviez un tel potentiel.

Elle n'était pas certaine que ce soit un mensonge. Elle avait réellement perçu du potentiel chez lui. Et une absolue paresse. Elle s'était donné beaucoup de mal avec lui, lui avait offert tellement d'occasions de se rattraper. Bon sang, elle avait travaillé en binôme avec lui, lui avait assigné l'un de ses meilleurs étudiants comme partenaire de travaux pratiques.

— Je n'ai pas su trouver le moyen de faire jaillir ce potentiel, d'entrer pleinement en contact avec vous.

Là, c'était bien un mensonge. Elle avait été un bon professeur, avait mis en œuvre tous les moyens qu'elle avait à disposition pour aider Jerald Reinhold. Il figurait parmi ses rares échecs parce qu'il s'en moquait, qu'il se montrait constamment fainéant et évidemment ingrat.

— J'ai échoué. C'était ma faute.

— Vous sous-notiez mes travaux.

Quelque chose en elle aurait voulu se lever et le ramener sur terre par la force de sa voix d'enseignante scandalisée car elle n'avait rien fait de tel. Au contraire, elle lui avait initialement attribué des notes légèrement supérieures dans l'espoir de lui donner de l'assurance et l'envie de faire plus d'efforts.

Elle se servit de cette idée.

— J'avais décelé de grandes choses en vous, Jerry, alors je me suis montrée dure, insistante. Trop. Je ne m'en suis aperçue que tardivement. Je le regrette. J'en suis désolée. J'aimerais pouvoir revenir en arrière et nous donner une seconde chance.

— Une seconde chance !

Le ton de Jerry était moqueur, mais la réaction de la vieille le laissait perplexe. Il ne s'était pas attendu qu'elle admette ses erreurs. Qu'elle voie que c'était elle qui avait eu tort.

« Peu importe, songea-t-il. Le plan reste le même. »

— Donnez-moi la combinaison de votre coffre ! aboya-t-il si brusquement qu'elle sursauta.

L'estomac noué, elle obtempéra d'une voix lente et claire.

— Si ce n'est pas la bonne, vous perdrez un doigt.

Une fois seule, elle tenta de se libérer en s'agitant dans tous les sens. Elle ne voyait pas les cordes qui lui ligotaient chevilles et poignets, mais les sentit qui mordaient dans sa chair. Il avait recouvert les cordes d'adhésif et avait fait plusieurs fois le tour du dossier afin qu'elle soit quasiment collée au siège.

Mais peut-être qu'à force de mouvements répétés elle pourrait assouplir un peu les liens, juste assez pour se libérer. Ou peut-être parviendrait-elle à le convaincre de lui détacher les mains ?

Où était Snuffy ? Qu'avait-il fait à cette pauvre petite bête ?

« Lui qui est aussi doux qu'un agneau », se dit-elle en réprimant de nouveau des larmes.

Il avait assassiné ses parents, elle avait appris la nouvelle aux informations. Il les avait tués et avait volé leur argent. Il la tuerait elle aussi, à moins qu'elle ne parvienne à le persuader de l'épargner. Ou à s'échapper.

L'entendant arriver, elle s'immobilisa sur son siège.

« Coopère, se dit-elle. Sois repentante. Fais comme si tu étais d'accord avec lui. »

Elle avait passé plus de la moitié de sa vie à enseigner, essentiellement à des adolescents. Un métier souvent frustrant… jusqu'au moment où ils s'extirpaient de leur égocentrisme pour commencer à s'ouvrir sur le monde. Les regarder éclore avait toujours constitué l'un de ses plus grands plaisirs.

Avec Jerry Reinhold, toutefois, elle n'avait jamais aperçu ne serait-ce que l'ombre d'un bourgeon.

— Vous avez un sacré butin là-dedans, hein, madame Farnsworth ? Liquidités, bijoux. Des trucs de famille, non ? Ça vaut un paquet de fric. Il y a pas mal de disques aussi. Vous allez m'expliquer à quoi correspondent ceux où il y a marqué « Assurance ». Je parie qu'une partie des trucs que vous avez dans cette baraque vaut un max. Et vous me devez un max, alors on va commencer par ça. On devra peut-être y passer la nuit.

Il repoussa le fauteuil sur le côté pour s'approcher de l'ordinateur.

— D'abord, je vais avoir besoin de vos mots de passe. Commençons par vos comptes bancaires.

Juste pour le plaisir, il la gifla violemment du dos de la main.

— Vos mots de passe, j'ai dit ! Oh, pardon…

Il se mit à rire.

— J'imagine que c'est difficile de me répondre avec la bouche bâillonnée.

Il tira sur l'adhésif et regarda les larmes se former au coin des yeux de sa victime.

— C'est le moment de payer votre dette, madame Farnsworth.

À son bureau, Eve rassemblait ses notes pour établir un rapport complet. Elle se concentrait sur sa tâche en écartant de ses pensées l'émoi qu'elle avait causé un peu plus tôt en frappant à la porte des parents de Lori Nuccio pour leur annoncer sa mort.

Elle se savait impuissante à endiguer leur douleur.

Mais elle avait les moyens de poursuivre et d'appréhender l'homme qui leur avait arraché leur fille et avait changé à jamais leur existence.

Le visage de Lori apparaissait désormais sur le tableau d'affichage. Telle qu'elle avait été et telle que Reinhold l'avait laissée. Au matin, les médias disposeraient de cette image – la première – et la diffuseraient à l'envi. Mais Eve veillerait à ce qu'ils ne mettent jamais la main sur la photo de Lori à l'heure de sa mort.

Qui d'autre était sur la liste de Reinhold ? Qui serait sa prochaine cible ?

Elle se leva pour aller se chercher une nouvelle tasse de café et la but debout près de la fenêtre en contemplant New York.

Toutes ces lumières, ces vitrines clinquantes, ces trottoirs animés, ces phares de voitures fendant l'obscurité. Tous ces gens qui allaient et venaient, s'installaient, faisaient la fête, faisaient l'amour, cherchaient à faire des rencontres ou au contraire à s'isoler.

Combien d'entre eux avaient offensé ou énervé Reinhold au cours des vingt-six dernières années ? Et à combien d'entre eux risquait-il de s'en prendre dans sa soif de vengeance avant qu'elle l'arrête ?

Elle se tourna vers son tableau.

Sa mère, son père, son ex-amante. Personnel, intime.

S'en tiendrait-il à cela ? Ses grands-parents ? Entraient-ils dans cette catégorie ? Ses cousins ? La famille passerait-elle en premier : revanche pour des affronts subis durant l'enfance, pour un manque de soutien, pour des critiques ?

Les amis viendraient ensuite, logiquement, si toutefois il suivait une quelconque logique. S'agirait-il de celui qui avait gagné gros à Vegas alors que Jerry perdait ? Celui qui l'avait mis dehors pour n'avoir pas payé le loyer ?

Il aurait besoin d'une occasion, d'un moyen de les atteindre.

Eve se rassit pour lancer une évaluation des probabilités. Puis elle s'appuya contre le dossier de sa chaise, pensive, en tambourinant des doigts, le regard fixé sur les résultats.

L'ordinateur avait opté pour les grands-parents de Brooklyn. C'était la plus haute probabilité. Ceux qui habitaient à l'écart de la ville avaient la plus basse. Les amis étaient à égalité.

Elle ne prendrait pas le risque. Elle allait placer les grands-parents sous protection.

Mais cela ne correspondait pas à ce que lui soufflait son intuition. Trop tôt pour les grands-parents. N'étaient-ils pas habituellement plus indulgents que les parents ? Et Reinhold ne serait-il pas conscient du risque couru à agir de façon aussi logique ?

D'un autre côté, la famille de Brooklyn avait de l'argent d'après les infos qu'elle avait pu obtenir. Pas au point de remplir ses piscines de lingots, mais des fondations financières solides. Reinhold allait avoir besoin d'argent et chercherait à s'en procurer.

L'inconvénient de cette option ? La nécessité d'aller jusqu'à Brooklyn. Devoir sortir de Manhattan, prendre le temps de faire le trajet, de tout planifier.

— Tu n'iras pas là-bas tout de suite. Je ne le sens pas.

Les amis n'avaient pas vraiment d'argent. Mais Joe le Goujat, comme l'avait surnommé Peabody, s'était enrichi à Vegas. De quoi faire d'une pierre deux coups, non ? Se venger et récupérer l'argent qu'il avait perdu et que son pote avait gagné.

« Peut-être même trois coups », se dit Eve. Il serait ravi de pouvoir se vanter d'avoir tué Lori auprès de Joe le Goujat. Quelqu'un qui l'avait connue, un *ami* qui n'avait sans doute pas hésité à se joindre à lui pour la traiter de garce au moment de la rupture.

Parmi les amis et la famille – même s'il fallait qu'elle enquête plus en profondeur sur les cousins –, Joe le Goujat arrivait tout en haut de sa liste de cibles potentielles. Mais là encore, l'instinct d'Eve restait dubitatif.

Peabody débarqua dans le bureau à cet instant.

— Dallas ! lança-t-elle, McNab veut…

— Est-ce qu'il ne va pas vouloir revenir vers ses potes à un moment ou à un autre ?

— Quoi ?

— Reinhold. Ce n'est pas un solitaire. Tout ce que nous avons appris sur lui indique qu'il aime traîner avec ses copains, aller dans les bars, les boîtes. Il aime avoir quelqu'un – quelqu'un qu'il connaît bien – avec qui boire, à qui se plaindre. Là, il est gonflé à bloc, de l'adrénaline plein les veines. Tout s'est passé comme il voulait. Il s'amuse tout seul dans son coin, mais au bout d'un moment, il va ressentir le besoin de se faire mousser auprès de ses potes, non ?

— Je… Je ne sais pas. Il a tué trois personnes. Je doute que ses amis aient envie de le congratuler.

— Vous ne réfléchissez pas comme lui. À ses yeux, il est riche désormais. Il est célèbre. Il a le pouvoir et la gloire. S'il ne peut pas frimer devant ses amis, alors auprès de qui ? Pour le moment, tout n'est qu'hôtels chicos, bonne bouffe et vêtements neufs. Mais il doit déjà se rendre compte que pour que ça dure, il va avoir besoin de plus d'argent qu'il n'en a.

— Possible, mais… on a à peu près le même âge. Si je me retrouvais avec, disons, cent soixante-quinze mille dollars entre les mains, ma première réaction serait : « Bon sang, je suis riche. » Et moi aussi, je fêterais ça. Je m'achèterais des trucs, je dépenserais sans trop réfléchir. Je ne pourrais pas m'en empêcher.

— Et ensuite, vous arrêteriez parce que vous n'êtes pas stupide.

— Ouais, mais lui, je le vois mal se calmer.

Tout en réfléchissant, Peabody se rapprocha du tableau.

— Il ne va pas envisager de placer son argent pour l'avenir, de rembourser ses dettes ou autres usages raisonnables que font les gens mûrs quand ils ont une rentrée d'argent inattendue.

— Ça, j'ai bien compris.

Eve avait pointé le doigt vers Peabody mais, voyant le regard de sa partenaire se tourner vers l'autochef, elle l'autorisa d'un geste à s'en servir.

— Mais il s'est découvert une ambition, poursuivit-elle tandis que Peabody se programmait une tasse de café. Il n'en avait jamais eu jusque-là. C'est Mira qui m'a mise sur cette piste. Quelque chose en lui s'est libéré, laissant apparaître le tueur derrière le branleur. Maintenant, il a une ambition, et je pense que, d'une certaine façon, il réfléchit bel et bien à l'avenir.

— Sur la manière de placer son argent dans un fonds d'investissement ?

— Non, sur le meilleur moyen de se consacrer à sa nouvelle passion et d'amasser assez d'argent pour maintenir son train de vie dispendieux. Cet imbécile s'imagine sans doute devenir une sorte d'assassin, de tueur à gages aux poches bourrées de fric. Mais avant, il va devoir remettre les pendules à l'heure, faire payer tous ceux qui l'ont contrarié d'une façon ou d'une autre. Il ne peut pas continuer à se déplacer indéfiniment d'hôtel en hôtel. Il a besoin d'une base, d'un repaire. D'un QG.

Tout en sachant à quel point la chaise des visiteurs était inconfortable, Peabody s'assit pour boire son café.

— D'accord. Je vois où vous voulez en venir. Il a besoin de se renflouer durant sa croisade afin de s'offrir un endroit bien à lui. Un endroit cool. Il faudrait qu'il mette la main sur le pactole pour s'acheter ce genre d'appart mais…

— Pas tant que ça s'il le loue. Or une location nécessitera plus de liquide ou, mieux, un compte sécurisé, parce que les grosses sommes en liquide attirent l'attention. Il va avoir besoin de cette nouvelle identité et d'un changement de look assez radical pour se déplacer librement en ville.

— Ses grands-parents de Brooklyn sont plutôt à l'aise financièrement.

— Mouais, l'ordi estime qu'ils constituent la cible la plus probable. Vos grands-parents vous ont déjà mise en colère ?

— Pas vraiment.

Comme elle réfléchissait à la question – et repensait à ses grands-parents –, un sourire paisible apparut sur le visage de Peabody.

— En fait, je dirais qu'ils m'ont gâtée. Nous tous, même.

— C'est comme ça que ça se passe en général, non ? Cela dit, comme il est susceptible de considérer tout et n'importe quoi comme un affront personnel et qu'il n'a cessé de foirer ce qu'il entreprenait durant l'essentiel de sa vie, ça se tient. Je vais les mettre sous protection. Et je pense qu'il est sans doute assez malin pour deviner que nous le ferons.

— Joe le Goujat a gagné gros à Vegas.

Eve hocha la tête en massant sa nuque raidie.

— Il pourrait s'attaquer à lui, d'autant que l'histoire est plutôt récente. Mais il est probable que Joe ait déjà claqué une partie de son butin. Jerry va vouloir plus que ça, une injection massive de cash. À sa place, je commencerais par ses anciens employeurs. Même s'ils ne sont pas si riches que ça, ne les verrait-il pas comme tels ? Ils possèdent ou dirigent une entreprise, ils avaient autorité sur lui. Comme ses parents.

— C'est une bonne piste.

— Je crois que c'est celle qu'on va suivre. Sans oublier de nous intéresser aux appartements de luxe, lofts et autres maisons de ville actuellement à louer.

— Il y en a un sacré paquet, Dallas.

— Une seule lui suffira… et à nous aussi.

Avec l'espoir de provoquer un déclic dans son cerveau, elle se tourna vers le tableau et posa ses bottes sur le bureau, plongée dans sa réflexion.

— Il ne va pas se cacher dans son ancien quartier, pas s'il a quelques neurones encore utilisables. Même s'il change de look, le risque d'être reconnu serait trop grand. Même chose pour le quartier de son ex. Mais un endroit pas trop loin. Il cherchera une ambiance familière, réconfortante, au moins le temps de développer son plan. Ce serait un bon moyen de se sentir supérieur aux autres. Disposer d'un endroit chic et luxueux pas loin des logements bon marché de ses amis. Lancez un calcul de probabilités sur l'ordinateur, ordonna-t-elle à Peabody.

— Entendu. Par ailleurs, McNab m'a fait savoir que la piste des caméras de rue est sur le point de donner quelque chose. Ils sont dans le labo de la DDE.

— Je monterai voir. Lancez la recherche statistique et faites-moi passer les résultats. Puis rentrez chez vous dormir un peu, ou installez-vous dans la salle de repos. On s'y remettra dès demain matin.

— Qu'est-ce que vous allez faire ?

Eve laissa ses pieds retomber au sol.

— Ça dépendra de ce que McNab et Connors ont pu dégoter.

— Je vais rester dans le coin, au cas où ils auraient retrouvé sa trace. J'ai de quoi me changer dans mon vestiaire. Dites simplement à McNab que je serai dans la salle de repos.

Satisfaite, Eve sortit et monta à l'étage.

Elle évita la salle commune de la DDE. Même au milieu de la nuit, l'endroit était un vortex de couleurs criardes et de mouvement constant. Elle se tint à l'écart, mais prit mentalement note de trouver le temps pour un tête-à-tête avec Feeney, son ancien formateur et partenaire également capitaine de la « brigade des geeks ».

Elle repéra Connors et McNab à travers la paroi de verre du labo et, au moment d'entrer, vacilla sur le seuil sous le coup d'une violente agression musicale.

Elle reconnut la voix de Mavis mais, malgré toute l'affection qu'elle avait pour son amie, il y avait des limites.

— Comment pouvez-vous réfléchir avec un tel vacarme ? demanda-t-elle.

— C'est une source d'inspiration ! affirma McNab.

Il s'inclina néanmoins devant sa supérieure hiérarchique.

— Stoppe la musique, ordonna-t-il, interrompant Mavis en plein hurlement.

Un silence miséricordieux s'abattit sur le labo. Eve se rapprocha d'un écran où des images défilaient à toute vitesse.

— Qu'est-ce que ça donne ? demanda-t-elle.

— Un puzzle, répondit Connors. Dont les dernières pièces viennent de se mettre en place.

Il pivota sur son tabouret pour lui faire face.

— Je t'explique ça dans une langue compréhensible ?

— Ça me semble préférable, oui.

— En partant de l'immeuble de la victime, grâce aux images de diverses caméras de sécurité, nous avons pu reconstituer partiellement l'itinéraire de Reinhold jusqu'à son arrivée. Cela a pris du temps car il a fait quelques détours et tous les immeubles du secteur sont loin d'être dotés de caméras et encore moins de caméras fonctionnelles.

McNab but longuement dans un énorme verre de voyage.

— On le voit parfaitement arriver sur place, Dallas, dit-il. Mais en remontant vers le point de départ, il traverse une zone résidentielle hors de portée des caméras et on n'a pas réussi à le retrouver. Il a pu prendre un taxi, un bus ou continuer à marcher. On le tiendrait s'il avait pris le métro. On examine toutes les stations dans le coin. Mais il a pu descendre ailleurs. On peut continuer à chercher…

— Montrez-moi déjà ce que vous avez.

— On vient juste de terminer l'assemblage.

McNab ordonna à l'ordinateur d'afficher le résultat.

— On va le faire défiler dans le bon sens, pour que vous puissiez le voir arriver et s'installer, dit-il.

Elle regarda un Rapid Taxi s'extraire de la circulation et s'arrêter au bord du trottoir. Reinhold, vêtu de son costume neuf et le nez chaussé de lunettes noires, en sortit en tirant avec lui un long sac de marin.

— Zoomez sur l'image et trouvez-moi le numéro du taxi.

McNab interrompit le défilement au moment où Reinhold passait la sangle de son sac sur son épaule.

— Il est content, affirma Eve. Excité, même. Ça se voit sur son visage. Il se réjouit à l'avance de ce qu'il va faire subir à la victime. De la façon dont il va s'y prendre.

— On a déjà le numéro, l'informa McNab en zoomant néanmoins pour qu'elle le voie par elle-même. On voulait vous montrer la scène avant d'appeler.

Elle sortit son communicateur.

— Relancez la vidéo, dit-elle tout en contactant la compagnie de taxis. Allô ? Ici le lieutenant Eve Dallas de la brigade criminelle de New York. Numéro d'insigne 43578Q. J'ai besoin de connaître le lieu de prise en charge d'un passager.

En attendant l'information, elle regarda Reinhold progresser de caméra en caméra, ses mouvements fluidifiés par les algorithmes employés par McNab. Elle le vit tourner la tête, l'imagina levant les yeux en accord avec ce mouvement. Il regardait l'immeuble de Lori, les fenêtres de son appartement. Il sortit son communicateur pour essayer de la contacter, voir si elle était sur place. C'était son jour de congé. Il devait le savoir.

— Devant l'hôtel *Grandline* sur la Cinquième, c'est noté. Merci.

Elle raccrocha et se tourna vers McNab.

— Laissez défiler, dit-elle.

Elle voulait l'observer. Tout en appelant l'hôtel, elle étudia son langage corporel et les traits de son visage quand ils étaient visibles.

— Montrez-moi ce que vous avez quand il quitte l'immeuble de Nuccio, dit-elle à McNab après que Reinhold se fut engouffré dans le café.

Elle redonna son nom et ses codes d'identification au réceptionniste de l'hôtel.

— Avez-vous un dénommé Reinhold, Jerald parmi vos clients ?

— Un instant, lieutenant… Non, nous n'avons personne de ce nom.

— Il pourrait avoir quitté sa chambre ? Aujourd'hui.

— Il n'y a rien dans nos registres.

— À quelle heure avez-vous pris votre service ?

— À 21 heures.

« Trop tard », se dit Eve. Mais il restait les caméras de sécurité.

— Je vais me rendre dans votre établissement. J'aurai besoin des enregistrements de sécurité pour la journée, à partir de 7 h 30. Pour la totalité des caméras et toute la journée.

Elle raccrocha sans attendre confirmation.

— On le voit qui marche vers le sud.

— Mouais. Puis on arrive dans ce secteur où on l'aperçoit pendant une microseconde traverser vers l'ouest et c'est là qu'on perd sa trace.

McNab prit une nouvelle gorgée de sa boisson horriblement sucrée.

— La plupart des caméras de surveillance de ce quartier ont une portée limitée. S'il était entré dans n'importe lequel de ces immeubles, le programme de recherche l'aurait identifié.

— C'est la direction opposée à celle de l'hôtel où il a pris le taxi, fit remarquer Eve. Peu probable qu'il y soit retourné.

Elle fit les cent pas pendant quelques instants.

— Il sait qu'on le cherche, il sait que nous n'allons pas tarder à trouver le corps de Nuccio. Il pense peut-être que ce ne sera que demain, mais en tout cas, c'est pour bientôt. Comme il se refuse à prendre un taxi près de chez elle, il est obligé de marcher assez longtemps pour mettre une bonne distance entre le lieu du crime et l'endroit où il montera dans une voiture. Il se balade, tranquille, avec un sourire suffisant sur les lèvres. Il a le monde à ses basques.

— À ses pieds, corrigea Connors en voyant McNab froncer les sourcils, perplexe.

— Il a l'air trop sûr de lui pour ne pas avoir déjà prévu une autre cachette. Du côté du Village, peut-être, ou bien de SoHo, voire de Tribeca. À moins qu'il ne soit parti vers le sud avant de prendre un bus pour les quartiers résidentiels. À l'heure qu'il est, il doit être confortablement installé à l'abri des regards. Je vais me rendre jusqu'à cet hôtel.

— Je t'accompagne, lança Connors en se redressant.

— Voulez-vous que je poursuive les recherches, lieutenant ? demanda McNab.

Elle réfléchit un instant avant de secouer la tête.

— On a obtenu tout ce qu'on pouvait espérer obtenir ; il faudra faire avec. Peabody s'est installée dans la salle de repos.

Le visage de McNab s'illumina.

— Ah ouais ?

— N'allez même pas imaginer passer à l'acte là-bas.

Elle sortit à grands pas, en sachant très bien qu'il ferait sans doute plus que l'imaginer. Elle opta pour l'ascenseur en poussant un soupir soulagé lorsqu'il se révéla vide.

— Quel genre d'endroit est le *Grandline* ?

— Je me doutais que tu poserais la question, répondit Connors en tapotant sur son mini-ordinateur. Établissement sérieux de taille moyenne avec services disponibles vingt-quatre heures sur vingt-quatre pour répondre aux besoins des cadres en voyage d'affaires.

— Un cran en dessous du *Manoir*.

— À vrai dire, c'est le cas de la plupart des établissements.

Eve fit la grimace quand les portes s'ouvrirent pour laisser entrer deux agents en uniforme escortant un duo de prostituées bien esquintées mais toujours d'attaque.

— Ce coin de rue est à moi, espèce de sale grognasse voleuse !

— T'es pas propriétaire du trottoir, « chatte-zilla ».

— T'as essayé de piquer mon client juste sous mon nez !

— J'y peux rien si je passais par là et qu'il m'a choisie plutôt que ton gros cul croulant.

Remarquant la lueur meurtrière dans le regard de Gros-cul-croulant, Eve tira instinctivement Connors en arrière à l'instant où la prostituée lança un coup de pied chaussé d'un escarpin à l'extrémité aussi pointue qu'une dague. Le coup atteignit un tibia exposé. Sale-grognasse-voleuse poussa un miaulement à vous déchirer les tympans avant de fendre l'air de ses ongles longs tout aussi acérés.

Cette fois, le sang jaillit et l'enfer se déchaîna tandis que les agents luttaient pour maîtriser les deux femmes.

SGV déchira le chemisier rose à paillettes de GCC, laissant apparaître un impressionnant sein siliconé.

— Et après tu me demandes pourquoi les hommes aiment regarder les femmes se bagarrer, commenta Connors.

— Oh, pour l'amour de Notre-Dame-du-Silicone !

Eve saisit l'une des deux par les cheveux ; elle n'aurait pas su dire laquelle et s'en fichait. Avec un geste sec, elle tira la prostituée en arrière et parvint à appuyer sa bottine sur le cou de l'autre. Sa voix résonna avec force dans la cabine :

— Ça suffit ! Arrêtez ça ou je vous balance une décharge à toutes les deux… Et fermez-la ! ajouta-t-elle quand le duo se lança dans une série de jurons et de récriminations.

Elle se tourna vers les flics :

— Mettez-moi ces deux-là au frais, bon sang.

L'un des agents s'accroupit pour passer les menottes à la première tandis que son collègue s'occupait de la seconde.

— M'enfin, Dorie, qu'est-ce qui t'a pris ?

Les portes de l'ascenseur s'ouvrirent.

— Faites-les descendre.

— En fait, on les emmène plus bas à…

— Tout de suite !

— Oui, lieutenant.

Les flics forcèrent les deux prostituées désormais en larmes à sortir de la cabine. Connors tira un mouchoir de sa poche et saisit doucement le menton d'Eve entre ses doigts.

— Eh bien, voilà qui était plutôt distrayant, dit-il.

— Qu'y a-t-il ?

— Juste une petite éclaboussure après le coup de griffes. Voilà, c'est arrangé.

— Bon Dieu… fut tout ce qu'Eve laissa échapper jusqu'à ce qu'ils arrivent au garage. Tu conduis, lui lança-t-elle ensuite. Je veux vérifier quelques trucs pendant le trajet.

Connors s'installa derrière le volant.

— Quel genre de trucs ?

— Je veux m'assurer que Morris s'occupe bien de la troisième victime. Je suis déjà en mesure de dire à peu près quand et comment elle a été tuée et je sais très bien par qui et pourquoi, mais je préférerais avoir son rapport. Et je veux prévenir quelqu'un au labo : Harpo, la pro des fibres et des cheveux. Mira pense qu'il a pris des mèches de cheveux de la victime. Si c'est le cas, ça constitue un trophée personnel. Et je veux voir les statistiques que j'ai demandées à Peabody de calculer sur sa prochaine victime.

— Donc, tu penses qu'il y en aura d'autres.

— Il en a déjà choisi une. Si on ne l'attrape pas rapidement, Morris va se retrouver avec un nouveau cadavre à autopsier.

Elle marqua un temps d'arrêt et se passa les mains sur le visage.

— S'il avait consacré autant de temps et d'efforts à n'importe lequel des emplois dont il s'est fait virer, il serait déjà devenu cadre à l'heure qu'il est.

— Mais tout ceci est beaucoup plus amusant pour lui.

— Comme tu dis. Il s'est découvert une vocation. Il existe des sites, non ? Des méthodes, des endroits spécifiques pour proposer ses services en tant que tueur à gages ?

Connors lui décocha un regard en biais.

— Tu connais sûrement... des gens qui connaissent des gens, insinua-t-elle.

— Possible. Mais je n'ai jamais emprunté ce chemin-là, ni payé des verres à ceux qui l'arpentent.

— Mais tu connais du monde.

— En effet.

— Ce n'est qu'une piste annexe, mais il y prend plaisir et, jusqu'à présent, ça fonctionne. Il aime mener grand train et il aime tuer. Pour le moment, il tue des gens qu'il connaît, contre lesquels il a des griefs personnels. La plupart d'entre eux, par contre, ne lui permettront pas de renflouer ses caisses. Pourquoi ne pas transformer son nouveau hobby en profession ? L'idée lui traversera peut-être l'esprit.

— Une hypothèse intéressante. Je vais me renseigner.

— Il n'aurait pas dû parvenir à ses fins aujourd'hui, dit-elle en laissant sa tête reposer contre le siège. Il a eu de la chance avec Nuccio. Elle a choisi ce jour pour se rendre injoignable, changer de communicateur et de numéro. Sans cela, je lui aurais parlé et je l'aurais interrogée à propos des serrures de l'appartement. Qui plus est, il a essayé de la joindre sur l'ancien numéro, j'en suis sûre. Ça nous aurait fourni un indice, même s'il appelait depuis un appareil cloné. J'aurais su qu'il cherchait à la retrouver. Là, tout a joué en sa faveur.

— Avoir la chance de son côté est un sacré atout. Mais être compétent, c'est encore mieux.

Il se gara devant le *Grandline*. Le portier s'approcha immédiatement.

— Lieutenant Dallas ? Vous êtes attendue à l'intérieur. M. Wurtz, à la réception.

Eve trouva les lieux très propres et beaucoup trop lumineux. Même à cette heure avancée, le hall bourdonnait d'activité. Des hommes et femmes d'affaires, estima-t-elle, débarquant ou repartant tardivement. D'autres étaient simplement assis, l'air las, et marmonnaient dans leur communicateur ou leur oreillette.

Un homme plein d'allure au visage trop jeune pour sa crinière de cheveux gris – mais peut-être était-ce l'effet escompté – fit le tour du long comptoir de couleur noire pour venir l'accueillir.

— Lieutenant, je suis Michael Wurtz, le responsable de nuit. J'ai les vidéos de sécurité que vous avez demandées. La réceptionniste m'a informé que vous vous étiez renseignée à propos d'un certain Jerald Reinhold. Personne ne s'est présenté sous ce nom. Tout le personnel est averti du signalement le concernant.

— Il a pris un taxi devant l'hôtel peu avant 18 h 30 aujourd'hui. Je dois visionner les images correspondantes.

— J'ai fait installer le tout dans mon bureau. Si vous voulez bien me suivre. J'admets avoir été troublé quand Rissa m'a prévenu. J'ai consulté les bulletins d'information au sujet de cet individu toute la journée.

Passant derrière la réception, il ouvrit une porte donnant sur un labyrinthe de petites salles et de box individuels, puis entra dans un bureau.

— Les gens profitent souvent de la file d'attente de taxis devant notre établissement, reprit-il. En tout cas, l'équipe de sécurité a fait des copies de la plage horaire que vous avez demandée.

— Commençons par les caméras dans le hall d'entrée, lui dit Eve.

Saisissant une télécommande, Wurtz lança la vidéo sur son écran mural. À 8 minutes et 23 secondes, Eve repéra Reinhold.

— C'est lui. Casquette, lunettes noires, les deux valises.

— Mon Dieu. Un instant.

Il se tourna vers un ordinateur qu'il commanda manuellement avec des gestes rapides.

— Nous avons accueilli un client du nom de Malachi Golde à 8 h 28. Il a demandé une chambre pour quelques heures en journée. Il a présenté sa pièce d'identité et a payé en liquide immédiatement. D'après les notes associées, sa carte de crédit aurait rencontré un problème à l'aéroport. Mon Dieu... répéta-t-il.

— Quoi donc ?

— Je vois ici que sa carte d'identité n'était plus valable. La date est dépassée depuis plus d'un an. Le réceptionniste n'a pas vérifié ou n'a rien remarqué.

— À quelle heure est-il reparti ?

— Officiellement, il ne l'a pas fait. Mais nous avons appelé sa chambre à 18 heures puisqu'il n'avait payé que pour une chambre de jour. Il ne s'y trouvait plus, pas plus que ses affaires.

— Montrez-moi les images une demi-heure avant qu'il prenne le taxi.

Wurtz relança la vidéo à l'horaire demandé.

— Accélérez, dit Eve.

Elle observa attentivement les images.

— Arrêtez ici. Là, il est en costume, sans valises, avec seulement son sac de marin. Il est donc entré et ressorti au moins une fois entre son arrivée et ce moment particulier. Je vais avoir besoin d'une copie de toute la journée. La chambre qu'il a louée est-elle occupée ?

— Non. Elle est disponible.

— Je veux la voir.

— Absolument, répondit Wurtz en tripotant nerveusement sa cravate. Tout ceci est très gênant. Je n'aimerais pas que nos clients apprennent qu'il était présent chez nous.

— Je n'ai pas prévu de faire une annonce publique. Allons voir cette chambre.

— C'est au douzième.

Il les escorta jusqu'à la réception et leur indiqua les ascenseurs.

— Je vais vous y emmener puis, si vous n'avez pas besoin de moi, je m'occuperai des copies de disques.

— Très bien. Il me faudrait aussi savoir qui l'a accueilli, si quelqu'un l'a aidé avec ses bagages, le nom du portier qui lui a appelé son taxi et de tout autre membre du personnel qui aurait été en contact direct avec lui.

— Je vous en ferai la liste.

Il les fit entrer dans la chambre du douzième étage, puis repartit d'un pas pressé.

— Il doit couvrir ses arrières… ou plutôt les arrières d'autres employés puisque lui n'était pas là, commenta Eve. La date de validité dépassée de sa pièce d'identité aurait dû attirer l'attention, sans compter qu'il ne ressemble pas à Mal Golde. Même âge, d'accord, et à peu près la même taille, mais c'est tout. Le réceptionniste n'était pas très attentif, donc notre homme a encore eu de la chance. Et comme il n'est pas repassé à la réception en partant, personne n'a prêté attention à lui. Juste une chambre pour quelques heures en journée, payée cash. Sa version d'un motel miteux.

Elle balaya du regard la grande pièce épurée. Beaucoup de carreaux et d'argent chromé, des couleurs pleines d'énergie, un bureau tout équipé et une kitchenette.

Elle enverrait des techniciens passer les lieux au peigne fin, mais ne s'attendait pas à trouver grand-chose.

— C'est seulement un endroit où se poser pour quelques heures, le temps de faire ses courses, enfiler son nouveau costume et planifier la suite. Les caméras le montreront ressortir avec ses valises : qui remarquerait ça dans un hall d'hôtel ? Mais il a identifié les endroits où essayer de vendre ce qu'il n'a pas pu écouler dimanche. Il emporte tout ça, ou peut-être seulement une partie. Revend des trucs, en achète d'autres. Le costume, peut-être d'autres vêtements, le sac de marin, la batte. Il avait besoin du sac pour transporter la batte.

Elle se déplaça à travers la pièce tout en réfléchissant à voix haute.

— Il va et vient en utilisant cette chambre comme une base temporaire. Bijouteries, boutiques d'articles d'occasion, prêteurs sur gages. Il revend ou échange ses affaires. Même les valises à un moment ou à un autre, et sans doute une partie de ses vieux vêtements. Il se débarrasse de tout ça à présent, pour accumuler plus d'argent. Puis, une fois qu'il a terminé, il ressort tranquillement, prend un taxi et s'en va assassiner Lori Nuccio.

Elle fit plusieurs fois le tour de la suite pour homme d'affaires.

— Des sacs de courses. Il est forcément revenu avec des sacs des différentes boutiques. Donc on verra au moins où il s'est rendu.

Elle se frotta les yeux comme pour chasser la fatigue.

— Écoute, je vais retourner au Central pour visionner les disques et dormir une heure ou deux dans la salle de repos.

— J'ai une meilleure idée. J'ai demandé qu'on nous réserve une chambre au *Manoir*, ce n'est pas très loin. Tu pourras y visionner les disques et ça nous donnera l'occasion de nous reposer un peu dans une pièce qui n'accueille ni Peabody, ni McNab, ni d'éventuels autres flics.

Ce fut l'argument choc qui la décida.

— Vendu, dit-elle.

10

Avec ses couleurs chaudes et profondes, ses tissus doux et ses tapis épais décolorés par l'âge recouvrant les planchers cirés, la chambre du *Manoir* avait quelque chose d'apaisant.

Au-dessus de la petite cheminée de pierre, un miroir à large cadre reflétait le salon décoré avec goût. Et, sur simple pression d'un bouton au creux d'une niche murale, le miroir s'évanouissait pour laisser place à la surface sombre d'un écran.

— Je dois avouer que c'est… plutôt cool, commenta Eve.

— Les clients du *Manoir* apprécient les apparences du Vieux Monde avec tous les avantages pratiques du nouveau. Nous avons associé les deux partout où c'était possible.

Eve avait besoin de l'écran pour visionner les disques de sécurité, mais il y avait d'autres priorités.

— Est-ce que ça comprend un autochef capable de concocter un café correct ? demanda-t-elle.

— Absolument. Mais je crois que nous avons tous les deux assez de caféine dans les veines. Voilà ce que je te propose, poursuivit-il avant qu'elle puisse argumenter. Si tu trouves une piste que tu puisses suivre dès cette nuit, je nous préparerai un café bien fort pour tous les deux.

Le marché semblait honnête. Ça n'arrangeait pas Eve, mais c'était raisonnable.

Comme elle se taisait, la mine boudeuse, il passa dans une autre pièce et revint quelques instants plus tard avec deux élégants verres d'eau garnis d'une tranche de citron.

— T'es sérieux ?

— Oui, répondit-il en lui embrassant le nez. Tout à fait sérieux.

Elle se sentait suffisamment déshydratée pour s'en contenter et suffisamment fatiguée pour s'asseoir sur l'accoudoir du gros sofa moelleux tandis qu'il insérait les disques.

— Il n'a pas simplement voulu d'un hôtel pour clientèle d'affaires, annonça-t-elle après réflexion. Ça lui a suffi pendant qu'il sillonnait la ville, mais il n'aurait pas voulu s'y installer. Et il a été assez malin pour se servir de la vieille carte d'identité de Golde. Il aura besoin de la sienne pour encaisser l'argent, mais il est assez intelligent, ou simplement flippé, pour employer une ruse au moment de signer le registre d'un hôtel. Il essaiera peut-être de faire la même chose dans l'endroit qu'il aura choisi pour la nuit.

— Il aurait été plus pertinent d'utiliser ce temps passé en ville pour se procurer une fausse pièce d'identité.

— Pour ça, il faut savoir comment faire. Mais d'accord, il aurait pu le découvrir. Vas-y, lance la vidéo, lui dit-elle.

Connors s'assit sur l'autre accoudoir pour regarder avec elle. Moins de vingt minutes après son enregistrement, ils repérèrent de nouveau Reinhold. Connors ralentit le défilement.

— Mêmes vêtements que lorsqu'il a pris la chambre. Il n'a plus qu'une mallette cette fois. C'est le moment où il va à la banque pour récupérer l'argent avant que les corps soient retrouvés. Il a réussi son coup, maugréa Eve.

Elle le regarda revenir et traverser le hall de l'hôtel, un grand sourire satisfait sur le visage. Horaire indiqué : 9 h 38.

— Il a encore eu un coup de chance, dit-elle. Ses visites aux différentes banques se sont passées comme sur des roulettes et sa mallette est pleine de billets et de chèques de banque.

Il se dirigea en se pavanant presque jusqu'à l'ascenseur et réapparut, tirant tranquillement une valise, onze minutes plus tard.

— Une seule valise. Il faut qu'il se débarrasse du maximum de choses, sauf peut-être des objets qui ont le plus de valeur. Il n'avait pas de valise quand il est passé aux Joyaux d'Ursa. Il va vendre les trucs les moins chers puis encaisser les chèques avant qu'on découvre les corps et que son nom et son visage apparaissent dans les médias. Il a toujours un coup d'avance, même si c'est toujours de justesse. Accélère la vidéo.

Quand Reinhold revint, il n'avait plus de valise, mais portait un costume et tenait à la main une housse à vêtements.

— Mission accomplie, avec un peu de shopping en prime. Est-ce que tu peux…

— Bien sûr, répondit Connors en anticipant le zoom qu'elle allait lui demander.

— Le Chevalet, pour homme, déchiffra-t-elle sur le flanc du sac. Tu connais ?

— Non, mais donne-moi quelques instants et on saura tout.

— Il agit vite, fit remarquer Eve. Et regarde son langage corporel, son expression. Ce costume lui plaît, il se sent bien dedans.

— Ils ont un magasin à un pâté de maisons de l'hôtel, un bon endroit pour la clientèle d'affaires qui a besoin de se changer rapidement. Les retouches sont faites sur place et en une heure pour une somme supplémentaire. Leurs rayons vont du costume aux tenues décontractées, chaussures, accessoires, etc.

— On leur rendra une petite visite.

Elle continua à observer l'écran dans l'attente de la prochaine apparition du fugitif.

— Là. D'après le timing, c'est le moment où il est ressorti avec les montres. En voyant le costume et la mallette, Ursa se dit : « Voilà un jeune homme propre sur lui. » Qui a bien employé sa journée. On interrogera le portier de jour. Reinhold a sans doute pris un taxi. Pourquoi pas, après tout ? Il a de l'argent plein les poches.

Elle se leva pour faire les cent pas sans quitter l'écran des yeux tandis que Connors faisait défiler la suite.

— Le revoilà. Il est resté dehors pendant presque trois heures et demie cette fois. Il avait beaucoup à faire. C'est quoi, ces sacs ?

— Une quincaillerie du Village, le magasin Le Style et Running Man. Celui-ci m'appartient. Spécialisé dans les chaussures, vêtements et accessoires de sport, pour homme là aussi. Le sac de marin vient peut-être de là.

— Ça colle. C'est un homme maintenant, il aime faire ses achats dans des magasins dédiés aux hommes. La quincaillerie : il a pu y acheter la corde et le ruban adhésif. On ira vérifier. Et Le Style, qu'est-ce que c'est ?

— Vêtements et accessoires à la mode.

— D'accord.

Eve se rassit. Reinhold quitta de nouveau l'hôtel, avec la seconde valise. À son retour, dix-huit minutes plus tard, il portait le sac de marin et les nouvelles lunettes branchées qu'il avait sur le nez en sortant du taxi près de chez Lori Nuccio.

— Il s'est débarrassé de l'autre valise. Et je parie que la batte se trouve dans le nouveau sac. Ainsi que ce qu'il a pu prévoir d'emporter avec lui. Une journée productive. Et le revoilà, dit-elle quand Connors fit une ultime pause. Il repart avec son sac et quitte définitivement les lieux. Il prend un taxi à l'entrée et s'en va tuer son ex.

Elle se leva de nouveau, recommença à faire les cent pas.

— Il avait un plan en tête, une liste de choses à faire. Il a peut-être légèrement dévié – avec des achats imprévus ou quelques détours parce qu'il a dû essayer plusieurs endroits avant de tout revendre – mais il s'est globalement tenu à son programme. Il a eu tout le temps passé auprès de ses parents morts et son séjour au *Manoir* pour y réfléchir. Un QG pour la journée, les banques, échanger les chèques contre du liquide, vendre, faire les magasins, vendre, refaire les magasins. Faire une pause déjeuner quelque part, peut-être. Vendre, acheter, ranger et emporter ses nouvelles affaires. Il reste en costard au moment de tuer. Il veut que Nuccio le voie sur son trente et un. Le costume lui donne le sentiment d'être important, riche, un battant. Tout ce qu'il ne ressentait pas quand elle l'a jeté dehors.

Elle se frotta les paupières.

— Il s'est installé au café pour guetter, a repéré le bon moment et saisi l'occasion. Mais où est-il allé une fois le meurtre commis ? Il devait avoir une autre cachette prête à l'accueillir. A-t-il acheté des accessoires ou du maquillage pour essayer de ressembler à Golde sur sa vieille pièce d'identité ? Prendra-t-il le risque de l'utiliser de nouveau ?

— Ce ne serait pas très malin, répondit Connors. Il a suffisamment d'argent pour se faire faire une fausse carte ou, pour le moment en tout cas, payer ses notes d'hôtel en liquide.

— Ouais. Il s'est sans doute fait passer pour Golde dans le deuxième hôtel parce qu'il avait flambé l'argent liquide récupéré chez ses parents. Quoi qu'il en soit, on va ajouter le nom de Golde à l'avis de recherche sur Reinhold et la DDE examinera la chambre de jour pour voir s'il s'en est servi après Nuccio. Il faut de l'équipement et des matériaux spécifiques pour fabriquer une pièce d'identité, ainsi qu'un certain talent pour insérer de fausses données dans le système afin qu'elles semblent authentiques. À moins qu'il ait fait l'acquisition de tout le nécessaire durant ce dernier voyage et qu'il ait rangé tout ça dans le sac de marin, rien ne laisse à penser qu'il soit équipé pour.

— Il a un plan en tête, répéta Connors. Ça implique forcément une nouvelle identité. Il pourra s'en procurer une raisonnablement convaincante avec l'argent qu'il a, mais une bonne entamerait considérablement ses réserves.

— Je suis d'accord avec toi. Il nous reste donc à deviner où il irait et comment il s'y prendrait pour en obtenir une.

— Tu ne peux pas t'occuper de ça ce soir. Il faut que tu dormes.

— Il se terre quelque part, bien au chaud dans un lit.

— Sans aucun doute.

Connors se leva pour éjecter le disque et l'écran reprit son apparence de miroir.

— Et nous devrions faire pareil.

— Je pourrai aller directement au Central demain matin. J'ai des vêtements de rechange dans mon casier.

— Ici aussi, lui dit-il en la guidant vers la chambre. J'ai demandé à Summerset de nous faire porter le nécessaire pour la nuit et pour demain. Et pas la peine de faire cette tête consternée : je lui ai dit spécifiquement quoi envoyer, donc ce n'est pas lui qui a sélectionné tes vêtements.

— J'imagine que c'est déjà ça.

Et le grand lit, avec sa couette épaisse et ses montagnes de coussins, était beaucoup plus attirant qu'un lit pliant dans la salle de repos du Central. Une fois qu'elle se fut glissée à l'intérieur, elle se sentit prête à s'en tenir là pour la nuit.

Le lendemain ? Eh bien, dès le lendemain, elle serait sur les talons de Reinhold.

Quand Connors passa le bras autour d'elle, elle se pelotonna contre lui. Et s'abandonna au sommeil.

Elle rêva qu'elle était assise en compagnie de Lori Nuccio sur les caisses rembourrées du minuscule appartement. Les cheveux de Lori, d'un brun roux luisant, lui retombaient élégamment jusqu'aux épaules. Ses yeux bleus reflétaient l'expression triste de ses traits indemnes.

— Je ne voulais pas apparaître dans l'état où il m'a laissée.

— Je comprends.

— Je pensais qu'il avait simplement besoin de motivation et, disons, d'inspiration. Il était mignon et il pouvait être drôle. Il n'était pas bête et il n'était pas méchant. Pas au départ. Il me traitait correctement et je voulais l'aider. C'est moi qui étais bête.

— Je ne crois pas. Vous aviez de l'affection pour lui. Vous avez cru pouvoir l'aider à grandir un peu.

— Oui, on peut dire ça. J'aimais l'idée d'avoir un petit copain sur la durée. D'avoir quelqu'un. Lui n'avait pas eu de chance. C'est ce qu'il disait. Beaucoup de malchance. Les gens étaient jaloux, lui mettaient des bâtons dans les roues. C'était loin d'être le cas, en réalité. Il avait des parents en or, je me suis dit qu'il allait se remettre en selle.

Elle écrasa une larme avant de poursuivre :

— Mais il est devenu de pire en pire. Il ne voulait pas travailler, il n'arrêtait pas de se plaindre et il ne participait jamais au ménage dans l'appartement. Puis il a pris l'argent – mon argent – et quand je me suis fâchée, il m'a frappée. J'étais obligée de le mettre dehors. Je n'avais pas d'autre solution.

— Absolument. Vous n'avez rien fait de mal.

— Mais il m'a tuée pour ça. Et maintenant, je ne pourrai jamais me marier, avoir des enfants ou faire les magasins avec mes copines. Et il m'a fait du mal, beaucoup de mal. Ma nouvelle coiffure était si belle, il a tout saccagé. Et maintenant, je ressemble à ça…

Ses cheveux se mirent à tomber par poignées, ses yeux gonflèrent, noircis par les coups, et sa lèvre se fendit.

— Je suis navrée pour ce qu'il vous a fait. J'aurais dû l'arrêter.

— Je voulais simplement un nouveau départ. Mais il n'a pas supporté ça. Je ne veux pas que mes parents me voient comme ça. Vous pouvez arranger ça ? Vous pouvez m'arranger, moi ?

— Je ferai de mon mieux. Je vais le retrouver, Lori. Je veillerai à ce qu'il paie pour ce qu'il vous a fait.

— J'aurais surtout préféré ne pas mourir.

— Je peux difficilement vous contredire.

— Lui me contredirait, affirma Lori sur un ton solennel. Il veut la mort de beaucoup de monde.

— C'est mon travail de l'en empêcher.

— Alors, j'espère que vous ferez votre travail. Parce que, jusqu'à maintenant, il a obtenu tout ce qu'il voulait.

« Là encore, difficile de la contredire », songea Eve avant de s'abandonner à une obscurité plus réconfortante.

Tandis qu'Eve parlait aux morts dans son sommeil, Reinhold jubilait à l'idée de son dernier coup de chance.

Il avait su que la vieille mégère avait de l'argent, mais pas qu'elle était friquée à ce point. Lorsqu'il aurait fini de vider ses comptes, il aurait trois millions neuf cent quatre-vingt-quatre mille dollars sous son tout nouveau nom, celui qu'il prendrait une fois qu'ils auraient généré sa nouvelle identité.

En ajoutant ce qu'il avait « hérité » (ha, ha !) de ses parents et piqué chez sa salope d'ex, il aurait les poches lestées de plus de quatre millions de dollars.

Dire qu'il avait cru que les cent soixante-quinze mille qu'il possédait – moins ce qu'il avait dépensé – représentaient une belle somme. Ce n'était rien comparé à tout ça !

Il pouvait se payer n'importe quoi. Et n'importe qui.

Il n'aurait plus jamais besoin de bosser pour vivre comme un roi. Excepté pour tuer, bien sûr. Mais c'était quoi, le dicton à la con que son père lui sortait toujours ? « Quand on aime son travail, on ne travaille jamais. » Un truc dans le genre.

Jerry n'aurait jamais cru qu'il donnerait un jour raison à cet imbécile fini.

Et maintenant, il avait un droïde – un modèle plutôt classe, même – reprogrammé pour suivre ses ordres et uniquement ses ordres. Ce qu'il avait particulièrement apprécié au moment de commander un petit en-cas de minuit.

— Madame Farnsworth, espèce de cachottière ! Votre gros cul était posé sur un tas de biffetons plus gros encore. Pourquoi gâcher votre temps à vous traîner jusqu'à la salle de classe ?

Elle se contenta de le regarder de ses yeux cernés et rougis par les larmes et la fatigue, sans parler des quelques gifles qu'il lui avait administrées pour la maintenir au taquet.

« J'aimais enseigner », se dit-elle. Mais il n'aurait jamais compris la satisfaction et le sentiment d'accomplissement qui accompagnaient un travail honnête. Il était pourri jusqu'à la moelle. Et elle savait désormais avec certitude qu'il la tuerait avant de repartir.

Il la ferait d'abord souffrir, la torturerait de toutes les manières qu'il pourrait inventer. Puis il la tuerait.

— On a encore du pain sur la planche, mais ça devra attendre. Il faut que je pionce un peu.

Il se leva et s'étira en prenant son temps.

— Vous devriez dormir un peu, vous aussi. Vous avez vraiment une sale tête.

Il se mit à rire, tellement hilare qu'il se plia en deux.

— Demain, on finira de transférer tout cet argent. Et puis on attaquera le gros dossier : monter ma nouvelle identité. Je veux voir le meilleur de vos capacités. Vous vous souvenez ? Vous m'avez répété ça des millions de fois. « Je veux voir le meilleur de vos capacités, Jerry. » Connasse.

Il la frappa de nouveau au visage, au cas où elle aurait oublié.

— On se voit demain matin.

Il poussa brusquement sa chaise afin qu'elle aille heurter le mur du fond, puis sortit d'un pas tranquille en ordonnant l'extinction des lampes au passage.

Elle resta assise, tremblante, dans l'obscurité. Puis, rassemblant son courage, commença à se tortiller, se balancer et tirer sur ses membres douloureux avec l'espoir ténu d'assouplir ses liens.

En se réveillant, Eve fut confrontée à un environnement à la fois inconnu et familier. Ce furent les arômes vivifiants du café qu'elle perçut en premier, avec la plus grande gratitude. Puis la sensation d'un lit vide, compensée par la présence de Connors tout près. Des éléments caractéristiques du matin.

Mais le lit n'était pas le sien et le plafond ne lui offrait pas de vue spectaculaire sur la voûte des cieux.

« Un hôtel, songea-t-elle. En centre-ville, pas loin du boulot. »

Et un cadavre qui l'attendait à la morgue.

Elle s'assit dans le lit et contempla d'un regard encore trouble l'or doux des murs et l'unique et élégante orchidée (du moins, elle pensait que c'en était une) qui se déployait depuis un vase d'un bleu profond sur la coiffeuse.

Elle capta également les voix étouffées provenant du salon attenant. Les actualités économiques, devina-t-elle. Connors coupait habituellement le son lorsqu'il les consultait depuis le coin détente de leur chambre à coucher.

Elle quitta le lit, s'empara du peignoir posé à l'endroit où le chat se serait sans doute trouvé chez eux et rejoignit Connors après l'avoir passé sur ses épaules.

Il était déjà douché et habillé, prêt à dominer le monde des affaires dans son costume sombre. À l'écran, une blonde en robe rouge sexy assise derrière un bureau en verre annonçait que le marché retenait son souffle dans l'attente de l'acquisition potentielle d'EuroCom par Connors Industries.

Eve s'approcha pour se saisir de la tasse de Connors et en vider le contenu.

— Tu peux te servir ton propre café, tu sais.

— J'en ai bien l'intention. C'est quoi, EuroCom ? Pourquoi vas-tu potentiellement les acquérir et en quoi ça pousse les investisseurs à retenir leur souffle ?

— Il s'agit d'un acteur majeur du développement de la communication européenne globale depuis à peu près dix ans. Parce que je peux me le permettre et que cela viendrait s'ajouter de manière plaisante à d'autres holdings dans cette région. Et parce que l'entreprise a été mal gérée durant ces dernières années, avec des pertes d'emplois et de revenus, et que l'acquisition devrait redresser le navire, voire le renforcer.

— D'accord.

Elle s'avança jusqu'à la table où des assiettes les attendaient déjà sous des cloches en argent, récupéra une tasse et revint se servir à la cafetière posée sur la table basse devant Connors.

— Pourquoi tu n'es pas sur place pour mener les négociations ?

— Parce que c'est EuroCom qui est dans le viseur, alors je leur ai demandé de se déplacer.

— Tu les obliges à venir demander l'aumône sur ton territoire.

— On peut dire ça. L'essentiel a déjà été négocié par communicateur et holo-conférences et par l'entremise de mon contact sur place. Pour tout dire, je viens de signer l'accord il y a dix minutes pendant que je prenais mon café… enfin, ce qui était mon café. L'annonce ne devrait plus tarder.

Du pouce, Eve désigna l'écran.

— La blonde prend ça très au sérieux.

— La blonde a bien raison, répondit-il en tendant sa tasse pour qu'Eve le resserve. Après la transition qui, conformément à mes termes, sera rapide, propre et définitive, il y aura restructuration.

— Des têtes vont tomber.

— Des gens vont prendre la porte, plutôt. Et on va moderniser. D'ici au prochain trimestre, nous générerons pratiquement un demi-million de nouveaux emplois.

« Il change des vies, assis là dans son costume sophistiqué, un café à la main », se dit-elle.

Avec un œil sur ses profits, bien sûr, et un désir d'expansion, mais son feu vert allait transformer l'existence de quelqu'un qui se demandait comment payer le loyer quelque part dans un pub de l'autre côté de l'Atlantique.

L'écran s'illumina brusquement avant qu'un bandeau claironnant « Dernières nouvelles » ne défile à l'image. Même avec le son baissé, Eve perçut l'excitation dans la voix de la blonde comme elle annonçait la confirmation de l'accord entre EuroCom et Connors Industries.

— Bon, très bien, dit Connors en se levant pour déposer un petit baiser du matin sur la bouche d'Eve. Prenons notre petit-déjeuner. Ils ont un très bon menu irlandais ici.

« Comme si de rien n'était », pensa Eve.

Elle s'attabla avec lui et retira la cloche qui couvrait une assiette emplie d'une abondante nourriture. Quel Irlandais affamé pouvait bien avoir eu l'idée d'un tel repas pour démarrer la journée ?

— Quelle part de cet accord EuroCom bénéficie à l'Irlande ? demanda-t-elle.

Il lui décocha un sourire amusé.

— Tu veux les chiffres, c'est ça ? Dois-je te faire parvenir un rapport détaillé ?

— Pas la peine, répondit-elle en prenant sa fourchette. Je suis simplement curieuse de savoir si tout ceci va avoir un impact sur ta famille.

— La plupart des membres de ma famille sont des fermiers, comme tu le sais. Mais certains d'entre eux ne sont pas dans l'agriculture et ils pourraient effectivement se retrouver embauchés... Tu n'as pas l'air aussi reposé que je l'avais espéré, fit-il remarquer.

— J'ai fait un rêve bizarre. Un rêve, répéta-t-elle pour qu'il comprenne bien qu'il ne s'agissait pas d'un cauchemar. La dernière victime et moi avions une conversation dans son appartement. Elle est plutôt dégoûtée d'avoir été tuée.

— Difficile de lui en vouloir.

— Ouais. Elle... Elle ne veut pas que ses parents la voient telle que Reinhold l'a laissée. Dans le rêve, je veux dire. Je fais de la projection, ajouta Eve en commençant à manger. Je ne devrais pas.

— Pourquoi pas ? Tu as de la compassion pour elle.

— Ce n'est pas mon travail d'avoir de la compassion. Mon job consiste à trouver et à arrêter Reinhold.

— Tu fais les deux, et ça contribue à faire de toi la personne que tu es.

— C'est mon subconscient qui la fait parler.

Sans cesser de la regarder, Connors entama sa tranche de bacon à l'irlandaise.

— Ton subconscient guidé par tes capacités d'observation innées et ta sensibilité unique. À ta place, je l'écouterais.

— Rien de tout ça ne me dit où il est ni ce qu'il a prévu de faire.

— Tu as rassemblé énormément d'informations en peu de temps.

C'était vrai, elle le savait, notamment grâce à son équipe, mais...

— Le temps joue contre nous. Il est comme... comme un gamin avec un tout nouveau jouet et personne pour lui dire de le poser. Ou un toxico qui vient de découvrir une nouvelle drogue et pense qu'il dispose d'une quantité illimitée. Il ne va pas doser son effort.

— Je suis tout à fait d'accord avec ça. Et j'ajouterais que c'est là son erreur, ou en tout cas l'une d'entre elles. C'est cette précipitation, cette boulimie, qui va le pousser à la faute.

— L'idée de boulimie sonne juste. Il a passé sa vie entière à accumuler les rancunes et il vient de trouver ce qu'il peut en faire. Poignarder, matraquer, étrangler...

Elle mangeait ses œufs tout en parlant, histoire de prendre des forces pour la journée.

— Tout ça lui plaît tellement qu'il a hâte d'essayer d'autres façons de tuer, poursuivit-elle. Et il y en a tellement. Mieux encore, il existe tant de manières de causer souffrance et tourments avant la mort.

Luttant contre sa frustration, elle planta sa fourchette dans les pommes de terre.

— Il a déjà une cible, assura-t-elle. Et je n'arrive pas à savoir qui c'est.

— Si tu ne parviens pas à identifier sa prochaine victime, tu pourras te rabattre sur sa cachette potentielle. Comme tu l'as dit, il a bien été obligé de se poser quelque part.

— Oui, il lui faut un endroit digne de lui, et l'argent pour se l'offrir et le meubler à sa convenance.

Une personnalité narcissique, avait dit Mira. Il devait donc être persuadé de mériter ce qui se faisait de mieux.

— Peut-être qu'il dépensera une grosse partie de ses gains pour son quartier général. D'après la chronologie, il n'a pas eu beaucoup de temps hier pour visiter des endroits potentiels. Il se peut qu'il ait fait des recherches par communicateur ou *via* le Net, mais il aura besoin de voir les lieux par lui-même, de les visiter pour s'imaginer à l'intérieur. Peut-être que c'est ce qu'il prévoit de faire aujourd'hui. Mais il doit d'abord changer son apparence, la modifier suffisamment. Il sait forcément que nous connaissons son visage et il n'est pas bête. Encore une chose que Nuccio m'a dite.

— Vous avez eu une sacrée conversation.

— À vrai dire, on se sentait plutôt mal toutes les deux.

— La plupart de ses victimes ne vont-elles pas avoir prévu quelque chose pour les vacances ? demanda Connors.

Voyant qu'Eve le regardait sans comprendre, il secoua la tête.

— Thanksgiving, Eve. C'est dans deux jours.

— Merde, c'est vrai. Réunions familiales, des gens qui s'absentent, d'autres qui arrivent en ville. Ça mérite qu'on le prenne en compte.

Puis elle se souvint :

— Ta famille. Ils arrivent demain !

— Effectivement. Et ils comprendront parfaitement si tu es occupée par une enquête et que tu n'as pas beaucoup de temps à leur consacrer.

Il n'en restait pas moins que la maison serait pleine de gens, de bruits, de conversations, de questions. Elle les aimait bien, vraiment. Mais…

— La vie n'attend pas, ma chérie, lui rappela-t-il. Elle ne se soucie pas du timing.

— Tu as raison, j'imagine. Peut-être que la chance se détournera de lui pour nous sourire et que je l'aurai mis derrière les barreaux avant que la dinde soit fourrée.

— Espérons-le.

— Il va falloir un peu plus que de l'espoir, dit-elle en s'écartant de la table. Je ferais bien de me mettre au travail pour faire tourner la chance, parce que, au moment où nous parlons, ce petit salopard est quelque part en train de préparer son prochain meurtre.

Il se sentait super-bien ! Il avait profité d'un sommeil réparateur, d'une longue douche bien chaude et d'un copieux petit-déjeuner préparé et servi par Trouduc, son nouveau droïde. Il ordonna à celui-ci de débarrasser et de faire la vaisselle, d'ignorer toute communication ou toute personne se présentant à la porte durant ce temps, puis de se mettre en veille.

Quelqu'un voudrait peut-être contacter Farnsworth. Elle avait peut-être des rendez-vous. Équipé de ses mots de passe, il consulta à la fois son calendrier et son courrier électronique sur le communicateur de sa chambre à coucher.

La grosse baleine avait un rendez-vous à 14 heures dans un salon de beauté. Comme si quiconque pouvait avoir envie de la regarder ! Jerry trouva les coordonnées du salon et envoya un rapide texto pour annuler.

Elle était également censée partager le dîner de Thanksgiving avec deux minables répondant aux noms de Shell et Myra, probablement aussi moches et inutiles qu'elle. Il réfléchit un instant puis décida d'attendre. S'il avait encore besoin de Farnsworth et de la maison à ce moment-là, il inventerait une excuse à la dernière minute.

Il était stupéfait de voir le nombre de rendez-vous et d'événements prévus dans l'agenda de la vieille.

Déjeuners, dîners, instituts et salons, toiletteurs pour son cabot à tronche de rat, lequel gisait à présent à demi mort dans le couloir.

Peut-être Jerry aurait-il dû l'achever. Mais d'un autre côté...

Après s'être servi un cappuccino bonus après le petit-déjeuner, il monta à l'étage.

Quand il entra dans le bureau, il fronça le nez en découvrant le spectacle de Mme Farnsworth affalée sur son fauteuil. De l'urine s'écoulait le long de ses jambes et l'adhésif autour de ses poignets et de ses chevilles était taché de sang.

— Bon Dieu, vous vous êtes pissé dessus. Vous puez.

Il pinça son nez d'une main et agita l'autre devant son visage, les yeux brillants tandis qu'elle relevait la tête vers lui.

— Maintenant, je vais devoir demander à Trouduc – j'ai donné un nouveau nom au droïde – de monter nettoyer tout ça. Oh, au passage, j'ai annulé votre rendez-vous au salon de beauté. Ça vous fera économiser de l'argent, vu qu'aucune somme au monde ne pourrait vous rendre moins moche, moins grosse et moins dégueulasse.

Il ressortit et appela dans l'escalier.

— Hé, Trouduc ! Mme Farnsworth a pissé partout. Monte et nettoie-moi tout ça.

De retour dans le bureau, il prit une pose qu'il estimait virile : un bras replié, l'autre appuyé en travers de son ventre.

— Alors, que pensez-vous de mon nouveau look ? Ça assure, non ?

Il avait passé beaucoup de temps sur ses cheveux pour éclaircir progressivement sa couleur et se faire des mèches à l'aide des ustensiles fournis jusqu'à obtenir un blond strié et comme délavé par le soleil.

Il avait aussi rafraîchi la coupe, mais à l'avenir, il vaudrait mieux l'aide d'un pro pour ça. En attendant, il avait plaqué ses cheveux en arrière et s'était appliqué plusieurs couches de produit bronzant. Il devait donner l'impression d'avoir passé un mois de vacances dans les tropiques.

Les yeux avaient été plus compliqués. Là aussi, il passerait par un pro la prochaine fois. Mais ils étaient désormais d'un bleu électrique. À partir des mèches coupées, il avait ajouté une petite touffe de barbe sous sa lèvre inférieure et, même si ça faisait un mal de chien, il s'était servi d'un kit acheté la veille pour se percer l'oreille gauche, désormais ornée d'un petit anneau d'or.

— J'ai l'air d'un battant, non ? Jeune, stylé, riche ? J'ai un rendez-vous avec un agent immobilier pour visiter deux, trois appartements aujourd'hui. Il faut que je présente bien.

Il jeta à peine un coup d'œil au droïde qui venait d'arriver avec ses outils de nettoyage.

— Il est à moi maintenant, dit-il en donnant une tape dans le dos du majordome autrefois appelé Richard, très digne avec son uniforme sombre et ses tempes grisonnantes. Comme tout le reste de ce qui vous appartenait. Alors n'essayez même pas de lui donner un ordre. Ah, c'est vrai : vous ne pouvez toujours par parler. Je m'en occuperai dès que Trouduc aura fini. À toute !

Lorsqu'il fut sorti, Mme Farnsworth roula des yeux en direction du droïde. « Aide-moi ! », hurla-t-elle, mais seul un faible gémissement passa ses lèvres.

Il accomplit sa tâche avec efficacité, comme elle l'avait elle-même programmé pour le faire. Elle tenta de s'agiter d'avant en arrière sur le siège, mais ses membres étaient tout engourdis. Elle percevait seulement une brûlure lancinante là où la corde l'avait frottée jusqu'au sang durant ses tentatives pour se libérer.

Elle l'avait légèrement desserrée en certains endroits, à moins que l'espoir désespéré auquel elle se raccrochait ne lui joue des tours. Mais elle pensait pouvoir assouplir encore un peu ses liens si elle parvenait à reprendre quelques forces. Si elle avait pu boire un peu d'eau, quelques gorgées pour humecter son gosier parcheminé. N'importe quoi pour apaiser la douleur…

Même l'humiliation n'avait plus beaucoup d'importance à présent, bien qu'elle ait pleuré après la perte de contrôle de sa vessie.

Ça n'était pas important. Pas important. Pas important. Juste de l'urine. Une fonction naturelle du corps humain. Si elle urinait, c'était qu'elle était en vie. Et tant qu'elle était en vie, elle avait une chance de s'en tirer et de se venger de son tortionnaire.

Elle le tuerait si elle le pouvait. Elle qui n'avait jamais fait de mal à un autre être humain de sa vie mettrait allégrement fin à celle de Jerry par n'importe quel moyen.

Elle refit une tentative pour parler de manière lente et claire. Si seulement elle pouvait faire en sorte que le droïde comprenne quelques mots. Mais elle ne parvint à émettre que des borborygmes incompréhensibles, et le droïde termina sa tâche, puis rassembla ses produits ménagers.

Reinhold revint au moment où le droïde sortait, comme s'il avait patienté à la porte.

— Vous puez toujours, mais c'est un peu mieux. Et il faut parfois travailler dans des conditions désagréables.

Il avait apporté les cisailles avec lui et se rapprocha pour les lui agiter sous les yeux.

— Si vous criez, vous perdez un doigt.

Il retira brusquement le bâillon adhésif. Elle laissa échapper un hoquet, autant sous l'effet du choc que pour inspirer à pleins poumons.

— Vous…

Sa voix était croassante, à peine audible.

— Vous avez l'argent, dit-elle.

— Absolument. Mais on va le cacher, très, très soigneusement. Vous savez comment faire et vous allez me montrer. Et j'aurai besoin de quelques trucs en plus.

— Il me faut de l'eau. Je vous en prie.

— Vous allez encore vous pisser dessus.

— Je suis déshydratée.

« Toujours à gémir et à se plaindre », songea-t-il, mâchoires crispées. Exactement comme sa mère. Exactement comme Lori la Chauve.

— Tant pis pour votre gueule ! Bon, ce matin, on va s'occuper de me faire une belle carte d'identité toute neuve et mettre à jour les données qui vont avec. J'ai défini tout ce qu'il me faut. Votre boulot est de me guider pour que ça fonctionne. Compris ?

— Non.

Il appuya les cisailles contre sa joue.

— Faut que je me répète ?

— Allez-y, servez-vous-en…

Elle se mit à tousser ; les mots lui faisaient l'effet d'aiguilles chauffées au rouge raclant sa gorge.

— Je ne vous aiderai plus.

— M'aider ? C'est ça que vous pensez faire ? M'aider ?

Il releva le bras et lui abattit son poing en plein visage.

— Vous obéissez à mes ordres, connasse. Je n'ai pas besoin de votre aide. Vous faites ce que je vous dis, c'est tout.

Elle tint bon et le regarda droit dans les yeux, malgré le sang qu'elle sentait couler de son nez. Et secoua la tête.

Il se retourna et sortit.

Elle rassembla ses esprits, luttant pour respirer, pour retrouver ses forces. Elle hurlerait, si douloureux que ça puisse être, quelles que soient les souffrances qu'il lui infligerait. Elle hurlerait et quelqu'un l'entendrait.

« S'il vous plaît, mon Dieu. »

Mais il revint avant qu'elle puisse crier, tenant son petit chien entre ses mains. Snuffy gémit en la voyant et elle vit à son regard qu'il était blessé. Et pourtant, il agitait la queue.

La peur revint, aussi brûlante que les plaies à ses poignets.

— Ne lui faites pas de mal. Ce n'est qu'un petit chien.

— Trop tard. Il a déjà eu mal. Besoin d'un véto, sans doute. Peut-être que je l'emmènerai chez le véto si vous faites ce que je vous dis.

— Vous ne le ferez pas.

Il haussa les épaules.

— Peut-être que oui, peut-être que non. Mais si vous n'obéissez pas…

Il écarta les lames des cisailles et y glissa l'une des pattes de Snuffy.

— Je commencerai à couper.

Les larmes montèrent aux yeux de Mme Farnsworth et se gorge brûlante se serra douloureusement.

— Ne faites pas ça, Jerry. Je vous en prie.

— Quelques coups de ciseaux suffiraient pour une espèce de rat dans son genre.

Pour motiver la vieille – et parce que c'était drôle – il pinça l'animal, fort, pour le faire couiner.

— Mais je commencerais doucement, reprit-il. Une patte, puis une autre, et peut-être sa langue pour l'empêcher d'aboyer.

— Je ferai ce que vous voulez. Ne lui faites pas de mal, je le ferai.

Avec un sourire, il referma un peu plus ses cisailles.

— Peut-être que je vais quand même lui trancher la patte pour vous faire regretter de m'avoir dit non.

— Je vous en prie. Je vous en prie !

Elle pleurait à présent à chaudes larmes, incapable de se maîtriser. Snuffy était un gentil petit chien. Comme un membre de sa famille. Il était sans défense.

— Je suis désolée, dit-elle. Je vous ferai cette pièce d'identité et je modifierai toutes les données que vous voudrez. Je ferai ça parfaitement. Je cacherai l'argent pour faire en sorte que personne ne puisse remonter sa trace.

— J'espère bien ! Et si vous faites une erreur, une seule, il perdra une patte et vous un doigt.

Il lui lâcha le chien sur les genoux. Snuffy s'y blottit en gémissant. Puis Reinhold s'assit devant l'ordinateur et fit craquer ses doigts.

— Au travail !

11

Eve se rendit directement à la morgue. Elle n'avait pas jugé nécessaire de faire venir Peabody, pas pour ça. L'enquête avancerait plus rapidement si sa partenaire faisait le tour des boutiques que Reinhold avait visitées ou traquait les prêteurs sur gages potentiellement réticents à signaler l'achat d'objets vendus par un meurtrier.

En traversant le tunnel blanc, comme elle l'avait fait la veille, elle songea que, décidément, il était temps que la chance tourne.

Elle retrouva Morris auprès de Lori Nuccio. Comme il le faisait souvent, il avait sélectionné une musique correspondant à son humeur ou à la victime. C'était un morceau léger, enjoué, avec une voix claire de femme qui chantait avec espoir ce qui l'attendait derrière le prochain tournant de la route.

Quand Eve entra, le légiste releva la tête et, d'une commande vocale, baissa le volume de la musique.

— J'avais espéré ne pas vous revoir de sitôt.

— Moi aussi, répondit-elle en le rejoignant.

— Jeune. Très jolie.

— Difficile à dire après ce qu'il lui a fait subir.

Morris secoua la tête.

— Non, pas vraiment. La structure de son visage, son teint. Il y a de la laideur dans ce qu'il lui a fait, mais sa beauté reste visible malgré tout.

— Elle aurait apprécié de savoir ça.

Morris fronça les sourcils et Eve haussa les épaules.

— Vous savez comment c'est. Ils s'infiltrent dans vos pensées et vous avez l'impression de savoir ce qu'ils ressentiraient.

— Oui.

— Elle était importante pour lui, à sa manière tordue. Il la détestait pour ça. Il ne l'a pas violée.

— Non, confirma Morris. Il n'y a eu aucune activité sexuelle, consentie ou forcée.

— Mais il pourrait tenter ça avec quelqu'un d'autre s'il en a l'occasion. Il a eu un orgasme durant le meurtre, ce qui a établi une connexion sexuelle avec l'acte. Un bonus imprévu.

— Vous avez du mal avec cette victime-ci.

— Je ne sais pas pourquoi celle-ci en particulier, si ce n'est qu'on l'a ratée plusieurs fois. C'est comme si la balance penchait toujours du côté du meurtrier. On a essayé de la joindre, sa voisine a guetté son retour, et malgré tout, il arrive à rentrer, il la tue et il s'en va sans être inquiété.

Eve glissa les pouces dans ses poches de pantalon pour examiner le corps en même temps que Morris.

— Elle vivait chichement, vous savez. Caisses en guise de sièges, perles à la place des rideaux dans un petit appartement. Mais elle en prenait soin, et prenait soin d'elle-même. Elle bossait dur, avait des amis, de la famille. Il lui a tout pris parce qu'elle refusait de le laisser profiter d'elle sans lever le petit doigt. Ses parents sont anéantis.

Elle s'interrompit et se pinça l'arête du nez comme pour évacuer le stress.

— Ils m'ont dit que sa sœur aînée, son conjoint et leur bébé étaient arrivés d'Ohio pour Thanksgiving. Ils avaient prévu un grand repas de famille et notre victime devait apporter l'un des meilleurs plats du restaurant où elle travaille… J'ignore pourquoi ils m'ont raconté tout ça. Parfois, ils disent des choses parce qu'ils ne savent pas quoi faire d'autre.

— La mort est cruelle. Et plus encore durant les occasions où la famille se rassemble traditionnellement.

— Ouais. À ce propos, ils vont vouloir venir la voir. Je ne sais pas ce que vous pouvez faire, vu ce qu'elle a subi, mais ils ne devraient pas la voir dans cet état.

Il toucha gentiment le bras d'Eve.

— Ne vous inquiétez pas, dit-il. Nous nous occuperons bien d'elle, et d'eux.

— D'accord. Bien. Très bien.

Elle devait mettre cette question de côté, se la sortir de la tête et faire son métier.

— D'après ce qu'on a pu déterminer, il avait gardé les clés, ou il en avait fait des doubles. Il est entré quand la voisine était sortie. On l'a vu assis dans un café sur le trottoir d'en face, avec une vue sur l'immeuble. C'était le jour de congé habituel de la victime et, d'après les déclarations recueillies, elle avait l'habitude de sortir. Elle faisait des courses, allait dans les magasins, retrouvait des amis. Le suspect a saisi l'occasion dès qu'il a pu entrer. Il avait fait des courses, lui aussi. On a pu voir ses allées et venues grâce aux caméras de sécurité de son hôtel. Il a acheté le ruban adhésif et la corde. Et, selon moi, une autre batte de base-ball.

— Je suis d'accord. La blessure à la tête correspond à une batte. Le coup a pu lui faire perdre connaissance, mais il n'était pas assez fort pour la tuer.

— Ce n'était pas le but, ajouta Eve.

— Il a employé une corde de bonne qualité. Souple et résistante. Comme vous pouvez le voir aux marques de ligature, il l'a ligotée aussi serré que possible et bien plus que nécessaire pour l'immobiliser. Elle s'est débattue, mais ça ne lui a servi à rien. L'adhésif aussi est de bonne qualité. Elle a laissé des traces de morsure et du sang sur la face intérieure. Une partie doit provenir de sa lèvre qui s'est fendue à la suite d'un coup.

» Il l'a frappée avec son poing, annonça Morris en crispant les siens. Au visage, à l'abdomen, sur le flanc droit. Il y a un léger hématome autour de son nez et d'autres, plus profonds, sur son mamelon. À la suite de pincements.

— Je n'avais pas remarqué le nez.

— C'est très discret. Il vous aurait fallu des microlunettes. Cette légère coupure, ici, provient d'une fine lame dentelée. Je ne pourrais pas vous dire de quel type. Ce n'est qu'une égratignure.

— Un avertissement. Pour lui montrer ce qu'il était susceptible de faire.

— Très probablement, en effet.

Il posa la main sur l'épaule de Lori, comme pour la réconforter.

— Cela dit, le labo pourra peut-être identifier le type de couteau à partir des cheveux tranchés.

— J'ai demandé à Harpo de s'occuper des cheveux.

— Vous ne trouverez pas meilleur expert. Le suspect a cisaillé ses cheveux avant de la tuer.

— Ouais, ça faisait partie de la torture.

Morris se décala pour porter son attention, et celle d'Eve, sur les blessures à la gorge.

— Il a employé une force considérable au moment de la strangulation, en y mettant le dos et les épaules. On peut voir que la corde s'est enfoncée profondément dans la chair. D'après l'angle et les images de la scène de crime, il a dû se mettre à califourchon sur elle, enrouler la corde autour de son cou et croiser les extrémités devant elle, expliqua-t-il en écartant vivement les deux poings pour illustrer le mouvement. Comme en atteste la forme des contusions ici, à l'endroit où les deux parties de la corde se croisaient.

Eve imaginait parfaitement la scène : la position, les gestes, la joie et la terreur.

— C'est ce qui l'a excité sexuellement. Cette connexion. Être sur elle, l'empêcher de respirer, sentir son corps convulser sous lui. Il était en mesure de voir son visage tandis qu'elle manquait d'air, qu'elle perdait face à lui... Après quoi il a dévalisé sa cuisine pour se faire un en-cas.

— Il se croit plus malin que vous.

Eve s'efforça de revenir au présent.

— Quoi ?

— Il pense être plus intelligent que vous, que la police. Il ne soupçonne pas que vous le connaissez déjà aussi bien ni que vous irez beaucoup plus loin.

— Je connais notre homme, confirma Eve. Mais si je ne lui mets pas la main dessus aujourd'hui, je serai de retour demain et nous aurons une autre conversation comme celle-ci devant un autre corps. Il a une longue liste de cibles potentielles, Morris, et il ne va pas attendre pour ressentir de nouveau ce qu'il a ressenti en la tuant. Pour lui, c'est le grand frisson. On a affaire à un homme qui adore son nouveau boulot.

Plutôt que d'attendre le rapport du labo, Eve s'y rendit ensuite. Elle n'avait pas besoin de s'entretenir avec « Dickhead » Berenski, le technicien en chef, et traversa directement le labyrinthe de parois vitrées jusqu'au domaine de Harpo.

Celle-ci avait changé de coiffure. Elle avait opté pour une coupe au bol presque identique à celle que Peabody arborait autrefois. Sauf que Harpo avait les cheveux d'un bleu électrique et chatoyant.

Pour des raisons qu'Eve aurait été bien incapable de comprendre ou d'expliquer, ça fonctionnait.

Harpo avait passé une blouse de laboratoire blanche par-dessus une combinaison moulante violette, ajouté un trio de créoles à l'une de ses oreilles et une série de minuscules clous violets qui remontaient le long de l'autre.

Elle portait des bottes transparentes. Un nouveau style, devina Eve, qui laissait voir ses orteils vernis de la même couleur que ses cheveux et un tatouage du pied – temporaire ou permanent, qui aurait pu le dire ? – en forme d'échassier.

Quels que soient ses choix vestimentaires, Eve savait une chose : en matière de cheveux et de fibres, Harpo était un vrai génie.

Et à cet instant précis, Harpo était assise à son plan de travail avec un échantillon de mèche de cheveux auburn sous son microscope, lequel en affichait un aperçu agrandi sur son écran d'ordinateur.

— Ce sont ceux de ma victime ?

— Yo, Dallas.

— Yo.

— Ils ont été colorés récemment. Je peux vous donner la marque, le nom de la couleur et les produits utilisés pour le coiffage si nécessaire.

— Les détails ne font jamais de mal, mais je doute que ce soit utile. Le Dr Mira pense que le tueur en a pris avec lui.

— Ouais, vous l'avez mentionné en m'envoyant vos ordres… votre « requête », corrigea-t-elle avec un grand sourire. Et félicitations à Mira. Elle a l'œil. Il a pris une poignée d'une longueur de quatorze centimètres et demi sur deux virgule sept centimètres de large. Je pourrais vous donner le nombre exact de cheveux qui constituent ce trophée, mais ça ne serait sans doute pas très utile non plus.

Eve ne put réprimer un sourire face à l'intelligence et au culot de Harpo.

— Non, mais c'est impressionnant.

— Hé oui, je suis comme ça. Très jolie chevelure, au passage. Propre, en bonne santé. Elle n'utilisait pas trop de produits ou de sèche-cheveux. La couleur naturelle est brune, mais elle avait bien choisi sa nouvelle teinte.

— Elle n'a pas eu le temps de la porter très longtemps.

— Dommage parce que ça assure. Il ne les a pas coupés, au fait. Ils ne sont pas tranchés nettement, mais plutôt sciés. Ce n'est ni l'œuvre de ciseaux ni celle d'un rasoir.

Elle fit basculer l'image à l'écran.

— Plutôt une lame dentelée, aiguisée. Je n'ai pas fini l'analyse et la reconstruction, mais ça ressemble à une lame à simple tranchant entre huit virgule huit et neuf virgule cinq centimètres de long, à peu près deux virgule cinq centimètres de long et trois millimètres d'épaisseur. Je pense pouvoir vous donner les mesures exactes une fois que j'aurai terminé.

— Juste sous la limite légale pour un couteau de poche.

— On dirait bien, confirma Harpo avec un hochement de tête. Je ne pourrai pas vous donner la marque mais sans doute une liste de modèles possibles. Bon, s'il avait poignardé la victime, Morris pourrait sûrement s'en approcher. Et Birdman vous dirait ça direct. C'est lui l'expert en matière de lames par ici.

— Bon à savoir.

— Les mecs du labo ont envoyé des fibres prélevées sur le corps, mais vous m'avez dit qu'il n'y avait pas urgence.

— On sait ce qu'il portait et où il a acheté ses vêtements. J'avais surtout besoin de savoir s'il avait pris un trophée.

— C'est certain. Vous avez ma garantie satisfaite ou remboursée là-dessus.

— Et cette liste de couteaux me sera utile, une fois que vous l'aurez.

— Pas de problème. Je demanderai à ce drôle d'oiseau de Birdman de jeter un œil. Il pourra peut-être m'aider à affiner la liste.

— En parlant d'oiseau...

Eve baissa les yeux vers celui qui était visible à travers la botte translucide.

— Ça vous plaît ? Je craque pour les flamants roses, mais je ne sais pas si ça le fait vraiment. C'est un tatouage temporaire. Tant qu'on n'est pas sûre de son coup...

Eve était du même avis.

— Merci, Harpo. Beau boulot. Et rapide.

— C'est la spécialité de la maison.

Harpo se remit au travail tandis qu'Eve quittait les lieux.

À peine avait-elle fait deux pas dans la salle commune qu'elle s'arrêta net, clouée sur place par la cravate de Sanchez. Elle détourna les yeux de peur de devenir aveugle comme lorsqu'on regarde le soleil.

Le tissu évoquait la couleur d'une orange exposée de manière répétée à un excès de radiation. Pardessus flottaient des points d'un jaune vif... à moins qu'ils ne flottent devant les yeux d'Eve après cinq secondes d'exposition de ses cornées.

— Pour l'amour de Dieu, Sanchez, qu'est-ce que c'est que cette chose ?

— Une vengeance, répondit-il.

Il regarda par-dessus son épaule vers le bureau provisoirement inoccupé de Jenkinson.

— Ne vous inquiétez pas, lieutenant, ajouta-t-il. Je ne la porterai pas sur le terrain. J'aurais trop peur d'aveugler les gens.

— Nous aussi, on est des gens, lança Baxter, retranché derrière la sécurité de ses lunettes noires.

Secouant la tête, Eve se dirigea vers le poste de Peabody. Puis elle changea d'avis et fit signe à sa partenaire de la suivre. Qui pouvait dire s'il était nécessaire de regarder cette cravate pour être frappé de cécité ou se mettre à saigner des oreilles ?

Son bureau était plus sûr. Peabody se hâta de la rejoindre.

— La salle de repos n'est pas un bon endroit pour dormir. J'ai l'impression d'avoir passé la nuit allongée sur des branches et des cailloux !

— J'avais dit à McNab que vous n'étiez pas censés coucher ensemble.

— Ha, ha. Comme si on pouvait ne serait-ce qu'envisager la chose là-bas. Et puis, même s'il est anguleux, il est plus confortable que les lits de camp, croyez-moi… Bref, je vais commencer à appeler les boutiques que nous avons identifiées, mais entretemps, j'ai retrouvé la trace de quelques objets de l'appartement des Reinhold.

— Lesquels et où ?

— J'aurais l'esprit plus clair si j'avais une tasse de vrai café.

— Alors prenez-en vite une ! Lesquels et où ?

— Le panier en cristal dans un magasin tout près du *Grandline*. Le truc, c'est que… Bon Dieu que c'est bon ! ajouta-t-elle après une première gorgée de caféine arrosée de lait et de sucre. Le truc, c'est qu'il ne pensait pas que ça valait grand-chose. Le prêteur sur gages avait l'œil, il l'a embobiné. C'est en tout cas ce que je me dis vu la façon dont le mec a esquivé la question quand j'ai abordé le sujet.

— Comment ça ? Soyez plus claire ou je vous prends ce café et je vous verse ce qu'il en reste sur la tête.

— D'accord. J'ai commencé à faire le tour des prêteurs et quand je suis arrivé chez celui-ci, le mec est devenu nerveux. J'ai eu droit au baratin habituel façon « j'ai vu l'avis de recherche il y a quelques minutes seulement » mais il a fini par dire la vérité. Sûrement parce qu'il a entendu assez d'infos dans les médias à propos des meurtres pour ne pas avoir l'esprit tranquille.

— Reinhold est passé dans ce magasin dans la matinée, peu de temps après sa tournée des banques. Vers 10 heures, devina Eve.

— Ouais, c'est ça. Il y est allé avec le panier, les boucles d'oreilles en diamant et les bracelets dans l'une des valises. Il a accepté la première proposition : neuf cents pour le panier, six cent cinquante pour les boucles d'oreilles et trois cent vingt-cinq pour les bracelets en or. Il se trouve que le panier vaut presque dix fois le prix que Reinhold l'a vendu.

— Une petite satisfaction pour nous. On va avoir besoin de saisir ces pièces à conviction.

— J'ai envoyé l'agent Carmichael, confirma Peabody. Et juste après ça, un autre magasin m'a contactée. Reinhold y a vendu le reste des bijoux pour deux mille deux cents dollars, puis mille cinq cents de plus pour la menora et deux mille six cents pour l'argenterie.

— Tout ça est venu renflouer ses réserves.

— Ouais, c'est pas énorme, mais ça fait une somme quand on additionne le tout. Le second magasin est dans le même coin, à environ cinq pâtés de maisons de l'hôtel.

— Il a fait en sorte de ne pas s'éloigner pour pouvoir s'y rendre à pied. Sauf pour les articles de grande valeur : les montres et les perles.

— J'ai contacté Cardininni, ajouta Peabody. Elle a obtenu la liste auprès de la voisine. Elle va rejoindre Carmichael et elles rendront visite aux deux boutiques pour récupérer les preuves.

— Bien, commenta Eve d'un air absent.

Son esprit était toujours tourné vers l'itinéraire de Reinhold, son choix de sites pour écouler les biens de ses parents.

— Il a vendu le panier pour une fraction de sa valeur, mais il a sans doute obtenu plus qu'il ne l'imaginait, dit-elle.

Pour confirmer ses dires, Peabody sortit son mini-ordinateur pour consulter ses notes.

— Kevin Quint, prêteur sur gages, a déclaré : « J'ai vu qu'il ne connaissait pas la valeur de ses trucs, alors j'ai fait une offre vraiment basse pour voir ce que ça donnerait, vous voyez le principe ? Et il a accepté tout de suite, comme un pigeon sorti de son Kansas natal ou de je ne sais où. Je m'attendais qu'il négocie un peu, ou qu'il se plaigne en disant que ça appartenait à sa vieille tante décédée, mais il a juste dit "payez-moi". Et c'est ce que j'ai fait. »

— « Presque mille dollars pour un panier débile. » Voilà ce qu'a dû penser Reinhold. Que c'était son jour de chance. Mais en voyant qu'il obtenait plus que prévu pour tout le reste, même lui a fini par comprendre que ces articles valaient vraiment quelque chose. Alors il choisit un endroit plus classe pour le clou de son butin.

— Il voulait monter en gamme, suggéra Peabody.

— Exactement. Une boutique qui existe depuis trois générations, spécialisée dans la vente d'héritages. Là, il invente son histoire larmoyante sur la mort de ses parents. Ce petit con a pigé que ses parents possédaient des biens plus précieux qu'il ne l'imaginait. Pour lui, ce n'était que des vieilleries à revendre vite fait. Il est passé à un magasin plus classieux pour être sûr de recevoir la plus grosse somme possible.

Eve prit un moment pour aller se chercher un café.

— Je parie qu'il s'en est voulu de ne pas avoir embarqué plus de trucs. Les objets anciens : le houppa et la boîte à musique. Des babioles sans valeur à ses yeux. Deuxième petite satisfaction du jour pour nous, murmura-t-elle. Quoi d'autre, Peabody ?

— Je travaille toujours à retrouver les appareils high-tech. Il a dû les revendre dans la même zone. Quel intérêt à courir dans tous les sens en transportant ordis et communicateurs ? Je viens juste de générer un plan du quartier et la chronologie des ventes que j'ai identifiées jusqu'à maintenant.

— Envoyez-les-moi. Je l'intégrerai avec ce que j'ai trouvé dans son deuxième hôtel. On ajoutera l'ensemble sur le tableau.

— Une seconde…

Peabody se pencha sur l'ordinateur d'Eve et entra quelques commandes.

— C'est fait, annonça-t-elle.

— Restez sur les appareils électroniques et les magasins identifiés. Tenez-moi au courant si vous pensez qu'on aurait intérêt à passer dans l'une de ces boutiques pour parler en direct au patron. On va tâcher de déterminer quel schéma il suit. Si Feeney peut nous prêter McNab, il sera sans doute le mieux placé pour nous dire où Reinhold tentera de revendre le matériel électronique à partir de la carte. Je vais passer à la DDE de toute façon. Je poserai la question.

Elle releva la tête vers le tableau.

— Je suis allée à la morgue et au labo. Les conclusions de Morris confirment les nôtres et Mira avait vu juste à propos des cheveux. D'après Harpo, il en a emporté une bonne poignée avec lui. Et, avec sa connaissance presque magique des cheveux, elle travaille à identifier le couteau qu'il a utilisé pour les trancher. Elle a un spécialiste des lames sous le coude pour l'aider.

— L'homme-oiseau, Birdman ?

Eve fronça les sourcils.

— C'est ça. Qui c'est, ce Birdman ?

— Il a été transféré de Chicago il y a environ six mois. Callendar est sortie avec lui une ou deux fois. Ça n'a rien donné, mais il est sympa. Et il s'y connaît vraiment en matière de coupe-coupe.

— Alors pourquoi est-ce qu'on ne l'appelle pas « Couteau-Man » ou « le maître des lames » ?

— Il a un perroquet.

— Ceci explique cela. Vous avez lu mon rapport de ce matin ?

— Ouais, et j'ai ajouté le nom de Mal Golde au signalement à l'intention des hôtels. Il a sans doute tout refourgué à l'heure qu'il est, Dallas. Il va peut-être essayer de fuir.

— Il n'a pas encore fini. Je vais aller parler à Feeney puis nous établirons la liste de tous ceux à qui il pourrait s'en prendre. Famille, amis, ex, flirts, patrons, collègues, camarades de classe, professeurs, docteurs, voisins.

— La liste va être longue.

— Raison pour laquelle il n'en a pas fini ici.

Elle emprunta l'escalier roulant jusqu'au bazar permanent qu'était la DDE. La cravate vengeresse de Sanchez serait passée carrément inaperçue au milieu des couleurs explosives, de la déco hallucinée et des allées et venues permanentes qui caractérisaient le lieu.

Elle prit la direction du bureau de Feeney, oasis de paix et de tons fades au milieu de la folie, mais s'arrêta en voyant qu'il s'entretenait avec l'un de ses geeks.

Sa veste de sport couleur crotte de chien et sa chemise d'un beige industriel contrastaient avec le reste du décor. Sa chevelure rousse teintée de gris évoquait une mini-explosion autour de son visage aux traits empâtés.

Il déplaça quelque chose sur un écran double face et le geek répondit par une tirade rapide dans un langage incompréhensible. Feeney émit quelques grognements avant de hocher la tête.

— Occupez-vous-en.

— C'est comme si c'était fait, capitaine.

Le geek s'éloigna sur ses aéroboots compensées. Eve passa la tête par la porte ouverte.

— Salut.

Feeney s'appuya contre le dossier de son fauteuil et but dans un mug décoré d'un motif étoilé, sans doute un cadeau de sa femme.

— Salut, répondit-il.

— Je peux te parler ?

— T'es déjà en train de le faire.

— D'accord.

Elle entra et fit quelque chose qu'elle ne faisait jamais : elle ferma la porte.

Feeney haussa les sourcils.

— Un problème, petite ?

— À part le cinglé que je poursuis ? Pas vraiment. J'aimerais enrôler McNab si tu peux me le prêter. J'essaie de retrouver la trace des trucs high-tech que notre homme a volés à ses victimes. Il a écoulé son butin dans la partie sud de Manhattan, essentiellement dans le West Side. On est en train d'établir une cartographie de ses déplacements. Si on retrouve les appareils, ça pourrait nous fournir de nouvelles infos.

— McNab est doué pour jongler entre plusieurs tâches. Tu peux me l'emprunter tant qu'il parvient à maintenir toutes ses balles dans les airs.

— Merci.

— Il a buté ses parents, hein ?

— Il les a massacrés. Puis il a torturé et étranglé son ex. C'est un beau salaud, Feeney.

Elle mit les mains dans les poches et fit tinter quelques pièces de monnaie.

— Mais il est plus rusé que je ne l'avais cru au départ. Pour le moment, il s'éclate comme jamais. Il ne va pas vouloir y renoncer.

— Qui est la prochaine victime ?

— C'est toute la question.

— Tu veux me raconter tout ça en détail ?

C'était généreux de sa part. Il avait sans doute du pain sur la planche, mais il était prêt à l'écouter, à lui soumettre des hypothèses, à la laisser lui exposer les siennes. Et ça pourrait se révéler nécessaire.

— En fait, j'avais autre chose en tête. Rien à voir. Enfin, peut-être que d'une certaine façon, il y a un lien. Tout ça, c'est ce que tu voulais, non ? Ce pour quoi tu as travaillé dur. Ce service, ce bureau, ces galons.

Sans cesser de la regarder, Feeney avala une praline piochée dans un bol sur son bureau.

— Je ne serais pas ici si ce n'était pas le cas.

— Ça tombe sous le sens.

Elle hocha la tête puis se mit à faire les cent pas tout en faisant tinter les pièces au fond de sa poche.

— Tu étais un sacré enquêteur à la Criminelle, Feeney.

— Et je sais aussi former les jeunes.

Elle sourit.

— C'est sûr.

Le visage de basset de Feeney s'illumina.

— La médaille d'honneur. Une grosse surprise, hein ?

— Ouais, comme tu dis. Alors comme ça, la rumeur circule déjà.

— Ce n'est pas le genre de truc qu'ils donnent à n'importe qui, petite. T'as fait du super boulot. Et ton mec aussi va recevoir une jolie breloque. Je suis vraiment fier de vous deux.

— Merci.

Pour Eve, ces mots avaient plus de valeur que n'importe quelle médaille.

— Ça me fait un drôle d'effet, avoua-t-elle.

— C'est toutes les conneries autour qui font un drôle d'effet, la corrigea-t-il, fidèle à son besoin de précision. Mais ils sont obligés de sonner les trompettes et balancer des confettis, Dallas. Au-delà du coup de communication, ça fera du bien à tout le service. De quoi regonfler le moral des troupes.

Elle n'avait pas envisagé cet aspect des choses auparavant, mais elle ne pouvait que lui donner raison. Feeney, lui, avait sans doute compris immédiatement l'intérêt de la manœuvre.

— Je me passerais bien des confettis et du bla-bla, mais tu as raison. Feeney… Tu aurais pu devenir capitaine de la Criminelle quand les patrons sont venus à toi. Mais tu ne l'as pas fait.

— J'avais eu ma dose de cadavres depuis un moment déjà.

Elle secoua la tête.

— Ce n'est pas la vraie raison, n'est-ce pas ?

— Ça a joué un rôle. J'avais besoin de faire une pause, admit-il. Tu vois les victimes dans ton sommeil, non ?

Elle repensa à Lori Nuccio. Une parmi beaucoup d'autres.

— Oh que oui.

— J'avais besoin que ça s'arrête un peu. Oh, on croise toujours des victimes, mais on est là pour vous assister dans les enquêtes, pas en première ligne. Et surtout – peut-être avant tout – je voulais bosser sur le versant électronique des affaires.

— T'es le meilleur dans le domaine.

Il mangea une autre praline.

— Je ne te dirai pas le contraire. Ça m'inspire, je me sens vivant. Et tu es la preuve que je me débrouille quand il s'agit de former quelqu'un. J'avais le choix entre la DDE et la Criminelle. J'ai suivi mon instinct et c'est pour ça que je suis ici. Et les gonzes sont avec moi.

D'un geste du menton, il désigna sa salle commune où les « gonzes » des deux sexes travaillaient à leur manière toute personnelle.

— J'étais bon pour résoudre les meurtres. Je suis encore meilleur dès qu'il s'agit d'ordinateurs.

Pas complètement satisfaite, Eve piqua quelques pralines dans son bol pour goûter.

— Le terrain ne te manque pas ? Je sais que tu passes encore pas mal de temps dehors, mais…

— Je passe beaucoup de temps le cul vissé sur ce fauteuil. Ça me va. Où veux-tu en venir ?

— Whitney m'a proposé de devenir capitaine.

Il resta d'abord bouche bée, puis un large, très large sourire se dessina sur ses lèvres et il abattit sa main sur le bureau.

— C'est pas trop tôt !

— J'ai refusé. Mon instinct me souffle que j'ai déjà trouvé ma place, que je fais aujourd'hui ce pour quoi j'ai toujours été destinée, expliqua-t-elle. Je pense que je ferais une bonne capitaine. Mais je suis meilleure enquêtrice, alors j'ai décliné. J'ai fait une connerie ?

Il laissa échapper un long soupir et prit le temps de réfléchir avant de répondre.

— J'ai du mal à me faire à l'idée que t'aies dit non. Mais bon, d'accord... De mon point de vue, la connerie serait de ne pas écouter tes tripes. Tu prendras le poste quand tu seras prête, mais l'important, c'est que tu l'as mérité, et ça fait même un moment que tu le mérites.

— Je pense la même chose, lui dit-elle. Je ne m'attendais pas à cette proposition, et je m'attendais encore moins à dire non. Mais c'est comme ça que je sens les choses.

— Les galons comptent, petite, mais ils ne constituent pas le Graal pour les flics comme toi et moi. Ce qui compte vraiment, c'est le boulot. Ça, je n'ai pas eu besoin de te l'enseigner : tu le savais déjà en débarquant ici.

— Sur une affaire comme celle-ci, je m'imagine en train de lire des rapports d'enquête au lieu d'enquêter moi-même. Superviser ou approuver les opérations au lieu de les conduire. Je serais frustrée. Je ne veux pas renoncer à ça, Feeney.

— Comme Reinhold.

— Ouais, et comme toi et moi – à sa manière – il a trouvé sa vocation. Il l'a trouvée à l'instant même où il a plongé sa lame dans le ventre de sa mère. Il n'a pas bossé pour ça, ne s'est pas formé pour ça, ne risquerait pas sa vie pour ça, mais il apprendra, Feeney. Chaque meurtre lui apprendra quelque chose de nouveau.

— Retourne sur le lieu d'origine.

— Ouais, j'y vais. Merci.

Un peu plus détendue, elle goba une autre praline.

— Pour tout, ajouta-t-elle.

Elle sortit et contourna le tourbillon de chaos et d'agitation jusqu'au box de McNab.

— Si vous n'avez rien d'hyper urgent, vous êtes avec moi aujourd'hui.

— J'ai des trucs urgents, mais rien d'hyper. Et je suis multitâche.

— Coordonnez votre action avec Peabody. Retrouvez le matériel informatique. Et quand ce sera fait, passez-le au crible. Il a forcément utilisé celui de chez ses parents pour faire ses recherches et ses virements financiers. J'imagine qu'il a dû tout effacer.

McNab sourit.

— Ou plutôt, il croira avoir tout effacé. Rien n'est jamais complètement nettoyé.

— Trouvez-les, répéta Eve.

Elle redescendit à la Criminelle et Peabody la suivit jusqu'à son bureau.

— La boutique de vêtements, Le Chevalet. Il y est allé dimanche, s'est payé le costard, deux chemises, des cravates, des chaussettes. Il a fait retoucher le costume et s'est arrangé pour venir le chercher lundi matin. Il a affirmé avoir d'autres achats à faire. Après que j'ai mis le vendeur en confiance, il l'a décrit comme un petit con arrogant.

— Fin psychologue, ce vendeur.

— J'ai une liste des articles que Reinhold a achetés là-bas, ainsi que chez Running Man. Ils avaient déjà tout préparé.

— C'est Connors, dit simplement Eve.

— Ouais, j'avais deviné. Le rapport a déjà été transmis à votre terminal.

— Bien. McNab va collaborer avec vous sur les appareils électroniques. Restez là-dessus.

— La boutique est ouverte toute la journée, lança Peabody avant de retourner à son poste.

Eve s'enferma dans son bureau et compléta son tableau de meurtre. Puis elle s'assit, un café à la main, en étudiant le trajet emprunté par Reinhold.

Parcourant du regard les rapports de Peabody à propos de ses achats, elle consolida un peu plus l'image qu'elle avait de lui.

Costumes, cravates, chemises. Mais en dehors de cela, surtout des vêtements à la mode : aérobaskets et bottes, jeans, un blouson en cuir, le genre de pantalons pleins de poches que McNab affectionnait tant, vêtements de sport haut de gamme, boxers en soie.

« Des fringues qui reflètent l'image qu'il a de lui-même, songea-t-elle. Important, élégant, tendance. Un mec qui réussit. »

Et riche. Il se voyait à présent comme un homme fortuné.

Elle fit afficher les emplacements des boutiques qu'il avait visitées, les ajouta au plan d'ensemble, calcula la trajectoire et la chronologie la plus probable et l'enregistra.

Il était resté à l'écart de son ancien quartier, sans jamais y entrer, ou alors à peine. Il avait fait un détour pour rejoindre l'East Side. Un nouveau territoire.

Il achetait des choses au fil du chemin, au service de sa nouvelle apparence, de sa nouvelle vocation. Un costume, des chaussures, de la corde, de l'adhésif, des vêtements de sport, un couteau. Un nouveau communicateur mais un modèle jetable, en tout cas pour le moment. Une tablette ? Un mini-ordinateur ? N'aurait-il pas besoin d'un outil pour continuer ses recherches et suivre les informations dans les médias une fois dehors ?

« La carte d'identité est cruciale », conclut-elle. Il fallait qu'il s'en procure une nouvelle. Allait-il essayer de s'en faire une lui-même, comme Connors l'avait suggéré ?

Curieuse, elle afficha le dossier de Reinhold pour consulter le détail de ses emplois et de son parcours scolaire. Aucune compétence ou expérience exceptionnelle en informatique, remarqua-t-elle, malgré une tentative fugace et avortée de travailler dans le design de jeu vidéo.

Il avait échoué dans les grandes largeurs, avec à peine la moyenne au cours d'informatique de base de son lycée, qui plus est avec un semestre de rattrapage. Même chose à l'université où il n'avait validé ses deux modules que de justesse.

Non, il n'avait pas les compétences pour se créer une fausse identité, même passable, par lui-même. Il allait devoir s'en acheter une ou trouver quelqu'un qui le ferait pour lui.

Elle ajouta à sa liste tous les professeurs d'informatique qu'il avait pu avoir, depuis l'école primaire jusqu'à son bref passage en fac. « Des partenaires de travaux pratiques ? » se demanda-t-elle. Elle poserait la question au moment de contacter les enseignants.

Et puis il y avait Golde. Lui avait sans doute le savoir-faire requis. Mais il ne coopérerait pas avec Reinhold. Elle prit quand même le temps de le contacter pour s'assurer qu'il était bien en lieu sûr. Elle apprit qu'il était toujours chez ses parents, avec l'intention d'y rester.

Rassurée, Eve reporta son attention sur le tableau. « Commence par le début », se rappela-t-elle.

Dès qu'elle aurait établi ce qui s'annonçait comme une longue, très longue liste de cibles potentielles, elle retournerait aux origines du crime. À l'appartement des Reinhold.

Jerry commençait à en avoir marre.

— Vous essayez de gagner du temps, madame Farnsworth. J'ai les cisailles qui me démangent.

Elle tourna vers lui un regard plein de lassitude.

— Comme j'ai essayé de vous l'enseigner, Jerry, mener un projet à bien prend du temps. Si vous ne le faites pas comme il faut, ça ne fonctionnera pas. Si ça ne fonctionne pas, je sais que vous me ferez du mal. Et je ne veux pas que vous me fassiez encore du mal, Jerry.

Elle essayait bel et bien de gagner du temps, un peu. Mais un tel projet demandait de procéder lentement de toute façon, d'autant plus qu'elle voulait s'arranger pour que Jerry insère une balise qui – elle l'espérait – alerterait la police au premier scan de la nouvelle identité.

Tout comme elle lui avait fait intégrer un message codé au sein des opérations financières. Elle n'avait plus qu'à prier pour que quelqu'un d'exceptionnellement doué en informatique le découvre.

Jerry avait de bonnes bases – un potentiel gâché, se dit-elle – mais il était simplement trop paresseux pour étudier les choses en profondeur, pour en apprendre plus.

La création d'une nouvelle identité représentait un travail délicat et complexe tandis que lui se montrait gauche et impatient. Mais ils y étaient presque.

Et elle avait réussi à obtenir un peu d'eau, pour elle-même et pour Snuffy, même si c'était Jerry qui lui avait fait couler dans la bouche, puis dans celle du chien, quelques gouttes seulement à la fois.

— J'ai un rendez-vous, bon Dieu ! Si je le loupe à cause de vos conneries, vous perdrez deux doigts et votre affreux cabot un œil.

Il sortit son couteau, fit jaillir la lame et l'agita devant son visage.

— Je parie que je pourrais lui arracher l'œil d'un coup sec avec ça.

Au prix d'un effort de volonté, elle tourna vers lui un regard calme et posé.

— Ça ne sera plus très long, Jerry. Il y a beaucoup de données à envoyer pour vous fournir des antécédents détaillés. À présent, il faut que vous tapiez le code suivant, exactement tel que je vous le dicterai.

— Ouais, ouais, ouais.

Il regarda sa montre, un modèle qu'il comptait remplacer par quelque chose de beaucoup plus classe avant sa rencontre avec l'agent immobilier. Et Trouduc n'allait pas tarder à revenir avec les recettes des premières ventes du matos informatique.

— Vous avez vingt minutes, lui dit-il sur un ton d'avertissement.

— « Master Command D », barre oblique inversée, « generate »…

Il fallait entrer la commande exacte, se dit-elle, sans la moindre erreur, faute de quoi il s'en sortirait sans être inquiété. Il fallait que ce soit parfait, sinon le programme lui-même préviendrait Jerry de l'ajout dissimulé. Et alors il mettrait ses menaces à exécution.

Bien qu'elle ne sente plus ses doigts, elle n'avait aucune envie de les perdre. Et Snuffy dormait sur ses genoux, recroquevillé en une boule de poils chaude.

Sa petite poitrine se soulevait et retombait au rythme de sa respiration. Tant que ce serait le cas, elle ferait tout son possible pour lui, et pour elle-même.

Et si ce petit salopard la tuait, au moins mourrait-elle en sachant qu'elle lui avait fourni les clés de sa propre chute.

— « Insert code », barre oblique inversée, « B », poursuivit-elle d'une voix douce et mesurée.

Son regard, lui, était empli d'une haine froide et sauvage.

12

Eve brisa les sceaux protégeant l'accès à l'appartement des Reinhold et entra. Une odeur de mort flottait toujours sur les lieux, accompagnée des effluves des produits chimiques employés par la police scientifique.

— On va réexaminer la scène.

— Qu'est-ce qu'on cherche ? demanda Peabody.

Eve examina le salon toujours étonnamment propre et bien rangé malgré les meurtres.

— Il jouait au base-ball enfant et il a gardé la batte. Lui ou ses parents. Ils ont forcément conservé d'autres souvenirs, non ? C'est pas comme ça que ça se passe ? Les parents s'accrochent à plein de petites choses, de petits morceaux de leurs enfants. Des photos, bien sûr, mais aussi des objets.

— Oui. Dessins, bulletins scolaires, trophées et prix divers. La plupart des parents font ça. Les miens le faisaient… le font toujours.

— Je veux voir tout ce qu'ils ont gardé et que lui n'a pas emporté. Et les photos de famille également. Voyages et vacances. Tout ce qui pourrait permettre d'identifier quelqu'un contre qui il a accumulé de la rancune ou un endroit où il voudrait retourner.

Elle s'avança jusqu'à la cuisine.

— Ça a démarré ici. Quand il s'est emparé du couteau et s'en est pris à sa mère. C'est à ce moment que tout a commencé pour lui. La reconstitution du crime indique qu'elle se tenait ici. C'est l'heure du déjeuner. Il se prépare son repas ou elle s'en occupe pour lui. Oui, c'est elle qui prépare.

Eve se représenta mentalement la mère telle qu'elle apparaissait sur ses photos d'identité.

— Elle prépare le repas parce que c'est ce qu'elle a toujours fait. Elle cuisine, elle prend soin de la maison. Sans doute un sandwich, raison pour laquelle le couteau est sorti. La lame est là, à portée de main, quand il décide de passer à l'action. Elle est en train de se plaindre et de le critiquer ; c'est comme ça qu'il le perçoit.

Visualisant la scène, Eve fit le tour de la table.

— « Il faut que tu te trouves un boulot, que tu grandisses, que tu te prennes en main. » Peut-être qu'elle lui annonce que son père et elle ont fixé une date limite après laquelle ils le mettront dehors. Elle n'a pas forcément attendu que son mari rentre pour le lui dire. Alors il saisit le couteau et lui transperce le ventre. Et ça lui fait tellement de bien, l'expression qu'elle affiche est tellement satisfaisante pour lui, qu'il recommence. Et qu'il continue, même quand elle essaie de s'enfuir, quand elle s'effondre et même après qu'elle a succombé. Après quoi il prend son déjeuner.

— Quoi ?

— Il a mangé après avoir tué Nuccio. Grignoté plein de trucs. Je parie qu'il s'est assis ici et qu'il a mangé tout en réfléchissant à la façon dont il tuerait son père. Il a eu largement le temps de rassembler ce qu'il voulait emporter, de chercher leurs mots de passe, de vérifier le contenu des comptes bancaires. Largement le temps.

» Il n'a jamais paniqué, poursuivit Eve. Il n'a jamais essayé de couvrir ses traces, de cacher quoi que ce soit. C'est comme s'il… était soudain arrivé à maturité ici, dans la cuisine, face au cadavre ensanglanté de sa mère.

— Eh ben…

— Il a suffisamment d'ambition et d'intelligence pour essayer d'obtenir l'argent et tout ce qu'il considère comme ayant de la valeur. Pour prendre le temps de planifier tout cela avant et après avoir tué son père. Et c'est pour ça qu'il récupère son ancienne batte, ce souvenir. Peut-être que son paternel avait lancé quelques balles avec lui à l'époque, critiqué sa position ou ses gestes. Il n'emporte pas la batte avec lui. Elle n'a pas d'importance affective à ses yeux. Il en achète une nouvelle pour son sac d'outils.

— Il laisse les articles enfantins derrière lui.

— Pardon ?

— Eh bien… Vous disiez qu'il était arrivé à maturité. Donc il abandonne la batte qu'il utilisait enfant et s'en achète une nouvelle.

— C'est juste, approuva Eve. C'est comme ça qu'il réfléchit. Cela dit, je vois un reste de crainte face à son père. Il se cache, l'attend en embuscade et le prend par surprise. Refus d'une confrontation directe. Puis il les laisse ici tous les deux, là où ils sont tombés et nageant dans leur propre sang, tandis qu'il mange, dort et planifie la suite. Il agit comme un gamin – peut-être un ado – qui laisse ses affaires par terre et préfère les enjamber plutôt que de ramasser et ranger. Il n'y a plus personne pour lui intimer de faire le ménage. C'est délibéré.

— Quelle partie ?

— Le fait d'être resté ici jusqu'au samedi soir. De les laisser par terre, avec de la vaisselle sale éparpillée un peu partout dans la cuisine. Sa mère tenait bien sa maison, elle l'avait élevé en lui apprenant à ranger derrière lui, le tannait sans doute à ce sujet. Maintenant, qu'elle aille se faire voir, il laissera autant de bazar qu'il en a envie.

— Pas de bazar dans le salon ou leur chambre, par contre.

— Ces espaces-là ne l'intéressent pas. Seuls comptaient pour lui le petit bureau, la cuisine, sa chambre, la salle de bains. Il déteste le côté vieillot des lieux, toutes ces petites décorations placées là par sa mère, les vieilleries auxquelles son père et elle s'accrochent, qu'ils exposent ou qu'ils stockent en sécurité. Les traditions l'agacent. Il veut du neuf : comme sa nouvelle batte, son nouveau costume. Il veut que ça brille, que ça claque.

Elle fit de nouveau le tour de l'appartement.

— Il va chercher un endroit qui reflète un certain statut. L'opposé de ce qu'il y a ici, de cette ambiance simple, accueillante et traditionnelle. Voilà ce qui l'attire maintenant.

— Un immeuble récent ou remis à neuf.

— Moderne, à mon avis. Sophistiqué et élégant. Tout ce qu'il n'a jamais eu car il ne voit pas ce qu'il avait dans ce foyer, il n'a aucune reconnaissance pour avoir grandi avec des parents qui se souciaient de créer et entretenir un environnement agréable, qui accordaient de la valeur aux traditions et aux reliques familiales. Il déteste tout ça. Étudions ça de près, puis on remontera sa piste.

La tour de verre et d'argent qui se dressait au-dessus de l'Hudson comprenait sa propre banque, un centre de remise en forme haut de gamme sur deux niveaux avec piscine, une balnéo cinq étoiles, un ensemble de boutiques de luxe triées sur le volet, conciergerie ouverte vingt-quatre heures sur vingt-quatre, deux restaurants sélects, trois bars et, pour une somme supplémentaire, un service de nettoyage à domicile quotidien, hebdomadaire ou mensuel.

Aux yeux de Jerry, l'appartement du dix-huitième étage était tout ce dont il rêvait.

La paroi face au fleuve était intégralement constituée de panneaux vitrés. Il suffisait d'effleurer un bouton, ou de prononcer une simple commande, pour qu'ils s'ouvrent sur la terrasse.

L'espace à vivre généreux – avec écran intégré au mur, sols argentés et parois d'or pâle – donnait sur la salle à manger d'ores et déjà meublée avec une table chromée flottante au look design et des chaises noires laquées. Plus loin, la cuisine tout en reflets métallisés et verre diamanté offrait toutes les fonctionnalités modernes qu'il aurait pu imaginer, ainsi que beaucoup d'autres qui ne lui seraient jamais venues à l'esprit.

Il écouta d'une oreille distraite la femme de l'agence immobilière pérorer sur la surface disponible, l'emplacement, l'équipement des lieux : insonorisation, système entièrement commandé à la voix, ascenseur privé. Bla-bla-bla.

Tout en faisant le tour de la chambre à coucher principale, il hocha la tête en tâchant d'avoir l'air d'un individu sophistiqué parfaitement au fait de tout cela.

Il en aurait presque eu les larmes aux yeux.

Comme la salle à manger et le salon avec sofa à mémoire de forme, tables chromées et chaises dorées tout en arrondis, la chambre était déjà meublée.

L'agent manipula une télécommande qui fit s'illuminer la tête de lit et lever puis redescendre les panneaux occultants le long de la paroi de verre donnant sur la terrasse.

Jerry avait du mal à garder son air impassible. Il jeta un coup d'œil à la salle de bains : grande baignoire à remous, douche multijets en verre transparent. Cabine de séchage et de bronzage instantané, un deuxième écran, une petite cheminée à gaz et un dressing attenant avec gestion informatisée de garde-robe.

La deuxième chambre, décrite par l'inépuisable commerciale comme un bureau idéal pour un jeune célibataire, proposait aussi sa propre salle de bains. Plus petite, certes, mais tout aussi luxueuse.

Jerry fouina un peu partout, ouvrit les placards, sortit sur la terrasse, en ne donnant que des réponses courtes, quand il daignait répondre. Dans son esprit, l'endroit était déjà à lui. Tout ce qu'il désirait, tout ce qu'il méritait.

Il aurait voulu qu'elle parte pour qu'il puisse se laisser tomber sur le canapé, balancer ses chaussures et lever les poings en l'air en signe de triomphe. Mais elle avait repris son interminable discours.

— C'est une propriété exceptionnelle. Le complexe n'est ouvert que depuis six mois et est déjà occupé à quatre-vingt-treize pour cent. Le locataire précédent n'avait pas encore fini d'emménager. Il était en train de meubler les lieux, comme vous pouvez le voir, mais ses affaires ont réclamé qu'il parte pour Paris. L'appartement vient tout juste de revenir sur le marché et je pense que la semaine prochaine il sera pris. Et encore, c'est parce qu'il y a les fêtes entre-temps.

— Ça pourrait faire l'affaire, dit Jerry en tâchant de paraître un peu blasé. Je n'ai pas vraiment de temps à perdre en recherches.

L'agent immobilier, femme trapue et vêtue d'un tailleur violet et de chaussures confortables, le gratifia d'un sourire tranquille et professionnel.

— Vous disiez être tout juste revenu d'Europe vous-même.

— Hmm.

Il se contenta de hocher la tête avant de retourner à l'intérieur. Il fronça les sourcils devant la cuisine, ouvrit quelques portes et tiroirs.

— C'est un peu petit pour le genre de réceptions que j'organise, mais le potentiel est là.

— Le traiteur de l'immeuble est l'un des meilleurs de la ville. Évidemment, on n'en attend pas moins d'un complexe immobilier Connors.

Il tourna son regard vers elle.

— Connors ?

Un frisson puissant le parcourut et il ne put réprimer un sourire.

— Connors est le propriétaire de cet endroit ?

— Oui. Vous pouvez donc être assuré que la sécurité, le personnel et tous les équipements sont top niveau.

— Je n'en doute pas. Sa femme est officier de police, non ?

— C'est exact. Vous avez vu *L'Affaire Icove* ? C'est basé sur l'une de ses enquêtes. Excellent film. Vraiment excellent.

— J'en ai entendu parler. Je n'ai pas beaucoup de temps à consacrer au cinéma.

Il voulait donner l'impression que ce genre de choses était trop frivole pour qu'il s'y intéresse. Intérieurement, il était ravi. La femme flic qui tentait de le retrouver était mariée à l'homme qui avait bâti son nouveau quartier général.

Rien n'aurait pu être plus parfait !

— Et pour l'ameublement ?

— Comme je vous le disais, le précédent locataire a dû partir précipitamment pour l'Europe. Il prendra les dispositions pour faire enlever les meubles, mais il se dit aussi prêt à en vendre tout ou partie.

— Je vois. Cela ferait gagner du temps. Et le temps, c'est de l'argent.

Il jeta un coup d'œil à sa montre de luxe flambant neuve comme s'il était pressé.

— Je le prends. Et les meubles également.

— Vous... Vous ne souhaitez pas voir d'autres propriétés ?

— Le temps, l'argent. Et ceci correspond suffisamment bien à mes besoins. Quelle somme demande-t-il pour les meubles ?

— La totalité ?

— Comme je l'ai dit...

Il agita le doigt comme pour l'inciter à se dépêcher.

— Je n'aime pas perdre de temps.

— Donnez-moi quelques instants pour voir ce qu'il en est. Le cabinet de gestion de l'immeuble aura besoin du premier et du dernier mois de location ainsi que de la caution au moment de la signature.

— Compris. Je demanderai à mon assistante de transférer le tout dans la journée. Je prendrai possession des lieux ce soir.

— Ce...

— Je préférerais ne pas passer une nuit de plus à l'hôtel, dit-il en l'interrompant sans hésiter. Je voyage léger. Je ferai envoyer le reste de mes affaires une fois installé. Faites en sorte que tout soit prêt.

Sur ces mots, il s'éloigna de nouveau vers la terrasse en la laissant se débrouiller seule pour obtenir ce qu'il demandait.

Eve suivit les traces de Reinhold. Elle se rendit dans les banques, à l'hôtel, dans les boutiques et chez les prêteurs sur gages. Elle discuta avec les vendeurs, visionna les vidéos de sécurité. Elle l'étudia attentivement, le regarda se délecter de sa nouvelle vie, de sa liberté meurtrière.

Elle avait trouvé d'autres photos – soigneusement mises de côté par les parents. Et, comme l'avait suggéré Peabody, des bulletins scolaires. Élève moyen, au mieux. Elles avaient mis au jour une vieille vidéo de l'enfance de Reinhold. Le titre indiquait : *Jerry, concours de talent, école primaire*. Il avait participé en interprétant une chanson et s'était plutôt bien débrouillé.

Suffisamment pour se classer troisième. Sa colère était clairement visible dans la vidéo, au moment où il acceptait d'un air boudeur son petit trophée. Un autre film immortalisait la tentative de son équipe de juniors pour participer à un championnat. Ils avaient perdu et Reinhold avait raté sa dernière chance en tant que batteur.

Il y avait aussi des vidéos de vacances en famille : Reinhold faisant un plat dans une piscine et nageant maladroitement. « Il n'était pas du genre athlétique », en conclut Eve. Fêtes de famille, anniversaires, remise des diplômes.

Désormais à pied, Eve et Peabody passèrent d'un prêteur sur gages à un autre. Et Eve s'arrêta devant la vitrine d'un salon de coiffure chic.

— Il a besoin d'un nouveau look.

— Il a gardé la même apparence. On l'a vu sur les vidéos de sécurité de l'hôtel.

— Ça ne veut pas dire qu'il n'a pas changé depuis.

Elle poussa la porte, présenta son insigne au premier employé qu'elle vit et lui montra la photo de Reinhold.

Elles ressortirent rapidement pour se rendre au salon suivant. D'un seul coup, Peabody s'arrêta pour désigner une boutique du doigt.

— Là. Il aurait pu s'arrêter là et acheter des produits pour les cheveux et le visage. Il a forcément dû passer devant.

— Essence Authentique ? Qu'est-ce que c'est ?

— Une chaîne, mais plutôt classieuse. Généralement au-dessus de mes moyens, sauf quand ils font des soldes. Produits capillaires ou pour le corps, crèmes et sels de bain, détailla Peabody. La totale. Leur boutique des quartiers chics, sur Madison Avenue, est même associée à un chouette petit centre de remise en forme. On peut y aller pour un relooking, mais bon, quand je fais ça, je me sens toujours obligée d'acheter quelque chose ensuite. Cela dit, les employés sont très serviables. Ça fait partie de leur réputation. Service client sérieux et personnalisé.

— Allons voir si un certain Reinhold a eu l'occasion d'en profiter.

Eve ne comprenait pas ce genre d'endroit. Les murs – tous artistiquement illuminés –, les kiosques et tout le rez-de-chaussée étaient garnis de produits destinés à vous améliorer, vous transformer, vous métamorphoser. Peau, cheveux, visage, yeux, lèvres, fesses… Il y avait même une section complète dédiée à la gorge et aux seins, même si eux appelaient ça « décolletage ».

Mais elle dut admettre que le personnel, élégant et impeccable, ne se ruait pas vers elles comme il pouvait le faire dans d'autres magasins.

Elles furent approchées par une femme vêtue d'un tailleur noir très new-yorkais. Blonde et superbe, elle paraissait plutôt normale aux yeux d'Eve. Pas de clou dans le nez, de piercings ou de tatouages visibles, pas d'explosion de cheveux aux couleurs bizarres.

— Bienvenue chez Essence Authentique. Puis-je vous aider en quoi que ce soit ?

— Oui. Avez-vous vu cet homme ?

Eve sortit sa photo et, puisque la blonde n'avait pas l'air du genre à faire des histoires, lui présenta discrètement son insigne au creux de la paume.

— Oh, c'est l'homme qui a tué ses parents, répondit la vendeuse d'une voix devenue chuchotante. Je l'ai vu aux informations. Vous êtes à sa recherche ?

— Exactement.

— Je ne l'ai pas vu, mais j'étais en congé ces deux derniers jours. Voulez-vous parler à la directrice ? Je peux l'appeler.

— Ce serait très aimable.

— Bien sûr. Donnez-moi une minute.

— Oooh, regardez ce rouge à lèvres !

— Non, répondit sèchement Eve tandis que Peabody s'emparait d'un modèle de démonstration.

— Rose Éclatant. Qui ne voudrait pas être éclatante ?

Peabody étala un peu de produit sur un applicateur pour s'en tapoter les lèvres.

— Arrêtez ça. Vous n'êtes pas une fille, ici, vous êtes un flic.

— Je suis une fille flic, répliqua Peabody en pivotant prestement vers le rayon des trucs pour les yeux.

Apparemment, remarqua Eve, une apparence normale n'était pas requise pour un poste de direction. Elle vit arriver une femme à la chevelure prune et aux sourcils garnis de piercings argentés juchée sur de hautes bottes zébrées.

— Je suis la directrice. Et vous êtes ?

— Lieutenant Dallas et inspecteur Peabody. Nous recherchons cet individu.

— C'est ce que j'ai vu sur mes écrans hier soir. Pourquoi pensez-vous qu'il est venu ici ?

— Il était dans le quartier et il y a fait des achats. Nous visitons les autres magasins alentour.

— Je vois. Savez-vous ce qu'il aurait pu chercher, le genre de produits qu'il était susceptible d'acheter ? Très sincèrement, je vois mal pourquoi un homme suspecté de meurtre voudrait s'offrir des produits de soins. Notre établissement n'est pas vraiment un lieu mal famé.

— Vous avez reconnu son visage.

— Je vous l'ai dit, je l'ai vu durant un flash d'information hier soir.

« Va au bout du raisonnement, cocotte », songea Eve. Mais elle se chargea de lui expliquer.

— Je parie que beaucoup d'autres aussi l'ont vu. Beaucoup de gens qui pourraient le reconnaître si, disons, il entrait dans une épicerie pour se payer un simple bol de soupe. Donc, suspicieuse comme je suis, je me dis qu'il a peut-être assez de jugeote pour changer de couleur de cheveux.

— Oh…

La gérante prit une profonde inspiration qui témoignait d'un mélange d'agacement et d'inquiétude.

— Dans ce cas, nous devrions nous rendre au rayon des produits capillaires. Peut-être qu'une de nos stylistes pourra vous aider.

» Cette couleur de rouge à lèvres vous va à ravir, dit-elle à Peabody avec un sourire beaucoup plus chaleureux. Ce serait un crime de vous en passer. Je vous en fais mettre un de côté ?

— Oh, je… C'est vrai qu'il est classe.

— Non, les interrompit Eve. Je pense – je sais pas, je dis ça comme ça – qu'on devrait consacrer notre temps ici à la poursuite d'un meurtrier. Les produits capillaires ?

Le sourire de la directrice disparut et son regard perdit toute chaleur.

— Bien sûr. Par ici.

Elle se faufila parmi les kiosques, les rayonnages et les clientes qui, comme Peabody, testaient des échantillons ou remplissaient leurs petits paniers métalliques de produits dont elles s'imaginaient qu'ils les rendraient plus sexy, plus jolies, plus douces, plus lisses, plus jeunes.

Voyant l'attention de Peabody dériver, Eve montra les dents. Sa partenaire pressa le pas.

— Marsella ? dit la directrice. J'aimerais que vous aidiez ces deux jeunes femmes.

— Avec plaisir.

Marsella, sa courte chevelure noir de jais bordée de mèches rose bonbon, les gratifia d'un grand sourire accueillant.

— Quelle coupe superbe et originale, dit-elle à Eve. Rares sont celles à qui cela va bien. J'ai un merveilleux produit qui pourrait magnifier vos reflets. Et j'adore cette coupe de jour décontractée, ajouta-t-elle à l'intention de Peabody. Je vous parie que quelques rajouts de mèches bouclées vous donneraient un look d'enfer pour sortir en soirée. Le kit à domicile est incroyablement facile d'emploi. Et vous pourriez...

— Fascinant, l'interrompit Eve sur un ton qui disait tout le contraire. Mais ce qui nous intéresse vraiment, c'est lui.

Elle présenta la photo de Reinhold en même temps que son insigne.

— Oh. Oh...

Marsella tourna des yeux écarquillés – et lourdement soulignés de khôl – vers sa responsable.

— Je ne comprends pas, dit-elle.

— Vous le reconnaissez ? demanda Eve.

— Eh bien, oui. Mais je ne comprends pas, répéta-t-elle.

— Où et quand l'avez-vous vu ?

— Hier, quand je me suis occupée de lui. Je ne...

— Comprends pas, termina Eve. À quelle heure l'avez-vous servi ?

— Euh... Il est arrivé vers 13 h 30. Je n'en suis pas certaine, mais c'était juste après ma pause déjeuner.

— Je vais avoir besoin des vidéos de surveillance d'hier. De l'ouverture à la fermeture.

Une fois ses instructions données à la directrice, Eve reporta son attention vers Marsella.

— Vous souvenez-vous de ce que vous lui avez vendu ?

— Une couleur « blondeur tropicale » avec un kit assombrissant, shampooing et après-shampooing de la gamme Cascade pour cheveux blonds et le kit de coupe à domicile Maître de Soi premium.

Elle avait débité la liste comme si elle l'avait déjà en mémoire.

— Il voulait d'autres produits dans d'autres rayons. Je l'ai donc accompagné et lui ai recommandé la poudre bronzante Explosion Solaire pour corps et visage, numéro quatre. Euh... la lotion rafraîchissante Solie, corps et visage là aussi, et le kit Œil d'Azur par Francesco. Il ne voulait que du haut de gamme. Je lui ai suggéré de s'inscrire à notre programme exclusif de crédit qui lui aurait valu dix pour cent de réduction sur ses achats, mais il a insisté pour payer en liquide.

Elle se mordilla la lèvre un instant avant de reprendre.

— Je lui ai proposé notre consultation gratuite et j'ai recommandé qu'Aly s'occupe de son changement de couleur oculaire sur place pour un prix très raisonnable, mais il m'a envoyée bouler. Si l'opération est mal faite, cela peut occasionner gêne et rougeurs, mais il a insisté pour payer et repartir tout de suite.

Il a signé la décharge. Donc, s'il a rencontré un problème, je ne comprends pas pourquoi il a appelé la police.

— Vous ne regardez pas beaucoup les infos, Marsella ? Vous ne vous tenez pas au courant des derniers événements ?

— Je suis bien occupée. Ma sœur et sa famille débarquent pour Thanksgiving et j'aide ma mère… Pourquoi ?

— Si vous aviez suivi les infos, je pense que vous l'auriez reconnu. Il s'appelle Jerald Reinhold et il a tué trois personnes dans les dernières quarante-huit heures.

— Il… Je… Mon Dieu !

Marsella fit un pas en arrière, la main plaquée sur son cœur.

— Ô mon Dieu ! Il était là et je l'ai accompagné pendant au moins une demi-heure. Je vais avoir des ennuis ?

— Pourquoi en auriez-vous ?

— Je ne sais pas. Je lui ai vendu tous ces produits. Ça représente une très jolie commission. Je lui ai même fait une simulation sur ordinateur pour lui faire voir à quoi il ressemblerait une fois toutes les modifications utilisées.

Cette fois, Eve sourit.

— Vous pouvez nous montrer ça ?

— Je… Oui ! Je peux. Je me sens toute… Je peux prendre un verre d'eau ? Je suis un peu retournée. Il avait l'air tellement normal. Le genre qui n'y connaît rien, mais veut donner l'impression qu'il maîtrise son sujet. Oh, il a aussi acheté un kit pour piercing.

Elle s'interrompit un instant pour s'éventer en agitant la main devant son visage.

— Il a acheté un kit Trou-en-un et un anneau d'or au rayon des accessoires. J'avais oublié.

Compatissante – et impressionnée par la mémoire de la jeune femme –, Eve tâcha de l'apaiser.

— Tout va bien. Vous venez de vous en souvenir et ça nous aide énormément. Allez prendre votre verre d'eau, Marsella, respirez un grand coup, puis montrez-nous la simulation.

— Merci. Je me sens pas très bien. Qui il a tué ?

— Ses parents et son ex-petite amie.

Les larmes montèrent aux yeux maquillés de la vendeuse.

— Non ? Vous dites ça sérieusement ?

— Très sérieusement. Ne perdons pas de temps, Marsella.

— D'accord. D'accord.

Elle s'éloigna, chancelante, sur ses hauts talons.

— Bien joué d'avoir repéré cet endroit, Peabody.

— On a touché le gros lot.

— Je n'arrive pas à comprendre pourquoi il n'a pas réparti ses achats sur plusieurs magasins comme il l'a fait pour les vêtements, les outils et la revente de son butin.

— Parce que vous ne comprenez pas l'attrait des lieux.

Avec un gros soupir, Peabody pivota sur elle-même en scrutant les alentours d'un regard teinté de vénération et de désir.

— Si j'en avais les moyens, poursuivit-elle, je passerais des heures ici. Je n'arriverais pas à ressortir sans avoir fait le plein de produits, surtout si l'une des vendeuses me préparait le terrain. Je ne saurais pas résister.

— Euh…

— La musique fait boum-boum, l'éclairage est audacieux. Ça dégage une énergie sexy. Très sexy. Tous ces produits qui vous susurrent à quel point vous seriez belle si vous les achetiez. Tous ces employés – hommes et femmes – au look super-travaillé qui vous disent la même chose. Il suffirait de dépenser deux à trois mille dollars pour se sentir complètement métamorphosé, sublimé.

— Et les gens y croient ?

— J'y crois et je suis obligée de me raisonner. Je pourrais acheter ce rouge à lèvres. Mais ce n'est pas le moment de dépenser avec Thanksgiving qui approche. J'ai déjà plus de rouges qu'il ne m'en faut. Mais pas cette fabuleuse nouvelle nuance super-chic. Il coûte bien trop cher. Mais ce serait un investissement dans mon apparence. Je…

— C'est bon, j'ai compris. Allez donc récupérer les disques auprès de la directrice, ordonna Eve en voyant Marsella revenir, une tablette à la main.

— Malachi Golde ! C'était son nom. Je m'en suis souvenue après avoir bu un peu. Ça m'a calmée.

— Non, ce n'est pas son nom. Mais c'est celui qu'il vous a donné ?

— Oui. Je lui ai posé la question pour la simulation et c'est ce qu'il m'a dit. On les garde pendant une semaine au cas où les clients reviendraient en demandant quelque chose en plus ou parce qu'un article n'aurait pas donné le résultat escompté.

Elle tapota l'écran jusqu'à afficher l'image qu'elle cherchait.

— Tenez ! Tenez ! Le voilà. On doit d'abord prendre une photo « avant » et c'est celle-ci.

Eve plongea son regard dans celui, suffisant et réjoui, de Reinhold.

— C'est bien lui. Montrez-moi la version transformée.

Marsella appuya de nouveau sur l'écran puis retourna la tablette.

— Voilà à quoi il devrait ressembler en utilisant le plein potentiel de nos produits. Ce n'est pas du cent pour cent, mais ça donne une bonne idée.

— Je n'en doute pas.

Eve examina ce nouveau Reinhold blond aux yeux bleus, avec sa peau bronzée et son piercing.

— Il a acheté le kit de coupe à domicile, mais il est resté vague sur le style qu'il avait en tête. Donc, j'ai gardé sa coiffure du moment, avec la nouvelle couleur et les mèches.

— C'est très bien. Excellent. Je vais vous demander de me l'envoyer à ces coordonnées et de m'en imprimer une copie.

— Ah, d'accord. Je peux vous l'envoyer depuis la tablette, mais il faudra que je retourne dans l'arrière-boutique pour l'impression. Ça prendra une minute.

— Occupez-vous-en. Vous nous avez bien aidées, Marsella.

— Merci. C'est mon premier meurtrier, répondit la jeune femme en souriant faiblement.

— Espérons que ça soit le dernier. Et apportez-moi ce... comment ça s'appelle, Rose Éclaté, Rose Élégant ? Le rouge à lèvres.

— Le Rose Éclatant par La Femme ? Il est superbe, vraiment, mais je dois être honnête : ce n'est pas une couleur pour vous. Par contre, le Coquelicot en Fleur ou le...

— Ce n'est pas pour moi, répliqua Eve en cherchant des crédits dans sa poche. Combien ?

— Soixante-deux dollars.

— Vous vous foutez de moi ?

Une expression contrite passa sur le visage de Marsella.

— Non. Sincèrement, c'est un produit vraiment excellent et qui dure toute la journée. Il résiste à l'eau, ne s'étale pas, contient un soin et...

— D'accord, d'accord.

Au vu du prix, Eve sortit une carte de crédit.

— Je vais payer par carte.

— Avec plaisir. Il se marie particulièrement bien avec le contour Pétale de Rose.

— Ne tirez pas trop sur la corde, Marsella. Juste le truc à lèvres et la photo imprimée. Et faites vite.

Marsella fit passer la carte sur la tablette puis la retourna afin qu'Eve puisse signer.

— Je vous rapporte le produit et la photo dans un instant. Deux minutes, promit-elle en s'éloignant d'un pas vif, sans tituber cette fois.

Eve prit un moment pour regarder autour d'elle, les pouces coincés dans les poches de son pantalon. Non, elle ne comprenait pas l'attrait de l'endroit. Elle ne voyait que d'innombrables produits que la terrifiante Trina aurait été ravie, à la moindre occasion, d'appliquer, étaler, brosser, oindre ou frotter partout sur son visage, son corps et ses cheveux.

Ce qui suffisait pour donner envie à Eve de déguerpir sans demander son reste.

— J'ai les disques, annonça Peabody en la rejoignant. La directrice est devenue très coopérative quand il s'est révélé qu'il avait acheté des articles ici. Prête à tout pour nous aider, quels que soient nos besoins. Pressée de couvrir ses fesses.

— Ça me va. J'ai vu la simulation du nouveau look de Reinhold. Marsella l'envoie vers mon miniordinateur et m'en imprime une version.

— On peut le faire parvenir aux médias. Il sera sur tous les écrans dans moins de dix minutes.

Eve secoua la tête.

— Non. S'il le voit, il changera de nouveau de tête. Et il sera beaucoup plus prudent cette fois. Maintenant, nous savons à quoi il ressemble, potentiellement en tout cas. On va garder ça pour nous, à l'écart des médias, jusqu'à ce que les circonstances justifient qu'on le diffuse.

Marsella était de retour, avec un sac au motif léopard rose et blanc qu'elle tendit à Eve.

— L'image est dans l'enveloppe blanche et le produit dans le sac. J'ai mis quelques échantillons. Vous devriez au moins essayer le Coquelicot en Fleur.

— Merci. Si vous vous rappelez quoi que ce soit d'autre, contactez-moi.

— D'accord. Et croyez-moi, je vais suivre les infos. C'est effrayant, tout ça. Comme je vous l'ai dit, je n'avais jamais servi un meurtrier avant.

« Pour autant que vous le sachiez », songea Eve en se dirigeant vers la sortie.

— Vous avez acheté quelque chose ! souffla Peabody dans un murmure accusateur. Je tourne le dos pendant une seconde et vous en profitez pour acheter un truc après avoir débiné le concept même de la boutique.

Elle poussa un soupir vexé.

— Qu'est-ce que vous vous êtes offert ? demanda-t-elle.

— Un rouge à lèvres à la noix baptisé « Rose Éclatant ».

Eve sortit l'enveloppe et remit de force le sac entre les mains d'une Peabody bouche bée.

— Vous... Vous... Vous l'avez acheté pour moi ?

Le « moi » était monté dans des aigus qui se rapprochaient dangereusement d'un gloussement de pintade.

— Dallas ! s'exclama-t-elle.

— Si vous essayez de me prendre dans vos bras, je transforme le rouge à lèvres en suppositoire !

Peabody effectua une petite danse dans ses santiags roses.

— J'en ai envie. Très, très envie. Mais je ne le ferai pas parce que je n'aurai pas de jolies lèvres roses si vous mettez votre menace à exécution.

— Gardez bien ça à l'esprit.
— C'est vraiment gentil.
— C'est surtout le meilleur moyen pour que vous cessiez de vous plaindre.
— Vraiment gentil, répéta Peabody. Merci.
Eve consulta son plan.
— C'est vous qui avez repéré le magasin et on a trouvé des infos. Des infos majeures. Ça méritait récompense.
— Une récompense d'enfer ! dit Peabody en farfouillant dans le sac. Oh, des échantillons !
— Peabody...
Celle-ci retira la main du sac sans toutefois cesser de sourire.
— Bon, il a opté pour un look aryen, c'est ça ? Bronzage de richard, oreille percée. C'est sûrement l'oreille vu qu'il a acheté un anneau. Il aura eu besoin d'au moins deux heures pour faire tout ça. Et je dirais plutôt quatre pour le faire bien.
— Et d'un endroit pour ça. Un autre hôtel ? Il entre avec son ancien look et ressort avec le nouveau. Pas un petit hôtel, alors. Quelqu'un risquerait de le remarquer. Presque à coup sûr, même. Peut-être un autre établissement pour la clientèle d'affaires. Un grand hôtel avec plein d'allées et venues. Ou bien...
— Ou bien ?
— Il a passé la nuit avec ses parents assassinés, plusieurs heures avec le cadavre de son ex. Peut-être qu'il a choisi sa prochaine victime et effectué sa transformation sur place.
— Sinistre.
— C'est bien son genre. Je ne vois pas un endroit familial pour ça. Il ne voudrait pas devoir gérer un conjoint, des enfants. Commençons par chercher parmi les célibataires. Contactez-les par communicateur. Quiconque ne répond pas ou vous paraît

bizarre, on lui rend une petite visite. Et je veux de nouveau m'entretenir avec Golde, en personne. Comment Reinhold a-t-il mis la main sur sa vieille pièce d'identité ?

— Et ce n'est pas anodin qu'il s'en serve, je dirais que ça place Golde en haut de la liste.

— D'accord. Commencez à chercher, dit Eve comme elles arrivaient à leur voiture. Contactez tout le monde, en commençant par Golde. Il est chez ses parents ; prévenez-le de notre arrivée.

— Je m'en occupe tout de suite.

13

Tout en conduisant, Eve se servit du communicateur du tableau de bord pour envoyer l'image du nouveau Reinhold à Baxter et lui demander de distribuer des copies au reste du service en précisant son souhait d'un embargo vis-à-vis des médias. Elle informa ensuite le commandant, puis examina ses derniers messages à la recherche de potentielles nouvelles infos. Pendant ce temps, Peabody travaillait sur son propre communicateur.

Quand elle s'aperçut que sa partenaire s'était faite silencieuse, Eve se tourna brièvement vers elle.

— Quoi ?

— Les grands-parents de Brooklyn. J'ai parlé à la grand-mère, elle affirme que Reinhold ne les a pas contactés et je la crois.

— Je ne l'imagine pas s'en prendre à eux, pas encore. Alors quel est le problème ?

— Ce n'est pas un problème, répondit Peabody avant de laisser néanmoins échapper un soupir. Les autres grands-parents, ceux qui ne vivent pas ici, arriveront un peu plus tard dans la journée. Ils vont séjourner chez ceux de Brooklyn. Tous ensemble. Des membres des deux côtés de la famille viennent à

New York ou ouvrent leur porte à ceux qui arrivent. Le légiste rendra les corps demain, mais ils ont prévu d'attendre jusqu'à samedi pour une double messe du souvenir. Tout le monde sera là pour Thanksgiving. « La famille a besoin de la famille. » C'est ce qu'elle m'a dit.

Peabody baissa les yeux vers son communicateur avant de reprendre.

— C'est triste, très triste, et en même temps, ça a quelque chose de beau.

— De beau ?

— Ils se rassemblent tous, resserrent les rangs, s'accueillent mutuellement. Je pense que Reinhold a une super famille, des deux côtés. Il n'a jamais su apprécier la chance qu'il avait, ce qu'ils lui offraient. Mais à présent, confrontés à l'une des pires épreuves qui soient, ils savent qu'ils peuvent compter les uns sur les autres.

» Avec tout ça, je m'aperçois que ma famille va me manquer lors de ces fêtes. Et j'en viens à me demander si je suis assez reconnaissante pour tout ce qu'ils représentent pour moi.

— Votre affection pour eux s'entend dans votre voix chaque fois que vous en parlez. Vous n'avez rien à vous reprocher sur ce plan.

Mais, voyant que c'était exactement ce que faisait Peabody, Eve choisit d'en rajouter une couche.

— Vous et votre famille n'êtes qu'un gros gâteau free age dégoulinant d'amour au point que c'en est même un peu embarrassant.

Avec un petit rire, l'expression mélancolique de Peabody laissa place à un sourire sentimental.

— Ouais, j'imagine que parfois c'est un peu embarrassant.

Rassurée par sa réaction, Eve reprit le cours de ses réflexions tout en conduisant.

— Il ne s'attaquera donc pas à la famille. En tout cas, pas maintenant. Ils sont trop nombreux. Il ne peut pas le savoir, mais s'en rendrait rapidement compte s'il décidait de viser l'un d'entre eux. Priorité aux amis, collègues, copains de classe, professeurs, ex-copines. Et pour le moment, on élimine tous ceux qui ont des enfants chez eux. Je ne le vois pas avoir affaire à des gosses.

— Trop compliqué, trop imprévisible, ça n'en vaut pas la peine.

— Exactement. Jusqu'à présent, il s'en est toujours pris à une victime à la fois en ayant toujours l'avantage de la surprise. On reste sur cette façon de faire.

— Je doute qu'il vise Golde, pas en priorité, puisque celui-ci séjourne chez sa mère et travaille depuis chez elle. Il a trop peur de la laisser seule durant la journée pendant que son père est parti travailler.

— Il sera sur la liste, mais pas forcément tout en haut, effectivement, approuva Eve. Malgré tout, je veux lui parler.

— Il attend notre visite. Et il a dit qu'il prendrait contact avec Dave Hildebran. Lui aussi s'est installé chez ses parents.

— Et l'autre copain, Joe le Goujat ?

— J'ai pu le joindre. Il est au travail et pas inquiet. Il pense qu'on est complètement à côté de la plaque. Et que même si Reinhold devenait fou, il n'imagine pas pouvoir être sa cible. Ils sont potes. Super potes. Et vu comme ils sont proches, il est persuadé que Reinhold l'appellera sous peu. Il a juré de nous prévenir pour qu'on puisse dissiper ce gros malentendu.

— Prêt à dénoncer son super pote, donc.

— Ça n'a pas eu l'air de lui poser le moindre problème. C'est pas pour rien qu'on l'appelle Joe le Goujat.

— On devrait lui offrir un badge à ce nom, plaisanta Eve.

Après quoi elle se mit en quête d'une place de parking près de chez Golde.

Nouveau locataire du complexe New York West et fier de l'être, Jerry était de retour au domicile de Mme Farnsworth. Il s'était imaginé y vivre quelques jours, peut-être même une semaine, mais il venait de toucher le jackpot.

Il allait passer la nuit dans son nouvel appartement super classe. Après avoir réglé quelques derniers détails.

Tout cela avait pris plus longtemps qu'il ne l'avait imaginé. Il réactiva donc le droïde et lui ordonna de lui préparer un casse-croûte. Toute cette paperasse. Des pages et des pages, sur des kilomètres. Il devait admettre avoir un peu stressé quand ils avaient scruté son dossier à la loupe. Mais tout s'était bien passé. Un bon point pour le gros cul de Farnsworth.

« Elle a de la chance », songea-t-il en dévorant un sandwich Reuben et quelques cornichons au vinaigre kasher. Il ne lui trancherait donc pas les doigts ni les orteils. Probablement pas.

La priorité était de fouiller de nouveau la maison pour terminer de récupérer ce qui en valait la peine. Il ordonnerait au droïde d'emballer le tout et de le transporter jusqu'à son nouvel appartement. Il allait prendre un vrai plaisir à faire trimer le droïde à sa place.

Un homme de son statut se devait d'avoir un droïde domestique. Le New York West s'attendrait que ce soit le cas.

Mme Farnsworth, elle, n'en aurait plus l'usage. C'était certain.

Il avait d'ores et déjà vidé le coffre et fourré son contenu dans une grande valise rouge qui appartenait à la grosse mémère. Il n'était pas certain que la couleur et la marque soient en accord avec sa nouvelle identité, mais il n'avait pas le temps de s'inquiéter de ça.

« Le temps, c'est de l'argent », se dit-il avant d'éclater de rire.

Il avait aussi récupéré les bijoux de la vieille. Il n'y connaissait pas grand-chose, mais se disait que toute babiole rangée dans une boîte, même super-moche, devait bien valoir quelque chose.

Il ordonna au droïde d'effacer les disques des appareils électroniques restants, puis de débrancher tous les ordinateurs et l'équipement encore en place pour les transporter à l'étage.

Ça représentait pas mal de matos, finalement. Une bonne chose qu'il ait pris les devants et envoyé le droïde en écouler une partie.

Il choisit l'équipement qu'il voulait garder pour son nouveau bureau et le mit à part.

— Emporte ce tas-là.

Il ramassa l'un des mémo-cubes qu'il avait mis de côté pour l'emporter.

— Voici tes instructions, ajouta-t-il en récitant le nom et l'adresse d'un magasin. Récupère le plus d'argent que tu pourras. Tu devrais pouvoir tout revendre en un seul voyage, cette fois. Paiement en liquide. Uniquement du liquide, insista-t-il. Qui est ton propriétaire, Trouduc ?

— J'appartiens à Anton Trevor, P-DG de la société Trevor Dynamics.

— Ne l'oublie pas. Récupère l'argent et reviens. Ne perds pas de temps. On a beaucoup à faire.

Tandis que le droïde s'occupait de sa mission, Jerry fit de nouveau le tour de la maison. Et si ce cadre métallique était en argent massif ? Et si ce bol joliment décoré avait de la valeur ? La vieille avait tellement de bordel dans sa baraque qu'on avait du mal à distinguer les merdouilles des trucs vendables.

Il aurait sans doute pu prendre les sacs remplis de vêtements et en tirer quelque chose, mais il n'avait aucune envie de toucher de nouveau ces habits de grand-mère. Et puis, il nageait déjà dans le fric, pourquoi se faire suer pour de petites sommes ?

Il avait l'équipement qu'il voulait. Le droïde pourrait ranger le tout dans des cartons, les transporter et installer l'ensemble dans son nouvel appart. Même chose pour les vêtements et la valise pleine qu'il ordonnerait au droïde d'aller revendre dans les deux jours à venir.

Il aurait peut-être pu se faire un peu plus de fric en restant plus longtemps, mais il n'avait qu'une idée en tête : s'installer dans son nouveau chez-lui et se faire servir un verre par le droïde. Il essaierait peut-être un martini, ou un truc classe du même genre, pour aller le boire sur la terrasse.

Il se détendrait devant son écran géant et chargerait le droïde de lui préparer un dîner super-copieux.

Enfin, il avait à son service quelqu'un qui ne risquait ni de l'emmerder, ni de se plaindre, ni d'essayer de le rabaisser. Enfin quelqu'un pour expédier les corvées et personne pour lui dire de décrocher un boulot, de grandir, d'être responsable, de faire sa part.

« Que des conneries, tout ça. Qu'ils aillent tous se faire foutre.

» À commencer par Mme Farnsworth. »

Il avait réfléchi à la manière dont il s'y prendrait. Il avait envie d'utiliser le couteau. Il aimait la sensation quand la lame entrait, puis ressortait. Mais c'était horriblement salissant et il était bien sapé.

Il faudrait qu'il s'achète des équipements de protection pour plus tard.

Même chose avec la batte. Quand le sang et la cervelle giclaient dans tous les sens, c'était le grand frisson. Mais ça foutrait ses vêtements en l'air.

Oui, il fallait vraiment qu'il achète des protections.

Il aurait pu l'étrangler, mais il avait envie d'essayer quelque chose de nouveau. D'élargir ses horizons.

Oui, il allait les élargir grâce à elle. Restait à voir si elle apprécierait.

Il récupéra ce dont il avait besoin et se dirigea nonchalamment vers le bureau.

Elle n'avait pas bonne mine. Et ne sentait pas très bon non plus.

Elle s'était de nouveau pissé dessus, ce qui surprit Jerry. Il ne lui avait pas donné plus de deux à trois gorgées d'eau dans la journée, et rien à manger.

Elle donnait l'impression d'avoir perdu un ou deux kilos.

« Le régime Jerry Reinhold », songea-t-il avec un ricanement qui la fit redresser le menton.

Ou plutôt le régime Anton Trevor. Nouveau look, nouvelle piaule, nouveau nom. Un homme nouveau.

— Salut, la compagnie !

Il ne vit pas le chien et n'y pensa même pas. Loin des yeux, loin des envies de meurtre.

Il constata par contre qu'elle avait tenté de se libérer. Le lien autour de sa main droite était distendu et elle avait réussi à partiellement la sortir. Le poignet visible derrière la corde et l'adhésif ressemblait à du steak haché.

Il fit claquer sa langue et agita son index en l'air.

— Aïe ! Mais voilà ce qui arrive quand on n'écoute pas les règles. Où pensiez-vous aller si vous vous étiez libérée ? Que pensiez-vous faire ? Faut voir les choses en face, madame Farnsworth. Je suis bien plus intelligent que vous ne le pensiez.

Il prit la pose en appuyant les deux pouces contre son torse.

— J'ai tout votre argent. Et tous les trucs qui méritent d'être récupérés chez vous. J'ai un look d'enfer alors que vous ressemblez à une merde.

Il se rapprocha un peu plus, tout sourire.

— Et vous avez fait tout ce que je vous ai ordonné. C'est vous la moins que rien. L'imbécile. Et c'est moi qui vais vivre dans un appart trop classe. Je m'en prendrai sans doute un autre à Londres ou à Paris une fois que j'aurai fini mes… affaires personnelles et que je vendrai mes services. Les gens paient cher pour un tueur à gages expérimenté. Les gouvernements aussi.

Il étrécit les yeux en voyant la lueur de dérision dans celui de la vieille.

— Tu penses que je ne peux pas gagner gros, connasse ? C'est déjà fait, et l'essentiel de ce fric était à toi. Avec ma réputation, je pourrai dicter les prix. Je suis riche, je suis célèbre, alors que toi, tu baignes dans ta pisse. Qui c'est qu'a gagné, là, hein ? Qui c'est qu'a gagné ?

Il déchira le bâillon qui lui recouvrait la bouche, arrachant un peu de peau séchée au passage.

Elle le regarda droit dans les yeux. Sa voix n'était guère plus qu'un croassement, mais cela ne l'empêcherait pas de parler.

— Tu n'es rien, dit-elle. Rien qu'une petite brute sans cervelle.

Il la frappa. Il n'en avait pas eu l'intention – et putain que ça faisait mal à la main ! – mais il ne laisserait personne lui parler comme ça. Personne.

— Tu te crois meilleure que moi. Tu penses que je ne suis rien. Mais dans une minute, c'est toi qui ne seras plus rien !

Elle avait su qu'elle allait mourir avant qu'il lui passe le sac en plastique sur la tête. Elle en était venue à l'accepter. Pourtant, elle se débattit. Pas pour survivre, il était trop tard pour ça, mais pour lui faire mal. Pour rendre les coups.

Elle oscilla d'avant en arrière sur le siège alors même qu'il nouait l'extrémité du sac autour de son cou et tentait d'enrouler de l'adhésif tout autour. Elle poussa en arrière avec le peu de force qui lui restait et sentit avec satisfaction le fauteuil heurter Jerry. Il poussa un cri plaintif suivi d'un chapelet de jurons qui se mêla au rugissement du sang sous son crâne.

Le fauteuil bascula, emporté par son poids. Alors même qu'elle hoquetait comme un poisson, son corps réclamant désespérément de l'air, un sourire naquit quelque part en elle quand elle l'entendit crier de douleur.

Il lui décocha un coup de pied. Une souffrance atroce explosa dans son ventre. Sa poitrine la brûlait et tout se mit à trembler. Puis tout s'apaisa et elle se sentit dériver au loin. Elle mourut avec un grand sourire au plus profond de son cœur.

Jerry continua à la rouer de coups de pied longtemps après qu'elle eut cessé de bouger. Il n'arrivait plus à s'arrêter. Elle avait dit qu'il n'était rien. Elle l'avait blessé.

C'était inacceptable. Injuste. Alors il fit pleuvoir les coups jusqu'à l'épuisement, en pleurant de rage.

Il s'affala sur une chaise en reprenant difficilement son souffle. Son pied – sur lequel le fauteuil, entraîné par le gros cul de la vieille, était tombé comme un rocher – lui faisait un mal de chien. Et il avait le ventre tout endolori à l'endroit où elle avait écrasé le dossier contre lui.

Il aurait dû la taillader. Tant pis pour les giclures, il aurait dû la mettre en pièces comme il l'avait fait avec sa mère.

Maintenant, il était en sueur, tremblant, et il avait l'impression d'avoir un truc cassé dans le pied. Il était tenté de mettre le feu à la baraque et elle avec. Oui, il en avait très envie.

« Mais je ne suis pas stupide, songea-t-il en essuyant ses larmes. Je ne suis pas rien. Je suis quelqu'un. »

Plus longtemps ils mettraient à trouver la carcasse de la mégère, mieux ce serait.

Par ailleurs, ils ne feraient jamais le lien. Qui pourrait établir un rapprochement entre lui et la vieille conne ? Une conne qui lui avait enseigné l'informatique au lycée ?

Il ne lui restait plus qu'à quitter les lieux. Et il pourrait se prélasser, ainsi que son pied meurtri, dans sa nouvelle baignoire à remous.

Il se redressa, laissa échapper un gémissement douloureux et fut contraint de sortir du bureau en boitant. Ravalant des larmes d'apitoiement sur son sort, il clopina jusqu'au rez-de-chaussée où le droïde attendait de nouvelles instructions.

— Emporte le reste des affaires, à pied.

Il rédigea un nouveau mémo-cube avec l'adresse et les instructions nécessaires.

— Va directement là-bas et rends-toi immédiatement à la conciergerie. Donne-leur ce mémo et installe tout ça. Où est l'argent ?

— Ici, monsieur, répondit le droïde en lui tendant une enveloppe.

Après quelques instants de réflexion, Reinhold sortit quelques billets.

— Marche jusqu'à West Broadway, c'est déjà assez loin. Et prends un taxi une fois là-bas. Non, laisse ça, dit-il en voyant le droïde tendre la main vers le sac de marin et l'une des valises. Je m'en occupe. Je veux que tout soit prêt quand j'arriverai. Ensuite, tu ressortiras pour m'acheter de quoi me préparer un bon dîner avec un gros steak. Et un martini.

— Bien, monsieur. Gin ou vodka ?

Jerry ne sut quoi répondre. Il ignorait qu'il existait plusieurs types de martinis.

— À ton avis, Trouduc ? Vodka. Et ne prends pas une bouteille bon marché. Maintenant, file !

Il boitilla jusqu'à la cuisine. Il avait vu des antidouleurs quelque part. Après avoir mis la main dessus, il en prit deux. Ensuite, par pur dépit, il saisit verres et assiettes pour les projeter contre le mur, puis se servit d'un couteau de cuisine pour lacérer le réfrigérateur, la façade du lave-vaisselle, le plan de travail et les placards.

Et il se sentit mieux.

Satisfait, il ressortit, récupéra son sac de marin et la dernière valise rouge et quitta la maison. Mais même avec les antalgiques et la décharge d'adrénaline qui accompagnait la destruction dans la cuisine, son pied le gênait affreusement. Au bout de deux pâtés de maisons, il rechercha la clinique la plus proche sur le communicateur de sa dernière victime et dut boiter sur quelques dizaines de mètres supplémentaires avant de trouver un taxi.

Il songea qu'il aurait dû lui trancher les orteils. La faire hurler. La mort n'était pas une punition suffisante, pas après ce qu'elle lui avait fait.

Il s'écroula à l'arrière du taxi et se laissa aller à rêver à son nouvel appart avec sa baignoire à remous, sa boisson d'homme et la petite fortune qui l'attendaient.

Eve sonna à la porte de chez Golde. Quelques secondes plus tard, elle entendit le cliquetis d'ouverture de plusieurs verrous. La femme qui lui répondit avait la petite cinquantaine et portait un rouge à lèvres que Peabody aurait sans doute qualifié d'« éclatant ». Elle avait les épaules larges et des seins impressionnants et gratifia Eve d'un regard évaluateur.

— Vous êtes plus grande que je ne pensais.

— D'accord, fut tout ce qu'Eve trouva à répondre.

— Ça vous ferait pas de mal d'être un peu plus enrobée. Les filles maigres, lança-t-elle à Peabody avec un petit sourire en coin, sont toujours difficiles à comprendre.

— C'est vrai, madame.

— Entrez. Mal est dans le bureau, il installe un nouvel écran. Je ne veux pas d'écran dans mon salon. Le salon est l'endroit où on est tous ensemble. Et être ensemble, ça veut dire pouvoir se parler.

La pièce offrait de nombreux sièges à cette fin : chaises, sofa, tabourets cubiques rembourrés. Là où la plupart des gens auraient installé l'écran mural, la maîtresse de maison avait opté pour des étagères chargées de photos, de bibelots et de quelques livres.

— J'aime les livres, déclara-t-elle en suivant le regard d'Eve. C'est plus cher que sur disque ou en téléchargement, mais j'aime les regarder et les tenir entre mes doigts.

— Mon mari est comme vous.

— Il en a les moyens. Mes enfants me les offrent pour les grandes occasions. Allez-y, asseyez-vous. Je vais aller chercher Mal, il est avec Davey. Et puis je vous préparerai un petit en-cas.

— Ne vous donnez pas cette peine, madame Golde.

Celle-ci planta de nouveau son regard dans le sien.

— Je vous prépare un petit en-cas, répéta-t-elle avant de s'éloigner.

— Je crois qu'on aura droit à un petit en-cas, sourit Peabody.

Eve secoua la tête. Mme Golde lui faisait l'impression d'une femme dirigeant son foyer et sa famille à la baguette, avec sans doute assez de fermeté pour mettre aussi au pas le reste du voisinage. Cela avait quelque chose de légèrement intimidant.

Mal fit son apparition, accompagné d'un autre homme plus trapu à l'épaisse chevelure brune. Pour avoir vu sa photo d'identité, Eve reconnut Dave Hildebran. Ils paraissaient tous les deux très nerveux.

— Euh... Lieutenant.

Mal fit mine de tendre la main, puis parut hésiter en se demandant s'il devait s'abstenir. Eve résolut son dilemme avec une solide poignée de main.

— Mal. Et monsieur Hildebran, c'est bien cela ?

— Dave. Enchanté...

Il rougit.

— Je veux dire...

— J'ai compris.

— J'ai demandé à Dave de passer quand vous m'avez prévenu que vous alliez venir. On est complètement... Cette histoire est un vrai bordel.

— On surveille son langage dans cette maison !

La voix de stentor qui provenait de la cuisine fit grimacer les deux hommes.

— Désolé, maman ! Comme je vous le disais, je vais rester ici jusqu'à...

Il laissa de nouveau sa phrase en suspens.

— Dave aussi loge chez ses parents. On a l'impression que c'est le mieux à faire.

— Les voisins ne parlent que de ça, intervint Dave. M. et Mme R. étaient très appréciés. Et même pour ceux qui ne les connaissaient pas, ça a fait un choc, pu… rée, termina-t-il avec un bref coup d'œil vers la cuisine.

— C'était des gens bien, renchérit Mme Golde.

Elle était de retour, chargée d'un énorme plateau.

— Je m'en occupe, maman.

Mal prit le plateau des mains de sa mère et le posa sur la table basse en face du sofa.

En plus d'une pile de petites assiettes, de verres et d'un grand pichet translucide rempli d'un liquide ambré, le plateau était garni de minuscules sandwichs – une bouchée à peine –, de cookies sans doute saupoudrés de sucre glace et d'un cercle de bâtonnets de carotte autour d'une épaisse sauce blanche constellée de mouchetures vertes.

— On aurait pu s'installer dans la cuisine, maman.

— C'est au salon qu'on reçoit les gens.

Fidèle à ses manières franches et directes, Mme Golde saisit le pichet pour remplir les verres.

— C'est du thé de sassafras et c'est bon pour vous, annonça-t-elle. Préparé selon la recette de ma grand-mère.

Peabody prit son verre d'un air ravi.

— Ma mamie en fait aussi, dit-elle.

— Ah oui ?

— Tout à fait.

Dès la première gorgée, un grand sourire apparut sur le visage de Peabody.

— Ça doit être la même recette, à peu de chose près. Ça me rappelle le bon vieux temps.

— Comment vous appelez-vous, ma petite ?

— Inspecteur Peabody. Ma grand-mère porte le nom de Norwicki.

— Ah, une Polonaise !

Mme Golde leva un doigt approbateur, tout sourire elle aussi.

— Ma grand-mère l'était également. Une Wazniac. Elle est morte il y a un an à peine. Cent dix-huit ans. Elle est allée faire un saut en parachute moins de deux semaines avant de s'en aller doucement dans son sommeil. Qui dit mieux ?

— Effectivement.

Eve songea que c'était sans doute le genre de conversation que Mme Golde aimait tenir dans son salon, mais elles n'avaient pas de temps à perdre.

— Nous avons quelques questions complémentaires, dit-elle. Nous pensons que Jerald Reinhold va s'en prendre à une nouvelle cible.

— Je n'arrêtais pas de me dire qu'il avait, je sais pas, qu'il avait eu une sorte de pétage de plombs. Mais quand j'ai appris pour Lori et ce qu'il lui a fait...

Mal baissa les yeux vers ses mains. Celles-ci ne bougeaient pas, mais sa voix, elle, tremblait.

— Je ne sais pas comment il a pu faire ça. Je ne sais pas comment il a pu commettre de telles choses.

— C'est un pleurnichard gâté et bon à rien. Il l'a toujours été.

Mal roula des yeux en direction de sa mère.

— Maman !

— À vrai dire, votre opinion m'intéresse, madame Golde.

L'interpellée lança un regard satisfait à son fils avant de hocher la tête en direction d'Eve.

— Vous avez de la jugeote. Après tout, je l'ai vu grandir, non ? On passait beaucoup de temps ensemble, sa mère et moi, et celle de Davey aussi. On s'occupait des gamins les unes des autres. Mon Mal est un gentil garçon, et ce n'est pas me vanter que de dire ça. Il a fait des bêtises, bien sûr, et il a été puni pour ça quand c'était nécessaire.

— Ça arrive encore, marmonna Mal avec un petit sourire.

— Et ça n'arrêtera pas. Je suis ta mère, de la naissance jusqu'à la tombe. Davey aussi est un bon gars, même si sa mère et moi avons dû lui donner une bonne claque de temps en temps. Et on est toujours prêtes à recommencer ! précisa-t-elle en pointant Dave Hildebran du doigt. Barb et Carl étaient des gens bien et ils ont fait de leur mieux avec leur gamin. Mais c'était déjà un geignard quand il est né et il n'a pas changé en grandissant.

Elle saisit un bâtonnet de carotte et l'agita devant elle.

— Avec lui, c'est toujours la faute de quelqu'un d'autre. Il n'a jamais apprécié tout ce qu'ils faisaient pour lui, il trouvait toujours à redire. On pourrait éventuellement leur reprocher de lui avoir cédé trop facilement, mais c'était leur seul poussin et ils ont fait de leur mieux pour lui. Ils l'aidaient pour les devoirs, lui ont même trouvé des professeurs à domicile quand il s'en sortait mal. Le petit voulait jouer au base-ball alors Carl – et le pauvre n'était pas franchement un athlète – a passé des heures à lancer des balles et à courir derrière avec Jerry. Je me souviens quand Jerry et ce fichu Joe Klein ont piqué des bonbons et des disques de BD dans la boutique des Schumaker, on a toutes – Barb, la mère de Dave, celle de Joe et moi – tiré les gamins par l'oreille pour les obliger à s'excuser.

— Le pire jour de ma vie, maugréa Mal.

L'expression de Mme Golde laissait clairement paraître qu'à ses yeux c'était très bien comme ça.

— Davey et Mal avaient honte et ils étaient désolés, avec raison. Joe, lui, était surtout embarrassé et désolé de s'être fait prendre. Mais Jerry ? Il était furieux.

— C'est vrai, confirma Dave en prenant un cookie. Il s'est énervé contre moi, m'a reproché d'avoir tout fait foirer. Il m'a filé un coup de poing au ventre avant que Mal le tire à l'écart.

Mme Golde brandit son index entre les deux jeunes gens.

— Vous ne m'aviez jamais raconté ça.

— Je ne peux pas tout te raconter, maman.

— Ha ! lança-t-elle avec un reniflement lourd de sens. Bien sûr, Jerry a fini par faire des excuses aux Schumaker. Il n'avait pas le choix, avec sa mère qui le tenait par l'oreille pour veiller à ce qu'il le fasse. Mais deux semaines plus tard, une pierre a fracassé la vitrine des Schumaker durant la nuit. Et je sais que c'est Jerry qui l'a lancée.

— T'en sais rien, maman. Et on n'était pas là. Je te l'ai juré à l'époque et je te le redis maintenant : c'était pas nous.

— Je n'ai pas dit que c'était toi. Sinon, tu ne serais pas assis aussi tranquillement sur mon canapé, même maintenant. Barb savait la vérité. Elle n'a rien dit à Carl, mais elle s'est confiée à moi. Elle était dans sa cuisine et elle pleurait. Elle n'a jamais pu lui faire avouer qu'il l'avait fait, mais elle le savait.

— Le magasin des Schumaker est toujours là ? s'enquit Eve.

— Toujours debout, et ça fait cinquante et un ans que ça dure. Frank et Maisy.

Eve prit des notes.

— J'ai besoin que vous me donniez les noms de ceux contre lesquels il avait une dent, ceux qui lui ont fait des problèmes, ceux dont il se plaignait. Tous les noms qui vous viendront à l'esprit. Y compris dans le passé, je ne parle pas que de conflits récents.

— J'espère que vous avez du temps devant vous, répondit Mme Golde avant de mordre dans l'un de ses petits sandwichs. Ce gamin empilait les rancunes comme des Lego. D'ailleurs, j'en fais partie.

— Il ne te fera aucun mal, maman. Je le tuerai avant s'il essaie.

Le visage de Mal se durcit comme il se tournait vers Eve.

— Je suis sérieux, assura-t-il.

— Tu es un bon garçon, lui dit sa mère en lui tapotant gentiment le bras. Mais je pense que cette fliquette trop maigre et son amie polonaise vont se charger de Jerry.

— C'est exactement ce que nous allons faire, confirma Eve. Nous avons ses anciens patrons, ses collègues, vous et les vôtres, Joe Klein et sa famille. Qui d'autre vous vient à l'esprit ? D'autres ex-copines par exemple ?

— Lori est la première avec qui il a vécu, la première avec qui c'était sérieux, répondit Mal.

— Il y a eu Cindy McMahon, dit Dave. Ils sont sortis ensemble assez régulièrement pendant quelques mois, il y a deux ans.

— Elle habite le quartier ? demanda Eve.

— À l'époque, oui. Mais elle a déménagé vers East Washington. C'était, hmm… en juin, je dirais…

— Elle a trouvé un bon travail, ajouta Mme Golde. Dans les médias. Elle écrit des articles d'infos, ce genre de choses. Elle sera ici pour Noël, d'ailleurs. Sa mère me l'a dit.

— Je pense qu'il s'en tiendra à des cibles locales pour le moment.

— Il y a eu Marlene Wizlet.

— Il n'est jamais sorti avec elle, objecta Dave.

— Mais il voulait ! Elle l'a envoyé bouler. C'est le genre de problèmes dont vous parlez, non ? demanda Mal à Eve.

— Tout à fait. Vous avez ses coordonnées ?

— Je peux les trouver. Elle vit avec un mec dans l'Upper East Side. Elle fait du mannequinat. Une fille vraiment canon et Jerry craquait pour elle. Mais elle ne s'intéressait absolument pas à lui et lui a dit de dégager.

Ils évoquèrent encore plusieurs filles, en remontant jusqu'aux premiers moments difficiles de la puberté, tandis que Mme Golde ajoutait de-ci de-là un parent, un commerçant, un frère aîné ou une jeune sœur.

« Elle avait raison, constata Eve. La liste est longue. »

— Et en ce qui concerne les professeurs, instructeurs, entraîneurs ?

— Il en voulait foutr... beaucoup à M. Boyd, l'entraîneur, dit Mal qui s'était rattrapé de justesse. C'est lui qui nous a coachés pour le base-ball pendant trois ans. Jerry s'est fait éliminer deux fois en cours de jeu en essayant de piquer des bases alors que M. Boyd lui avait dit de ne pas le faire. À la suite de ça, Boyd l'a gardé sur le banc pendant trois matchs. Plus tard, durant un championnat, l'entraîneur lui a dit de ne pas taper dans la balle : leur lanceur avait tendance à lancer hors de la zone et il espérait que Jerry pourrait prendre une base. Mais Jerry a tenté le coup et raté. On a perdu et il a blâmé M. Boyd. Après ça, il n'a plus voulu jouer. Merde... Pardon, maman, mais je commence à peine à prendre la mesure du nombre de gens contre lesquels il avait une dent. Alors que la plupart d'entre eux n'avaient rien fait pour ça.

Sa mère lui tendit un cookie.

— Tu es quelqu'un de loyal, Mal. Tu n'as pas à t'excuser pour ça.

Lorsqu'ils en arrivèrent aux années lycée, la liste de noms était si longue qu'elle menaçait de devenir ingérable. Tout en réfléchissant à la meilleure manière de l'affiner, Eve piocha mécaniquement un cookie.

— C'est... délicieux.

— Recette familiale, se rengorgea Mme Golde. Et il faut être prête à se payer du vrai sucre, en quantité généreuse. Je vous en donnerai à emporter.

— M. Garber avait pincé Jerry en train de tricher à son cours. Il a été exclu et privé de sortie à cause de ça, dit Dave.

Mal haussa les épaules.

— Ouais, mais il s'en fichait, en fait. Il disait que c'était comme une permission de sécher les cours.

— Personne n'aime se faire prendre la main dans le sac, rétorqua Eve en notant ce nouveau nom.

— En fait, il y a une autre prof qui l'avait vraiment fait chier… Mince, maman, excuse-moi.

— Vu les circonstances, tu es pardonné.

— C'était Mme Farnsworth, une prof d'informatique.

— Ah ouais ! renchérit Dave avec un hochement de tête. Je m'en souviens, elle lui cassait les… bonbons. Il a été recalé. La vérité – même si, à l'époque, je faisais comme si j'étais d'accord avec lui –, c'est qu'elle lui a donné un paquet de chances de se rattraper, elle a même bossé avec lui après les cours. Mais il s'en foutait. Il la détestait. Et quand il s'est fait recaler, il a encore été privé de sortie, et surtout il a dû aller aux cours de rattrapage pendant l'été.

— On s'est moqué de lui, ajouta Mal. On s'est vraiment payé sa tête sur ce coup-là. Surtout Joe. Je sais qu'il a eu des soucis avec des profs quand il était à l'université, avant de laisser tomber. Mais je ne sais pas comment ils s'appellent. J'étais à l'université de New York, donc on ne s'est pas beaucoup vus durant le semestre.

— Ajoutons un élément pour faire le tri. Il a besoin d'argent ou d'objets qu'il peut revendre facilement. Parmi les gens que vous avez mentionnés, certains sont-ils fortunés ? Ou possèdent des effets de valeur ?

— Marlene gagne pas mal d'argent maintenant. Le mannequinat lui rapporte gros et j'ai entendu dire que son mec était blindé.

L'idée qui venait de germer dans l'esprit de Mal le fit grimacer.

— On a toujours cru que les Schumaker roulaient sur l'or, dit-il. Et s'il en a après l'un d'entre nous, Joe aime acheter des trucs chers. Mais il n'a jamais beaucoup d'argent parce qu'il flambe tout pour se payer ses caprices.

— Jerry est un frimeur, il l'a toujours été, affirma Mme Golde. Et il est facilement méchant, ajouta-t-elle en pointant un doigt vers son fils avant qu'il puisse protester.

— C'est vrai, confirma Dave. Pas facile d'être son pote quand on y pense. Y a aussi Mme Farnsworth. Tout le monde disait qu'elle était friquée.

— À juste titre, confirma Mme Golde. Principalement un héritage paternel, si je me souviens bien. Il est mort assez jeune. Et son mari aussi avait de l'argent. Il est décédé dans un accident de voiture il y a six ou sept ans. Je me rappelle lui avoir envoyé un message de condoléances. Elle a de l'argent, ou en tout cas elle en avait. Toujours de très belles chaussures. Pas voyantes mais de bonne qualité. Et elle a fait don d'équipement informatique à l'école.

— Je ne sais pas, dit Mal.

— Elle ne cherchait pas à se faire remarquer, comme pour les chaussures. Mais j'entends ce qui se dit.

— T'as de vraies oreilles de chat, maman.

— Des oreilles de mère, répliqua-t-elle avec un clin d'œil. Ça va avec le job.

Dave se passa les paumes sur le visage.

— J'avais oublié quelqu'un. Mon frère. Mon grand frère Jim. Il ne supporte pas Jerry, n'a jamais pu l'encadrer. Il l'appelait « tête de nœud ». Désolé, madame G., mais je fais que répéter. On ne peut pas dire que Jim est riche, mais il se débrouille. Il vit à Brooklyn avec sa copine. Ils vont se marier l'année prochaine.

» Bref, un jour, Jim a fichu une raclée à Jerry parce qu'il avait dit un truc très moche à propos de la fille que Jim fréquentait à l'époque. Tu te souviens de Natalie Sissel, Mal ? Alors Jim l'a mis K.-O. Deux grands coups de poing dans la gueule et puis il est parti. C'était assez humiliant parce que Jim a laissé Jerry donner le premier coup avant de lui mettre la pâtée. C'était juste devant chez *Vinnie*, la pizzeria, donc tout le monde l'a vu. Il faut que je prévienne Jim !

Dave se leva brusquement pour aller passer un appel dans une autre pièce. En le regardant partir, Mal parut sur le point de défaillir.

— Vous pensez vraiment qu'il va s'attaquer à quelqu'un d'autre ? Refaire ce qu'il a fait à ses parents, à Lori ?

— Je pense que c'est une bonne idée de rester ici et de garder un œil sur votre mère. Il est impératif que vous m'appeliez immédiatement s'il vous contacte ou si vous le voyez.

Elle sortit le portrait obtenu chez Essence Authentique.

— Il a modifié son apparence. Voilà à quoi il doit ressembler maintenant.

— Bon Dieu. Il a l'air… différent.

— C'est l'idée, dit Eve en se levant. Si vous pensez à quelqu'un d'autre, si autre chose vous vient, contactez-moi. N'importe quand. Un truc vous revient à l'esprit en plein milieu de la nuit ? Prenez votre communicateur et appelez-moi. Ne prenez rien de tout ça à la légère, Mal.

— Je vais vous emballer les cookies, dit la mère de Mal.

Eve faillit refuser, mais elle s'aperçut que les biscuits lui faisaient envie... et que Mme Golde l'interpellait du regard.

Elle la suivit jusque dans une cuisine impeccablement entretenue.

— Il ne voudra pas vous prévenir si Jerry le contacte, déclara Mme Golde à voix basse tout en déposant les cookies dans un tube jetable transparent. Il est loyal et une part de lui n'arrive toujours pas à y croire. C'est un bon garçon, un ami fidèle. Mais il ne me laissera pas seule, et à moi, il le dira. Donc je peux vous promettre que si cette tête de nœud – je peux être grossière, je suis chez moi – l'appelle ou vient ici, vous le saurez et très vite. Et si Mal pense que j'ai peur, il n'hésitera pas à vous prévenir lui-même. Je ferai en sorte qu'il pense que j'ai peur.

— Mais vous n'avez pas peur.

— Je suis capable de me défendre, surtout face à ce méchant petit morveux. Croyez-moi, il n'approchera pas mon garçon.

— Mal a de la chance de vous avoir pour mère et vous de l'avoir comme fils.

— Je suis bien d'accord.

Elle tendit le tube à Eve.

— Voilà vos cookies. Mangez-les, vous avez besoin de calories !

14

De retour dans la rue, Eve s'arrêta un instant pour réfléchir.

— Jim, le frère, lui a botté le cul. Il voudra prendre sa revanche, mais ça implique de se confronter à un type *a priori* plus fort que lui. Il faudrait qu'il parvienne à l'approcher en étant armé. Mais peut-être qu'il pourrait enlever la fiancée. Une piste à vérifier… L'entraîneur de base-ball, c'est aussi une possibilité, d'autant que son arme de prédilection est une batte.

— Le mannequin, avança Peabody. Son ego en a pris un coup, comme pour son ex-copine. En plus d'être potentiellement riche.

— Ouais, mais il y a plus probable. La prof. Elle lui a coûté son été, l'a embarrassé. Et elle a de l'argent. Elle vit seule. Et elle s'y connaît en informatique, peut-être au point de pouvoir établir une fausse identité convaincante.

« Trop de pistes, se dit-elle. Il pourrait tirer n'importe laquelle de son chapeau de meurtrier. »

— On va leur rendre une petite visite à tous.

— Tous ?

— Contactez Brooklyn et envoyez deux flics vérifier que tout va bien pour le frère de Dave et sa fiancée. Vous vous occuperez des Schumaker. Ils sont à deux pas d'ici. Allez-y en appelant Brooklyn. Je vais envoyer du monde chez les autres.

Elle sortit son communicateur pour joindre Jenkinson.

— Dans l'enquête Reinhold, j'ai besoin que vous vérifiiez qu'un certain nombre de gens sont vivants, en bonne santé, et qu'ils vont le rester. Je vous donne les noms et les adresses.

— Je vous écoute, lieutenant.

— Marlene Wizlet... commença Eve avant d'égrener la liste. Je veux une équipe de deux hommes pour chaque individu et une vérification de visu, en personne. Jerald Reinhold est à la recherche de sa prochaine cible, s'il ne l'a pas déjà choisie. Il faut convaincre ces gens de prendre leurs précautions. Ou mieux, d'accepter une protection policière.

— Tous ?

— Tous. Je dois aussi savoir si Reinhold les a contactés. Si quoi que ce soit – je dis bien quoi que ce soit – dans leur comportement semble bizarre, insistez. Je veux que tout le monde soit à l'affût de Reinhold.

— On s'en occupe, lieutenant.

— Faites-moi un rapport dès que ce sera réglé.

Elle raccrocha alors même que Peabody revenait, le souffle court.

— Ils vont bien. Les Schumaker. Quand je suis partie, ils appelaient leur petit-fils. Un ancien de l'armée. Et Brooklyn envoie une patrouille chez Jim et sa compagne.

— Bien. On va s'occuper de la prof d'informatique. Elle n'est pas loin et Jenkinson dépêche des équipes chez les autres.

— On a son adresse. Vous voulez que j'appelle ?

— Oui, allez-y, répondit Eve comme elles remontaient en voiture. Informez-la de notre arrivée.

« Une femme âgée vivant seule, songea Eve en conduisant. Une cible plus facile que les hommes, en tout cas *a priori*. »

Un héritage familial. Impossible pour Jerry de mener la grande vie sans argent. Et elle était professeur d'informatique.

— Elle ne répond pas, annonça Peabody. Messagerie vocale directe.

Guidée par son intuition, Eve appuya sur l'accélérateur.

— Contactez l'entraîneur et le mannequin, ordonna-t-elle. Qu'ils soient très vigilants. Proposez-leur une protection policière. Et je veux une estimation de probabilité sur les noms que Mal et Dave nous ont fournis. On les fera dans l'ordre après notre visite à Farnsworth.

Agissant toujours à l'instinct, elle se gara en double file plutôt que de chercher une place près de l'immeuble en grès brun.

— Belle maison. Les voisins sont proches, mais ça reste suffisamment isolé. Bon sang, ça fait une bonne cible. Une très bonne cible.

Elle passa le petit portail et s'avança rapidement jusqu'à la porte. Peabody lui emboîta le pas tout en parlant dans son communicateur.

Eve sonna, puis frappa. Le pressentiment qui l'avait prise aux tripes ne faisait que s'accentuer.

— Le système de sécurité n'est pas activé. Si elle est sortie, pourquoi la sécurité est-elle désactivée ? Prenez la maison de gauche, voyez s'ils ont vu Farnsworth. Je prends celle de droite.

Eve trotta jusqu'à la demeure voisine et sonna à la porte. Quelques instants plus tard, une voix féminine retentit depuis l'interphone.

— Je peux vous aider ?

Eve leva son insigne vers le scanner.

— Je suis de la police, madame. Lieutenant Dallas, NYPSD. Je cherche votre voisine, Mme Farnsworth ?

La porte s'ouvrit sur une jeune femme. Elle arborait une queue-de-cheval brune et un survêtement d'un rouge criard avec aux pieds d'épaisses chaussettes rayées. Dévisageant Eve de ses yeux fatigués, elle fit passer un petit paquet enveloppé d'une couverture bleue d'un bras sur l'autre.

Après avoir entendu une sorte de miaulement, il fallut quelques instants à Eve pour reconnaître un bébé.

— Qu'est-ce que vous voulez à Mme Farnsworth ?

— Je dois lui parler, c'est assez urgent. Elle ne répond pas à la porte ni à son communicateur. Pouvez-vous me dire quand vous l'avez vue pour la dernière fois ?

— Hier soir, je dirais. Quand je me suis levée pour allaiter Colin, elle était dehors avec Snuffy.

— Snuffy ?

— Son chien. Elle a un petit chien adorable. J'ai remarqué qu'elle était sortie pour le promener vers 23 heures hier soir.

— Vous ne l'avez pas vue aujourd'hui ?

— Maintenant que vous me posez la question, je dirais que non. Mais c'est Brad qui s'est occupé du biberon du matin, l'heure où elle promène de nouveau le chien. Une seconde…

Elle recula d'un pas et tourna la tête vers l'intérieur de la maison.

— Brad !

Eve entendit un bruit sourd suivit d'un « aïe ! » nettement audible. La femme se mit à rire.

— Il est tombé du canapé, dit-elle à Eve. Colin a presque trois semaines. Et ça fait presque trois semaines que nous ne dormons plus vraiment. Nous sommes en congé parental.

Un homme rejoignit la jeune femme. Ses vêtements étaient froissés et son regard trouble. Il massait son coude endolori.

— Qu'est-ce qui se passe ?

— C'est la police. Ils cherchent Mme Farnsworth.

— Pourquoi ?

— Je dois lui parler, répéta Eve. Vous l'avez vue aujourd'hui ?

— Je m'estime déjà chanceux d'y voir encore quelque chose, répondit-il en se frottant les yeux. Non, je ne crois pas. Elle n'était pas censée passer avec sa fameuse soupe ?

— C'était aujourd'hui ?

La femme oscilla doucement d'avant en arrière en écoutant les gazouillis de ce qui se trouvait au creux de la couverture bleue.

— Ouais, je crois que tu as raison. Tous les jours se mélangent. Elle devait nous apporter de la soupe, une recette de sa grand-mère. Elle s'est montrée très gentille. Elle demande si tout va bien pour nous et Colin, elle nous prend même des trucs au supermarché ou envoie son droïde vérifier si on n'a besoin de rien.

— Je crois avoir vu son droïde.

Eve reporta son attention sur le jeune père.

— Son droïde ?

— Ouais. Je suis sorti tout à l'heure pour prendre un peu l'air. Il me semble avoir vu son droïde plus haut dans la rue. Il transportait des appareils. Elle en a de toutes sortes ; elle était prof d'informatique.

— Quelque chose ne va pas ? demanda la femme.

— Restez à l'intérieur.

Eve repartit au pas de course alors même que Peabody ressortait de chez l'autre voisin.

— Ils ne l'ont pas vue de la journée, rapporta-t-elle. Elle a un chien et le promène régulièrement, mais aujourd'hui... merde, termina Peabody en voyant Eve sortir son passe-partout.

— Elle possède un droïde. Le voisin l'a aperçu emportant des appareils électroniques... Enregistrement.

— Merde, répéta Peabody avant de dégainer son arme.

Elles pénétrèrent à l'intérieur, Peabody vers la droite, Eve vers la gauche.

— Madame Farnsworth ? C'est la police ! lança Eve en traversant le rez-de-chaussée pour inspecter chaque pièce.

Elle repéra sur les tables et les étagères des espaces vides qui laissaient à penser que des objets s'y trouvaient jusqu'à récemment. Elle tomba ensuite sur la cuisine saccagée. Pas un seul ordinateur ni communicateur dans tout le rez-de-chaussée.

Avant même de monter à l'étage, son cerveau comme ses tripes lui soufflèrent qu'elles arrivaient trop tard.

Elle perçut l'odeur d'urine... et de mort. Une fois sur le palier, elle fit signe à Peabody de passer de nouveau par la droite. Elle-même prit à gauche, vers le bureau.

« Elle a à peine eu le temps de refroidir », se dit-elle en examinant le cadavre.

Une nouvelle mort laide et violente qu'elle n'avait pas su prévenir. Elle rejeta cette pensée et se redressa.

— Nous avons un corps ! lança-t-elle avant de tirer son micro pour prévenir le Central.

— L'étage est désert, à l'exception de...

Peabody entra, les bras chargés d'un petit paquet gémissant. L'espace d'un instant de stupeur, Eve crut qu'il s'agissait d'un autre bébé.

— Qu'est-ce que… ?

— Il était caché sous le lit. Je l'ai entendu pleurer en entrant pour vérifier que la pièce était vide. Il y avait une petite couverture, alors je l'ai enveloppé dedans. Il est blessé, Dallas. Peut-être sérieusement, je ne sais pas.

— Si sérieux que ce puisse être, c'est pire pour elle.

— C'est son petit chien. Le voisin m'a dit qu'elle le promenait plusieurs fois par jour. Mais pas aujourd'hui.

— Non, elle ne sortira plus Snuffy. Il nous faut des kits de terrain. J'ai prévenu le Central.

— Je vais descendre les accueillir, mais il faut faire quelque chose pour Snuffy.

Eve se passa la main dans les cheveux. Elle distinguait désormais assez clairement le chien pour lire la douleur dans ses yeux bruns.

— Quoi donc ?

— Je vais voir si je peux joindre un véto sur le chemin pour récupérer les kits. Il est bien amoché… C'est bon, Snuffy, susurra-t-elle en s'éloignant. On va s'occuper de toi. Tout va bien se passer.

Avec un soupir, Eve se retourna vers le corps.

— Bon, ça nous laisse toutes les deux en tête à tête. La victime est une femme de race blanche… commença-t-elle pour l'enregistrement.

Elle jeta un coup d'œil par-dessus son épaule en entendant Peabody revenir avec les kits.

— Qu'avez-vous fait du chien ?

— Le voisin, le jeune papa de la maison où vous étiez, est sorti en me voyant. Il connaît le vétérinaire. C'est à deux pas d'ici donc il a pris Snuffy pour l'emmener là-bas au pas de course.

Elles s'aspergèrent de Seal-It.

— Examinez d'abord le rez-de-chaussée, lui dit Eve. Puisque personne n'a vu Farnsworth aujourd'hui, Reinhold a dû s'introduire chez elle hier soir après qu'elle a sorti le chien. Il aura sans doute passé pas mal d'heures ici. Il a dû dormir quelque part. Vérifions s'il a laissé quoi que ce soit derrière lui. Et voyez si vous pouvez trouver le droïde. Je ne l'ai pas croisé quand on a fait le tour de la maison.

Eve confirma l'identité de la victime pour l'enregistrement, puis sortit ses appareils de mesure pour établir l'heure du décès. Quarante-trois minutes plus tôt, nota-t-elle. Elle avait moins d'une heure de retard sur le tueur.

— Il vous a retenue prisonnière toute la nuit et pendant l'essentiel de la journée, murmura-t-elle. Il vous a d'abord frappée à la tête, c'est ça ?

Elle scruta l'arrière du crâne à travers le film plastifié et repéra la blessure, le sang séché.

— C'est sa méthode, reprit-elle. Vous sortiez votre chien, juste une petite promenade avant d'aller dormir. Il vous attendait. Comme pour son père, comme pour son ex. Au moment où vous revenez, vous ouvrez la porte et il vous attaque par-derrière. En quelques secondes, le voilà à l'intérieur et il peut prendre son temps. Qu'est-ce qu'il a fait du chien ? Il a shooté dedans ? Lui a donné un coup de batte pour s'entraîner ?

Tout en parlant, elle examinait le corps.

— Il vous a portée jusqu'à l'étage. Il avait une bonne raison pour ça. Vous n'êtes pas fluette, pourquoi vous transporter jusqu'ici ? Un bureau bien équipé. C'est là que vous travaillez : bureau, fauteuil, petit canapé. Professeur d'informatique. Vous étiez sans doute bien équipée.

Elle s'intéressa aux traces de sang, à la peau arrachée sur les poignets et les bras ainsi qu'aux chevilles.

— Vous avez essayé de vous libérer. On dirait même que vous avez fait tout ce que vous pouviez. Il vous a gardée en vie pendant tout ce temps, donc il avait besoin de vous.

— Dallas ? Il s'est apparemment servi de la chambre à coucher. J'ai regardé dans le recycleur de la salle de bains et j'ai trouvé certains emballages des produits qu'il a achetés. Produits capillaires, crème bronzante. Et des cheveux également. Il s'est coupé les cheveux.

— D'accord.

— Les renforts sont arrivés.

— Donnez-leur une copie de la simulation de son nouveau look pour qu'ils interrogent le voisinage. Je veux qu'ils la montrent en complément de sa photo d'identité.

Peabody acquiesça.

— Vous pensez qu'il l'a renversée volontairement ? Peut-être qu'elle est tombée en se débattant ?

— Difficile à dire, mais il est certain qu'elle ne s'est pas laissé faire. Elle s'est arraché des lambeaux de peau en essayant de se libérer de ses liens.

— Les voisins avec qui j'ai discuté l'aimaient bien. Ça se voyait.

Peabody inspira brièvement avant de reprendre :

— Il n'y a pas de droïde à l'étage. Je vais inspecter le rez-de-chaussée, mais je n'en ai pas vu non plus.

— Il l'a gardé. Pratique d'avoir un droïde à son service. Il peut nettoyer derrière lui, faire des courses pour lui. Forcément, ça lui plaît. Tâchons de découvrir ce qu'elle possédait et faisons diffuser un avis de recherche.

— Je m'en occupe. Il pourrait revenir, Dallas. C'est un bel endroit, une grande maison. Ça ferait un bon quartier général.

— Il y a des voisins. Qui commenceraient à se poser des questions dans un ou deux jours. À propos d'elle, de son chien. Elle avait sans doute aussi des rendez-vous. Il a déjà pris tout ce qu'il voulait ici.

Peabody baissa les yeux vers le corps, l'air sombre.

— Tout ça parce qu'elle l'avait recalé en cours d'informatique. À l'époque du lycée.

— Parce qu'elle l'avait mis en rogne. Il n'a pas besoin d'une autre raison à présent. Ça et son besoin d'argent. Dites aux agents en bas de se mettre au boulot.

Eve sortit son communicateur pour appeler Feeney.

— Yo, dit-il.

— J'ai une autre victime. Prof d'informatique à la retraite.

— Quoi ? Il avait eu une mauvaise note ?

— Elle l'avait recalé, alors il s'est vengé en l'étouffant avec un sac en plastique après l'avoir maintenue ligotée sur un siège pendant à peu près dix-huit heures. Et en tapant dans son petit chien.

— Quel salopard.

— Ouais, tu peux le dire. Elle est censée posséder de nombreux équipements haut de gamme, mais il a tout raflé.

Les traits déjà tombants de Feeney s'affaissèrent encore un peu plus.

— Je ne pourrai pas t'aider tant qu'on n'aura pas mis la main sur les joujoux en question.

— Je vais lancer une recherche pour établir la liste de ses biens, mais ce n'est pas tout, elle était censée avoir de belles économies. Il aura cherché à s'en emparer.

— Tu veux que je cherche la piste de l'argent ? Pas de problème.

— Il est conscient qu'on la trouvera tôt ou tard et que nous savons qui il est. Elle devait connaître quelques astuces de son côté, non ? Une manière de faire transiter les sommes entre plusieurs comptes, de les cacher loin des regards.

— Si elle était douée pour son métier, elle devait maîtriser les tenants et les aboutissants.

— Elle était douée. S'il l'a forcée à lui transférer ses économies, il a dû lui faire effacer ses traces.

Elle baissa les yeux vers la peau à vif, les hématomes rougis.

— Mais cette femme n'était pas du genre à se laisser faire. Elle aura peut-être utilisé un stratagème à l'intérieur d'un stratagème. Il me faut donc un spécialiste.

— Il se trouve que j'en suis un. Donne-moi les infos dont tu disposes.

— Nom : Farnsworth. Prénoms : Edie Barrett… commença Eve.

Une fois qu'elle en eut terminé avec le corps, elle s'attaqua à la pièce.

Elle pensait qu'il avait passé un long moment sur place pour forcer Farnsworth à vider ses comptes. Et en tant que vétéran de l'informatique, n'était-elle pas la personne tout indiquée pour lui forger une nouvelle identité ?

Eve ferma les yeux un instant. Il avait attendu d'être ici pour changer d'apparence.

— Il avait déjà planifié la manœuvre.

Elle se retourna en entendant Peabody arriver sur le seuil.

— Il est sans doute venu directement de chez son ex. La chronologie correspond à la dernière fois que sa victime a été aperçue. Il avait tout le nécessaire dans son sac de marin. Ruban adhésif, corde, couteau, batte, vêtements et les produits pour sa métamorphose. Il tue son ex, vient ici, se venge de Farnsworth, mais en prenant soin d'abord de lui extorquer son argent et de la contraindre à lui créer une fausse identité.

— Cet endroit représente un beau pactole, commenta Peabody. Combien possédait-elle ?

Le signal du communicateur d'Eve se fit entendre et elle vit qu'il s'agissait de Feeney.

— Je vous dis ça dans une minute... Dallas, j'écoute ?

— Ta victime disposait de presque quatre millions, sans inclure les biens immobiliers, bijoux, œuvres d'art et autres trucs du genre.

— Bon sang. Il roule sur l'or, maintenant.

— Tous les comptes à son nom ont été vidés aujourd'hui, d'après la recherche rapide que j'ai effectuée.

— J'imagine que tu ne vas pas éclairer ma journée en me racontant que c'était par le biais de transferts tout simples ?

— Non, désolé. Ils ont utilisé un processus complexe, mais on va trouver. Je voulais juste te faire un bref état de la situation.

— Je te remercie. Il a touché le gros lot, dit-elle à Peabody une fois l'appel terminé. Et il a été assez malin pour brouiller la transaction. On reste sur l'idée qu'elle était plus maligne que lui, et nous aussi. Mais pour le moment, lui se sent riche.

— Avec autant d'argent, il a les moyens de disparaître.

— J'en doute.

« Ça lui plaît trop, se dit-elle. Jusqu'ici, il ne fait que marquer des points. »

— Il a d'autres comptes à régler. Il va en vouloir toujours plus. Pourquoi s'arrêter quand on gagne ? Mais ce ne sera plus une priorité. Il pourra choisir sa prochaine victime sans que l'argent entre en ligne de compte.

— La liste est longue, Dallas.

— Nous allons contacter tous ceux qui y figurent et demander à chacun d'eux s'il connaît qui que ce soit que nous devrions également avertir. Nous assignerons un policier à tous ceux d'entre eux qui demanderont une protection. Je trouverai une solution au niveau du budget.

— Il a piqué sa crise dans la cuisine. En tout cas, c'est l'impression que ça donne.

— Ouais, j'ai vu ça.

— C'était plutôt violent. Assiettes cassées, plan de travail et électroménager saccagé, verres brisés, aliments projetés dans tous les sens. Quelque chose l'a vraiment mis en rogne.

Eve posa un dernier regard vers le corps.

— J'espère que c'était elle. Il a voulu la faire souffrir. Il a découvert en tuant son ex à quel point c'était gratifiant. Cela fait partie du plaisir de la vengeance, de la sensation de pouvoir qu'il ressent. Il l'a maintenue en vie plus longtemps. Il voudra sans doute faire de même avec la victime suivante pour s'en délecter.

Au moment où elle sortait, un policier arriva au bas de l'escalier.

— Lieutenant ? On a un témoin dehors qui dit avoir vu un homme correspondant à la description de la simulation.

— J'arrive.

— Très bien, lieutenant. Et les techniciens du labo viennent de débarquer.

— Ils peuvent monter.

Elle redescendit sur le trottoir. Entre son véhicule, la voiture de patrouille et la camionnette du labo, ils avaient sérieusement perturbé la circulation.

Sans se préoccuper des coups de klaxon et des jurons qui fusaient, Eve se dirigea vers un gamin d'environ seize ans, vêtu d'un blouson en faux cuir et d'aéroboots à semelles compensées. Sa tignasse de cheveux bruns rasée sur l'un des côtés laissait voir une série de clous argentés sur le pourtour de son oreille.

« Ça ne fait pas mal de se faire percer à cet endroit ? », se demanda-t-elle.

— Je suis le lieutenant Dallas. Votre nom ?

— X.

— Vous vous appelez X ?

— Comme Xavier. Xavier Paque. On m'appelle X.

— D'accord, X. Vous avez vu cet homme ?

Le garçon jeta un nouveau coup d'œil à la photo simulée avec un double haussement d'épaules.

— Ouais, sûr. En fait je vis, genre, là, dit-il en désignant du geste le trottoir d'en face. J'étais sur mon skate, je revenais du magasin. J'étais allé me payer un truc à boire et à manger et j'ai vu ce mec avec des bagages roulants qui marchait en boitant.

— Il boitait ?

— Ouais, genre, comme ça…

L'ado imita une démarche boitillante.

— Il avait l'air furax, en fait. Mais il était super bien fringué.

— Décrivez-moi les fringues en question.

— Belle veste, ça ressemblait à du vrai cuir. C'est surtout ça que j'ai remarqué, plus le fait qu'il boitait. Et peut-être aussi des bottes sympas.

Il eut une grimace pensive.

— Ouais, ses bottes étaient cool. Du vrai cuir aussi. Il devait avoir du fric. L'un de ses bagages était classe, genre grand sac de marin, stylé. Mais l'autre ? Une valise bien usée, plutôt moche. Et *rouge* en plus ! Pour un mec, ça craint. Il avait des lunettes de soleil enveloppantes. J'en avais une paire, mais je les ai cassées. Fait chier.

— Donc boiteux, bien fringué et tirant un sac de marin et une valise rouge derrière lui.

— Ouais, une grosse valise rouge à roulettes.

— Et ses cheveux ? Longs, courts ? Quelle couleur ?

Le gamin se gratta la tête.

— Courts. Pas comme vous, mais pas longs comme les miens. Plutôt blonds, je dirais. Il avait peut-être un peu de barbe. Ouais, peut-être un peu de barbe, ajouta-t-il en se tapotant le menton, l'air concentré. Mais je l'ai surtout regardé à cause de son blouson classe et parce qu'il boitillait avec ses bagages comme s'il avait vraiment mal.

— Il allait vers l'ouest ?

— Ouais, par là.

X tourna son regard vers la demeure de Farnsworth.

— Il y a un problème avec Mme F. ?

— Ouais.

— Quel genre ?

L'information serait rapidement diffusée. Inutile d'esquiver la question, estima Eve.

— Elle est morte. Nous suspectons l'homme que vous avez vu d'être le responsable.

En un clin d'œil, il passa de l'ado détaché au petit garçon frappé de stupeur. Ses yeux, où se lisait le choc, s'embuèrent de larmes.

— Putain, non, c'est pas vrai. Merde. C'est pas possible !

— Je suis désolée. Vous la connaissiez ?

— Mme F. ? C'est carrément affreux. Mme F. ? Elle est cool, franchement. Elle me donne un coup de main pour mes devoirs d'informatique à l'école. C'est pas mon truc, mais elle m'aide. C'est l'estropié qui l'a tuée ? J'l'aurais empêché. J'aurais fait quelque chose.

— Vous avez fait quelque chose. En venant me parler, me dire ce que vous avez vu. Ça va nous aider à le retrouver.

— Où est son chien ? Où est Snuffounet ?

— Il est chez le vétérinaire, lui dit Peabody.

— Il est blessé ? Merde, ça aussi, ça craint. Elle adore carrément ce chien.

— Ils s'occupent de lui.

— Faut que j'aille prévenir ma mère. Faut que je rentre chez moi.

— Allez-y, dit Eve.

Elle sortit une carte de visite de sa poche.

— Si quoi que ce soit d'autre vous revient, contactez-moi.

— Elle n'a jamais fait de mal à personne. C'est dégueulasse. Elle n'avait jamais fait de mal à personne…

L'ado fourra la carte d'Eve dans sa poche, puis traversa la rue en courant.

— Peut-être que si, souffla Eve. Peut-être qu'elle a réussi à lui faire mal. Les taxis, Peabody.

— Je suis déjà dessus.

Tout en pianotant sur son communicateur, Peabody repartit avec Eve vers la voiture.

— Inspecteur !

Eve s'arrêta pour se tourner vers le jeune père qui se précipitait vers elles.

— Lieutenant, le corrigea-t-elle.

— Ah, pardon. Ils vont garder Snuffy pour une nuit au moins. J'ai pensé que vous auriez peut-être besoin du nom du véto, alors je leur ai demandé leur carte.

— Merci.

— Est-ce que… Est-ce que Mme Farnsworth est vraiment…

— Oui, je suis navrée. Je n'ai pas noté votre nom.

— Brad Peters. C'était un cambriolage ?

— Pas exactement.

— Elle… elle était vraiment gentille avec nous. On a emménagé juste après que Margot est tombée enceinte. Sa famille habite à St. Paul donc c'était super pour elle d'avoir, euh, une dame très maternelle comme voisine. Je n'ai rien vu, rien entendu… On est tellement pris par le bébé.

— Vous ne pouviez rien faire.

— On peut garder le chien ?

— Euh…

— Elle adorait vraiment ce chien…

Comme l'ado, il avait les larmes aux yeux.

— Je ne voudrais pas que Snuffy finisse dans un refuge parce que personne ne veut le prendre. On paiera la note du vétérinaire. Snuffy nous connaît, il nous aime bien. Ils étaient tout le temps ensemble. Elle va terriblement lui manquer.

— Je vais voir ce que je peux faire. Il faudra peut-être obtenir l'accord de membres de sa famille ou d'un héritier.

— D'accord. Mais on peut prendre soin de lui d'ici là. Il ne devrait pas se retrouver dans un refuge, confié à des étrangers. Aux yeux de Mme Farnsworth, Snuffy était un membre de la famille.

Eve pensa à Galahad.

— Je vais faire en sorte qu'il puisse vous être remis dès sa sortie de chez le vétérinaire, à moins qu'un membre de la famille ne le réclame.

— Merci. Je ferais mieux d'aller prévenir Margot. Je ne comprends pas comment un truc pareil a pu arriver. Juste à côté de chez nous…

« Ça arrive partout, se dit Eve tandis qu'il s'éloignait. Parce qu'il y a toujours quelqu'un comme Jerry Reinhold. »

— Les taxis, répéta-t-elle à l'intention de Peabody.

— Ils sont en train de regarder. Ils ont pris en charge beaucoup de monde, donc...

— Dites-leur de trier ceux qui ont ensuite été déposés à une clinique, un centre de soins, des urgences. Toute destination d'ordre médical. Les plus proches en direction de l'ouest. Il boitait, il avait mal. Peut-être qu'il s'est lâché un truc sur le pied. Ou peut-être que la victime a réussi à faire basculer le fauteuil et à lui tomber dessus. L'image me plaît.

— À moi aussi.

Peabody rappela la compagnie des taxis pour leur communiquer le critère supplémentaire de destination.

— Trouvé ! s'exclama-t-elle. Prise au croisement des rues Varick et Laight, dépose au centre de soins urgents de Church Street. Un seul passager avec deux bagages.

— En route !

Peut-être qu'il y serait encore, coincé dans la salle d'attente ou en train de poireauter sur un lit d'examen. Elle résista à la tentation de foncer toutes sirènes hurlantes, mais pas à celle d'enchaîner des sauts de puce par-dessus la circulation au point de faire blêmir Peabody.

— C'est moi qui vais avoir besoin de soins urgents, annonça celle-ci tandis qu'Eve se garait de nouveau en double file.

En quelques enjambées, Eve pénétra dans la vaste – et malheureusement peu fréquentée – salle d'attente. Une affluence de patients aurait pu retarder la prise en charge de Reinhold.

Elle se dirigea droit vers la réceptionniste et lui présenta son insigne avant de faire signe à Peabody de montrer la simulation du nouveau look de Reinhold.

— Il est ici ?

Sourcils froncés, la réceptionniste balaya du regard Eve, l'insigne et l'image.

— Non, mais il est venu, dit-elle.

La frustration menaçait d'étouffer Eve.

— Quand est-il parti ?

— Il y a peut-être une heure. Environ une heure.

— Savez-vous où il est allé ? Quel moyen de transport il a employé ?

— Non, il est simplement sorti à pied. Pourquoi ?

— Quel était son problème ?

La réceptionniste se redressa.

— Je ne suis pas autorisée à partager d'informations concernant nos patients.

— Son nom. Comment s'appelait-il ?

La jeune femme consulta son écran.

— Il a signé sous le nom de « John ». C'est tout ce qui est requis quand il n'y a pas d'assurance. Il a payé en liquide.

— Je veux voir le médecin qui l'a traité. Immédiatement.

— Si vous voulez bien vous asseoir, je vais voir si...

Eve se pencha au-dessus du comptoir.

— J'ai dit : « immédiatement ». Je viens de quitter une enseignante à la retraite en chemin vers la morgue et vous avez traité l'homme qui l'y a envoyée. Si j'en crois ce que vous me dites, je n'ai qu'une heure de retard sur lui. Je ne vais pas perdre du temps en disputes stériles. Faites venir le médecin qui s'est occupé de lui ou c'est moi qui y vais et je fais un scandale.

— Attendez... Juste un instant.

La réceptionniste décolla pratiquement de son siège et disparut au coin du couloir. Elle réapparut moins d'une minute plus tard, accompagnée d'un Asiatique grand et mince en blouse blanche.

— Qu'est-ce que c'est que cette histoire ?

— Une histoire de meurtre. Cet homme a tué quatre personnes. J'ai besoin de savoir pourquoi il est venu vous consulter, ce que vous avez fait, ce qu'il vous a dit. Tout.

Sans un mot, il leur fit signe de le suivre dans le couloir jusqu'à un petit bureau décoré d'un palmier en pot luxuriant près d'une fenêtre factice.

— Le patient est suspecté de meurtre ?

— De plusieurs meurtres. Je veux savoir quel nom il a utilisé, quelles étaient ses blessures, les traitements qu'il a reçus et s'il a prévu un suivi quelconque.

— Vous n'avez pas de mandat.

— J'ai quatre cadavres. Mais on peut jouer à ce petit jeu. Peabody ?

De la main, le médecin fit signe que c'était inutile.

— Il a choisi de ne pas utiliser son nom complet. Seulement « John ». Et il n'a pas rempli le questionnaire personnel. Voilà. Le patient avait deux métatarses brisés sur le pied droit ainsi qu'une fêlure du premier os cunéiforme.

Il s'empara d'une tablette et y fit glisser ses doigts avant de présenter à Eve le diagramme d'un pied.

— Donc… Deux orteils cassés et une fêlure sur cette partie-ci avant la voûte plantaire ?

— En gros, oui. On ne peut pas faire grand-chose d'autre que d'utiliser une baguette de soins, faire un bandage et traiter la douleur en conseillant au patient de reposer son pied. Ce que j'ai fait. Il avait également quelques contusions le long de son diaphragme. Pas de lésions internes. Il est reparti en étant parfaitement à même de se déplacer. Les médicaments ont soulagé son inconfort.

— Pas de suivi ? Vous ne l'avez pas adressé à un spécialiste ?

— Je lui ai proposé et il a décliné. Il a dit qu'il était en voyage, et il avait effectivement deux bagages avec lui. Il a prétendu que quelqu'un lui avait laissé tomber une lourde valise sur le pied à la gare et qu'il avait trébuché dessus, avec un impact au niveau de son diaphragme. Il avait d'abord pensé qu'il ne s'agissait que d'un hématome au pied, mais a vite pris conscience que c'était plus sérieux, d'où sa visite ici. Il a payé en liquide pour l'examen, le traitement, les médicaments, les bandages et le plâtre souple de contention.

— Combien de temps avant qu'il guérisse ?

— Ça dépendra. Avec des soins quotidiens à l'aide d'une baguette et du repos, il pourrait être remis en quelques jours. Sans suivi médical, environ deux semaines. Le premier traitement est le plus intense.

— Ouais, j'ai connu ça. S'il revient et demande de nouveaux soins, prévenez-moi. Ne lui dites rien, faites-le simplement patienter ou faites durer le traitement. Il est violent, dangereux et n'hésitera pas à tuer.

— Alors j'espère qu'il ne reviendra pas. Nous traitons beaucoup d'enfants ici.

— Donnez-lui simplement un siège, dites-lui d'attendre son tour et appelez-moi. Je m'occuperai du reste.

Dès qu'elles ressortirent, Eve traversa le trottoir pour décocher un coup de pied furieux dans le pneu de sa voiture.

— Merde ! Il a fallu qu'il ait la chance de tomber sur un centre rapide et efficace. Il n'aurait pas pu se retrouver coincé une heure avec des gens qui pleurent, qui saignent et qui vomissent ?

Elle donna un second coup de pied dans le pneu, puis fit le tour jusqu'à la portière du conducteur et se glissa derrière le volant au milieu d'une cacophonie d'avertisseurs.

— Taxis, ordonna-t-elle de nouveau à Peabody.

— Je suis déjà dessus.

15

Ayant fait chou blanc avec les taxis, Eve était de retour au Central. Elle fonça droit vers son bureau pour mettre à jour son tableau et les dossiers pendant que Peabody prenait contact avec toutes les cibles potentielles sur la liste.

Cela fait, et après avoir relu ses notes et rédigé un rapport complémentaire, elle s'assit, café à la main, pour examiner le tableau de meurtre.

Parents, puis ex, puis professeur.

Il ne tuait pas de manière chronologique. Ni selon le niveau d'intimité avec la victime. Ni en fonction des gains potentiels car il savait depuis le début, ou en tout cas en était convaincu, que Farnsworth était plus riche que Lori.

S'agissait-il, dans son esprit, d'une gradation des offenses commises contre lui ? Selon ce qui l'avait le plus insulté ou mis en colère ? Selon la facilité qu'il avait à atteindre ses cibles ?

« Repars en arrière », se dit-elle.

Premier meurtre : la mère. Sous le coup d'une impulsion. Explosion de rage avec une arme à portée de main.

Deuxième meurtre : prémédité. Il avait attendu en embuscade en ayant choisi son arme.

Le troisième : planifié aussi, toujours en embuscade, avec achat d'armes et d'outils de torture.

Le quatrième : planifié, embuscade possible – probable, même – sans qu'on puisse dire s'il avait trouvé l'arme du crime sur place ou l'avait apportée avec lui. Torture plus intense, exploitation supplémentaire de la victime pour obtenir de l'argent et sans doute une fausse identité.

Une arme différente à chaque fois, mais usage de la batte dans trois des quatre crimes et de l'adhésif et de la corde pour les deux derniers.

Et les quatre victimes avaient été tuées chez elles.

Eve estimait qu'il continuerait sans doute à procéder de cette façon, mais elle programma une étude de probabilités pour appuyer ses conclusions. Souillerait-il son propre repaire, où qu'il ait pu l'établir ? En tout cas, il semblait aimer tuer ses cibles à l'endroit où elles se sentaient le plus en sécurité. Tripoter leurs affaires, consommer leur nourriture.

Cela n'ajoutait-il pas une humiliation supplémentaire au meurtre ?

— L'endroit est important, dit-elle à haute voix.

Entendant le claquement précipité des bottes de cow-boy de Peabody, elle s'écarta de son bureau.

— Qu'est-ce que ça donne ? demanda-t-elle.

— On a peut-être une piste sur les appareils high-tech. Une femme vient de se présenter chez nous. Elle travaille chez Fast Cash, un prêteur sur gages à cinq pâtés de maisons de notre dernière scène de crime. Je l'ai installée à mon bureau. Elle dit avoir rentré trois ordinateurs qui correspondent aux numéros de série de l'équipement de Farnsworth. J'ai vérifié, elle a raison.

— Je vais lui parler. Faites venir McNab ou n'importe quel autre technicien que Feeney pourra nous prêter pour les prendre en charge.

La fille – elle paraissait à peine majeure aux yeux d'Eve – s'agitait sur son siège. Elle était maigre comme un clou, avec une peau d'ébène et des tresses africaines parfaitement alignées le long de son crâne. Elle portait une veste rouge avec un jean hyper moulant et se rongeait les ongles.

— Voici Juana Printz, dit Peabody à Eve. Juana, je vous présente le lieutenant Dallas.

— Bonjour. Je dois le signaler. C'est la loi, non ?

— Et si vous me disiez ce que vous avez à signaler ?

— Je bosse pour M. Rinskit, à Fast Cash. Et y a ce droïde... Vous savez, on voit bien que ce sont des droïdes, même les meilleurs modèles, en général.

— Ouais, je sais.

— Il est arrivé avec trois ordis, des modèles haut de gamme tout équipés. Ça fait beaucoup, non ? Au début, je me suis dit que c'était peut-être un peu louche, mais bon, on voit passer de tout. Mais au moment de les entrer dans l'inventaire après la transaction, j'ai vu le signalement de vol. J'ai prévenu M. Rinskit et je lui ai dit que j'allais vous avertir, mais il m'a dit de me mêler de mes affaires. Là, j'ai dit : « Mais, monsieur Rinskit, il y a un signalement, ils ont été volés et il y a une enquête de police. » Il m'a répondu de me taire, de les ajouter dans l'inventaire et d'oublier tout ça si je voulais garder mon job.

Elle cessa de se ronger les ongles pour mieux se mordiller la lèvre inférieure.

— C'est ce que j'ai fait. Enfin, j'ai rien dit et je les ai rentrés dans l'inventaire, mais j'ai pas oublié. Alors j'ai pris le bus en sortant pour venir ici. Parce que c'est la loi.

— Vous avez fait ce qu'il fallait. Aviez-vous déjà vu ce droïde ?

— Non, madame, jamais. Mais je crois que M. Rinskit ne signale peut-être pas tout ce qu'il devrait. Et peut-être que je ne devrais rien dire, mais c'était trois modèles haut de gamme et je ne pouvais pas fermer les yeux. Est-ce qu'il est obligé de savoir que c'est moi qui vous ai raconté ça ?

Elle s'attaqua de nouveau à ses ongles, pleine d'inquiétude.

— S'il apprend que j'ai prévenu la police après qu'il m'a défendu de le faire, il me virera, c'est sûr. Je vais perdre mon boulot.

— Il vous plaît, ce boulot ?

— C'est nul, admit Juana avec un petit sourire. Super-nul, même. Mais faut bien que je bosse.

— Donnez-moi une minute.

— McNab et deux agents sont partis chercher les preuves, lui rapporta Peabody.

— Bien. Faites émettre un bon pour Juana. Cent dollars pour le signalement.

— Je m'en occupe.

Eve leva le doigt pour indiquer à Juana d'attendre une minute de plus comme elle sortait son communicateur. Elle s'imaginait tomber sur l'un des assistants de Connors, mais il lui répondit en personne.

— Salut, dit-elle.

— Et salut à toi. Je m'apprête à sortir du bureau.

— Oh. Moi pas. J'ai une nouvelle victime, nous récupérons trois ordinateurs volés qui pourraient m'aider à découvrir le cheminement de l'argent transféré depuis le compte de la victime jusqu'à celui du tueur et encore un autre petit truc.

— Un boulot de hacker, non ? Je me changerais bien les idées. Pourquoi je ne passerais pas te voir ?

— Tu peux venir, mais c'est avec Feeney que tu devras voir ça.

— Je préférerais que ce soit toi, mais je veux bien faire un effort. C'est quoi, le petit truc ?

— En fait, c'est la raison pour laquelle je t'ai appelé. Je veux donner un boulot à quelqu'un.

— Quel genre d'emploi ?

— C'est ça, le problème, je ne sais pas. Et, à vrai dire, j'aimerais bien que toi, tu lui dégotes un poste.

Il haussa les sourcils.

— Tu veux que je donne un job à quelqu'un… sans savoir de quel job il s'agit ?

— Quel intérêt de connaître l'homme qui emploie la moitié de la planète si on ne peut pas dire : « Donne un boulot à cette fille » ?

— Une fille.

— Oui, la petite vingtaine. Honnête, directe. Elle va perdre son poste chez un prêteur sur gages pour avoir rapporté la vente de ces fameux ordinateurs. Mais ça ne l'a pas empêchée de venir. Elle est propre sur elle, soignée, polie… et honnête, répéta-t-elle. Tu dois bien avoir quelque chose pour elle. Du côté du Lower West Side, ce serait idéal.

— Eve… lâcha Connors dans un soupir. Dis-lui de contacter Kyle Pruett, ajouta-t-il avant de lui communiquer les coordonnées de l'individu en question.

— Qui est-ce ?

— L'un des assistants des ressources humaines en centre-ville. Elle devra passer la vérification de ses antécédents et se présenter pour un entretien, mais j'imagine que Kyle pourra lui trouver quelque chose. Donne-moi les infos la concernant et je les transmettrai aux bonnes personnes.

— Génial. Je te les envoie, et je te revaudrai ça.

— J'y compte, dit-il avec un sourire. Je te rejoins, en passant par Feeney.

Satisfaite, Eve se tourna vers Juana.

— Peabody, vous avez les coordonnées détaillées de Juana ?

— Oui, lieutenant.

— Envoyez-les à Connors.

Le regard qu'elle décocha à Peabody coupa court à toute question.

— Juana, je vais vous demander de noter quelque chose.

— Ah… Oui, madame.

— Lieutenant, précisa Eve tandis que Juana sortait un vieux communicateur cabossé.

— Oui, madame lieutenant.

On ferait avec.

— Kyle Pruett, dit Eve avant de dicter les infos à noter. Contactez-le. Il attendra votre appel. Il vous aidera à trouver un boulot.

Juana releva la tête et cligna les yeux, surprise.

— Un boulot ?

— Nous allons fermer la boutique de votre patron pendant soixante-douze heures, plus si nous découvrons d'autres marchandises volées. Il va recevoir une amende et devra peut-être faire face à des poursuites pénales. À moins d'être un parfait imbécile, il saura qui l'a dénoncé. Ne retournez pas là-bas. Prenez contact avec ce monsieur et soyez aussi honnête avec lui que vous l'avez été avec moi. Si quoi que ce soit entache votre passé, dites-le-lui tout de suite. Vous avez déjà été arrêtée, Juana ?

Celle-ci écarquilla ses grands yeux noirs.

— Non, madame ! Lieutenant ! Ma mère me passerait un savon.

— Appelez-le. Et merci d'être venue.

— L'inspecteur Peabody m'a donné ce coupon. Je ne savais pas qu'on était payé pour faire un signalement. Je ne suis pas venue pour l'argent, mais ça nous sera utile. Et un nouveau boulot encore plus.

Elle se leva et tendit la main à Eve.

— Merci pour cette chance que vous m'offrez. Ma mère affirme que bien faire est une récompense en soi, mais elle sera très contente pour moi. On dira des remerciements spéciaux pour vous avant le repas de Thanksgiving. Merci à vous deux. Je vais rentrer directement chez moi pour lui raconter ça !

— C'était très gentil de votre part, commenta Peabody en regardant la jeune fille repartir.

— Il pourrait s'agir d'une piste sérieuse et c'est grâce à elle.

Eve fit un pas de côté pour couper la route de Baxter avant qu'il puisse passer devant elles.

— Où allez-vous ?

Il agita les sourcils et lissa le nœud de sa cravate.

— J'ai terminé mes heures, je vais à un rencard qui s'annonce très chaud.

— Vous allez devoir le laisser refroidir parce que vos heures viennent juste d'être rallongées.

— Bon sang, grogna-t-il en levant les yeux au ciel. J'étais presque dehors…

— Peabody, divisez la liste des cibles potentielles par secteurs géographiques.

— On est toujours sur les meurtres de Reinhold, lieutenant ?

Trueheart s'était rapproché derrière Baxter, l'air prêt à en découdre.

— C'est ça. Nous avons une liste des personnes qui se sont attiré les foudres de Reinhold par le passé, et n'importe laquelle pourrait être sa prochaine victime. Toutes ont été averties et on leur a proposé une protection policière.

— Vous voulez qu'on fasse du baby-sitting ? s'inquiéta Baxter.

— Non. Il en est à quatre victimes et toutes ont été tuées à leur domicile. Je veux des entretiens en face à face, au domicile de chacun, et un rapport complet sur les lieux, les différents accès, les mesures de sécurité, le fonctionnement habituel du foyer. Prenez également note de tous les objets de valeur facilement transportables, en particulier le matériel informatique. Si les victimes potentielles connaissent d'autres cibles possibles qui ne seraient pas sur la liste, je veux en être informée. Montrez-leur à tous la simulation de la nouvelle apparence de Reinhold. S'ils ont des colocataires ou de la famille qui logent chez eux, montrez-leur également et parlez avec eux. S'il n'a pas déjà choisi sa prochaine victime, il est en train de le faire.

— Elle est longue, cette liste ? demanda Baxter.

— Il va falloir laisser votre rencard refroidir, répéta Eve. Si vous n'êtes pas capable de rallumer le feu ensuite, ce sera votre faute.

Il eut un sourire.

— Rallumer le feu, c'est ma spécialité.

— Donnez-leur tout ce qu'il y a au-dessus de SoHo, décida Eve. Vous et moi nous occuperons de SoHo et de tout ce qu'il y a en dessous. Ça vous donne droit à un mannequin apparemment canon, dit-elle à Baxter.

— Génial.

— J'envoie ça sur vos mini-ordis, annonça Peabody.

— Des rapports complets ! rappela Eve avant de se tourner de nouveau vers sa partenaire. Divisez notre partie de la liste en deux. Je veux aller voir Morris avant de m'y mettre. Prenez un agent avec vous si vous avez besoin d'aide.

— Ça ira. Je vous envoie votre moitié.

— Alors en selle. Je vais passer à la DDE, puis je me mettrai en route. Si un truc intéressant se présente, appelez-moi.

Eve fit un détour par son bureau, récupéra son manteau, une sacoche de dossiers et – sans même envisager de prendre l'ascenseur – emprunta l'escalier roulant jusqu'à la DDE.

Apparemment, la moitié du Central avait eu la même idée.

Quoique préparée à l'explosion de couleurs et de mouvements qu'était la DDE, Eve sentit ses sens vaciller avant d'atteindre l'îlot de calme du bureau de Feeney.

— Je repars sur le terrain, dit-elle. Je voulais qu'on se voie avant.

— Je t'ai fait passer en priorité en jonglant un peu.

Dans la mesure où au moins six programmes différents se partageaient son écran, elle se dit qu'il devait s'agir d'un sacré numéro de jonglage.

— Tu disais que ce salopard a été recalé en cours d'informatique ?

— Exact.

— Bon, en tout cas, il en avait assez appris pour obliger la victime à effectuer des transferts difficiles à suivre. Ça rebondit, disparaît, réapparaît et s'enfonce dans les profondeurs. Offshore ou hors planète, à mon avis, pour le plus gros des opérations, mais on n'y est pas encore. Je pense également qu'il aura pris un compte chiffré ou protégé. Tôt ou tard, on retrouvera l'argent, mais ça pourrait prendre une éternité avant qu'on ait l'identité associée.

Il lui décocha un regard en biais de ses yeux de basset.

— Si on fait les choses dans les règles, en tout cas.

Eve enfonça les poings dans ses poches.

— Je ne veux pas qu'on laisse ne serait-ce qu'un trou de souris par lequel ses avocats pourraient le faire sortir une fois qu'on le tiendra.

— Certains savent contourner les règles avec un tel talent que les trous de souris se transforment en culs-de-sac. Même si je ne dis pas que c'est ce qu'il faut faire, précisa-t-il en haussant les épaules. Connors est en chemin.

Connors connaissait toutes les astuces, légales comme illégales. Il en avait sans doute inventé certaines.

— Il adore s'amuser au milieu des geeks.

Feeney se contenta de sourire.

— Sa présence nous sera utile. Je m'installerai dans le labo dès que McNab sera de retour avec les ordis. Je peux mettre une partie des tâches en pilote automatique. Avec un peu de chance, on arrivera plus vite à un résultat une fois l'équipement entre nos mains.

— Préviens-moi quand… T'as fait vite ! s'exclama-t-elle en voyant Connors entrer d'un pas nonchalant.

— J'ai eu de la chance avec la circulation.

Son costume sombre et son élégant pardessus contrastaient avec le tourbillon de couleurs que l'on apercevait dans l'encadrement de la porte derrière lui. Il balaya rapidement l'écran de ses yeux terriblement bleus.

— Ah, multidécalages, intersection de canaux et transferts latéralisés.

— Ouais, confirma Feeney. Entre autres choses.

— On va s'amuser.

— Je vous laisse commencer, dit Eve. Je descends à la morgue et je dois rencontrer des cibles potentielles.

Et à quel moment, se demanda Connors, trouverait-elle l'occasion de manger un morceau ? À ses yeux, Eve paraissait tendue et fatiguée.

— Je t'accompagne, dit-il.

Elle fronça les sourcils.

— Tu ne voulais pas t'amuser ?

— Je travaillerai à distance, pour profiter du meilleur des deux mondes. Envoyez sur mon mini-ordinateur tout ce sur quoi vous voulez que je bosse, dit-il à Feeney.

— D'accord. Si vous pouvez patienter jusqu'à ce que McNab revienne...

— Il est revenu, l'interrompit Connors. Je l'ai croisé. Il inscrivait des preuves au registre avant de les monter jusqu'au labo.

— On va vous remettre l'un des ordis. Voyez ce que vous pourrez en tirer.

— Avec joie. On se retrouve dans le garage ? proposa-t-il à Eve.

— Je peux t'attendre.

Elle s'écarta légèrement et sortit son communicateur pour prendre le temps de prévenir les personnes sur la liste de sa future visite. Elle envoya son dernier message tout en marchant derrière Connors qui emportait un ordinateur sous scellés jusqu'au garage.

— Tu n'es pas censé avoir un sous-fifre pour transporter tes affaires quand t'es habillé comme ça ?

— Ah oui ? Et tu te portes volontaire ?

Elle ne prêta pas attention à la question et entra son code pour déverrouiller les portes de la voiture.

— Comment feras-tu pour travailler sur cet ordinateur alors qu'on doit quadriller toute la partie inférieure de Manhattan ?

— Facile, puisque c'est toi qui seras derrière le volant.

Il retira les scellés de l'ordinateur, puis tira de sa poche une sorte de minidisque qu'il connecta à un port avant de relier son mini-ordinateur à celui de Farnsworth. Au moment où Eve les fit sortir du garage pour rejoindre une circulation affreusement dense, il se tourna vers elle.

— Tu es fatiguée.

— Non, ça va.

— Si, et ça se voit. Probablement parce que tu n'as pas pris de véritable repas depuis le petit-déjeuner.

— J'ai mangé un cookie. Et j'en ai rapporté une petite boîte... Mince, je l'ai laissée dans mon bureau. On peut leur dire adieu !

— Un véritable repas, répéta Connors.

Avait-elle mangé ? Elle ne s'en souvenait pas.

— Je mangerai en rentrant à la maison, « maman ».

Il lui planta un doigt entre les côtes en guise de représailles, puis tapota l'écran du communicateur intégré au tableau de bord.

— Mode autochef, ordonna-t-il. Boisson protéinée, trente-cinq centilitres, goût chocolat.

— *Réception... Sélection...*

— Mode autochef ? Quel mode autochef ?

— Celui que j'ai programmé dans le système parce que ma chère et tendre s'affame presque tous les jours.

— *Distribution...* indiqua l'ordinateur.

Connors dut retirer sa ceinture pour tendre le bras vers l'arrière, entre les deux sièges. Elle entendit coulisser un panneau, puis un petit cliquetis. Elle leva les yeux vers le rétroviseur, mais l'angle ne lui permettait pas de bien voir.

— Où est-ce ? À quoi ça ressemble ?

— Dans la console des sièges arrière. Un modèle miniature, répondit Connors en lui tendant son verre. Il ne contient que quelques ingrédients de base. De quoi faire deux ou trois cocktails, du café…

— Du café ?

Il la gratifia d'un long regard acerbe.

— C'est beau, l'amour, dit-il.

— Du café, répéta Eve.

— Ainsi que quelques barres de protéines. Tu m'avais dit que tu avais lu le manuel.

— Je l'ai lu. En entier. En partie. Quelques pages, admit-elle.

Et parce qu'il fallait vraiment que ce soit de l'amour, elle goûta la boisson. Qui n'était pas si mauvaise.

— Pourquoi toi, tu n'es pas fatigué ? demanda-t-elle. Tu n'as pas l'air d'avoir besoin d'un cocktail de protéines, comment ça se fait ?

— Parce que j'ai eu droit à un déjeuner très correct et un petit thé accompagné de biscuits il y a deux heures.

— Je poursuivais un tueur il y a deux heures.

— Et peut-être que si tu avais mangé quelque chose, tu l'aurais arrêté.

— J'en doute. Ce salaud a trop de chance. Qui peut entrer et ressortir d'une clinique en moins de trente minutes ? Ça n'arrive jamais. Mais à lui, si. Jusqu'à maintenant, la fortune penchait en sa faveur, mais avec ceci…

Elle désigna du menton l'ordinateur que tenait Connors.

— Peut-être qu'elle sera enfin du mien.

Elle se gara devant la morgue.

— Si tu n'as pas besoin que je t'accompagne, je vais me mettre au travail, dit-il.

— D'accord.

Alors qu'elle s'apprêtait à sortir, elle hésita puis poussa son siège en arrière pour glisser la main dessous et en sortir une barre chocolatée dont l'emballage était recouvert d'adhésif double face.

— Petite maligne.

— Ce fichu voleur de bonbons ne peut entrer dans un véhicule protégé donc c'est ici que je stocke mes réserves d'urgence.

Elle cassa la barre en deux et lui tendit sa moitié.

— T'as raison, c'est beau, l'amour, confirma-t-elle avant de sortir.

Amusé – et même touché car il connaissait la passion d'Eve pour ses chocolats –, il croqua dans la friandise tout en entamant son travail.

« Intéressant, se dit-il après un premier examen. C'est même un vrai défi », ajouta-t-il en y regardant de plus près.

Absorbé par sa tâche, il perdit vite toute notion du temps, ne s'interrompant que pour prendre ou passer des appels depuis son communicateur s'ils étaient suffisamment pertinents ou importants.

Il émergea de sa concentration quand Eve rouvrit la portière. Elle s'assit, appuya sa tête en arrière et ferma les paupières.

Connors posa l'ordinateur sur le côté et mit la main sur la sienne, sans rien dire.

— Morris estime qu'il l'a retenue en otage pendant environ dix-huit heures. Ligotée à un fauteuil dans le bureau de son domicile. Il l'a frappée violemment, d'abord à l'arrière du crâne. De nouveau un coup de batte. Elle avait une légère commotion cérébrale, sans doute une méchante migraine. Vu son état de déshydratation, il ne lui a sans doute rien donné à boire ni à manger. Plusieurs coups au visage : gifles et coups de poing. Une partie du sang et de l'urine sur ses genoux était d'origine canine. Elle avait un petit chien. Reinhold lui a fait du mal, il est chez le véto. Elle s'est arraché la peau des poignets, du dos de ses mains, de ses chevilles.

« C'est affreux », songea Connors. Il resta cependant silencieux.

— Elle s'est infligé ces blessures en tentant de se libérer. Une épaule démise. On pense qu'elle s'est fait ça juste avant ou pendant qu'il l'étouffait à l'aide d'un sac en plastique. Et qu'elle a réussi à faire basculer le siège sur le pied de Reinhold. Il a deux orteils brisés et une fêlure au pied. Je crois que c'est elle qui lui a fait ça. Elle ne l'a pas laissé s'en tirer indemne. Elle lui a rendu la monnaie de sa pièce. Au moins un peu.

— Qui était-elle ? demanda-t-il d'une voix douce.

— Un bon professeur et une voisine généreuse. Une femme qui adorait son fichu cabot. Je crois qu'il a exploité ça. Tout le monde affirme qu'elle aimait ce chien, qu'il était comme un membre de sa famille. Je n'imagine pas cette femme faisant tout ce qu'il lui demandait, mais s'il a menacé de faire du mal à ceux qui lui étaient chers, à sa famille, elle aura probablement obéi. Mais elle aura sans doute essayé de le retarder. Et de lui faire mal quand elle a compris qu'elle ne survivrait pas.

— Tu le retrouveras.

Elle glissa un regard vers l'ordinateur.

— Tu crois ?

— Oui, j'en suis sûr. Cette partie du travail ne sera peut-être pas rapide, mais j'en viendrai à bout. Cette machine n'a pas été nettoyée par un amateur. Un travail approfondi et professionnel.

— Il a dû obliger la victime à le faire.

— Quand est-elle morte ? À quelle heure, je veux dire.

— À plus ou moins 18 heures.

— Alors non. Ça a été fait plus tard.

— Impossible que ce soit lui qui ait fait le coup si c'est du travail de pro. Il n'a pas les compétences. C'est... le droïde, comprit-elle brusquement. Elle avait un droïde qu'elle a sans doute programmé elle-même. Reinhold aura ordonné au droïde d'effacer les ordis. Il n'y a plus rien dessus ?

— Il y a toujours quelque chose. Ce qui est compliqué, c'est de le retrouver et de le ramener. Je m'en sortirai mieux en portant cette machine dans mon propre labo. En attendant, je travaillerai sur les données financières que Feeney m'a envoyées.

Elle hocha la tête, se redressa, puis afficha la liste que Peabody lui avait fait parvenir et suivit le trajet proposé par l'ordinateur de bord.

« Je suis fatiguée », fut-elle obligée de constater en arrivant devant la dernière adresse. Elle n'avait plus qu'une envie : rentrer chez elle et se retrouver au cœur de son espace personnel pour analyser cette affaire.

— Je viens avec toi cette fois, lui dit Connors. J'ai fait l'essentiel de ce que je pouvais faire depuis la voiture.

— Entendu. Nous sommes chez l'ancien entraîneur de base-ball de Reinhold. Il l'avait gardé sur le banc de touche pour avoir refusé de l'écouter, après quoi Reinhold a plus ou moins abandonné le base-ball.

— Et tu penses qu'il pourrait tuer cet homme pour quelque chose qui s'est produit durant son enfance ?

— Je ne pense pas, j'en ai la certitude, le corrigea Eve.

Elle leva son insigne pour le présenter au scanner de sécurité de l'immeuble trapu qui accueillait six appartements, puis attendit la vérification et l'autorisation d'entrée.

— Ils sont au deuxième étage, indiqua-t-elle à Connors en franchissant le seuil. Wayne Boyd, sa femme Marianna. Deux enfants partis à l'université.

Elle opta pour l'escalier parfaitement entretenu, frappa à l'appartement 2B et tint son insigne au niveau du judas.

— Lieutenant Dallas ? demanda une voix à travers le haut-parleur.

— C'est bien ça. Nous nous sommes parlé tout à l'heure.

— Il y a quelqu'un avec vous ?

— Un consultant civil qui m'accompagne.

Il fallut quelques secondes de plus, mais les verrous coulissèrent et la porte s'ouvrit. Boyd se tenait sur le seuil, observant Eve et Connors d'un œil prudent. C'était un homme athlétique approchant la soixantaine, aux cheveux bruns parsemés de gris. Il avait un visage solide, des yeux bleu clair, et près de lui se trouvait un chien aussi massif que laid dont le regard était tout sauf gentil.

— C'est bon, Bruno, assis.

Le chien s'appuya immédiatement contre la jambe de Boyd, sa langue pendante lui donnant un air étrange et vaguement ridicule.

— On est un peu tendus depuis qu'on a appris pour Mme Farnsworth.

— Je comprends. Pouvons-nous entrer ?

— Ouais, pardon. Tout va bien, Marianna ! C'est la police. Je lui avais dit de monter à l'étage, au cas où. Nos enfants sont là pour les fêtes.

Il referma la porte et les escorta vers un large hall doté d'un très haut plafond. Une rambarde courait le long d'une mezzanine au-dessus de leurs têtes.

Le chien se dirigea vers un tapis rouge couvert de poils et entreprit de mâchonner une sorte d'os.

Trois personnes apparurent à l'étage : une femme blonde et mince, un jeune homme d'une vingtaine d'années aux larges épaules et une brune élancée un peu plus jeune que lui.

— Ils sont assez âgés pour me contredire, annonça la blonde à Boyd. Et à deux contre une.

Le jeune homme entreprit de descendre.

— Nous sommes tous dans le même bateau, Papa.

— D'accord. D'accord, Flynn, tu as raison. On est tous dans le même bateau.

— Je devrais faire du café. Je peux vous offrir du café ? proposa Marianna.

Eve se sentait prête à tuer pour un café, même de synthèse.

— Ce serait formidable. Monsieur Boyd, est-ce que quelqu'un d'autre séjourne chez vous actuellement ?

— Non, rien que nous quatre. Flynn et Sari resteront jusqu'à dimanche avant de repartir vers leur campus. On a jusqu'à lundi avant que la routine reprenne ses droits.

— Vous avez tous vu le nouveau portrait de Reinhold ?

— Oui. Aucun d'entre nous n'a eu de contact avec lui.

— Mais j'espère bien que ça va changer, grommela Flynn.

— Ça suffit ! ordonna Boyd avec un regard d'avertissement. Flynn avait Mme Farnsworth comme professeur au lycée. Nous sommes tous secoués par ce qui lui est arrivé. Lieutenant, j'ai gardé ce garçon sur le banc de touche pendant quelques matchs il y a plus de dix ans, peut-être même quinze. Non pas qu'il en ait tiré le moindre enseignement. Quand il n'a pas voulu m'écouter durant le championnat des moins de douze ans et qu'il a raté la balle, je ne lui ai pas fait de reproches. Ce sont des enfants. On évite de se lâcher sur eux.

— C'était un petit salopard à l'époque et maintenant c'en est un gros.

— Flynn... soupira sa mère en apportant le café.

— C'est vrai, intervint Sari. Je ne l'ai peut-être pas très bien connu, mais je me souviens qu'il était teigneux. Et même si je n'ai jamais eu cours avec Mme Farnsworth, j'ai des amis qui l'ont eue et ils l'aimaient bien.

— Je ne lui cherche pas d'excuse. C'est un malade, reprit Boyd. Et il faut qu'il soit arrêté, mis derrière les barreaux. Nous allons devoir faire attention – nous en avons déjà parlé – mais il n'a aucune raison de vouloir s'en prendre à nous. Il ne se souvient sans doute même pas de moi.

— Je vous assure que si, le reprit Eve. Il est rancunier, violent et il cherche à se venger du moindre affront qu'il estime avoir subi. Vous faites partie des personnes concernées, monsieur Boyd. Il s'est servi d'une batte de base-ball sur trois de ses victimes.

— Ô mon Dieu, Wayne...

Eve patienta tandis que Boyd prenait la main de sa femme pour essayer de l'apaiser. Elle goûta son café, qui se classait quelque part entre l'horreur de celui des flics et le bonheur de celui de Connors. Pas de quoi se plaindre.

— Écoutez, je n'ai ni vu, ni parlé, ni même eu le moindre contact avec Jerry depuis ses onze ans.

— Dites-moi ce que vous pensiez de lui à cet âge. Sans prendre de gants, monsieur Boyd. Votre avis honnête. Vous avez travaillé avec beaucoup d'enfants, vous avez forcément une opinion.

— Très bien, répondit-il en se passant la main dans les cheveux. Paresseux, arrogant, sournois. Pas rebelle, pas du genre à vous tenir tête, mais il avait de la colère en lui, et sous cette colère, il... Bon Dieu, c'était un gamin.

— Votre avis honnête, répéta Eve.

— Faible. Si on le regardait de travers, il se sentait agressé. Médisant aussi. Il était plutôt doué pour le base-ball et il se serait amélioré avec un peu de discipline et d'entraînement. Mais il était souvent absent ou en retard à l'entraînement, avec à chaque fois une bonne excuse.

Boyd tenait toujours la main de sa femme et se tourna brièvement vers elle avant de reporter son attention sur Eve.

— Je ne l'aimais pas. Ça, c'est honnête. Je me suis réjoui quand il a quitté l'équipe et je m'en suis voulu de penser ça. Mais il causait beaucoup de problèmes et je n'ai pas été triste de le voir s'en aller.

Eve hocha la tête, puis jeta un coup d'œil vers Flynn.

— C'était un petit salopard et maintenant c'en est un gros, dit-elle. Et il a tué. Vous avez un beau foyer avec des mesures de sécurité correctes. Mais ce ne serait pas si compliqué que ça de les déjouer. Il faudrait simplement un plan et il est en train d'apprendre à préméditer ses forfaits. Il rentre dans le sillage de quelqu'un, se fait passer pour un technicien d'entretien, un livreur. Vous avez une bien belle famille, monsieur Boyd.

— D'accord. J'ai compris. Nous allons demander une protection.

— Bonne idée. Si vous devez sortir, ne sortez jamais seuls. Si vous le voyez – et ça s'applique aussi à vous, Flynn –, ne l'approchez pas, rendez-vous dans un endroit sûr, chez vous ou dans un lieu public, et contactez la police.

— Pendant combien de temps ? s'enquit Boyd.

— J'aimerais pouvoir vous le dire. Le trouver et l'appréhender est mon absolue priorité.

— Elle ne s'arrêtera pas, ajouta Connors. Jusqu'à ce qu'il soit derrière les barreaux, elle ne s'arrêtera pas de le poursuivre. Vous pouvez me croire.

— Un agent se présentera chez vous dans l'heure, dit Eve en se levant. Et il restera vingt-quatre heures sur vingt-quatre jusqu'à ce que ce soit terminé.

— Merci. Je vous raccompagne.

— Je m'en charge, maman, proposa Sari.

Elle se leva et les escorta jusqu'à la porte.

— Je sais qui vous êtes, dit-elle à mi-voix. Je vous ai reconnus tous les deux. Je le leur dirai une fois que vous serez partis. À mon avis, ils sont trop préoccupés pour faire le rapprochement.

Elle parvint à former un petit sourire.

— Ils se sentiront plus en sécurité quand ils sauront qui vous êtes.

— Restez ensemble, conseilla Eve. C'est plus sûr.

16

Les lumières de leur demeure luisaient au cœur de l'obscurité. Au moment où Eve passa le portail, une bourrasque fouetta les arbres dénudés dans un gémissement plaintif.

« La nuit va être difficile. À plus d'un titre. »

Lorsqu'elle sortit de la voiture, le vent s'engouffra sous son manteau.

— Quoi ? demanda-t-elle en voyant Connors qui l'observait en souriant.

— Le vent, l'obscurité, les halos de lumière. Tu me fais penser à une reine guerrière d'un autre monde prête à aller au combat.

— Je ne sais pas pour le reste de ton imagerie, mais pour le combat, tu as vu juste.

Elle se réfugia dans la maison et songea, lorsqu'il fallut affronter le regard désapprobateur de Summerset dans l'entrée, que le combat avait déjà commencé.

— Ah, vous vous êtes souvenue de l'endroit où vous vivez.

— J'espère sans cesse que vous, vous l'oublierez, répliqua-t-elle.

Il se contenta de tourner son attention vers Connors pendant qu'Eve retirait son manteau. Le chat se précipita pour se frotter contre ses jambes.

— Votre tante m'a contacté pour me faire savoir que votre famille arriverait bien demain, comme prévu. J'estime qu'ils seront parmi nous à 14 heures, heure locale.

— Bien. Je ferai de mon mieux pour être là pour les accueillir.

— Je l'espère. Richard DeBlass a également confirmé sa présence. Ils sont arrivés à New York ce soir. Les enfants sont très enthousiastes. Nixie en particulier est ravie à l'idée d'être ici avec vous, précisa-t-il en plongeant son regard dans celui d'Eve.

— Je serai là, rétorqua-t-elle.

Il faudrait qu'elle se libère un moment, d'une manière ou d'une autre. Bon sang...

Et parce qu'elle revoyait Nixie telle qu'elle l'avait découverte la première fois – couverte du sang de ses parents, recroquevillée et tremblante dans la douche où elle s'était cachée –, Eve monta directement vers son bureau, un poids supplémentaire sur ses épaules.

— Qu'est-ce que je suis censée faire ? demanda-t-elle quand Connors arriva derrière elle.

— Ce qui te paraît nécessaire, répondit-il en déposant son ordinateur. Et dans l'immédiat ? T'asseoir et dîner.

— Tu ne veux pas me lâcher un peu avec ça ? J'ai du travail. Il faut que je mette mon tableau à jour, que j'appelle Peabody, Trueheart et les flics que j'ai envoyés en mission de protection. Je dois faire le point avec Feeney et mettre un peu la pression sur les hôtels. Notre homme est forcément quelque part ! Je vais ajouter les appartements en location, les achats de propriétés parce qu'il dispose à présent d'un gros tas de fric et, je te parie tout ce que tu veux, d'une nouvelle identité flambant neuve.

» Et pendant que je m'occupe de tout ça, je suis également supposée me goinfrer et m'inquiéter à propos d'un repas de fête et d'une baraque pleine de gens ? Je ne peux pas réfléchir avec tout ce monde autour !

— Comme ce doit être difficile, répondit Connors sur un ton dangereusement calme, d'être la seule personne en ville, peut-être même sur la planète, capable d'arrêter ce type. Voire même tous les meurtriers du monde, tant qu'on y est. Et dire que nous, pauvres égoïstes, te compliquons encore la tâche en nous attendant à te voir manger, dormir et faire de temps en temps la conversation. Quel fardeau nous sommes dans ton univers.

— Ce n'est pas ce que je veux dire. Tu sais très bien...

— Je sais que rien ne m'oblige à encaisser des coups sous prétexte que des amis et des membres de ma famille viennent chez nous. Ou parce que tu es trop stressée et fébrile. Alors fais comme tu voudras.

Il récupéra l'ordinateur et sortit.

— Fébrile ?

Atterrée et profondément insultée, Eve serra les poings et baissa les yeux vers le chat qui lui rendit son regard.

— Non mais c'est quoi, ces conneries ?

Queue dressée dans les airs, Galahad se détourna pour suivre le même chemin que Connors. Une insulte de plus.

— Toi-même, maugréa-t-elle.

Elle fonça vers sa table de travail, lui décocha un coup de pied, puis ordonna à son ordinateur de lire ses messages entrants pendant qu'elle mettait à jour son tableau.

Elle tint presque deux minutes avant de laisser échapper un juron amer.

— Ordinateur, arrête-toi et sauvegarde. Nom d'un chien !

Elle s'apprêta à demander au système de la maison où se trouvait Connors, puis se ravisa. Elle savait. Il avait emporté l'ordinateur de Farnsworth, donc il était dans son labo.

Bon, elle n'allait pas le laisser s'en aller comme ça au milieu d'une dispute, et encore moins pour passer du temps à travailler pour elle afin qu'elle se sente encore plus mal qu'elle ne l'était déjà.

Elle alla le retrouver et se glissa dans la pièce où il était assis, manches de chemise remontées, cheveux noués en arrière, un verre de vin à la main, toute son attention concentrée sur l'ordinateur vidé de ses données.

— Je ne suis pas fébrile, et c'est un mot stupide.

— Comme tu veux.

— Et tu n'as pas le droit de faire ça, dit-elle en pointant un doigt accusateur vers lui. Tu n'as pas le droit de répondre de cette voix faussement raisonnable pour que j'aie l'air de ne pas l'être du tout. Tu ne te bats pas à la loyale.

Il lui accorda un bref coup d'œil, glacial.

— Je me bats comme j'en ai envie.

— Je n'ai pas le temps de me disputer. J'essaie de faire mon boulot parce que sinon quelqu'un d'autre finira à la morgue. Et alors Morris voudra me faire payer un loyer.

— Dans ce cas, faites donc, lieutenant. Loin de moi l'idée de vous en empêcher.

— Mais si !

Elle lui prit son verre de vin et en but une gorgée.

— Tu me fais tourner en bourrique, tu me donnes l'impression d'être idiote, égoïste et...

— Fébrile ? proposa-t-il.

Les yeux étrécis, Eve le fusilla du regard.

— Dis encore ça et je jure que je te cogne.

Il se leva pour lui faire face. Ils étaient nez à nez, chacun soutenant le regard de l'autre.

— Essaie, dit-il. Une bonne bagarre nous fera peut-être du bien à tous les deux.

Elle reposa brusquement le verre de vin.

— Oh, ne me tente pas !

— Je parlerais de défi plutôt que de tentation, répondit-il tandis qu'un sourire se dessinait lentement sur ses lèvres. À moins que tu ne sois trop fébrile pour aller jusqu'au bout ?

Elle ne lui donna pas de coup de poing ; il s'y attendait. Non, elle passa son pied derrière le sien et s'inclina pour le faire chuter. Mais il contra le mouvement et l'élan les fit tomber tous les deux.

Il tenta de pivoter pour encaisser le plus gros de l'impact, or ils s'écrasèrent ensemble sur le sol du labo avec assez de force pour se déloger un os ou deux. Elle referma ses jambes en ciseaux et tenta une roulade destinée à lui assener un coup de coude dans l'estomac. Mais Connors, toujours insaisissable, bloqua l'attaque.

Exploitant sa masse supérieure, il faillit bien la plaquer au sol. Or elle aussi était insaisissable ; elle lui échappa. Et fut proche, très proche, de lui flanquer son genou dans les testicules.

Et dire qu'elle avait parlé de se battre à la loyale.

Ils luttèrent et roulèrent plusieurs fois sur eux-mêmes en heurtant au passage placards et tabourets, chacun d'entre eux prêt à encaisser ou à infliger quelques contusions. Jusqu'à ce qu'il réussisse à la plaquer par terre et qu'elle parvienne en retour à presser son genou, sans ménagement, contre son entrejambe.

Les cheveux de Connors s'étaient défaits et retombaient le long de son visage et de celui d'Eve. Son souffle rauque était audible au-dessus des bourdonnements et des cliquetis des équipements alentour. Ses yeux d'un bleu féroce et enragé plongèrent dans ceux, bouillants de colère, d'Eve.

Son cœur, leurs deux cœurs, battaient tels des tambours de guerre.

Puis, en un clin d'œil, la bouche de Connors se plaqua sur la sienne et elle referma ses jambes autour de lui. Toute la colère, la frustration et l'indignation se retrouvèrent canalisées sous la forme d'un désir violent, primitif.

Elle lui mordilla la langue, il lui arracha son chemisier, tandis que ce désir, cette violence, s'intensifiaient, s'embrasaient. Ils roulèrent de nouveau, enlacés, envahis par un besoin urgent, presque brutal, de plaisir.

Il s'empara d'elle à pleines mains, emplit sa bouche de la sienne, tandis que le sang lui battait aux tempes, que le corps d'Eve tremblait et frissonnait. Elle se lovait contre lui, l'enveloppait, enflammait ses sens au point de lui faire perdre tout contrôle.

Il lui tira vivement le pantalon sur les cuisses et, arrachant la fine barrière de tissu qui protégeait son intimité, la fit s'envoler, avec ses doigts, vers des sommets de plaisir haletant.

Ils multiplièrent ainsi les initiatives et les positions, dans un tourbillon de désir impossible, animal, éperdu.

Emportée par ce torrent de passion fiévreuse et insatiable, elle l'attira de force contre elle. Cambrée en avant, elle exigea de lui le premier coup de reins sauvage, puis le suivant, et encore le suivant. L'emprisonnant entre ses jambes, elle le conduisit avec la brutalité d'une cavalière jouant de ses éperons, jusqu'à ce qu'il l'ait comblée. Jusqu'à ce qu'il l'ait vidée. Jusqu'à ce qu'il se soit vidé.

Il s'affaissa sur elle, le souffle coupé. Elle l'avait anéanti, se dit-il. L'avait mis à nu avant de le faire voler en éclats. À présent, elle gisait sous lui, son corps parcouru par les ultimes secousses de ces ébats déchaînés.

Lui aussi tremblait. Ils tremblaient tous les deux.

Elle était à lui. Chacune des exaspérantes, horripilantes, fascinantes et courageuses molécules qui composaient Eve était à lui.

Et il n'aurait rien voulu y changer.

— On dirait que pour ça, tu avais le temps, dit-il.

Sa gorge lui faisait l'impression d'avoir avalé du feu et il aurait donné un million pour le vin posé sur son poste de travail… ou pour la force de se lever et d'aller le chercher.

Il parvint tout juste à lever la tête pour la contempler. Toute en douceur et en longueur, avec le rouge aux joues et des yeux étincelants couleur de whisky.

— Ça n'a pas été très long.

Cela le fit sourire, de même que le contact de la main d'Eve sur sa joue après avoir prononcé ces mots. En retour, il déposa un baiser sur la sienne.

Une fois la colère et le désir évacués, l'amour qui se trouvait en dessous apparaissait, solide et puissant.

— Je ne suis pas fébrile. Trouve un autre mot. J'aime ta famille, et tu le sais. C'est simplement que… Là, maintenant, avec tout ce qui se passe, les avoir tous ici, c'est…

— Beaucoup d'un coup.

Elle réfléchit un instant.

— C'est ça. Beaucoup d'un coup. Quand nous sommes allés là-bas l'été dernier – si l'on met de côté cette parenthèse avec le cadavre qui n'était *pas* mon affaire –, on a surtout pris du bon temps et bu de la bière.

— Je comprends parfaitement.

— Et si en plus, on ajoute Nixie... Ce n'est pas juste, ce n'est pas bien, mais chaque fois que je vois ou parle avec cette gamine, j'ai les tripes qui font des nœuds. Ça se calme ensuite, mais ça commence toujours comme ça. Je la revois telle que je l'ai trouvée, après qu'elle a rampé dans le sang de ses parents pour rejoindre sa cachette. Je n'arrive pas à comprendre pourquoi elle veut se retrouver face à moi. Je dois lui rappeler tout ça : ce qu'elle a enduré, ce qu'elle a perdu. Ça me met le cerveau en vrac et je ne peux pas me permettre ça en ce moment.

— Si ta présence était source de souffrance pour elle, Richard et Elizabeth ne la laisseraient pas te voir ou te parler.

— Sans doute.

— Prends cette histoire de famille et d'amis comme ça vient, sans te faire du mouron. Donne ce que tu pourras, quand tu pourras. Et comme ce sont des amis et de la famille, ils comprendront. Ils savent qui tu es, ce que tu fais et ce que ça signifie.

— Summerset, gronda-t-elle.

— Summerset aussi, affirma Connors avec une petite pichenette au creux de la fossette du menton d'Eve. Il aime te faire enrager tout comme tu le fais avec lui.

— Possible.

Elle ferma les yeux pendant quelques instants.

— Je suis arrivée trop tard. Et dans ma tête, je les vois, je vois ce qu'il leur a fait parce que je suis arrivée trop tard.

Connors posa ses lèvres sur son front.

— Eve, dit-il, tu sais très bien que tu n'es pas responsable.

— J'ai beau le savoir, ça ne change rien. Toutes les preuves que je rassemble montrent que ses parents étaient des gens bien, qu'ils ont fait de leur mieux pour s'occuper de lui. Et parce que les choses ne se passaient pas comme il l'aurait voulu, il les a massacrés. Lori Nuccio, une fille ordinaire, une serveuse sérieuse et responsable, qui s'est démenée deux fois pour l'aider à trouver du travail. Il l'avilit, puis la tue parce qu'elle ne l'a pas laissé vivre avec elle après qu'il lui a volé son argent et l'a frappée.

Elle se blottit contre lui et trouva un grand réconfort dans ses bras enveloppants.

— Et Farnsworth. Bon professeur, le genre dont les élèves se souviennent, une femme qui adorait son affreux petit chien et proposait de faire de la soupe à ses voisins. Il l'a tourmentée pendant des heures et l'a assassinée parce qu'il était trop paresseux pour faire ses devoirs au lycée.

— Tu sais qui il est. Tu l'arrêteras.

— Il faudrait déjà que je le retrouve.

— Et tu le trouveras, assura Connors.

Elle laissa échapper un long soupir.

— Oui…

« Lâche prise, se dit-elle. Lâche prise… »

— Bref, je suis désolée. Plus ou moins.

Il baissa les yeux vers elle et lui sourit.

— Vu comment ça s'est terminé, j'aurais du mal à dire la même chose.

Eve se surprit à sourire en retour.

— Maintenant, j'ai faim, dit-elle.

— Ah oui, vraiment ?

— Vraiment.

Il se redressa et s'installa en position accroupie. Puis se contenta de la regarder en souriant.

Suivant la direction de son regard, elle baissa les yeux sur elle-même. Elle ne portait plus que la manche déchirée de ce qui avait été son chemisier par-dessus son débardeur à peu près intact et le harnais de son arme. Son pantalon était descendu sur ses bottes et son pistolet de secours.

— C'était un beau chemisier, soupira-t-elle.

— Une bonne chose que tu aies d'autres vêtements. Et moi aussi.

Il tira sur sa propre chemise en piteux état.

— On mettra tout ce qui est déchiré dans un recycleur. Je ne veux pas que Summerset voie ça.

— Je ne cesse de te rappeler qu'il est conscient que nous couchons ensemble.

— Il y a coucher et coucher, répliqua Eve.

Il contempla leurs habits déchirés tandis qu'elle remontait son pantalon.

— En effet, admit-il. On va ramasser tout ça.

Il lui tendit la main et l'aida à se relever.

— Ensuite, qu'est-ce que tu dirais qu'on se change, qu'on mange et qu'on se mette au travail ?

— J'en dis que ça me va.

— Et que dirais-tu d'une assiette de spaghettis aux boulettes de viande ?

— Que c'est une idée de génie.

Elle se laissa aller contre lui pendant quelques secondes.

— J'ai passé la journée à bouillonner intérieurement, dit-elle. Tout ça à cause de l'affaire. Et s'énerver à propos d'une affaire ne sert jamais à rien. Apparemment, j'avais besoin de relâcher un peu la pression.

— Ravi d'avoir pu t'aider.

Elle appuya un doigt contre son torse dénudé.

— Je te signale que toi aussi, tu as relâché la pression.

— Alors nous avons tous les deux une raison de nous réjouir.

Dans un même mouvement, ils ramassèrent leurs vêtements en lambeaux.

Le repas lui fit du bien, de même que le rituel consistant à mettre à jour son tableau, lire les rapports des flics sur le terrain et faire le point avec Feeney.

Elle n'aurait pas su dire ce que Connors faisait de son côté, mais elle savait sans l'ombre d'un doute que si quelqu'un était capable de trouver quelque chose d'utile sur la machine effacée, c'était lui. Et qu'il y parviendrait.

Elle établit des probabilités quant à la victime suivante, mais les résultats ne lui parurent pas fiables. D'ailleurs, lorsqu'elle inclut comme facteur la présence des deux enfants étudiants des Boyd, le pourcentage qu'ils soient pris pour cible augmenta. Et comment Reinhold aurait-il pu savoir que les enfants étaient rentrés pour Thanksgiving ?

Ces histoires de fête de famille avaient-elles la moindre importance pour lui ?

« C'est Boyd qu'il voudra », se dit-elle en vidant une nouvelle tasse de café. Pour prouver qu'il savait se servir d'une batte. C'était bien sa façon de penser.

Mais à l'inverse de Reinhold père, Boyd n'avait rien d'un vendeur à la forme déclinante agressé par surprise par son fils habitant le même appartement. Boyd était athlétique, costaud et protégé par de solides mesures de sécurité. Reinhold aurait besoin d'établir soigneusement son plan. « Plus encore, songea Eve, il va devoir rassembler son courage. »

Il était plus probable qu'il s'en prenne d'abord aux femmes, aux cibles plus âgées et moins protégées.

Marlene Wizlet et les Schumaker arrivaient en tête de liste, de même que son ami Joe le Goujat, suivi par Garber, son ancien professeur d'études en mondialisation.

S'il ne rompait pas avec ses habitudes, ce serait l'un d'eux. « Si », pensa-t-elle en soulignant chacun de leurs noms.

Peut-être qu'il allait prendre quelques vacances avec l'argent de sa dernière victime.

Probablement pas, conclut-elle en se levant pour faire les cent pas à travers la pièce. Il allait vouloir ressentir de nouveau cette euphorie, ce sentiment de puissance, l'accomplissement de sa vengeance. Mais il était blessé ; cela leur ferait peut-être gagner un peu de temps.

— Où es-tu, espèce de salopard ?

Elle afficha de nouveau la carte sur son écran en surlignant chaque scène de crime, chaque endroit où Reinhold avait été aperçu. Avec l'aide de l'ordinateur, elle calcula d'autres itinéraires potentiels, d'autres probabilités, jusqu'à en avoir le tournis.

Quand Connors entra, elle était debout en train de scruter les résultats, oscillant d'avant en arrière sur ses talons, plus par frustration que par fatigue.

— Beaucoup trop de possibilités. Hôtels, appartements, lofts, duplex, maisons individuelles. Même quand on ne prend en compte que le haut de gamme et qu'on se concentre sur les secteurs proches de son ancien quartier, il y en a trop. Sans compter qu'il pourrait décider de s'installer dans les quartiers résidentiels. Le New Jersey. Brooklyn. Le Queens. Mais non, non…

Agacée, elle frotta sa nuque raidie.

— Ce sera Manhattan, à proximité de ce qui lui est familier. Il n'aura pas envie de se sentir supérieur de loin. Mais…

— Tu tournes en rond, lieutenant.

— Je sais. Ça m'énerve.

— Tu as besoin de dormir. De t'aérer l'esprit, reprit-il en lui prenant le visage entre ses mains. Reviens-y demain matin avec un regard neuf.

— Je déteste ce type. C'est idiot, je ne sais même pas vraiment pourquoi. Après tout, j'ai eu affaire à pire. Mais il me reste en travers de la gorge.

— Quand il se retrouvera face à toi en salle d'interrogatoire, c'est lui qui t'aura en travers de la sienne, répondit Connors en lui embrassant doucement le front. Allons nous coucher.

« Autant y aller, se dit Eve. Tourner en rond n'apportera rien de bon. »

— Tu as trouvé quelque chose de ton côté ? demanda-t-elle sur le chemin de leur chambre.

— C'est lent et terriblement frustrant. J'ai récupéré quelques données, assez pour voir qu'elle avait interfacé ses différentes machines. Quand on en aura extrait d'autres, nous pourrons peut-être identifier plus précisément les mouvements financiers. Feeney bute là-dessus. On s'est parlé à plusieurs reprises ce soir, il continuera demain. Et avant que tu poses la question, McNab aussi se penche sur le problème, et ils nous ont ajouté Callendar en renfort. Nous y arriverons, mais ça va rester lent et frustrant pour nous tous.

Une fois dans la chambre, Eve se déshabilla.

— Si on retrouve la trace de ces transferts et des comptes bancaires, et qu'ils sont hors de notre portée juridique… Tu pourrais les pirater avec ton matériel non enregistré ?

Il se tourna vers elle tandis qu'elle enfilait une chemise de nuit. Sa peau avait ce côté légèrement translucide qu'elle développait quand Eve s'épuisait à la tâche.

— Je pourrais, effectivement. Et j'y prendrais sans doute plaisir.

— Bon, c'est en admettant qu'on en arrive là. Et il faut que j'y réfléchisse. Si je ne parviens pas à retrouver Reinhold par d'autres méthodes, je devrais peut-être faire appel aux tiennes. Parce qu'il a déjà choisi sa prochaine victime et qu'il est en train de préparer la suite. Il doit jubiler tout en peaufinant son plan.

Connors se glissa dans le lit auprès d'elle et l'attira à lui.

— D'une façon ou d'une autre, tu l'auras. Et là, il déchantera.

Elle ferma les yeux et tenta de trouver le sommeil.

Installé dans son nouvel appartement, sur son lit super classe, Jerry avala une nouvelle dose d'antalgique qu'il fit passer avec ce qui restait des bouteilles de champagne gracieusement offertes par la société de gestion de l'immeuble.

Son pied lui faisait un mal de chien !

Ce n'était pas le cas quand il était ressorti de la clinique. En fait, il s'était senti super-bien, porté par l'effet des médicaments. Puis il s'était senti dans la peau d'un authentique millionnaire – quatre fois millionnaire, même – en arrivant dans sa nouvelle piaule pour y trouver un énorme panier cadeau de la part des gestionnaires. Champagne, fromages de luxe, bonbons, fruits et cookies, plus toutes sortes de petites douceurs réservées aux gens fortunés.

C'était vraiment trop bien. Il avait ordonné au droïde de ranger ses affaires, puis de sortir acheter de la bière importée et de lui préparer le steak dont il avait envie.

Il avait fait le tour de son appartement puis le tour du complexe pour visiter les magasins, la salle de sport, les restaurants et les bars.

Il avait envisagé de rester un peu au bar – au-delà du verre qu'il y avait bu – et peut-être de se trouver une fille. Mais mieux valait se familiariser d'abord avec les lieux.

Il s'était baladé dans le quartier pour prendre un peu le pouls du coin. Il s'y sentait bien.

Ce n'était qu'après que son pied eut commencé à l'élancer qu'il s'était souvenu qu'on lui avait recommandé de ne pas marcher dessus et de le maintenir en position surélevée.

« Ce crétin de docteur aurait dû être plus clair », songea-t-il en serrant les dents dans l'attente que le médicament fasse effet.

Il aurait dû lui fournir des pilules plus puissantes, des instructions plus précises, de meilleurs soins.

Peut-être Jerry pourrait-il faire passer à ce connard le goût du travail mal fait. Qu'il voie ce que ça faisait d'avoir le pied brisé.

— T'es sur ma liste noire, maugréa-t-il.

Il pourrait y retourner pour un « suivi », donner une bonne leçon à cet incapable et en profiter pour choper des médocs.

L'idée lui plaisait, il s'y accrocha pour supporter la douleur jusqu'à ce que le déclic chimique ait lieu et que sa souffrance s'apaise.

« Pas malin de retourner sur place », se dit-il. Mieux vaudrait faire quelques recherches, découvrir où le Dr Crétin habitait et s'en occuper là-bas. Il avait sans doute de l'argent, lui aussi.

Ces foutus médecins roulaient tous sur l'or.

Ouais, il allait entamer les préparatifs. Peut-être qu'il le choperait un soir à sa sortie de la clinique ou quand il serait rentré dans son propre appart chic.

C'était un bon projet. Mais Jerry avait des choses plus urgentes à faire.

Il ordonna l'allumage de l'écran de la chambre et dut se creuser la tête pour se rappeler comment afficher son ordinateur dessus. Puis il décida qu'il avait envie d'une pizza.

Cela faisait quelques heures déjà qu'il avait mangé son steak.

— Hé, Trouduc !

Il avait pris plaisir à programmer le droïde pour qu'il réponde à l'insulte. Ça le faisait pouffer, à chaque fois.

Le droïde apparut sur le seuil de la chambre.

— Oui, monsieur ?

— Va me chercher une pizza. Pepperoni, champignons, poivrons, oignons. Grand format. Commande chez *Vinnie*, c'est ma pizzeria préférée.

— Bien, monsieur. Dois-je sortir la chercher ou demander une livraison ?

— Va la chercher, bon Dieu. Tu crois que je veux attendre qu'une feignasse de livreur me l'apporte ? Et magne-toi, tête de con !

— Oui, monsieur.

Il aimait ce « monsieur ». Il était temps qu'on lui témoigne du respect. D'ailleurs, à partir de maintenant, il forcerait tous ceux qu'il avait prévu de tuer à l'appeler « monsieur » avant de leur faire la peau.

Il afficha ce qu'il appelait sa liste noire, étudia les noms, les adresses qu'il avait obtenues, les lieux de travail qu'il connaissait ou avait pu identifier. À côté de chaque nom figuraient leurs crimes et la méthode – encore susceptible de changer – qu'il emploierait pour leur faire payer.

Il aurait été surpris de constater à quel point sa liste était proche de celle d'Eve. Mais il ne pensait pas à la police. Il se voyait de plus en plus comme un professionnel. Après tout, chaque mise à mort lui avait rapporté quelque chose : vengeance et argent liquide.

Jerry Reinhold – il avait lancé un autre programme pour créer des noms de code potentiels – était un tueur à gages.

« T'es sur la liste du tueur à gages ? Tu dégages ! » Le slogan le faisait marrer.

Quand il en aurait fini avec sa propre liste, il adopterait son nom de code et se ferait embaucher par d'autres. Son pseudo préféré était « Cobra ». Rapide et mortel. Mais il aimait aussi « le Faucheur ». Ça rappelait la Grande Faucheuse.

Tout en scrutant sa liste, il revivait chaque insulte, chaque moment où il avait été embarrassé ou rejeté.

Il s'imagina par avance le plaisir qu'il prendrait à brûler le joli minois de Marlene Wizlet à l'acide jusqu'à ce qu'elle ressemble à un monstre. Puis il la forcerait à se regarder dans la glace… avant de lui trancher la gorge.

Ça lui apprendrait à l'envoyer bouler, à se croire supérieure à lui. Et elle avait dû se faire pas mal d'argent, c'était certain, en prostituant son visage – celui qu'il allait lui ravager – et son corps.

Et les Schumaker. Bon Dieu qu'il les détestait ! Il s'en mettrait plein les poches avec eux. Il avait prévu de tabasser le vieux à mort et de noyer la vieille pie dans sa propre baignoire.

L'entraîneur Boyd, ce bon vieux M. Boyd. Ce serait un moment à marquer d'une pierre blanche. « Vous voulez me voir manier la batte ? » Il trouverait le moyen de s'introduire chez Boyd, il y en avait forcément un. Puis il violerait sa femme sous ses yeux. Ensuite, il sortirait les cisailles. Il avait vraiment envie de s'en servir. Et quand ce serait fini, il exploserait la cervelle de ce connard avec sa fidèle batte de base-ball.

Du bonheur en barre.

Même si Boyd ne lui rapporterait pas grand-chose financièrement, ce serait… c'était quoi, déjà, l'expression ? Ah ouais, du travail fait avec amour.

Il se remit à rire et continua à parcourir sa liste.

Il modifia quelques méthodes. Il avait désormais assez d'argent pour mettre la main sur un pistolet paralysant. On pouvait faire beaucoup de choses avec un pistolet paralysant. Il avait également envisagé de se procurer un marteau, peut-être une scie.

Un homme se devait de posséder de bons outils.

Il pensa à Mal. Le meilleur moyen d'atteindre Mal – quel genre d'ami vous foutait à la porte sous prétexte qu'on n'avait pas assez pour le loyer ? – c'était sa mère. Cette salope autoritaire. Il aimait bien l'idée du marteau dans ce cas précis. D'abord la mère, puis le fils.

Mais pas tout de suite.

Il sourit en étudiant la cible suivante. Oh oui, ce serait un vrai plaisir. Il allait bien s'amuser… Il savait exactement comment récupérer son juste salaire au passage.

— Trouduc, où est ma pizza ? Et apporte-moi une bière !

Il passa quelques minutes de plus à réviser son plan. Bon sang, c'était tellement simple. Pourquoi n'avait-il pas eu l'idée de faire tout ça plus tôt ?

Le droïde vint lui servir sa pizza et sa bière sur un plateau, avec une serviette.

Pas mal.

— Retourne au salon. Veille active. Je veux que tu sois dans le coin si j'ai besoin de toi.

— Oui, monsieur. Bon appétit.

— J'y compte bien.

Il se saisit de la télécommande de l'écran, fit défiler les choix qui lui étaient proposés et opta pour du porno.

Il se divertit ainsi à coups de pizza, de bière et de sexe brutal jusqu'à finalement s'endormir, le sourire aux lèvres.

17

Elle se réveilla tôt dans l'éclat trouble de l'aube et sentit qu'elle était seule avant même que ses yeux ne s'habituent à la lumière.

Connors était levé et… déjà occupé quelque part, sans doute. Elle aurait pu se demander comment il avait réussi à se mettre en branle à une heure aussi indue mais, allongée au milieu des draps, elle dut constater qu'elle-même en avait fini avec le sommeil.

Son esprit était déjà tourné vers Reinhold.

En se redressant, elle perçut des ronflements que toute la bonté et l'affection du monde n'auraient pas permis de qualifier de ronronnement. Elle distingua les contours de la boule de fourrure à pattes qu'était Galahad au pied du lit.

« Il y en a au moins un qui sait ce que dormir jusqu'au matin veut dire », songea-t-elle avant de s'extraire du lit.

Elle allait faire quelques exercices et nager un peu. Prendre soin de son corps puisqu'elle avait le temps. Elle farfouilla jusqu'à trouver un vieux short de sport et un débardeur, puis passa par-dessus un tee-shirt usé du NYPSD.

Le chat ne bougea pas d'un poil et ne cessa pas de ronfler pendant qu'elle enfilait des chaussures, puis se rendait à l'ascenseur.

« Trente minutes de course intense, calcula-t-elle, une quinzaine à soulever de la fonte et pour finir cinquante longueurs dans le bassin. »

Elle émergea au niveau de la piscine avec ses plantes luxuriantes, ses fleurs exotiques et son eau d'un bleu profond. De tous les aménagements luxueux intégrés à la demeure conçue par Connors, la piscine constituait pour Eve le plus gros avantage personnel.

La tentation était grande de simplement se dévêtir et de plonger. Mais ce serait d'autant plus satisfaisant après avoir sué sang et eau à l'entraînement.

Faisant le tour du bassin en direction de la salle de sport, elle vit que la lumière était allumée.

Elle s'arrêta avant d'entrer et entendit la voix de Connors, puis celle de quelqu'un d'autre.

S'avançant sur le seuil, elle le vit – dans une tenue de sport presque aussi loqueteuse que la sienne – en train de faire du développé couché tout en poursuivant une conversation. Il avait enclenché le haut-parleur, comprit-elle quand l'autre voix – celle d'un homme à l'accent britannique prétentieux – se mit à débiter une série d'équations et de mots techniques auxquels elle ne comprit pas grand-chose. Voire, soyons honnêtes, rien du tout.

Tandis que Connors soulevait les poids et enchaînait questions et commentaires à propos d'une histoire de code de prévention des incendies et de sorties de secours, une espèce de plan en trois dimensions s'afficha sur l'écran, pivota, s'agrandit, passa d'une vue latérale à une vue de dessus.

Même aux yeux novices d'Eve, cela semblait massif et important.

Elle entra discrètement – ce qui lui valut un sourire chaleureux de la part de Connors – et se dirigea vers l'une des machines pour programmer sa course matinale. Elle opta pour la plage et régla manuellement l'appareil tandis que Connors continuait sa discussion. Lever de soleil tropical.

Elle aimait la sensation du sable sous ses pieds et la lumière rosée qui s'épanouissait sur l'horizon, alors que les vagues embrassaient le rivage avant de repartir dans un doux bruissement.

D'accord, peut-être que cette salle de sport à la pointe du progrès, à des années-lumière des espaces bondés aux équipements douteux dont elle avait autrefois dû se contenter au Central, représentait un autre avantage personnel majeur.

Elle prit deux minutes pour s'échauffer en courant à un rythme tranquille puis augmenta régulièrement l'allure jusqu'à courir à pleine vitesse.

Elle entendit bientôt un bruit lourd et métallique comme Connors reposait la barre sur le plateau, puis un changement de ton alors qu'il entamait une nouvelle conversation. « De l'italien ? », se demanda-t-elle avant que les salutations ne laissent place à une discussion en anglais à propos, semblait-il, de moteurs et d'aérodynamisme.

Il était passé aux haltères et travaillait ses biceps tout en examinant l'écran et les plans détaillés d'une espèce de transporteur aérien massif.

Il ne tarda pas à passer à un laboratoire en France. Eve eut l'impression qu'il était question de parfum, mais il aurait pu s'agir de sérums. Lorsqu'elle arriva au terme de ses trente minutes de course, Connors monta sur la machine pour courir à son tour.

Elle se lança dans ses exercices de musculation tandis qu'il menait ses affaires en Europe. Quand elle s'arrêta pour boire de l'eau, il éteignit l'écran et le haut-parleur.

— Les grands esprits se rencontrent de bon matin, apparemment, commenta-t-il.

— Tu rencontrais de grands esprits ?

— Je parlais de toi et moi, mais le reste aussi s'est bien passé.

Il avait bien transpiré, remarqua-t-elle, avait discuté affaires avec trois ou quatre pays différents et semblait réveillé et plein d'énergie.

Pendant ce temps, le soleil était à peine levé.

— Ça ne te donne pas le tournis de sauter comme ça de pays en pays ?

— Ce n'est qu'une histoire de rythme à maintenir.

Elle le regarda tandis qu'il courait. Fluide, souple, puissant.

— Tu veux dire que tu établis le tien et que c'est à eux de te suivre.

— C'est à peu près ça, oui. Tu t'es levée tôt. Tu as fait des rêves ?

— Non. En tout cas, je ne m'en souviens pas. Je suis réveillée, c'est tout. Et ça me donne l'occasion de faire un peu de sport… et d'aller nager.

— Je te rejoins. J'ai terminé l'essentiel de ce que je voulais faire avant les fêtes.

— C'est demain.

Elle faisait de son mieux pour graver la date dans son esprit.

— La famille, c'est aujourd'hui. Alors…

Il ralentit l'allure pour la fin de sa course et lui sourit.

— Ça me libère du temps pour travailler avec toi, lieutenant.

— Si on trouve l'argent, on trouve Reinhold, dit-elle. Sans ça, il va s'attaquer à quelqu'un d'autre, sans doute ce soir. À moins qu'il ne soit en train de pleurnicher sur ses orteils brisés.

Connors descendit de la machine et prit à son tour une bouteille d'eau.

— Tu n'envisages pas la possibilité que lui aussi puisse prendre une journée pour Thanksgiving ? Sans compter que ses cibles sont peut-être attendues quelque part demain ?

— Il ne pourra pas patienter.

Ses conclusions, confortées par celles de Mira, mettaient en avant un besoin d'immédiateté. Reinhold voulait – et estimait mériter – des gratifications instantanées.

— C'est trop excitant pour lui. Et si jamais il pense à la question de Thanksgiving, ce sera pour l'exploiter. Anéantir la famille de quelqu'un le jour où les gens sont censés se gaver de tarte et exprimer leur gratitude. Ce n'en sera que plus satisfaisant pour lui.

— Je vois ce que tu veux dire. Mais si l'on passe par les voies officielles, ça va prendre du temps, dit-il en l'accompagnant vers la piscine. Je pourrais réduire considérablement le délai avec le matériel non enregistré.

— J'y réfléchis...

Elle se déshabilla, toujours très partagée sur cette question.

— Dans un cas comme dans l'autre, on a encore du temps. Il n'est pas du genre à agir en plein jour, il n'a pas les tripes pour ça, pas encore. Il aime agir de nuit. On a du temps, répéta-t-elle pour se rassurer.

Elle plongea. Une fois passé le léger choc au moment de pénétrer dans l'eau, elle prit plaisir à la sensation de fraîcheur sur sa peau et entama rapidement sa première longueur. Connors la suivit, son corps fendant les flots, et synchronisa ses mouvements avec les siens, si bien qu'ils touchèrent simultanément la paroi opposée avant de pivoter et de repartir.

Elle perdit le compte des longueurs – cinq, dix – mais son corps et son esprit atteignirent cet état particulier entre détente et stimulation. La chaleur dans ses muscles créait le contraste parfait avec la fraîcheur de l'eau.

Quand son cœur se mit à marteler, quand ces mêmes muscles commencèrent à trembler, elle se força à aller au bout d'une ultime longueur, puis se laissa couler avant de remonter à la surface.

— Ah, pourquoi ils ne rajoutent pas une heure à chaque journée pour qu'on puisse démarrer tous les matins de cette manière ?

Connors la rejoignit et fit courir sa main sur la chevelure humide d'Eve.

— Tu le ferais ?

— Sans doute pas, mais l'idée me plaît.

Elle s'inclina vers lui, renversa la tête en arrière et accrocha ses lèvres aux siennes. Leurs peaux humides glissèrent l'une contre l'autre.

— Cette idée-là me plaît encore plus, murmura Connors.

Deux « bips » simultanés se firent entendre depuis les communicateurs qu'ils avaient déposés sur une table près de la piscine.

— Qu'est-ce que c'est ? Ce n'est pas ma sonnerie.

— Un signal de rappel, sur nos deux appareils, lui dit-il.

— Je n'ai enregistré aucun rappel.

— Moi si. Sur les deux. Et merde…

Il coiffa ses cheveux en arrière, sortit du bassin et s'empara d'une serviette.

— Pour cette fichue histoire de médaille cet après-midi.

— Quoi ? Aujourd'hui ? C'est aujourd'hui ?

Et comment avait-elle fait pour effacer complètement cette information de son esprit ?

— Qu'est-ce qu'il y a de pire que « et merde » ? J'ai envie de dire un truc bien pire.

Il se contenta de soupirer et de lui jeter une serviette.

— On y va, on serre les dents et après ce sera fini.

— J'ai un malade mental aussi chanceux que stupide à arrêter, et toi une horde d'Irlandais déchaînés qui débarquent. Tu devrais prévenir Whitney qu'on est obligés de décliner… de décaler, corrigea-t-elle.

Il pencha la tête sur le côté, un léger sourire aux lèvres.

— C'est moi qui devrais l'appeler ?

— C'est mon supérieur hiérarchique. Je ne peux pas lui dire qu'on est trop occupés.

Elle souffla en voyant que Connors ne la quittait pas des yeux.

— Et toi, tu pourrais, mais tu ne le feras pas… Et je comprends. Bon sang. C'est un honneur. Vraiment… Mais pourquoi est-ce qu'il faut que ce soit public ? reprit-elle. C'est ta faute.

Il noua la serviette autour de ses hanches, l'air de plus en plus amusé.

— Ma faute ? répéta-t-il. Et pourquoi ça, exactement ?

— Parce que tu es riche et célèbre et que ça influe sur leurs décisions politiques.

— Eh bien, voilà une intéressante conclusion. Je croyais que cela avait surtout eu une influence négative et que c'était précisément pour ça qu'ils avaient attendu si longtemps avant de te proposer de passer capitaine.

— Tout ça, c'est de la politique à la noix. Qui peut dire dans quelle direction ils vont aller ?

— Mais c'est ma faute, quelle que soit la direction ?

— Ouais.

— Et ça n'aurait rien à voir avec le fait que tu es foutrement douée dans ton boulot ?

Il haussa les sourcils, une lueur d'humour dans le regard.

— Je devrais pouvoir être foutrement douée dans mon boulot sans qu'on m'oblige à apparaître devant une foule de gens, de caméras et Dieu sait quoi encore. Comment se fait-il qu'on me punisse parce que je bosse bien ?

— C'est un honneur, tu te souviens ? Et, oui, c'est aussi une punition à tes yeux. Et aux miens, un truc bien embarrassant. Voilà ce qui arrive quand on épouse un flic.

Elle lui planta un doigt dans les côtes.

— Je t'avais prévenu.

Avec un éclat de rire, il l'agrippa et la fit tournoyer sur elle-même.

— Mais je n'ai aucun regret, même avec cette fichue médaille. On va faire front, lieutenant.

— Peut-être qu'on aura de la chance et que je mettrai les menottes à Reinhold cet après-midi. Même le maire ne pourra rien trouver à redire à ça.

— Espérons-le. Et allons manger. J'ai une faim de loup.

Elle mangea, malgré l'insistance de Connors pour lui faire avaler des flocons d'avoine. Et puisqu'elle avait bien démarré la journée, elle entama la phase suivante dans son bureau personnel. Galahad se joignit à elle et s'installa sur son fauteuil de repos pour faire sa toilette.

— L'ordinateur pense que le mannequin sera sa prochaine cible, lui annonça-t-elle. Je n'en suis pas si sûre.

Tandis que Galahad continuait à se lécher, elle se leva pour étudier le tableau.

— C'est une femme, sans doute plus faible que lui physiquement, donc c'est un plus. Mais elle vit avec son mec. Dans les quartiers résidentiels qui plus est, hors de la zone de confort de Reinhold. Même sans compter la protection policière dont il n'est logiquement pas au courant, son immeuble est hyper sécurisé. Il va vouloir se venger d'elle, c'est vrai, mais il n'a pas les moyens de déjouer les mesures de sécurité et de contourner les nombreux obstacles.

Le rapport de Baxter avait confirmé que Marlene Wizlet était officiellement « une bombe avec supplément de TNT ». Plus important, il jugeait fiables les dispositifs de sécurité dont elle était entourée. Le compagnon était intelligent et suffisamment protecteur pour avoir déjà embauché un garde du corps.

« Reinhold en a après elle, mais il doit savoir qu'elle ne sera pas facile à atteindre. »

Cela nécessiterait une préparation plus longue. Un plan plus complexe. L'attirer quelque part, à l'écart des endroits publics. Possible. Possible s'il essayait. Mais n'aurait-il pas besoin d'un endroit où la retenir ?

— Irait-il compromettre ainsi son propre nid, où qu'il puisse être ?

On maîtrisait mieux les choses en étant chez soi. Cela contrebalancerait-il le plaisir d'agresser ses victimes dans un endroit où elles se pensaient en sécurité ?

« Également possible », estima-t-elle.

Mais il était blessé. Son pied devait lui causer des soucis, le forcer à réfléchir à deux fois au risque d'une altercation physique. Il aimait attaquer ses victimes par-derrière et par surprise.

Dans cette logique, le couple de commerçants semblait mieux correspondre. Des gens âgés vivant au cœur du quartier de Reinhold. S'il parvenait à s'emparer de l'un d'eux, il pourrait s'en servir pour piéger l'autre.

Il avait désormais de l'argent, beaucoup d'argent, bien plus qu'il n'en fallait pour acheter au marché noir un pistolet paralysant, un uniforme et un insigne factice. En exploitant les failles du système de sécurité de l'immeuble des Schumaker – et sans être informé de la protection policière –, il pourrait accéder relativement facilement à leur appartement. Il suffirait d'entrer dans le sillage d'un autre résident ou de se faire passer pour un livreur ou un technicien de maintenance. Ou un flic.

— Je patienterais en attendant le bon moment. J'observerais les lieux, la routine des uns et des autres. Et j'entrerais de nuit. L'uniforme de policier est le moyen le plus direct.

Elle décocha une œillade vers le chat. Visiblement épuisé par sa toilette, il était allongé sur le dos dans une attitude de détente absolue.

— On pourrait croire que tu sors d'un marathon de sexe plutôt que de ton bol de croquettes. Bref. Tu n'as qu'à frapper à la porte et te présenter comme faisant partie du NYPSD. Les gens respectueux de la loi ouvriront forcément la porte. Là, tu te sers du pistolet paralysant, ce qui évite de faire du bruit. L'isolation n'est pas le fort de ces vieux immeubles. Tu verrouilles la porte, tu bâillonnes et ligotes tes proies et ensuite tu peux leur faire ce que tu veux. Des heures passées à leur faire tout ce qui te plaira.

— Par chance pour le peuple, toi aussi, tu respectes les lois.

Elle tourna la tête pour regarder Connors pardessus son épaule, sourcils froncés.

— Je croyais que tu étais occupé à gérer ton empire.

— Je l'étais, mais plus maintenant. Et comme je suis sur le point de concentrer mes efforts sur cette recherche de l'argent volé, je voulais te voir avant que tu partes pour le Central.

— J'y vais dans quelques minutes. C'est la meilleure façon de s'introduire à l'intérieur, non ? demanda-t-elle en désignant le bâtiment à l'écran. Investissement mineur pour acheter un déguisement, entrer à une heure tardive, les neutraliser, verrouiller les issues, les attacher.

— Ce seraient eux, les cibles ? demanda-t-il en se rapprochant pour examiner les photos des Schumaker.

— Ouais. Ils vivent au-dessus de leur petit magasin. Comme tu peux le voir, l'immeuble dispose de caméras de sécurité pour l'entrée principale, il y a un lecteur de cartes pour les résidents et un interphone pour les visiteurs et les livraisons.

— Ainsi que les voleurs et meurtriers potentiels. À quel étage sont-ils ?

— Au troisième. Dans le coin nord-ouest.

— Un escalier de secours ?

— Oui.

— Je ne m'embêterais pas avec le déguisement. J'investirais dans un bon brouilleur et un bon scanner. Il a grandi dans ce quartier et il s'est sans doute déjà servi des escaliers de secours. Je passerais par là, je scannerais les fenêtres pour détecter d'éventuelles alarmes et je me servirais du brouilleur pour les neutraliser. S'ils avaient verrouillé les fenêtres, ce que beaucoup de gens à l'aise dans leur troisième étage ne font pas, un simple coupe-verre permet d'accéder au loquet. C'est un jeu d'enfant.

— Auquel tu as déjà joué.

— Oh, aussi souvent que possible. Alors il se retrouve sur place et, à moins d'avoir attiré l'attention en entrant, il n'est pas repéré par les caméras de sécurité.

— Il a un pied estropié.

— C'est à ça que servent les antalgiques.

— Mouais, admit Eve en glissant les mains au fond de ses poches. L'ordi voit le mannequin comme cible la plus probable.

Elle lui désigna la photo.

— Elle est charmante.

— Et elle a un compagnon. Lui aussi est charmant… et plus grand et costaud que Reinhold. Sans compter qu'elle bénéficie d'un niveau de sécurité trop élevé pour lui. Ce serait sa première effraction, si c'est ainsi qu'il choisit d'agir. Pour ses parents, il était déjà sur place, il avait la clé de chez son ex et il a assommé sa prof au moment où elle rentrait chez elle avec son chien. Il n'a jamais eu affaire à des verrous, des systèmes de sécurité ni à une véritable effraction. Logiquement, il devrait viser la cible la plus facile d'accès.

— Que tu estimes être ce couple.

— Non, je vois plutôt Joe le Goujat. Ce type-là. C'est le seul des amis de Reinhold qui se fiche complètement de ce qu'il a commis. Je pense que Reinhold pourrait convaincre Joe de l'accueillir chez lui, ou de sortir le rejoindre, selon ce qu'il a en tête. Il connaît peut-être même un moyen d'entrer dans la mesure où il a sans doute pas mal traîné chez lui. C'est la cible la plus facile à défaut d'être la plus satisfaisante.

— Je vois…

Connors balaya du regard le panneau, les photos, les notes qu'elle avait apposées ici et là.

— Et je remarque que vous ne couvrez pas ses arrières, contrairement aux autres.

— Non, il n'a pas voulu de protection. Pas envie de se sentir à l'étroit, peur que ça le gêne pour draguer les filles ou des conneries du même genre d'après le rapport. J'irai lui parler en personne aujourd'hui.

— Qui serait le plus satisfaisant ?

— D'après moi, Wayne Boyd. Reinhold nourrit cette rancune depuis des années et je te parie que chaque fois qu'il frappe quelqu'un à coups de batte, il pense à l'entraîneur Boyd qui l'a laissé sur le banc de touche et a fait de lui le bouc émissaire plutôt que le héros dans le match de championnat.

— Boyd a affirmé ne pas avoir blâmé le garçon quand il a désobéi à ses instructions, mais les gamins étant ce qu'ils sont...

— Ouais, certains d'entre eux ont forcément eu des mots avec Reinhold. C'est pour cette raison que j'ai fait de mon mieux pour retrouver et contacter tous les membres de l'équipe de Reinhold et de l'équipe adverse.

— Tu penses sincèrement qu'il viserait aussi loin ?

— Je me dis que c'est une très bonne chose qu'il n'ait pas été impliqué dans le Cheval Roux, répondit-elle en faisant référence à une importante affaire qu'elle avait résolue. Tu imagines s'il avait pu se servir du virus de Menzini ? Il aurait éliminé tous ceux qui l'ont un jour regardé de travers et un paquet de badauds innocents au passage.

— Il n'est pas si différent de Lewis Callaway. Le même genre de mentalité : persuadé de son bon droit, toujours à se plaindre, obnubilé par l'idée de se venger de tous. Ce qui les distingue, c'est qu'il aime être sur place, il aime se sentir puissant en les tuant face à face, s'impliquer directement. Par contre, il n'a pas le sang-froid de Calloway, si on peut parler de sang-froid. Et il a besoin de cette... disons « connexion » avec ses victimes.

— Je pense que c'est le mot, approuva Eve. Cela dit, avec les Boyd, on a de nouveau affaire à de solides mesures de sécurité et une famille entière à neutraliser. Il ne passera jamais la porte ou la fenêtre sans un excellent équipement et une certaine expérience de l'entrée par effraction. Sa meilleure option pour les atteindre consisterait à s'emparer de la femme ou de l'un des enfants et de s'en servir comme moyen de pression pour forcer Boyd à venir jusqu'à lui ou à lui donner accès à leur domicile. Mais c'est risqué. Vraiment risqué.

Elle s'éloigna de quelques pas, puis revint vers lui.

— Il est énervé. Sa blessure au pied l'a forcément mis de mauvaise humeur. En même temps, il est sorti de chez Farnsworth avec plusieurs millions en poche, donc il est content de lui. Il ne connaît que le succès depuis le début, donc ça le rend arrogant. Et il reste un lâche. Il se croit courageux, il pense avoir trouvé sa force, sa vocation, mais tout ce qu'il a accompli, c'était avec l'état d'esprit d'un gamin gâté, effrayé et ingrat dans le corps d'un homme.

— Bon, je ne crois pas que quiconque dirait que j'ai été pourri gâté étant enfant, mais ingrat certainement. Difficile d'être reconnaissant face à des coups de poing et de botte. Et effrayé aussi, la plupart du temps. Je pense que j'aurais opté pour la plus glorieuse récompense.

— Tu n'as jamais été un lâche.

Il croisa son regard, repensa à son père.

— Il me terrifiait quotidiennement, même quand j'ai compris qu'une attitude de défi pouvait constituer une sorte de bouclier. Et la dernière raclée qu'il m'a flanquée, celle qui a failli m'envoyer six pieds sous terre ? Je me demande toujours si la peur ne m'aurait pas poussé à revenir vers lui. Je ne connaissais rien d'autre. Mais Summerset m'a trouvé, m'a pris sous son aile. Il m'a donné un choix. Même si je ne lui ai pas été spécialement reconnaissant pour ça au départ.

Eve lui prit la main. Parfois, elle oubliait qu'il avait été un enfant aussi terrifié, perdu et abîmé qu'elle.

— Il aurait été ma plus glorieuse récompense, murmura Connors. À un moment ou à un autre, si quelqu'un ne m'avait pas devancé. Je n'aurais pas pu vivre dans ce monde, ou me sentir un homme, s'il était resté en vie.

Elle se demanda ce qu'il aurait pensé ou ressenti s'il avait su que l'individu qui l'avait devancé n'était autre que Summerset. « Mais ce n'est pas à moi de le lui dire », songea-t-elle.

— Ses parents ne lui ont jamais fait de mal, ne l'ont jamais maltraité, précisa-t-elle. Non seulement il n'y a aucun indice allant dans ce sens, mais on en trouve même beaucoup affirmant le contraire.

— Mais, comme tu l'as dit, c'est son état d'esprit.

— Mouais, répondit-elle en se tournant vers le tableau. Boyd ou le mannequin. Ce seraient eux, les plus glorieux. L'autre professeur, Garber, serait moins difficile à atteindre. Mais Reinhold vient déjà de se venger de son ancienne prof. Je pense que pour lui, en tuer un autre juste après serait… ennuyeux. Il y a d'anciens patrons, supérieurs hiérarchiques et même collègues sur la liste.

— Et ta liste regroupe plusieurs dizaines de gens.

— Oui. Je vais prier pour que tu aies vu juste sur le côté glorieux. Tous les deux sont soigneusement surveillés. S'il tente de s'en prendre à Boyd ou Wizlet, nous l'appréhenderons. Mais tu sais quel est le problème ? Il y a forcément d'autres personnes qui ne figurent pas sur la liste. Des gens auxquels personne n'a songé ou dont personne n'a entendu parler.

« Impossible de le savoir, se dit Connors. Pas étonnant qu'Eve continue à tourner en rond. »

— Donc le retrouver avant qu'il choisisse sa cible ou l'agresse est le seul moyen d'être sûr.

— Nouvelle identité, nouveau repaire. S'il était malin, il s'y cacherait pendant quelques jours, le temps de guérir et de mettre un plan au point.

— Mais il n'est pas très malin.

Eve secoua la tête.

— Pas assez, en tout cas.

— Alors je vais retourner sur la piste de l'argent. Je travaillerai d'ici pour le moment, ajouta-t-il en faisant pivoter Eve vers lui. Je contacterai sans doute Feeney à un moment ou à un autre. Mais je ne mettrai pas les pieds au Central aujourd'hui sans ta promesse de ne pas me laisser en carafe pour cette fichue remise de médailles.

— Si je suis sur le terrain...

— Ah.

Une lueur d'avertissement s'alluma dans les yeux de Connors, ce qui la fit lever les siens au ciel.

— Je resterai en contact avec toi, promit-elle. Et si je tombe sur quelque chose d'assez urgent pour esquiver la cérémonie, je te tiendrai au courant. Tu es assez rusé pour te glisser entre les mailles du filet.

— D'accord, on fait comme ça.

Il l'embrassa et fut surpris et touché par l'étreinte rapide mais intense qu'elle lui rendit.

— On se retrouve dès que je peux, dit-elle. D'une manière ou d'une autre.

— Si on finit par participer à ce truc, tu porteras ton uniforme, non ?

— Ouais. Je ne pourrai pas y couper.

Le sourire de Connors s'élargit.

— C'est déjà quelque chose. Prends soin de ma femme flic préférée, jusqu'à ce que je la retrouve.

En le regardant s'éloigner, elle songea que la reconnaissance qu'elle éprouvait pour Summerset au plus profond d'elle-même était un secret qu'elle pourrait emporter dans la tombe.

Elle envoya un message à Peabody pour lui demander de la rejoindre à l'appartement de Joe. Autant s'en occuper tout de suite, avait-elle décidé en descendant vers le rez-de-chaussée.

Elle trouva son manteau sur le montant de l'escalier. Elle savait que Summerset le rangeait sur un cintre la nuit venue puis le remettait en place au matin. Elle ne comprendrait jamais pourquoi il ne le laissait pas simplement sur place.

« Même chose avec ma voiture », se dit-elle en enfilant le manteau.

Elle la laissait devant la maison et Summerset la pilotait à distance jusqu'au garage, puis la ressortait à l'aube.

« Question de routine, songea-t-elle. À chacun les siennes. »

Tout en se dirigeant vers la voiture, elle leva les yeux vers le ciel et sentit éclore une petite bulle d'espoir. Si ces cieux chargés décidaient d'ouvrir les vannes – et au bon moment – ils pourraient au moins échapper à la remise des médailles sur les marches éminemment publiques de l'entrée du Central.

Si ça se produisait, elle aurait une raison supplémentaire d'être reconnaissante pour Thanksgiving.

Elle démarra et quitta la propriété. Moins de deux minutes plus tard, elle se retrouva prise dans un gros bouchon accompagné par la cacophonie dissonante des avertisseurs en tout genre.

Profitant de l'équipement de son véhicule, elle se servit de la caméra pour voir à quel point la circulation était congestionnée. Elle zooma sur l'image d'un maxibus en panne qui bloquait deux voies à lui seul.

Même si le service de la Circulation avait sans doute déjà été prévenu, elle les appela avant de passer en mode vertical. Elle plana au-dessus des toits et mit le cap vers l'est. Un chemin plus long, indéniablement, mais qui lui éviterait de poireauter dans sa voiture en bouillant intérieurement.

Et puis un itinéraire différent, même plus long, rompait la routine. Nouveaux bâtiments, nouveaux agencements, nouveaux glissa-grils et vendeurs de rue. À qui pouvaient-ils bien vendre des souvenirs de New York – écharpes, bonnets et sacs à main du marché gris – si tôt le matin ?

« Ce sont les fêtes, se rappela-t-elle. Le début de la période folle des achats de Noël. »

Les touristes, rendus insouciants par les vacances ou l'idée d'une escale new-yorkaise, se précipitaient sur ce qu'ils considéraient comme des affaires telles des fourmis sur un morceau de sucre.

Ils sortaient tôt, supposa-t-elle, pour profiter pleinement de cette rupture dans leur routine quotidienne.

« La routine », se répéta-t-elle en se redressant sur son siège. Reinhold s'était écarté des siennes pour viser plus haut en matière de repas, de vêtements, de logement. Mais les routines existaient pour une bonne raison.

N'avait-il pas une salle de jeu favorite ? Il aimait jouer. Sa boîte de prédilection, sa pizzeria préférée ? Du sport ? La saison ne se prêtait pas au base-ball, mais défendait-il une équipe en particulier dans l'Arena Ball ? Ou en matière de football, basket-ball, hockey ?

Il pouvait se payer des billets à présent. Au bord du terrain, avec la meilleure vue sur les matchs. Des sièges pour VIP.

Cinéma, musique, boîtes sélectes ; qu'est-ce qui était à la mode en ce moment ?

Elle décida d'appeler Mal Golde depuis le communicateur de la voiture.

— Ah, salut, lieutenant.

À en juger par ses paupières tombantes et ses cheveux en bataille, soit elle venait de le réveiller, soit il avait passé une nuit difficile. Peut-être les deux.

— Question : parmi les pizzerias du quartier, laquelle préfère Reinhold ?

— Chez *Vinnie*, aucun doute là-dessus. Il va toujours chez *Vinnie*.

— Qu'est-ce qu'il commande d'habitude ?

— Euh… Désolé, dit-il en se passant la main sur le visage, je n'ai pas beaucoup dormi. Euh… Pepperoni, oignons, champignons, poivrons verts.

— D'accord. Ses équipes de sport préférées ?

— Les Yankees, depuis toujours. On se bagarrait souvent là-dessus parce que je suis un fan des Mets et…

— À part en base-ball. Arena Ball, football, basketball. Quelque chose qui se joue en ce moment.

— Le football américain. Les Giants. C'est un inconditionnel des Giants. Il n'est pas super fan de l'Arena ou du basket.

— D'accord. Où est-ce qu'il aime traîner ? Salles de jeux, boîtes, cafés, n'importe quoi.

— On allait surtout au Jangles sur Times Square. Ça vaut le coup de se déplacer. Puis, si on avait les poches assez pleines, on se prenait parfois une bière chez *Tap It*, sur Broadway entre la 45e et la 46e. Jangles organise des tournois. Jerry trouvait toujours les fonds pour participer. Il a presque gagné, un jour, mais Bruno l'a devancé d'un cheveu. Jerry était super en rogne.

— Bruno qui ?

— Oh…

Mal écarquilla les yeux et pâlit.

— Merde, j'avais pas pensé à lui. Je ne connais pas son nom. Bruno, c'est son pseudo. Un grand mec, mais très jeune. Dans les dix-huit ans. Un vrai virtuose aux jeux.

— Autre chose que vous puissiez me dire ? En termes de routines, d'endroits favoris, d'habitudes.

— Le soda à la glace pistache de chez Gregman, c'est un magasin du quartier. Il y est accro depuis qu'on est gamins. Oh, et euh… Lucille.

Il regarda autour de lui et baissa d'un ton.

— Elle non plus ne m'était pas venue à l'esprit avant. Si j'ose ne serait-ce que penser à une CL quand ma mère est dans la pièce, elle le saura. Elle est télépathe.

Après avoir rencontré sa mère, Eve voulait bien le croire.

— Il fréquente une compagne licenciée du nom de Lucille ?

— Ben, en fait, on a tous été la voir. Elle… C'est super-embarrassant.

— Un meurtre est plus grave qu'un moment d'embarras.

— Ouais. Ouais, c'est vrai. Bon, elle nous faisait un prix de groupe sur les gâteries. Moi, Jerry, Joe, Dave. Quand on avait seize, dix-sept ans. Jerry… Sérieusement, je ne l'ai su qu'après et ça se fait pas de dénoncer ses amis. Il avait volé de l'argent à sa mère et payé

Lucille pour la totale. Je pense – je suis presque sûr – que c'était sa première fois. Il devait avoir à peu près dix-huit ans. Je me souviens que Joe se payait sa tête parce qu'il était vierge et que Jerry avait répondu que Lucille était allée jusqu'au bout avec lui.

— Vous faites toujours appel à elle ?

— Non. Non !

Ses oreilles rosirent et il jeta un nouveau regard inquiet par-dessus son épaule.

— Pas moi. Et Dave non plus, à ce que j'en sais. Mais je suis presque sûr que Joe et Jerry la voient encore de temps en temps.

— Où peut-on trouver Lucille ?

— Elle traînait généralement du côté d'*Avenue A*, à l'époque où elle avait un permis pour la rue. Mais elle s'est trouvé son propre local et a changé de permis. Je ne suis pas vraiment sûr, mais elle est peut-être encore à Alphabet City. Je ne l'ai pas revue depuis mes dix-huit ans, en fait. C'était trop bizarre de se faire… d'avoir la même CL qui s'occupait de nous tous.

— D'accord. Donnez-moi une petite idée de son apparence. Âge ? Couleur de peau ?

— Euh, je pense qu'elle est pas beaucoup plus vieille que moi. Peut-être vingt-sept, vingt-huit. Un truc comme ça. Métisse. Je dirais noire et asiatique. Elle est très jolie ; en tout cas, elle l'était.

— Bien, merci. Si quoi que ce soit ou qui que ce soit d'autre vous revient à l'esprit, contactez-moi.

— Bien sûr. Euh, lieutenant ? Dave et moi – et aussi son frère Jim – on a fait le tour du quartier hier soir. On ne l'a pas vu et on n'a trouvé personne qui l'ait vu.

— Vous essayez de faire mon travail à ma place, Mal ?

— Non, vraiment pas, non. Il fallait juste qu'on sorte un peu de la maison, Dave et moi. Et on est restés ensemble. On se serre les coudes.

— Continuez comme ça, recommanda Eve.

Au terme de la conversation, elle avait presque atteint le domicile de Klein. Elle profita de la fin du trajet pour contacter Charles Monroe. Au lieu du charmant expert du sexe, ce fut la jolie doctoresse blonde qu'il avait épousée qui apparut à l'écran.

— Salut, Dallas.

— Bonjour, Louise. Je pensais avoir appelé le communicateur de Charles.

— C'est bien ça. Son communicateur était posé sur le plan de travail ; il est en train de me préparer un petit-déjeuner.

— Désolée de vous interrompre.

— Pas de soucis. Et ça y est, il a les mains libres. On a hâte de vous voir, de voir tout le monde. Je vous passe Charles.

— Bonjour, mon petit lieutenant en sucre !

— Charles. Une petite question rapide. Connaissez-vous ou avez-vous les moyens de vous renseigner à propos d'une CL qui aurait commencé sa carrière dans la rue il y a environ dix ans ? Elle était très jeune à l'époque, sans doute à peine l'âge légal. Elle se fait appeler Lucille.

— Vous êtes sérieuse ?

— J'ai quelques infos en plus. Elle est métisse, sans doute afro-asiatique. Elle travaillait du côté d'*Avenue A* à ses débuts avant de grimper les échelons. Mais elle est sans doute restée dans le même coin. Et avant que vous ne posiez la question, non, j'ignore combien de CL travaillent à Alphabet City mais j'imagine qu'il y en a beaucoup. Je n'en cherche qu'une seule. Je ne cherche pas à lui causer d'ennuis, je voudrais plutôt lui en éviter.

— Je n'ai jamais travaillé là-bas, mais j'en connais qui le font ou l'ont fait. Je vais voir ce que je peux apprendre.

— Merci. Qu'est-ce que vous cuisinez ?

— Des pancakes de lune de miel.

— Combien de temps dure cette lune de miel ? demanda-t-elle.

Cela faisait des mois qu'ils étaient mariés.

— Éternellement, j'espère.

— Joliment dit. Et merci par avance pour votre aide. À bientôt ! ajouta-t-elle.

Elle raccrocha et se gara adroitement contre le trottoir à quelques mètres de chez Joe le Goujat.

Elle descendit de voiture en réfléchissant à la suite. La pizzeria ne serait pas encore ouverte, pas plus que la salle de jeu. Elle aurait peut-être l'occasion de faire un tour chez Gregman. Et elle se renseignerait sur les potentiels achats de billets coûteux pour les matchs des Giants.

« Ou encore mieux… » se dit-elle en repérant sa partenaire, vêtue d'un manteau violet bouffant et de ses santiags roses, dans la cohue qui émergeait de la station de métro toute proche.

Eve la rejoignit pour marcher à ses côtés.

— Excellent timing, dit-elle.

— Je me serais crue prise en otage dans un container sans aération au milieu de réfugiés. Il faut vraiment qu'ils ajoutent des rames sur cette ligne.

— La routine, dit Eve. C'est réconfortant, rassurant. Tout le monde a ses petites habitudes. J'ai une liste de celles de Reinhold. Je voudrais que vous vérifiiez l'achat de billets pour les matchs des Giants, les meilleures places. C'est du football américain.

— Je sais bien. J'aime le football. Ils ont tous des pantalons moulants et des épaules énormes.

— Ils portent des épaulières, c'est un peu de la triche.

— Ça me va très bien comme ça.

— Voyez aussi chez Gregman, reprit Eve. Situé dans l'ancien quartier de Reinhold. Ils vendent des sodas à la glace pistache.

— Beurk. Une boisson avec un truc vert qui flotte dedans ? Non merci. Mais c'est noté.

— J'ai demandé à Charles de se rencarder à propos d'une compagne licenciée dénommée Lucille. Elle aurait soi-disant déniaisé Reinhold, en plus d'avoir fait un rabais sur les fellations à ses amis et lui. Reinhold et notre ami Joe le Goujat continueraient peut-être à la voir de temps à autre. Il y a aussi Jangles, une salle de jeu sur Times Square, et un joueur connu sous le nom de Bruno qui aurait battu Reinhold dans un tournoi. Plus un bar du coin appelé *Tap It*.

— Comment a-t-on fait pour louper tout ça ?

— On n'a rien loupé, répondit Eve en sortant son badge pour s'identifier à l'entrée de l'immeuble. C'est ce qu'on appelle le suivi d'enquête. Mal s'est souvenu de quelques éléments supplémentaires quand j'ai évoqué la question de la routine. Pendant ce temps, Connors bosse sur la piste financière.

— McNab aussi. Et la fausse identité. Ça avance lentement, Dallas.

— On va persister. On ne lâche pas non plus la recherche des locaux potentiels. Il est là, quelque part… dans un endroit somptueux, j'en mettrais ma main au feu.

Elle passa son insigne devant le scanner.

— Lieutenant Dallas et inspecteur Peabody. Nous désirons parler à Joe Klein.

— *Identité vérifiée. M. Klein n'a pas donné d'autorisation d'entrée à votre nom. Autorisation requise.*

Eve roula des épaules, un sourire féroce sur les lèvres. Une séance de sport, des longueurs de piscine, un nouvel angle d'attaque pour son affaire… et maintenant l'occasion de se farcir une machine.

Il y avait pire manière d'entamer la journée.

— Écoute-moi bien, espèce de saloperie cybernétique… commença-t-elle.

18

Après sa gratifiante victoire sur l'imbécile électronique qui gardait la porte, Eve prit l'ascenseur jusqu'au septième étage, accompagnée de Peabody.

— L'immeuble est plus luxueux et mieux entretenu que celui où habite son copain Mal, fit-elle observer. Il vend des assurances, c'est ça ?

— Dans la boîte de son oncle, confirma Peabody. À un poste de commercial. C'est une entreprise de taille moyenne, plutôt solide. D'après ce que j'ai pu voir de ses finances, il est bon dans sa partie. Et il aime dépenser l'argent de ses bonus et autres commissions. Le terme de « bas de laine » ne fait pas partie de son vocabulaire.

— D'où sort ce genre de terme, d'ailleurs ? Qui voudrait mettre de l'argent dans un bas de laine ? Au mieux, ça va sentir les pieds, au pire, on perd tout en faisant malencontreusement une lessive.

— Euh…

— Exactement.

Eve sortit de la cabine et se dirigea d'un pas décidé vers l'appartement 707.

Elle remarqua, intriguée, que Joe avait fait installer un lecteur d'empreintes palmaires et une caméra.

Ce n'était pas standard ; les autres appartements de l'étage en étaient dénués.

Ce qui indiquait qu'il était soit plus à cheval sur la sécurité que ses voisins, soit en quête de reconnaissance sociale. Voire les deux.

Elle appuya sur la sonnette et ne fut pas étonnée d'être accueillie par une voix électronique. « Une quête de prestige, trancha-t-elle, et franchement exagérée dans un immeuble comme celui-ci. »

— *M. Klein a activé le mode Ne Pas Déranger. N'hésitez pas à laisser votre nom et un message.*

— Lieutenant Dallas du NYPSD, répondit-elle en plaçant son insigne au niveau du scanner. Et mon message est que tu vas quand même le déranger. Nous sommes ici pour une affaire policière. Et n'essaie même pas de me faire poireauter, sans quoi je considérerai que M. Klein dissimule chez lui un individu suspecté de meurtre ou qu'il est pris en otage par celui-ci. Cette hypothèse m'obligera à contourner les mesures de sécurité de cet appartement et à entrer de force.

— *Un instant.*

— Bien joué, la félicita Peabody. Même si, techniquement, il nous faudrait une présomption légitime plutôt qu'une simple hypothèse.

— Je ne discute jamais détails techniques avec des robots.

— *M. Klein sera à vous dans un instant, lieutenant Dallas du NYPSD.*

— Très bien.

L'instant en question dura bien deux minutes. Eve comprit la raison de ce délai au moment où Joe le Goujat ouvrit la porte. Elles interrompaient visiblement son sommeil réparateur.

Ses yeux, d'une étonnante et sans doute artificielle couleur verte, étaient encore ensommeillés, et les draps avaient laissé une légère marque en creux sur sa joue. Il portait un ample pantalon noir et un tee-shirt exposant ses biceps. Il était pieds nus.

— Salut, inspecteur, lança-t-il à Peabody avec un grand sourire de camelot. Désolé de vous avoir fait attendre, je me suis couché très tard.

Il reporta son attention sur Eve et la gratifia de ce qu'il considérait sans doute comme un regard flatteur dans le genre « je ferais bien de toi mon quatre-heures ».

— Voici ma partenaire, le lieutenant Dallas. Nous aimerions vous parler.

— D'accord mais… là, tout de suite ?

Toujours souriant, il leva les mains et haussa les épaules.

— Ce n'est pas le moment idéal. J'ai… de la compagnie, si vous voyez ce que je veux dire, termina-t-il avec un clin d'œil.

Eve se contenta de le regarder fixement jusqu'à ce qu'il abandonne.

— J'imagine que c'est faisable. Elle est dans les vapes. Comme je vous l'ai dit, la nuit a été longue.

Il les fit entrer dans un salon à la déco branchée au point que c'en était obsessionnel. Tout indiquait le célibataire en recherche de conquêtes.

Beaucoup de verre, de métal, de faux cuir noir, un énorme écran au-dessus d'un meuble de rangement rempli de disques. Un petit bar garni de multiples bouteilles s'adjugeait un coin de la pièce. Des photos et des croquis de nus féminins décoraient les murs.

Sur le sol se trouvaient, éparpillés, une paire de talons hauts roses, une jupe noire de la largeur d'un set de table et ce qui semblait être un string à motif léopard.

— Je ne pensais pas avoir de la visite.

Détendu, il collecta en riant les reliques féminines et déposa le tout sur un fauteuil.

— J'ai vraiment besoin d'un café. Vous en voulez ?

— Non, merci.

Il se tapota la tempe avant de passer derrière le bar.

— Faut que je redémarre mes neurones.

Entendant un bip discret, Eve en conclut que le bar intégrait un mini-autochef.

— Alors, que puis-je pour vous, les filles ?

Eve ne releva pas. Il n'en valait pas la peine.

— Vous devez être conscient à présent que Jerry Reinhold a tué quatre personnes.

Joe fronça les sourcils en secouant la tête.

— Je ne suis pas avocat, mais je crois savoir qu'il faut des preuves sérieuses pour avancer ce genre d'accusation.

— Ses empreintes et son ADN sur les lieux et les armes du crime constituent un bon point de départ. S'y ajoutent les vidéos des banques où on le voit s'approprier les fonds de ses parents. Après quoi viennent plusieurs témoins oculaires qui l'ont identifié durant la vente des objets de valeur de ses parents.

— D'accord, je vois bien que ça se présente mal pour lui.

Il but une gorgée de café dans une tasse géante décorée de rayures noires et blanches.

— Mon Dieu que c'est bon ! Vous êtes sûre que vous n'en voulez pas une lichette ?

— Certaine.

— Bon, le truc, c'est que je connais Jerry depuis des années, dit-il en contournant le bar.

Il leur désigna le grand sofa et s'assit en face, sur le fauteuil qui n'était pas occupé par les vêtements de femme. Il s'affaissa contre le dossier, jambes écartées. Un homme à son aise.

— C'est vraiment difficile d'imaginer qu'il ait pu péter les plombs et tuer quelqu'un.

— Ses parents, son ex-petite amie et son ancienne prof d'informatique ne seraient pas d'accord avec vous s'ils étaient encore vivants.

— Vous êtes dure.

Il but un peu plus de café et croisa les chevilles.

— Je m'accroche à l'idée qu'il y a erreur.

— Avez-vous eu des contacts avec Jerry depuis jeudi soir dernier ?

— Non. Et, parce que je ne veux rien vous cacher, j'ai essayé de l'appeler, histoire d'entendre sa version de l'histoire, vous voyez ? Peut-être qu'il est simplement paniqué – qui ne le serait pas ? – et qu'il reste super-discret.

— Vous êtes vraiment stupide à ce point ? demanda Eve.

— Hé, pas besoin de m'insulter !

Une expression irritée passa brièvement sur ses traits et disparut en une fraction de seconde.

— Peut-être que quelqu'un veut lui faire porter le chapeau. Peut-être qu'on a essayé de le tuer lui aussi et qu'il se cache. Il pourrait même être mort. Ou, d'accord, peut-être qu'il a disjoncté et qu'il a vraiment fait tout ça. Mais je ne peux rien y changer.

— Il a dressé une liste et raye les noms un par un, Joe. Le vôtre pourrait être le suivant.

Il rit et étendit de nouveau les jambes en rejetant la tête en arrière.

— Allez ! JDV, jamais de la vie. Écoutez, madame…

— Lieutenant, le corrigea sèchement Eve. Le lieutenant de la Criminelle qui a pataugé dans le sang des parents de Jerry Reinhold il y a deux jours, qui a contemplé le corps de Lori Nuccio plus tard dans la soirée et la dépouille torturée d'Edie Farnsworth le lendemain.

— Ouais, bien sûr, je suis désolé pour tout ça, mais...

— Il n'y a vraiment pas de quoi rire. Il a tabassé, poignardé, matraqué, étranglé et étouffé des êtres humains. Vous devriez plutôt vous demander quel sort il vous réserve.

Le sourire avait disparu, mais il eut un geste dédaigneux de la main.

— Il n'a aucune raison de me faire du mal. On est potes.

— Vous avez gagné à Vegas alors que lui a tout perdu. Et vous ne vous êtes pas privé de vous moquer. C'est largement suffisant pour lui.

— Mais non, Jerry n'est pas comme ça. Il sait bien que je le charriais, c'est tout. Et puis j'ai payé la tournée pour tout le monde.

— Joe, demanda Peabody d'une voix qui se voulait raisonnable. Pourquoi ne pas nous laisser vous placer sous protection policière, pour quelques jours seulement ?

— Pas possible. Comment vous voulez que je conclue avec des flics qui matent par-dessus mon épaule ? C'est une chose pour Mal et Dave de jouer les couilles molles, ils n'ont pas le même genre de succès que moi. Et puis, franchement...

Il émit un « pfff » de dédain.

— Je sais gérer Jerry. Ça fait des années que je le gère.

— Pas ce nouveau Jerry, répliqua Eve.

Mais il était évident qu'elles n'avaient pas ébranlé ses convictions.

Joe agita de nouveau la main.

— Écoutez, faut que je retourne m'occuper de la petite nouvelle, après quoi on se fera un petit-déj. Ensuite, je vais bosser quelques heures et je reçois une autre fille canon ce soir, tout ça avant de retourner chez la famille demain pour Thanksgiving. Mon planning est rempli et je serai toujours avec quelqu'un. Mais bon, si j'ai des nouvelles de Jerry, je vous préviendrai.

Eve se leva. Elle avait fait ce qu'elle avait à faire.

— C'est votre choix. Est-il en possession ou l'a-t-il été un jour du code et des clés de votre appartement ?

— Sûrement pas. Je suis le seul à les avoir. Je tiens à mon intimité.

— Surveillez vos arrières, Joe. C'est le conseil de celle qui se tiendra devant votre cadavre si vous ne le faites pas.

Eve le vit esquisser un sourire suffisant tandis qu'elle se tournait vers la porte. Elle sortit sans un mot de plus.

— Vous pensez qu'il nous appellera si Jerry le contacte ? demanda Peabody.

— Cinquante-cinquante. Je dirais que ça dépendra de son humeur du moment. Il mérite vraiment ce surnom de Joe le Goujat.

— Ouais.

Tandis qu'elles reprenaient l'ascenseur, Peabody réfléchit à haute voix.

— Reinhold ne pourra accéder à l'appartement que si Joe le laisse entrer. Même pénétrer dans l'immeuble se révélerait plus compliqué que ce qu'il a pu faire jusqu'à maintenant. Et en admettant qu'il y parvienne, l'appartement est sécurisé. Si Joe va travailler, il sera dans un bureau, entouré de gens. Après quoi il sera en compagnie de cette fille visiblement assez bête pour s'intéresser à lui. Difficile de le mettre plus en sécurité à moins de lui assigner de force une protection policière.

— J'ai déjà dû faire des pieds et des mains pour envoyer des agents aux gens qui le demandaient. Je ne vais pas en faire plus pour quelqu'un qui ne le désire pas.

En émergeant de l'immeuble, Eve inspira une grande goulée d'air frais et humide. Mais toujours pas de pluie, bon sang.

— On va au Central. Travaillez sur les pistes que je vous ai données. Je vais bosser sur la carte et la partie immobilière. Il voudra un endroit de plus haut standing que celui-ci, dit-elle en se tournant pour scruter la façade de l'immeuble de Joe. Ne serait-ce que parce que son pote a les moyens d'habiter ici. À présent qu'il roule sur l'or, Reinhold va chercher quelque chose qui en jette.

— Et quand il aura mis la main dessus, il restera encore à tout meubler, fit remarquer Peabody.

— Mouais…

Eve y réfléchit sur le trajet jusqu'à la voiture.

— Là aussi, du haut de gamme. Il tiendra à être branché, comme Joe le Goujat. Rien de classique, pas de meubles d'antiquaire. Du bling-bling. On suivra cette piste. Il va très rapidement avoir besoin de quelques meubles essentiels. Une suite hôtelière de luxe reste une possibilité, donc on continue à ouvrir l'œil. Mais ce salopard est tout proche.

À son arrivée dans la salle commune, Eve constata que le gag de la cravate battait toujours son plein. C'était désormais l'inspecteur Carmichael qui en portait une. Elle avait opté pour une harde de chevaux violets galopant sur un champ vert pomme.

Autour d'elle, tous les flics, y compris les simples agents en uniforme, travaillaient à leur bureau ou vaquaient à leurs occupations le nez chaussé de lunettes de soleil.

Peabody sortit sa propre paire de verres arc-en-ciel de sa poche et l'enfila en se dirigeant vers son poste de travail. Elle lança un grand sourire à Eve, puis se mit au travail.

Eve décida qu'il n'y avait pas de mal à laisser la plaisanterie durer un peu et rejoignit son propre bureau.

Elle prit un café à l'autochef, afficha ensuite la carte qu'elle avait produite. Il était quelque part à l'intérieur de la zone qu'elle avait triangulée, ou en tout cas pas à plus de... six pâtés de maisons de là, estima-t-elle. Cela constituerait son point de départ.

Elle modifia la carte et passa la zone cible en surbrillance.

— Ordinateur, donne-moi la liste de tous les hôtels de luxe, de tous les complexes résidentiels, appartements spacieux ou belles maisons à louer dans la zone définie.

— *Bien reçu. Travail en cours...*

— Tâche secondaire. Établis la liste de tous les magasins de meubles haut de gamme spécialisés dans le style contemporain et branché. Uniquement sur Manhattan pour le moment.

Elle fit les cent pas tandis que l'ordinateur enregistrait sa requête.

— Tâche suivante. Fais la liste de tous les établissements gastronomiques qui livrent au sein de la zone définie.

Il disposait du droïde, se rappela-t-elle, et il pouvait l'envoyer faire des courses. Mais ça valait le coup d'essayer.

— *Tâche initiale terminée. Résultats disponibles sur l'écran.*

Eve consulta la liste et se passa la main dans les cheveux en découvrant le nombre de possibilités.

— Bon, il doit y avoir un moyen d'affiner ça.

La protection policière des cibles potentielles monopolisait déjà l'essentiel de ses hommes. Et il faudrait des heures, voire des jours, à une brigade de flics pour aller vérifier tous les lieux répertoriés.

« Un endroit bien à lui, songea-t-elle. Un lieu intime, prestigieux, avec moins de chances d'être repéré par les caméras de sécurité ou un réceptionniste un peu trop curieux, même après son changement de look. »

— Ordinateur, conserve la liste des hôtels mais séparément.

Elle se débrouillerait pour trouver un agent et le charger de recontacter chaque hôtel. Mais son instinct lui soufflait que Reinhold louait à présent son propre logement.

— *Tâche secondaire terminée. Résultats disponibles sur l'écran dans une fenêtre séparée.*

Eve fronça les sourcils en découvrant la liste.

— J'avais dit uniquement Manhattan.

— *Affirmatif. Les résultats ne concernent que Manhattan.*

— Merde.

Cette fois, elle eut envie de s'arracher les cheveux.

— *Certains résultats concernent des magasins spécialisés*, poursuivit l'ordinateur. *Certains privilégient ou vendent exclusivement un seul type d'article. Lampes, tables, sièges...*

— D'accord, d'accord, j'ai compris.

« Ferait-il ça ? se demanda-t-elle. Un type comme lui prendrait-il le temps pour aller dans une boutique de lampes, puis un magasin de tables ? Je ne crois pas, mais... »

Elle repassa brièvement dans la salle commune.

— Baxter ! Dans mon bureau.

Elle retourna devant son tableau et fit les cent pas.

« Son pied lui fait mal. Il ne va pas traverser la ville. Il se servira de sites Web et de son communicateur pour passer commande et payer électroniquement. S'il... »

— Ouais, patron ?

Baxter replia ses lunettes et les accrocha à la poche de sa chemise.

— Votre piaule est plutôt classe, non ?

— Je fais ce que je peux, répondit-il avec un grand sourire.

— J'ai vu votre voiture. Difficile de faire plus phallique.

— Bah.

— Je le dis tel que je le pense...

Eve appuya sa hanche contre le bureau sans cesser de l'observer.

— Vous avez les vêtements qui vont bien, la voiture qui va bien, l'appart qui va bien et du mobilier plutôt sexy, non ?

— J'apprécie de bien présenter et de bien vivre. Où vous voulez en venir, lieutenant ?

— Reinhold. Je me dis qu'il doit être en train d'acquérir un endroit à lui, si ce n'est pas déjà fait. Quelque chose de classieux. Je travaille sur cette hypothèse. Mais quand on s'offre un endroit de ce genre, il faut le meubler. Il va opter pour du mobilier tendance. Il n'hésitera pas à payer plus cher, ça nourrit son sentiment de supériorité. Ma liste à l'écran comprend tous les magasins spécialisés.

Après avoir consulté l'écran à son tour, Baxter hocha la tête.

— Cité lumière, ouais. J'ai acheté les lampes de ma chambre à coucher là-bas. Et... Espaces urbains. J'ai trouvé mon canapé, deux fauteuils et une petite armoire chez eux.

Merde, les mecs étaient donc prêts à y consacrer du temps et de l'énergie.

— Vous avez mis combien de temps à meubler votre domicile ?

— Qui a dit que j'avais fini ? répondit-il avec un nouveau sourire. Pour obtenir le résultat que je visais – pour le moment, en tout cas – six à sept mois.

De son côté, Eve se souvenait d'avoir meublé son appartement en moins de deux jours.

— Il n'est pas patient à ce point.

« Ni aussi tatillon ou averti que Baxter, estima-t-elle. Il voudra tout, tout de suite. »

— Alors il devra se rendre dans des magasins plus généralistes, du moins pour le plus gros.

— Il a un pied blessé, donc je pense qu'il fera d'abord ses recherches en ligne.

— Bon, ça lui ouvre un accès au monde entier, mais s'il est vraiment pressé, il s'en tiendra sûrement aux entreprises locales.

Baxter examina de nouveau l'écran.

— Il cherchera probablement un magasin qui offre la livraison dans la journée ou sous vingt-quatre heures. Ce genre de choses.

— Ça sonne juste. D'accord. Pour le moment, on écarte les boutiques spécialisées et on se concentre sur celles qui offrent de tout, sont situées en ville et livrent rapidement. Merci.

— Pas de souci.

Il remit ses lunettes et ressortit.

Elle prit elle-même contact avec les magasins, passant des boutiques d'ameublement général – une liste beaucoup plus réduite – aux établissements gastronomiques après que l'ordinateur lui eut fourni les résultats. Elle s'entretint également avec les gestionnaires ou les responsables de la sécurité de diverses résidences.

Mais elle n'avait pas marqué un seul point quand Peabody passa la tête dans l'embrasure de la porte.

— Je tiens un truc avec la pizzeria.

L'humeur de plus en plus sombre d'Eve s'éclaircit brusquement.

— Mince, trahi par une bête pizza ? Où est-il ?

— Mon truc n'est pas juteux à ce point-là. Mais *Vinnie* a vendu hier soir une pizza à un droïde qui correspond à la description du nôtre. Ce n'est pas le même vendeur qui est à la caisse, mais le gérant a vérifié les vidéos de sécurité.

— Je veux une copie.

— C'est déjà fait, répondit Peabody en lui tendant un minidisque.

— Il a passé commande par téléphone ?

— Non, le droïde s'est présenté pour commander.

— À quelle heure le droïde a-t-il eu sa pizza ?

— Le ticket de caisse indique 23 h 21.

— Une petite faim nocturne, souffla Eve. Vérifiez auprès des taxis, prises en charge et descentes de clients près de la pizzeria.

— C'est déjà en cours.

Eve fit afficher la pizzeria sur la carte.

— Je ne parierais pas sur le taxi, mais si je me trompe, on a vraiment eu de la chance.

Elle examina le plan, les yeux plissés, jusqu'à identifier les stations de métro les plus proches.

— Il a pu emprunter les transports en commun, mais ça reste improbable. Je ne serais pas étonnée qu'il envoie son droïde faire plusieurs kilomètres pour une pizza, mais on va opter pour une distance raisonnable. Quand on a envie d'une pizza à 23 heures, on refuse d'attendre des plombes pour l'avoir... Routine, habitudes, préférences, reprit-elle en réfléchissant tout haut. Il a choisi un endroit pas loin de son univers familier. Forcément.

De quoi justifier le temps qu'elle avait passé à établir cette fichue carte et à creuser du côté de l'immobilier et de l'ameublement.

— D'accord, je vais dresser une nouvelle carte centrée sur la pizzeria. Essayons un périmètre de dix pâtés de maisons tout autour. Ça va largement diminuer les possibilités. Et je veux des photos du nouveau look de Reinhold et du droïde volé dans tous les commerces du secteur, tous les restaurants, marchés, cafétérias, glissa-grils et vendeurs de rue. Je veux qu'elles se retrouvent entre les mains de chaque flic en patrouille, chaque LC de rue, chaque clochard, chaque dealer.

— Ce sera pas facile.

— Je vais nous trouver deux à trois mille dollars dans le budget en guise de récompense pour toute information permettant de l'appréhender. Et oui, vous pouvez faire la grimace parce qu'on va recevoir un million de signalements bidon. Mais Reinhold est dans le coin, et même s'il s'est offert la piaule la plus somptueuse du monde, il va vouloir sortir. Il faut bien qu'il vive, non ? Et tôt ou tard, il décidera de s'attaquer à sa prochaine cible. Ajoutez les cliniques locales, au cas où il irait réclamer de nouveaux antalgiques. Allez-y.

— J'y vais.

Eve reporta son attention sur l'écran.

— D'accord, mon salaud. Tâchons de découvrir où tu te caches.

Au bout d'une heure, elle se leva pour prendre un autre café. Au moment de lever sa tasse, elle jeta un coup d'œil vers son étroite fenêtre.

Dehors, il pleuvait à verse.

Elle brandit un poing victorieux.

— Oui ! Merci la pluie !

Esquissant quelques rapides pas de danse, elle tournoya sur elle-même et découvrit Connors sur le seuil de son bureau.

— J'ignorais que tu avais un goût marqué pour le temps pourri, dit-il.

— La pluie. Réfléchis une minute : une bonne grosse averse bien violente. Pas de cérémonie à ciel ouvert. Ils seront obligés de faire ça à l'intérieur.

— Et ça change quelque chose ?

— Pour moi, oui. C'est…

Elle haussa les épaules et grimaça.

— … bizarre de faire ça dehors, devant toute la ville. À l'intérieur, il n'y aura que des flics et quelques politiciens.

— Et les médias.

— Ouais, ça, on ne peut pas y couper. Mais c'est plus… Je sais pas, plus maîtrisé. Tu es venu travailler avec Feeney ?

— On a déjà commencé. Un peu. On a repéré un truc…

Elle bondit vers lui, telle une panthère.

— Quoi ? Quel truc ?

— Je n'ai pas encore tous les éléments. Nous n'avons pas tous les éléments, se corrigea-t-il. Mais il y a quelque chose dans les données que nous avons pu récupérer sur l'un des disques effacés. Je pense que ta Mme Farnsworth a inséré une sorte de code dans les codes. Qu'elle a fait de son mieux pour nous laisser des indices. Si le disque n'avait pas été effacé, on aurait plus de facilité pour déchiffrer tout ça, mais on travaille toujours sur des fragments.

— Mais c'est une piste.

— Oui, c'en est une. Vraiment. On s'y remettra juste après.

— Juste après ?

— Malgré cette pluie héroïque, tu as tout juste le temps de te changer avant notre apparition... à l'endroit où nous sommes attendus, quel qu'il soit.

Eve consulta sa montre.

— Merde. Merde !

— Puisque tu n'es pas occupée à passer les menottes à Reinhold, il va falloir y aller. Sois gentille et enfile donc ce fameux uniforme qui, étonnamment, te va si bien.

— Merde, répéta-t-elle. Donne-moi...

Elle saisit son communicateur qui venait de sonner.

— Dallas.

Kyung, chargé des liaisons avec les médias, la gratifia de son plus beau sourire.

— Lieutenant, dit-il, je voulais vous informer qu'en raison de la météo défavorable nous avons déplacé la cérémonie de remise des médailles dans l'auditorium A, aile ouest, secteur six, niveau deux.

— Très bien. Connors est avec moi. Je lui fais passer l'information.

— Excellent. On se retrouve dans quelques instants, lieutenant. Et toutes mes félicitations.

— Ouais, merci.

Elle raccrocha.

— Donne-moi quinze minutes, dit-elle à Connors. Retrouve-moi devant l'escalier roulant descendant.

— C'est à peu près tout le délai qui te reste.

Il s'installa confortablement à son bureau avec son mini-ordinateur tandis qu'elle fonçait vers les vestiaires.

Après s'être changée, elle vissa la casquette de son uniforme sur son crâne et scruta son reflet d'un œil critique. Bon, son apparence était impeccable. Mais dès qu'elle en aurait fini, elle retrouverait ses vêtements ordinaires et se remettrait au boulot.

Prenant soin d'éviter la salle commune pour esquiver les questions, moqueries et commentaires potentiels, elle sortit par la porte latérale. Elle arriva à l'escalier à peu près trente secondes avant Connors et l'observa qui s'avançait vers elle, un éclat très particulier dans le regard.

— Ne commence pas à te faire des films, coco.

— Trop tard. Tu as l'air à la fois très strict et très sexy dans cette tenue.

Il lui prit la main et quand elle comprit qu'il s'apprêtait à la porter à ses lèvres, elle la retira vivement.

— Arrête !

— D'accord, on garde ça pour plus tard.

Il s'avança avec elle sur l'escalier roulant.

— Ils vont faire des discours, le prévint Eve. Surtout le maire.

— J'en suis bien conscient.

— Après ça, encore un peu de bla-bla, présentation, prise de photos et terminé.

— Hmm.

— Tu aurais pu envoyer un représentant. Dans la mesure où tu gères l'essentiel de l'univers, ça n'aurait surpris personne. C'est bien que tu ne l'aies pas fait. Ça compte.

— Ce serait faire preuve d'ingratitude, et ce n'est pas mon genre. Et quand la nouvelle se propagera, d'innombrables flics au sein de cet univers que tu aimes tant prétendre sous mon contrôle vont être sacrément énervés. Ce qui constitue un petit bonus pour moi, non ?

— Je n'y avais pas pensé.

— Ah, mais moi si. Cela dit, il faudra que je m'esquive rapidement parce que j'aimerais être chez moi pour saluer ma famille à son arrivée. Et ne crains rien, lieutenant, ajouta-t-il, je serai de retour pour bosser sur cette affaire dès qu'ils seront tous installés.

— Si on peut le capturer aujourd'hui, j'estime qu'il n'aura pas le temps de tuer qui que ce soit d'autre. Et, franchement, ce sera plus facile de savourer la sauce à la canneberge si je n'ai pas l'esprit obnubilé par ce salopard.

— Je suis on ne peut plus d'accord.

Il avait raison de parler de gratitude vis-à-vis de cette distinction décernée par le service. Elle-même ne voulait pas se montrer ingrate envers sa famille qui faisait le voyage depuis l'Irlande.

C'est avec cette idée en tête qu'elle reprit la parole :

— Dans tous les cas, je ferai de mon mieux pour avoir du temps à passer à la maison.

Il fit courir ses doigts le long du bras d'Eve.

— Encore une raison de te témoigner ma reconnaissance pour Thanksgiving.

— Ces raisons ne manquent pas, en ce moment.

Ils descendirent au niveau deux et Eve prit la direction du secteur six.

— Ça devrait durer une trentaine de minutes, peut-être un peu plus parce que le maire a beaucoup de mal à s'arrêter de parler. Je remonterai me changer juste après.

— Dommage.

— Je travaille à le localiser en me servant d'une pizzeria comme point de référence. Il a envoyé son droïde chercher une pizza hier soir.

— Intéressant.

— Et je me suis dit qu'il allait avoir besoin de meubles, donc je contacte les magasins de la zone concernée. Haut de gamme et à la mode, c'est l'idée que je me fais de ses goûts. Je vérifie les appartements, lofts, maisons de ville. On va finir par trouver une piste.

« Elle tourne toujours autour de sa cible, songea Connors. Mais les cercles qu'elle forme sont de plus en plus petits, de plus en plus resserrés. »

— Tu vas l'attraper, lieutenant. J'ai toute confiance en toi.

— Le plus tôt sera le mieux.

Deux plantons flanquaient l'entrée de l'auditorium A et ils se redressèrent au garde-à-vous en les voyant arriver. Kyung, grand et fin dans son costume anthracite soigné, s'avança à la rencontre d'Eve.

— Lieutenant, Connors. Je vais vous escorter jusqu'aux loges à l'arrière.

— Très bien.

— Cette pluie, quel dommage, dit-il en ouvrant la marche. Le perron du Central offrait un décor si digne et élégant.

— Dommage, en effet.

Il lui sourit, une lueur amusée dans le regard.

— Je ne doute pas que c'est une déception pour tous les deux... Le maire ouvrira le bal. Le chef Tibble et votre commandant diront ensuite quelques mots. Connors sera présenté en premier. Un petit commentaire après la présentation et les photos sera le bienvenu.

— Certainement.

— Puis vous serez présentée, lieutenant.

— Compris.

— Les présentations se concluront par une courte réception.

Eve s'arrêta net.

— Quoi ?

— À la demande du maire, précisa-t-il. L'occasion de faire quelques photos supplémentaires et de brèves interviews.

— Le maire est-il conscient que je suis en pleine traque d'un tueur qui a déjà laissé quatre cadavres derrière lui ?

— Il l'est, et moi aussi. Dix minutes, promit Kyung, voire moins si je peux vous libérer avant. Et je ferai en sorte que vous repartiez rapidement. Vous avez ma parole.

Elle fit la moue, puis se rappela que Kyung était quelqu'un de fiable.

— Dix. Maximum.

— D'accord.

Kyung ouvrit la porte donnant sur les loges à l'arrière de l'auditorium.

« Il y a déjà trop de monde », se dit Eve, d'humeur grincheuse. Le maire et son entourage, Tibble, quelques flics en uniforme, Whitney... et deux maquilleuses façon Trina qui s'activaient pour étaler des machins douteux sur le visage des gens et tripoter leurs cheveux.

Comme l'une d'elles s'approchait, Eve montra les dents.

— Touchez-moi avec l'un de ces trucs et je vous le fais bouffer.

Tibble les rejoignit et serra la main d'Eve, puis de Connors.

— C'est on ne peut plus mérité, pour vous deux. J'en parlerai dans mon petit discours, mais je tiens à vous dire personnellement que le NYPSD et la ville de New York ont de la chance de vous compter parmi eux, lieutenant.

— Merci, monsieur.

— Quant à vous, dit-il à Connors, nous sommes reconnaissants de votre contribution en termes de temps, d'énergie et de compétences.

— C'est toujours un plaisir de pouvoir se montrer utile.

— J'imagine qu'il n'est pas erroné de penser que le temps consacré à ce type de cérémonie, si méritée soit-elle, est un temps que vous préféreriez dédier à votre travail. Mais il est important pour la police et pour la ville de vous récompenser officiellement.

— C'est compris, monsieur. Et nous apprécions.

— Je suppose que vous apprécierez d'autant plus si nous pouvons faire court, répondit-il.

Avec un petit hochement de tête, il s'éloigna pour dire quelques mots à Kyung.

Au moment où le maire les repéra – ce qui, Eve le savait, risquait de déboucher sur d'interminables palabres –, Kyung lui tapota doucement l'épaule en lui désignant la porte menant à la scène de l'auditorium.

— C'est parti, murmura Eve.

Ils sortirent en file indienne. En arrivant face à l'auditorium, Eve faillit s'arrêter, bouche bée : non seulement tous les sièges étaient occupés, mais des gens se tenaient debout au fond de la salle et le long des murs.

La présence de Nadine n'était pas une surprise : aucune journaliste spécialiste des enquêtes criminelles n'aurait raté cette occasion. Mais elle n'aurait jamais imaginé voir Mavis, Leonardo et même le bébé.

Qui diable les avait prévenus ? L'intégralité de sa division était là, mais aussi Mira, Feeney, McNab.

« Bon sang, se dit-elle, qui pourchasse les criminels pendant ce temps-là ? »

Et puis, là-bas, Charles, Morris, Caro, Reo.

Elle vit Jamie Lingstrom passer le seuil. Le filleul de Feeney, un as de l'informatique qui ambitionnait de devenir flic, avait les cheveux plus longs que la dernière fois qu'elle l'avait vu.

— La famille, souffla Connors à mi-voix.

— Quoi ?

— La famille. Ils sont là.

Elle suivit son regard et reconnut Sinead, la tante de Connors, ainsi que sa grand-mère, ses oncles, cousins et Dieu savait encore qui. Et Summerset. Il avait tout organisé, comprit-elle, et donné à Connors un horaire d'arrivée décalé pour leur permettre d'assister par surprise à la cérémonie.

Un objet de fierté familiale. « Eh oui, ça compte réellement pour eux », songea-t-elle en avisant le sourire radieux de Sinead. Tout ceci avait une véritable importance.

Elle s'apprêtait à dire quelque chose à Connors tandis que le maire rejoignait le podium quand elle repéra un autre visage dans la foule.

Nixie Swisher. Elle affichait une expression mesurée, un regard posé. Elle ne souriait pas, mais considérait Eve avec gravité. Celle-ci lut dans ses yeux quelque chose auquel elle n'avait jamais pensé.

Tout ceci était aussi pour elle. Pour Nixie. Pour toutes les victimes, pour tous les survivants. Pour chacun des morts pour qui Eve s'était battue, et ceux pour lesquels elle se battrait.

Oui, tout cela comptait. Beaucoup.

19

Cela traînait en longueur. Les discours n'en finissaient pas. Il y avait beaucoup trop de caméras. Elle aurait voulu abréger tout cela. Les bla-bla, les médias, les manœuvres politiques n'avaient pas d'importance, pas sur le long terme.

Mais elle s'autorisa à effleurer les doigts de Connors du bout des siens au moment où Whitney l'appela. Ce qui importait, c'était la lueur de fierté dans les yeux de Sinead, et même celle – plus discrète – dans ceux de Summerset. La satisfaction évidente qui se lisait sur le visage de Feeney, l'approbation unanime de son service.

L'acceptation par les gens qui composaient son univers de l'homme qui représentait tout pour elle.

— C'est un honneur pour moi de vous remettre la plus haute distinction civile du service de police et de sécurité de la ville de New York. Avec toute notre gratitude pour votre inestimable assistance et votre courage. Vous n'avez pas d'insigne, n'avez pas prêté serment, et pourtant, vous avez donné sans compter de votre temps, de vos ressources et de vos talents. Vous avez pris des risques et été physiquement blessé au nom de la justice pour la population de

New York. Aujourd'hui, nous vous remercions et vous honorons pour votre contribution.

« Sera-t-il surpris qu'ils se lèvent pour lui ? », se demanda Eve. Les flics en uniforme, les inspecteurs, les huiles, les anonymes comme les pontes du NYPSD ? Il était tellement habitué à être en position de pouvoir, à tenir toute une salle dans le creux de sa main. Mais oui, se dit-elle, il fut étonné quand tous se levèrent de leurs sièges.

Et elle savait que l'ironie de la situation ne pouvait pas lui échapper.

Le rat d'égout de Dublin, le voleur insaisissable et rusé qui avait passé l'essentiel de son existence à se glisser entre les mailles du filet des flics, les voyait à présent presque au garde-à-vous devant lui.

— Je vous remercie tous pour cet honneur, dit-il. Mais je considère que c'est une chance pour moi d'avoir pu travailler auprès de la police de New York et apprendre à connaître les hommes et les femmes au service de la ville. Et, plus encore, à être témoin de leur dévouement, de leur courage et de leurs sacrifices. On parle souvent de devoir, mais je sais qu'il s'agit de plus que cela. C'est inscrit au plus profond de vos âmes. Et je suis reconnaissant d'avoir pu participer à une telle chose.

Quand il descendit du podium, Eve abandonna son expression de flic très digne le temps de lui faire un grand sourire tandis qu'il posait avec les huiles pour une courte séance photo.

— Plutôt chouette, murmura-t-elle quand il reprit sa place auprès d'elle.

— Je trouve aussi, dit-il. La salle apprécierait si tu m'embrassais là, maintenant.

— Non.

Elle aurait pu en rire, mais elle savait qu'il était on ne peut plus sérieux.

— Catégoriquement, précisa-t-elle.

Elle retrouva son air le plus digne comme Whitney reprenait la parole.

— Nous prêtons tous serment de protéger et de servir les autres, dit-il en préambule. Chaque policier prononce ce serment, accepte ce devoir. Un bon flic fait plus que l'accepter, il le vit. Le lieutenant Eve Dallas est un bon flic. Aujourd'hui, elle reçoit la médaille d'honneur du NYPSD, la plus haute distinction qui soit. Une médaille qui n'est jamais remise à la légère.

» Cette distinction est tout particulièrement liée à l'affaire du Cheval Roux où, sous la direction du lieutenant et grâce à sa ténacité, son sens du travail d'équipe et son talent affûté, Lewis Callaway et Gina MacMillon ont pu être identifiés et appréhendés. Ils seront jugés pour meurtres de masse et terrorisme sur le territoire national.

À ces mots, des applaudissements retentirent à travers l'auditorium. Eve fut tentée de se joindre à eux – pour applaudir que justice soit faite – mais s'abstint. Cela aurait pu être mal interprété.

— Cette enquête brillamment menée a sauvé d'innombrables vies, poursuivit Whitney. Mais ce n'est pas toute l'histoire. Au fil de sa carrière, dès ses débuts sous l'uniforme, le lieutenant Dallas a fait preuve des compétences, du dévouement et du courage qui méritent cet honneur. Pour cela, pour la douzaine d'années de service, pour tous les dossiers, tous les risques, les sacrifices et la justice rendue, c'est un plaisir professionnel et personnel pour moi de remettre la médaille d'honneur au lieutenant Eve Dallas. Un bon flic.

Ce furent ces trois mots qui la touchèrent vraiment. *Un bon flic*. Pour elle, cela constituait la plus haute distinction, l'hommage le plus vibrant qu'on puisse lui rendre. Au moment de s'avancer, elle lutta pour maîtriser les sentiments qui s'emparaient d'elle : les bons flics n'étaient pas du genre à avoir la gorge serrée par l'émotion.

— Merci, commandant.

— Pas cette fois, répondit-il en lui épinglant la médaille sur le torse avant de lui serrer la main. Merci à vous, lieutenant, pour votre service exemplaire.

Il faillit bien l'achever en reculant d'un pas pour la saluer.

Heureusement, elle pouvait prendre un moment pour rassembler ses esprits tandis que la foule se levait et applaudissait. Et se souvenir de ce qu'elle avait prévu de dire. Sauf qu'elle ne se rappelait pas un seul mot.

— OK, réussit-elle à articuler, en espérant que cela calmerait tout le monde, elle comprise.

Mais ils continuèrent à applaudir. Elle coula un regard vers Kyung, en quête d'un peu d'aide. Il se contenta de lui sourire avec un élégant haussement d'épaules.

— OK, répéta-t-elle.

Elle inspira et, au même instant, aperçut de nouveau Nixie.

La petite fille s'était mise debout sur son siège pour y voir quelque chose. Et elle souriait. Kevin, le garçon avec lequel elle allait être élevée, était monté sur le siège adjacent. Richard et Elizabeth les encadraient.

« Ils sont tous de mèche », songea Eve. Richard et Elizabeth, qui avaient perdu leur fille ; Kevin, abandonné par sa mère droguée ; Nixie dont la famille entière avait été massacrée.

Et Jamie, au fond de la salle, autrefois un gamin en deuil et en colère déterminé à venger le meurtre de sa sœur.

Chacun d'entre eux, et beaucoup plus encore.

— OK, dit-elle pour la troisième fois. OK, merci. Je suis... honorée et très reconnaissante de recevoir cette distinction. Honorée de faire partie du NYPSD et de travailler aux côtés de tant de bons flics. D'être sous les ordres de l'un d'eux, d'avoir été formée par un autre, d'en avoir une pour partenaire et de diriger un service où œuvrent tant de très bons flics. Ainsi, ajouterai-je, que de profiter de l'intelligence et de l'astuce d'un civil qui pourrait lui-même faire un bon flic s'il n'y était pas si farouchement opposé.

Cela déclencha une hilarité suffisante pour apaiser ses nerfs.

— Cette distinction leur revient autant qu'à moi. Probablement plus. On ne résout pas une affaire sans être épaulé par d'autres, sans s'appuyer sur le policier – ou le civil – qui prend des risques en même temps que vous.

» Ceci est pour nous tous. Et pour chacune des victimes au nom desquelles nous nous sommes battus ou pour lesquelles nous nous battrons, pour chacun des survivants pour lesquels nous cherchons des réponses. Ce sont eux qui comptent. C'est la raison pour laquelle nous sommes ici. C'est tout.

« Dieu merci, c'est terminé », songea-t-elle tandis qu'on lui demandait de poser pour des photos, sous la clameur des applaudissements.

Ils réclamèrent d'autres clichés en compagnie de Connors et, malgré son instinct qui la poussait à ne pas le toucher en public, lorsqu'il prit sa main au creux de la sienne, elle ne la retira pas.

— Plutôt chouette, lieutenant, souffla-t-il.

— J'avais prévu autre chose, mais j'ai tout oublié.

Il rit et lui serra les doigts.

— Et je n'ai toujours pas le droit de t'embrasser, même après tout ça ?

— Tu peux te brosser.

Elle eut droit à plus de bla-bla avec le maire, d'autres poignées de main et quelques photos supplémentaires. Puis Kyung, d'une manière toujours pleine de tact, vint les sortir de là.

— J'ai bien conscience que vous n'avez pas beaucoup de temps, lieutenant, mais il y a ici quelques personnes qui aimeraient beaucoup partager un instant avec vous.

Il la conduisit derrière la scène et désigna du doigt l'endroit où Nixie l'attendait.

— Salut, gamine.

— Vous êtes pas pareille, habillée comme ça.

— Moi aussi, je me sens différente dans cet uniforme. Un peu bizarre.

— On doit venir chez vous, demain, après la parade.

— C'est ce qu'on m'a dit.

— Il y aura plein d'enfants. On a vu Summerset, c'est ce qu'il a dit.

— Ouais.

En tournant la tête, Eve aperçut Connors qui étreignait sa tante tandis qu'une horde de gamins d'âges variés s'agglutinait autour d'eux.

— Il a dit vrai.

— Normalement, je dois plutôt attendre demain pour vous parler, quand vous serez moins occupée, mais...

— Vas-y.

De nouveau ce regard aussi précis qu'un laser, droit dans les yeux d'Eve.

— Vous avez dit que c'était pour nous tous. Ma maman, mon papa et mon frère, et mon amie. Et tout le monde.

— C'est ça.

— Alors je peux la toucher ?

— Bien sûr.

Eve s'accroupit et observa le visage de Nixie – des yeux bleus pleins de sérieux, des joues rondes et une petite bouche décidée – tandis que l'enfant manipulait la médaille.

Puis Nixie releva la tête.

— Cette médaille, c'est important.

— C'est important.

La petite fille sourit et cet air sérieux beaucoup trop adulte déserta ses traits.

— J'ai une surprise pour vous.

— Qu'est-ce que c'est ?

Nixie leva les yeux au ciel.

— Une *surprise*. Vous la verrez demain quand on viendra pour Thanksgiving. Je vais aller féliciter Connors, puis il faudra qu'on parte. Vous êtes après un méchant, aujourd'hui ?

— C'est ça.

— Il a tué quelqu'un.

— Oui.

— Alors il faut que vous l'arrêtiez.

« Simple et clair », pensa Eve. Et peut-être que, d'une certaine façon, ça l'était.

— C'est ce que je vais faire. On se voit demain.

— Et voici notre chère Eve !

Sinead ouvrit grands les bras et la serra contre elle. « Sa peau et ses cheveux sont tout doux, se dit Eve. Mais quelle force dans ses bras. »

Étrange chose que cette étreinte puissante et pleine d'amour, aussi étrange que de porter l'uniforme. Ce n'était pas désagréable, d'ailleurs. Mais différent.

— Ah, que c'est bon de vous voir !

Les mains sur les épaules d'Eve, Sinead recula d'un pas, un grand sourire sous ses yeux verts embués de joie.

— Et vous faites très officielle dans cet uniforme. On ne va pas vous retenir, Summerset nous a expliqué que vous étiez très occupée sur une enquête, mais on tenait à assister à cette cérémonie en l'honneur de Connors et vous. Ça représente beaucoup pour nous, Eve. Beaucoup pour chacun d'entre nous.

— Je pense que votre présence représente beaucoup pour lui aussi.

— Sa mère serait si fière. Alors j'ai sa fierté et la mienne à vous offrir à tous les deux. Et j'ai bien l'intention d'obtenir un tirage d'une des photos qu'ils ont prises de vous deux. Oh, tout ça est si excitant pour nous tous !

Avec un petit rire, Sinead embrassa Eve sur la joue.

— Bon, dit-elle, je vous laisse parce que sinon toute la famille va vous mettre le grappin dessus. Mais on attendra que vous rentriez à la maison pour ça.

Eve eut deux ou trois autres échanges avant que Kyung vienne la prendre par le bras.

— Pardonnez-moi, lieutenant, on a besoin de vous là-bas, dit-il en l'escortant à l'écart. Je vais vous sortir de là, murmura-t-il discrètement à son oreille.

— Super. Merci.

— Connors m'a assuré qu'il prendrait congé tout seul. J'imagine qu'il en a l'habitude.

— Ouais, c'est une véritable anguille.

— Vous avez été remarquable, lui dit-il en la guidant jusqu'aux loges, puis vers la sortie.

— Vous aussi. Vous m'avez fait sortir en moins de dix minutes. Vous pouvez me laisser, je vais me débrouiller.

— Alors j'y retourne pour manger un peu de gâteau.

Eve ralentit soudain l'allure.

— Il y avait du gâteau ?

— Vous vouliez être sortie dans les dix minutes.

— C'est vrai, soupira-t-elle. Que de sacrifices !

Elle prit néanmoins un tapis roulant jusqu'au vestiaire pour se changer. Elle suspendit son uniforme et rangea la médaille dans sa boîte. Puis elle se demanda ce qu'elle devait en faire. Elle la garderait dans son bureau pour le moment, décida-t-elle. Après quoi elle l'emporterait sans doute chez elle pour l'y mettre en sécurité.

La boîte sous le bras, elle ressortit et traversa la salle commune. Tous ses hommes se levèrent. Ce qui aurait sans doute provoqué une nouvelle bouffée d'émotion s'ils n'avaient pas tous été affublés de lunettes de soleil. Carmichael avait remis son affreuse cravate à motifs chevalins.

Le ridicule de l'ovation la fit rire et l'aida à retrouver l'état d'esprit qu'elle désirait.

— Remettez-vous au boulot, bande d'idiots !

— On vous a gardé du gâteau, lui dit Peabody.

— Vous êtes sérieuse ?

L'idée qu'une miette de quoi que ce soit ait pu survivre à la présence de son équipe était aussi stupéfiante qu'une décharge de pistolet paralysant.

— Dans votre bureau.

— Je regrette de vous avoir traités d'idiots. Cela dit, tous au boulot !

Elle entra dans son bureau, touchée et toujours un peu étonnée d'y découvrir une part de gâteau soigneusement tranchée posée sur une assiette en carton. Elle rangea la médaille dans un tiroir et se programma un café.

Puis, assise à son bureau, elle entama sa part de gâteau et se remit elle aussi au travail.

« Cinquante-cinq minutes écoulées », se dit-elle. Plus longtemps qu'elle ne l'avait espéré, mais l'ensemble de la cérémonie avait duré moins d'une heure.

« Et qu'est-ce que Reinhold a bien pu faire durant ces cinquante-cinq dernières minutes ? »

Il avait un plan. Il ne voyait aucune raison pour que celui-ci ne fonctionne pas. Et il était prêt à improviser. Et puis changer un peu les choses lui épargnerait du travail sur le terrain. Son pied lui faisait encore un mal de chien !

Il envoya son droïde faire des courses, avec instruction d'acheter chaque article dans un magasin différent.

Et, tandis qu'il avait l'appartement pour lui tout seul, il mit la musique à fond et fit le tour du propriétaire en boitant. Il se demandait où organiser la chose.

Le salon. D'accord, la chambre d'ami était suffisamment grande, mais il aimait avoir un accès facile à la cuisine et à la salle à manger. « C'est plus logique, se dit-il, puisque je vais avoir de la compagnie pour le dîner de Thanksgiving. »

Ce serait sa mise à mort la plus audacieuse et elle aurait lieu dans son propre appartement. Un bon entraînement pour l'avenir, quand il commencerait à vendre ses services. La disparition des corps pourrait être une option à proposer à ses clients, après tout.

Parfois, les gens comme la mafia, la CIA et d'autres ne voulaient pas que les dépouilles soient retrouvées. Il avait lu des trucs là-dessus.

Les flics n'avaient aucune idée de l'endroit où il se trouvait – comment auraient-ils pu ? – ni même de qui il était devenu. À l'abri de son propre domicile, il ne risquait pas d'être dérangé et pourrait prendre tout le temps qu'il voudrait avec sa… sélection.

Non, ses proies. Le terme lui plaisait. C'étaient ses proies, tous autant qu'ils étaient, et lui avait un nom de code : le Faucheur. Il trouvait ça génial.

Le Faucheur. Mort à vendre. N'importe où, n'importe quand. Termes soumis à négociation.

C'était ainsi qu'il se ferait connaître.

Quand le droïde reviendrait, ils prépareraient l'appart exactement comme il le voulait. Après quoi : contacter, appâter, piéger. Tchac, tchac.

Il aurait toute la nuit et la journée du lendemain pour s'atteler à son œuvre tandis que les gens se rassembleraient chez eux en faisant semblant d'apprécier la présence de leurs amis et de leur famille. Il pourrait faire durer les choses pendant une nuit de plus s'il en avait envie. S'il s'ennuyait, il y mettrait fin.

Puis le droïde et lui se chargeraient de se débarrasser des corps.

— J'ai le meilleur job du monde ! s'écria-t-il par-dessus la musique avant de danser, en grimaçant un peu, jusqu'à la terrasse.

Juste pour le plaisir, il baissa son pantalon et exposa ses fesses à tout New York.

C'était trop délire !

Il retourna à l'intérieur, prit un autre antalgique et se servit une bière. Quel plaisir de pouvoir boire quand il voulait, manger quand il voulait, faire ce qu'il voulait.

Toute sa vie, les gens l'avaient rabaissé, retenu, avaient cherché à le baiser. Maintenant, c'était lui qui les baisait. Et il ne s'arrêterait jamais.

— Je me suis trouvé, m'man ! gloussa-t-il. Et aujourd'hui, tu peux me croire, je suis un homme.

Il se tourna en entendant la porte d'entrée s'ouvrir. Le droïde était de retour, porteur d'un gros carton.

Jerry vit ses lèvres bouger sans pouvoir distinguer ce qu'il disait.

— Quoi ? Merde. Musique, arrêt. Quoi ? répéta-t-il.

— Monsieur, je n'ai pas été en mesure d'acheter et de transporter tous les articles en un seul voyage. Je…

— Putain, tu fais chier !

L'imbécile. Peut-être que Jerry s'offrirait un nouveau droïde. « Un modèle féminin, songea-t-il. Avec des options sexuelles. »

— Retourne chercher le reste. Je veux qu'on puisse s'y mettre.

— Oui, monsieur. Où voulez-vous disposer ces articles ?

— Pose simplement la boîte ici, répondit Jerry en désignant le milieu du salon. Et va chercher le reste. Magne-toi, Trouduc.

— Oui, monsieur. Je reviens au plus vite.

— T'as intérêt.

Gagné par l'excitation, Jerry s'assit par terre et tira divers objets du carton.

Nouvelles cordes et ruban adhésif, un kit à découper la viande. Il sourit en voyant la lame brillante et les dents de la fourchette. Parfait pour la dinde… ou tout ce qu'on avait envie de trancher.

— Ah, voilà ce que j'attendais !

Il sortit une scie portable, actionna l'interrupteur et sourit largement en voyant vrombir les lames dentelées jumelles.

— Ouais, ça va être le meilleur Thanksgiving du monde.

Il reposa la scie, s'allongea sur le dos et se mit à rire comme un dément. En toute sincérité, il n'avait jamais été aussi heureux de toute sa vie.

Durant des heures, Eve était restée penchée sur sa carte à étudier toutes les possibilités. En un après-midi, elle avait passé plus de temps sur son communicateur qu'elle ne le faisait habituellement en un mois.

Reinhold restait introuvable.

Peabody passa la tête par l'embrasure de la porte et comprit tout de suite de quelle humeur était son lieutenant. Elle fut tentée de repartir sans rien dire, mais rassembla son courage :

— Dallas ?

— Savez-vous combien de responsables, gérants, logeurs, propriétaires et autres préposés prennent leur journée la veille de Thanksgiving ?

— Pas exactement.

— Tous, ou presque ! Tout le monde est pressé d'aller s'empiffrer de dinde !

— Eh bien... beaucoup de gens ont un trajet à faire pour...

— Reinhold ne voyage pas, lança sèchement Eve. Il est retranché dans son antre. Et il a une cible. Quelqu'un qui n'aura pas droit à sa délicieuse tarte au potiron demain.

— On a assigné une protection à...

— À la plupart des gens susceptibles d'être pris pour cible. Mais « la plupart », ce n'est pas assez. Ça lui laisse l'occasion de frapper, sans parler de ceux que nous avons forcément manqués.

Elle se passa la main dans les cheveux et tira sur ses mèches dans un geste de frustration.

— C'est un foutu amateur, Peabody. Il n'aurait pas dû rester libre au-delà des premières vingt-quatre heures. Au lieu de quoi il a profité de presque une semaine à faire ce qu'il voulait depuis son premier meurtre.

— Dallas, nous n'avons été informés que lundi de l'existence des deux premiers corps. Nous n'avions aucun moyen de savoir.

— C'est bien là tout le problème, non ? Il n'arrête pas d'enchaîner les coups de pot. On sait qui il est, on sait comment il a tué chacun d'entre eux, quand et même pourquoi. Nous avons une liste sérieuse de cibles potentielles. Nous pensons savoir à peu près dans quelle zone il se trouve. Mais nous n'arrivons pas à mettre la main sur ce salopard.

— Cela fait beaucoup de cachettes possibles. Et avec l'argent qu'il a volé, ça en fait encore plus.

Eve secoua la tête avec impatience.

— En me basant sur les probabilités les plus fortes, j'ai réduit la zone à ce périmètre.

Peabody s'approcha pour regarder l'écran et cligna les yeux de surprise.

— Vous avez fait un graphique.

— Peu importe. La zone de probabilités la plus haute est en rouge, la zone secondaire en bleu et ainsi de suite en cercles concentriques autour de ce noyau. Les emplacements les plus intéressants dans chaque zone sont signalés sur la deuxième carte avec le même code couleur.

— Ça représente beaucoup de boulot sur l'ordinateur.

— Et ?

— Ne m'en voulez pas, mais ce n'est pas votre point fort. Admettez-le.

Eve lâcha un sifflement. Mais c'était on ne peut plus vrai.

— J'ai été obligée de m'arrêter et de prendre un cachet tellement bosser là-dessus me file mal au crâne.

— J'aurais pu vous aider.

— Je vous avais confié d'autres missions. Et puisqu'on en parle… ?

— Rien du côté des ventes de billets sportifs. Le vendeur avec qui j'ai discuté m'a expliqué que de nombreuses salles offrent de grosses réductions, y compris sur les places exclusives, durant le Black Friday. C'est la journée qui suit Thanksgiving, le jour de shopping le plus intense de l'année.

— Parce que les gens sont tellement euphoriques après s'être gavés qu'ils ressentent le besoin d'aller dépenser plus d'argent qu'ils n'en ont. Vendredi…

Elle poussa un soupir.

— Vous referez le tour des vendeurs vendredi.

— Rien non plus du côté de la salle de jeu ou du bar, en tout cas pas encore, poursuivit Peabody. Mais j'ai parlé aux agents de sécurité de chaque endroit et ils vont ouvrir l'œil. J'ai envoyé des collègues en uniforme distribuer les images de Reinhold, sa photo, sa transformation, son droïde, à travers toute la zone cible. Épiceries, magasins, restaurants. Ils en donnent aussi aux gardiens d'immeubles, aux gérants. Ça va prendre du temps pour qu'elles soient distribuées partout, mais l'information se répand, Dallas. On a littéralement des centaines d'yeux qui guettent Reinhold. Voire même des milliers. Quelqu'un va finir par le repérer et nous appeler.

— Et la ligne téléphonique pour recueillir les témoignages ?

— Pas grand-chose, comme je m'y attendais. Mais c'est sûrement parce que les gens quittent la ville ou reçoivent de la visite, ou qu'ils sont occupés à acheter ce qui leur manque pour demain. Ce genre de trucs.

Eve s'affaissa sur son siège, écœurée.

— Je déteste les fêtes.

— Ben… On ne peut pas vraiment y couper. Et ne le prenez pas mal, mais peut-être que vous devriez songer à rentrer chez vous pour vous occuper de vos propres visiteurs ?

— Quoi ?

— Dallas, il est déjà presque une heure après la fin de votre rotation.

— Quoi ? ! s'exclama de nouveau Eve en regardant l'heure. Nom d'un chien !

— Je ne suis que la messagère, lui rappela Peabody en reculant prudemment d'un pas. Mais Feeney a dû partir. Il va essayer de travailler un peu chez lui. Moi aussi, de même que McNab et Callendar. Connors est déjà chez vous et je sais qu'il a pris contact avec Feeney à deux ou trois reprises.

Eve se passa les mains dans les cheveux avant de les enfoncer au creux de ses poches.

— Rentrez chez vous. Je vais copier ce graphique et vous l'envoyer, ainsi qu'à tous les autres. Étudiez-le un peu plus soigneusement. Si quelque chose retient votre attention, faites-moi signe.

— Vous n'avez pas réussi à joindre les gérants de tous les hôtels et appartements à louer, si ?

— Non.

— Je vais en prendre une partie.

— Je vous noterai ceux qui restent.

Peabody sourit.

— Et si je vous faisais une faveur et que moi, je vous notais ceux qui me restent ? La circulation va être infernale, ce soir. J'arriverai chez moi avant vous, de toute façon.

— Encore un bon moment en perspective… Rentrez chez vous. Je veux que McNab et vous passiez à mon bureau personnel demain. On va consacrer du temps à cette recherche. Venez deux heures avant l'horaire où vous étiez censés arriver.

— On y sera. On va l'attraper, Dallas.

— Oh que oui. La question est de savoir combien de victimes il peut encore accumuler avant qu'on le tienne. Mais on l'aura.

Elle prit le temps de copier et d'envoyer le fruit de son travail à Peabody, à Feeney et Connors, à McNab, au commandant, à Callendar. Tous maîtrisaient mieux qu'elle l'outil informatique, elle devait l'admettre. Peut-être qu'ils affineraient le résultat ou qu'ils repéreraient quelque chose qu'elle n'avait pas vu.

Une chose était sûre, elle aurait déjà dû être chez elle pour s'occuper de l'autre partie de son existence.

Elle rassembla les dossiers dans un attaché-case, attrapa son manteau et se dirigea vers la sortie avant qu'elle n'ait le temps de se raviser et ne décide de s'enfermer à clé dans le bureau comme si seule l'enquête comptait.

Peabody avait mis dans le mille à propos de la circulation. Les embouteillages n'apaisèrent pas son humeur, mais ils lui donnèrent le temps de réfléchir et de contacter plus de monde… c'est-à-dire tomber sur plus de répondeurs, de messages en boucle et d'équipes réduites à l'essentiel.

Par entêtement autant que par inquiétude, elle fit une nouvelle tentative pour joindre Joe le Goujat. Même si rien n'était moins sûr, elle parviendrait peut-être à l'avoir à l'usure pour le convaincre d'accepter une protection policière.

Elle abandonna quand son appel aboutit directement sur la messagerie vidéo.

Au moment de passer le portail de la maison, elle se surprit à calculer combien de temps elle devrait se montrer sociable avant de pouvoir s'esquiver discrètement pour retourner travailler.

Les lumières de la maison illuminaient la nuit. Et, malgré la bruine, un jeu de ballon se déroulait sur le gazon vert et luxuriant.

Hommes, femmes et enfants couraient dans tous les sens. La plupart avaient retiré leurs vestes pour jouer en pull ou en chemise. Et tous étaient à la fois trempés et couverts de terre.

Elle vit la balle de cuir ronde et usée s'envoler, regarda quelqu'un donner un coup de tête pour faire une passe, quelqu'un d'autre exécuter une reprise de volée au milieu de la ruée d'autres silhouettes. Elle ralentit l'allure, de peur que l'un de ces joueurs frénétiques ne traverse l'allée devant elle, puis grimaça un peu en voyant la collision qui suivit et les corps qui s'empilaient les uns sur les autres.

Un jeu de sauvages, de toute évidence.

Elle se gara. En sortant de la voiture, ses oreilles furent agressées par des cris, des sifflets, des insultes lancées en deux langues aux accents étrangement musicaux.

— La voilà !

Malgré la crasse qui lui maculait le visage, Eve reconnut le petit Sean. Pour une raison inconnue, le petit-fils de Sinead avait développé un attachement inébranlable à Eve. Et cela même avant qu'il découvre un cadavre dans les bois près de son tranquille petit village l'été précédent.

— On est en train de perdre, c'est horrible, lui dit-il comme s'ils s'étaient parlé une heure plus tôt. Oncle Paddy triche comme c'est pas permis et tante Maureen vaut pas mieux que lui.

— D'accord.

— Viens dans notre camp. Tu peux prendre la place de ma cousine Fiona. Elle est aussi utile que des mamelles sur un bouc et fait rien que crier quand la balle se rapproche à moins d'un kilomètre d'elle.

Eve se sentit étrangement flattée qu'il s'imagine qu'elle pourrait sauver la partie. Mais…

— Je ne peux pas, petit. Je ne sais même pas comment on joue.

Il rit d'abord, puis la contempla avec de grands yeux ronds.

— C'est vrai ? Comment ça se fait que tu saches pas jouer au foot ?

— Ici on appelle ça « soccer ». Et ce n'est pas mon truc.

Même si leur version semblait nettement plus rugueuse ; un bon point aux yeux d'Eve.

— Sean !

C'était Sinead qui l'appelait depuis le seuil de la maison.

— Laisse ta cousine tranquille, tu veux ! Elle n'a même pas passé la porte et tu l'obliges à rester là sous la pluie.

— Elle dit qu'elle sait pas jouer au foot ! répondit-il d'une voix où perçait la stupeur. Pour de vrai, en plus !

Il reporta son attention vers Eve.

— C'est pas grave, lui dit-il avec gentillesse. Je vais t'apprendre.

Bon sang, ce gamin savait être convaincant. Si elle n'avait pas eu un tueur à retrouver, elle aurait accepté son offre. Et se serait sûrement amusée.

— Merci beaucoup, mais…

Elle ne termina pas sa phrase et demeura aussi surprise que Sean devant son ignorance sportive quand elle vit Connors émerger du groupe et se diriger vers eux.

Il était tout aussi sale et trempé que son jeune cousin. L'herbe avait laissé des traces sur les coudes de sa chemise, mélangées à des taches de sang sur celui de gauche. Un hématome léger mais bien visible colorait le coin de sa mâchoire.

Il décocha un sourire provocateur à Eve avant de faire claquer sa main sur l'épaule de Sean.

— On a besoin de toi, mon pote. Ça passe ou ça casse, maintenant.

— J'y vais !

— C'est quoi, ce délire ? demanda Eve en regardant le garçon détaler en lançant un cri de guerre.

— Cherche pas. On est quasiment fichus, de toute façon, vu que Fiona a les pieds carrés et que Paddy et Maureen trichent comme des bohémiens dans une fête foraine.

— Qu'est-ce que tu racontes ? Pourquoi aurait-elle les pieds carrés ?

Il se contenta de sourire.

— Je t'expliquerai. En tout cas, on va être battus. Je t'ai écrit un rapport et il est déjà sur ton terminal. Et j'ai également plusieurs programmes en cours. Hélas, ça va bel et bien prendre le temps que j'avais annoncé. J'ai récupéré quelques fragments d'informations utiles mais pas assez, pas encore. Elles sont là, par contre, c'est certain. Cette rusée de Mme Farnsworth a réussi à insérer une sorte de code sans que Reinhold le voie. Mais il nous reste à le récupérer.

— D'accord. Au point où nous en sommes, toute avancée est bonne à prendre. J'ai travaillé sur autre chose et je t'ai transmis une copie. On s'y mettra plus tard.

Ils étaient tous en train d'appeler Connors. « La famille sans laquelle il a vécu l'essentiel de sa vie », songea-t-elle.

— Bon, va les rejoindre pour jouer les casse-cou. Et essaie de ne pas trop saigner.

Il rit et l'agrippa, la fit tournoyer sur elle-même et l'embrassa avec passion sous les hourras des joueurs avant qu'elle parvienne à se libérer pour essuyer les taches d'humidité et de terre qu'il avait laissées sur elle.

— Bon sang, les Irlandais sont fous, maugréa-t-elle en filant à grands pas vers la maison.

À peine avait-elle passé le seuil et retiré son manteau que Sinead apparut pour l'en débarrasser et lui tendre un verre de vin.

— Bienvenue chez vous… et dans le grand cirque familial. Vous avez eu une longue journée, à ce qu'on m'a dit. Vous avez une minute pour vous asseoir et vous détendre un peu ? Ceux d'entre nous qui ne sont pas dehors, partis en ville ou dispersés ici et là sont dans le petit selon.

« Je pourrais m'esquiver », se dit Eve. Sinead inventerait une excuse pour elle. Depuis le petit salon lui parvinrent un murmure de voix et les pleurs aigus d'un nourrisson (ils semblaient en pondre sans cesse de nouveaux). Et elle pouvait échapper à tout cela pour s'enfermer avec ses meurtres.

Puis elle pensa au grand sourire et à la chemise salie de Connors.

La vie, se souvint-elle, devait être vécue même – peut-être même surtout – au milieu de la mort.

— Oui, m'asseoir un peu me ferait le plus grand bien.

20

Au moment où Joe sortit son communicateur pour voir « Lieutenant Eve Dallas » s'afficher sur son écran, il marchait en direction de son dernier rendez-vous du jour, à deux pas de là. Le dernier rendez-vous de la semaine, même.

Avec un petit sourire suffisant, il appuya sur « Ignorer ».

« Fliquette à la con », se dit-il. Elle essayait de lui faire peur. Pire : de le mêler aux problèmes de Jerry. Peut-être que Jerry avait pété les plombs, c'était possible, mais ça n'avait rien à voir avec lui.

De toute façon, aucune chance pour que cette couille molle de Reinhold ait eu assez de tripes pour vraiment tuer quelqu'un. Ni les tripes ni assez de cervelle d'ailleurs.

De l'avis de Joe, quelqu'un était entré par effraction chez les Reinhold pour les cambrioler et avait fini par les tuer. Il avait sans doute aussi fait la peau à Jerry, ou l'avait pris en otage.

Le voleur lui avait pris sa carte d'identité, l'avait forcé à révéler ce qu'il savait sur les comptes bancaires. Et qui aurait pu croire que les vieux de Reinhold avaient autant de fric ? S'il avait su, il les aurait travaillés au corps pour leur refourguer de bonnes grosses polices d'assurance bien juteuses.

C'était trop tard à présent. Il avait loupé l'occasion.

Quant à Lori Nichons, elle avait sans doute trouvé un nouveau copain qui s'était énervé sur elle. Si elle s'était montrée aussi chiante qu'avec Jerry, ça n'avait rien d'étonnant. Faire des réflexions, gémir et se plaindre, c'était sa spécialité. Ça, et toujours chercher le moyen de leur gâcher le plaisir.

Et Farnsworth ? Allez ! Cette vieille peau pleine de fric faisait une cible idéale. Des gens se faisaient tuer tous les jours à New York, bon Dieu. Ça faisait partie de l'expérience de la vie urbaine.

Il fallait être malin, savoir se protéger et faire gaffe.

Aussi simple que ça.

Le mieux était de se faire suffisamment de fric – ce à quoi lui-même s'appliquait – pour s'installer dans un appart super classe avec portiers, caméras et tous ces trucs de sécurité trop cool. Peut-être un chauffeur et un garde du corps pour surveiller vos arrières pendant que vous emmeniez un joli petit cul dans la boîte la plus courue de la ville.

Ouais, c'était à ça qu'il travaillait.

Et quand son arrière-grand-mère clamserait enfin – le plus tôt serait le mieux –, il hériterait d'un pactole plutôt sympa. La vieille harpie accumulait l'argent comme un mec affamé le pain, enfin quelque chose comme ça.

Il prendrait le magot et retournerait à Vegas. Il avait remporté huit briques la dernière fois, pas loin de dix si on cumulait tous les petits gains.

Son prochain voyage lui rapporterait encore plus. Après quoi il s'offrirait une piaule tip-top.

« Comme celle-ci », se dit-il en arrivant au lieu du rendez-vous. L'immeuble occupait un pâté de maisons tout entier, peut-être même plus. Et il luisait dans la lumière déclinante de la soirée pluvieuse.

Les instructions du droïde avaient été très spécifiques. Selon Joe, un homme qui employait un droïde comme assistant devait être difficile et parano.

Ce qui ne lui posait pas de problème.

Il avait fait une recherche rapide sur Anton Trevor et constaté que son futur client difficile et parano était riche comme Crésus. Le mec voulait parler affaires à son domicile ? Pas de problème. Le client avait toujours raison, même quand c'était un con. Il souhaitait réviser son assurance et discuter la possibilité d'un poste pour Joe dans sa boîte.

« Plus prêt que moi, y a pas ! », songea Joe. Il était même carrément temps qu'il commence à côtoyer des gens qui faisaient vraiment bouger les choses.

Si tout se passait aussi bien qu'il l'avait prévu, il se paierait une bouteille de champagne pour lui et la fille de ce soir et dépenserait une partie de ses gains à Vegas pour fêter ça.

« Aujourd'hui pourrait bien être le premier jour de ma vraie vie », se dit-il.

Conformément aux instructions, il composa le code que le droïde lui avait donné. Et celui-ci répondit immédiatement.

— Domicile de M. Trevor.

— Ouais, salut. Ici Joe Klein. Je suis devant l'entrée principale.

— Très bien, monsieur Klein. Veuillez rester où vous êtes, je descends pour vous escorter.

— Pas de problème.

Il profita du délai pour envoyer un texto à la fille.

Serai peut-être un peu en retard, poupée. Un gros poisson a mordu à l'hameçon.

Il regarda l'heure avant de remettre le communicateur dans sa poche. Il risquait d'être plus qu'un peu en retard : la réunion durerait bien une heure, plus si ça se passait vraiment bien. Après quoi il faudrait encore qu'il rentre se doucher, se changer et prendre un petit excitant pour la soirée.

« Elle attendra, pensa-t-il avec un sourire arrogant. Les gens vont devoir s'habituer à poireauter un peu pour profiter de Joe Klein. »

Il vit arriver le droïde et se dirigea vers lui.

— Monsieur Klein.

— Ouais ?

— Veuillez enfiler ceci, je vous prie.

Le droïde lui tendait une casquette et une paire de lunettes noires.

— Pourquoi ça, mon pote ?

— M. Trevor tient à protéger la confidentialité de ses affaires et de ses visiteurs, y compris aux yeux des équipes de sécurité de l'immeuble.

— Si tu le dis.

Amusé, Joe chaussa la casquette et les lunettes puis suivit le droïde à l'intérieur.

Cet endroit avait tout pour lui : super haut de gamme, avec des plans en 3D animés, des boutiques branchées, des femmes éminemment baisables et des hommes qui avaient l'air important sans même essayer.

Le droïde le conduisit jusqu'à un petit groupe d'ascenseurs aux portes argentées. Là, il se plaça devant le scanner, puis utilisa une carte magnétique et un code manuel.

— Ça fait beaucoup pour un seul ascenseur.

— Cabine privée, accès réservé.

Joe entra dans la cabine : entre les parois argentées se trouvaient un banc en cuir noir et un pot de fleurs blanches. Dans un foutu ascenseur.

Ouais, c'était une avant-première de sa future vie.

Une nouvelle fois, le droïde utilisa sa carte, entra un code et se soumit à l'examen du scanner.

— Alors, comment il est, ton boss ? demanda Joe comme l'ascenseur s'ébranlait en silence.

— M. Trevor est une personne particulière et très secrète. Il se réjouit de votre arrivée.

— Excellent, répondit Joe en tapotant sa mallette. J'ai beaucoup de choses à lui montrer.

Ils émergèrent dans un vaste salon privé lui aussi décoré de fleurs avec, le long des murs, une fresque représentant la ville. Pour la troisième fois, le droïde fut scanné avant d'employer sa carte et d'entrer son code. Après quoi il s'écarta pour laisser entrer Joe.

Celui-ci fut d'abord frappé par la vue : la paroi en verre donnant sur les toits de la ville, les mille lumières, l'aspect cossu du lieu. Un sourire apparut sur son visage comme la porte se refermait et qu'un verrou s'enclenchait dans son dos. Puis il fronça les sourcils en remarquant le plastique transparent qui recouvrait le sol verni du vaste salon devant lui.

— Quoi ? Il vient juste d'emménager ?

— On pourrait dire ça, commenta Jerry avant d'abattre violemment sa batte de base-ball.

Eve s'assit avec « la belle-famille ». C'était ainsi qu'elle les désignait collectivement dans son esprit. La plupart étaient des femmes, ainsi que des enfants visiblement considérés comme trop jeunes pour la guerre qui faisait rage dehors.

Elle les aimait bien. Comment aurait-il pu en être autrement ? Même si elle ne savait pas vraiment quoi faire d'elles, depuis cette femme qu'elle était censée appeler « mamie » (franchement, c'était bizarre, non ?) jusqu'à cette minuscule petite fille aux joues rondes (si on partait du principe que le bandeau rose sur son crâne chauve signalait bien une fille) qui la regardait fixement sans discontinuer en suçant l'une de ces espèces de tétines.

Certaines d'entre elles étaient occupées à faire du crochet ou du tricot, ou quel que soit le nom de ce truc que faisaient les gens avec des pelotes de laine et de longues aiguilles. D'autres prenaient un thé, ou du vin comme Eve elle-même, voire une bière.

La plupart conversaient joyeusement. C'était le cas de Sinead qui ne s'interrompit même pas quand l'une des jeunes femmes lui fit passer un bébé, lequel émit des bruits évoquant le miaulement d'un chat affamé.

— Voici la plus récente d'entre nous, dit Sinead à Eve. Keela. Débarquée dans ce monde il y a sept semaines seulement.

Keela portait un bonnet rose et blanc surmonté d'un pompon au-dessus de ce qui était sans doute un autre crâne chauve. Elle laissa échapper un rot sonore quand Sinead lui frotta le dos.

— Voilà, ça va mieux comme ça, hein ? Elle a mangé, elle est au sec et tout heureuse, si vous avez envie de la prendre.

« Je préférerais tenir une bombe artisanale qui fait tic-tac », songea Eve.

— Euh…

Ce fut tout ce qu'elle parvint à dire avant que – Dieu merci – la porte d'entrée s'ouvre en grand sous la pression de la troupe de footballeurs loqueteux et hétéroclites qui entrèrent en chargeant, boitillant ou rampant dans la maison.

— Regardez-vous, tous autant que vous êtes ! s'exclama mamie qui faisait causette près du feu. Tout crottés et tout mouillés, vous allez salir les sols ! Ressortez nettoyer tout ça avec le tuyau ou alors tout le monde sous la douche. Aucun de vous ne sera le bienvenu ici dans cet état. Ça vaut aussi pour toi ! ajouta-t-elle en pointant Connors du doigt.

— Mamie ! protesta Sean. On a laissé nos bottes dehors. Et on pourrait manger une vache directement dans le pré tellement on a faim !

— Pas avant de t'être lavé.

Eve saisit l'occasion de s'éclipser en même temps que tous ceux qui venaient d'entrer.

— Je... euh... m'absente une minute.

Elle s'éloigna au pas de course et parvint à rejoindre la chambre à coucher au moment où Connors retirait ses vêtements trempés et déchirés.

— C'était une véritable déroute, annonça-t-il. J'ai honte d'y avoir pris part.

— Tu t'en remettras. Je vais juste prendre dix minutes pour filer à mon bureau, lire ton rapport et vérifier deux ou trois petits trucs.

— Le repas sera servi dans moins d'une heure. Si tu ne peux pas descendre, je transmettrai tes excuses.

— Ça ne devrait pas prendre plus d'une heure.

— Je passerai moi aussi avant de descendre pour voir ce que tu as trouvé.

— Bien.

Elle fila vers son bureau et se plongea immédiatement dans le rapport de Connors. Elle constata qu'il avait simplifié le vocabulaire pour le rendre compréhensible à une novice, mais il lui fallut néanmoins du temps pour tout déchiffrer.

Grâce à la récupération de données effacées, ils disposaient des premières étapes des transferts entre les différents comptes. Une vraie bonne raison de se réjouir. S'ils en avaient trouvé une partie, ils en trouveraient plus.

Connors avait inclus ce que lui et l'équipe d'informaticiens considéraient comme un code secondaire intégré de manière discrète au cœur d'autres données. Pour Eve, cela ressemblait à toutes les lignes de code informatique qu'elle avait pu voir auparavant. À savoir : incompréhensible.

Elle afficha sa carte sur l'écran mural afin de l'avoir toujours en tête pendant qu'elle lisait les autres rapports et parcourut ses messages entrants pour s'assurer que chacune des équipes assignées à la protection des cibles rapportait que tout allait bien.

— Rien à signaler du côté des équipes de protection, annonça-t-elle en entendant Connors entrer. J'ai lu ton rapport, mais je ne parle pas le geek, donc certains trucs me passent au-dessus de la tête. Tu vas pouvoir m'expliquer tout ça, puis je te montrerai la carte que j'ai établie…

Elle se tourna vers lui.

Bon sang, ce n'était pas Connors mais Sinead. Elle s'était figée, pâle comme un linge, et contemplait le tableau de meurtre d'Eve.

Eve se précipita pour s'interposer entre elle et le panneau.

— Hé, attendez ! Vous n'avez pas besoin de voir ça. Je descends dans une minute.

Sinead se contenta de poser la main sur le bras d'Eve et de se décaler sur le côté.

— Ce gamin, là ? Parce que c'est à peine plus qu'un gamin, non ? C'est lui qui a fait ça ?

— Sinead…

— La violence, la cruauté, je connais. Ma propre sœur a été tuée. Ma jumelle. Et il ne se passe pas un jour – pas un seul, vous pouvez me croire – sans que je pense à ma Siobhan et à la douleur de l'avoir perdue. Ils disent qu'il a tué ses propres parents. Sa mère et son père.

— C'est vrai.

Sinead toucha du doigt les photos de Lori Nuccio, avant et après.

— Et il a fait ça à cette jeune femme ? Et plus encore à une femme qui était son professeur. Je sais tout ça parce que je suis ce que vous faites. Et ce n'est que l'une des raisons pour lesquelles j'étais si fière aujourd'hui qu'on vous rende hommage, à vous et à notre Connors.

— Vous n'avez pas à vous expliquer.

De nouveau, Sinead lui toucha le bras.

— Vous vous êtes déjà demandé ce qui fait qu'une personne est capable d'ôter la vie quand la sienne ou celle d'un proche n'est pas menacée ? Ce qui la pousse à tuer avec souvent, si souvent, une authentique cruauté, du plaisir même ?

— Tous les jours. Parfois, découvrir pourquoi est important. Parfois, ça n'a pas de sens.

— Oh non, moi, je pense que ça a toujours de l'importance.

Sinead se tourna pour regarder Eve. Ni son regard ni sa voix ne tremblaient.

— Et pour vous aussi, ça compte. Comment, sinon, pourriez-vous affronter ceci jour après jour, année après année ? J'étais si fière aujourd'hui, je me suis dit que je ne pourrais jamais être plus fière de vous deux. Mais maintenant, je le suis. En voyant ceci, je suis encore plus fière.

Elle prit une profonde inspiration avant de poursuivre :

— Vous l'auriez retrouvé. Patrick Connors. Pour avoir pris la vie de Siobhan. Vous l'auriez retrouvé et auriez fait en sorte qu'il paie pour son crime.

— J'aurais essayé.

— Personne ne l'a jamais fait, vous savez. Et c'était dur à accepter. On avait besoin que quelqu'un essaie.

Elle inspira de nouveau lentement, puis repoussa une mèche de ses cheveux d'un roux doré.

— Pour n'avoir jamais connu la justice à laquelle j'aspirais, je peux vous dire que c'est nécessaire. Quand quelqu'un s'est occupé de lui, l'a laissé mort dans une ruelle, je me suis réjouie. Mais ça n'a pas refermé cette plaie béante en moi. Il m'a fallu du temps, beaucoup de temps, et le soutien de la famille. Et puis Connors s'est présenté à ma porte et cela m'a procuré ce dont j'avais besoin, après toutes ces années. Je remercie Dieu pour cela, et lui aussi. Mais je tiens à vous dire, et j'espère que vous le savez déjà, que ce que vous faites, au-delà du côté légal, est important pour les gens.

— Sinead.

Connors, qui s'était approché sans bruit, glissa un mouchoir dans la main de sa tante.

— Ah ! la la, soupira-t-elle en séchant ses larmes. Le monde peut être si noir. Ce serait stupide de le nier et les Irlandais connaissent la noirceur mieux que beaucoup d'autres. Ça nous rappelle qu'il faut s'accrocher à la lumière chaque fois que c'est possible et la chérir. Tu es une lumière pour moi. Ne l'oublie jamais, dit-elle en embrassant Connors sur la joue.

Il lui murmura quelque chose en irlandais qui la fit sourire. Elle se tourna alors vers Eve.

— Il m'a dit que je lui ai montré la lumière là où il s'attendait à trouver les ténèbres. Mais le fait est que nous avons été des lumières l'un pour l'autre. Et je vous empêche tous les deux de faire ce pour quoi on a le plus besoin de vous. Ne vous inquiétez pas pour la famille. On sera bien, très bien même puisque Summerset nous a promis de quoi nourrir une véritable armée. Nous vous en ferons monter un peu, d'accord ?

— En réalité, il n'y a pas grand-chose de plus à faire ce soir, lui répondit Connors avec un coup d'œil vers Eve.

— Non, effectivement. Où qu'il soit, quoi qu'il fasse, nous n'allons pas le trouver et l'arrêter ce soir.

— Alors ce sera pour demain. Sauf si vous cherchez à me faire croire que la police de New York tout entière se trompe à votre sujet à tous les deux ?

— Espérons que non.

— Alors descendez un moment. J'ai souvent constaté, quand j'ai un problème que je ne peux pas résoudre, que faire quelque chose de tout à fait différent peut m'aider à trouver le bon chemin. Et Dieu sait que cette famille est quelque chose de très, très différent.

Elle les prit tous les deux par la main.

— Et puis on a apporté d'Irlande des cadeaux qu'on meurt d'envie de vous offrir.

— D'accord.

« Rien de plus à faire pour le moment », se rappela Eve, même si cette idée lui restait en travers de la gorge.

Malgré tout, elle se détourna du tableau de meurtre et sortit en refermant la porte.

Joe ne reprit pas connaissance aussi vite que Jerry l'avait anticipé. Il n'y était pas allé de main morte sur son vieux pote. Peut-être plus fort qu'il n'aurait dû, visiblement. Mais il était difficile de maîtriser toute cette puissance, toute cette fureur en lui.

De toute façon, il avait voulu que Joe soit encore K.-O. au moment où le droïde le larguerait sur le fauteuil de repos. Jerry avait d'ores et déjà ordonné à Trouduc de recouvrir le siège à l'aide du plastique en gros rouleaux. C'était un fauteuil franchement top, en cuir véritable couleur chocolat. Un truc de riche. Il n'aurait pas voulu l'abîmer.

Jerry avait trouvé dans le fauteuil de repos une nouvelle inspiration. Il pourrait travailler sur Joe en position assise, inclinée ou carrément allongée. De quoi multiplier les possibilités.

Il l'avait surnommé le « fauteuil de la mort » et avait décidé que tous ceux qu'il tuerait ici, dans son sanctuaire, auraient le privilège de s'y asseoir.

Une fois Joe ligoté à l'aide des cordes et du ruban adhésif, Jerry avait eu hâte de commencer. Mais il n'avait pas pensé à se procurer plus de ces capsules « réveille-toi-connard ».

Il envisagea d'envoyer le droïde en acheter, préféra toutefois lui demander de lui préparer à dîner avant de s'éteindre. De cette façon, il pourrait manger, puis travailler en toute intimité.

Il se remplit la panse avec un burger de vrai bœuf accompagné de frites et se dit qu'il n'avait jamais rien mangé d'aussi délicieux. Tout en mangeant, il lança un film gore sur l'écran géant. On pouvait considérer ça comme de la recherche pour son futur boulot. Il était sur le point de couronner ce repas avec un bol de glace au cookie chocolaté quand son invité émit un gémissement.

Le dessert attendrait. Il était temps de s'attaquer au clou de la soirée.

Il n'avait pas bâillonné Joe. Jerry avait lui-même testé l'isolation sonore en sortant se promener dans le hall commun après avoir mis la musique à fond chez lui. Et il n'avait rien entendu.

Il cala le terminal multimédia sur du hard rock bien énervé mais pas trop fort. Joe et lui allaient avoir une petite discussion.

Joe continuait à gémir. Il avait les yeux vitreux et seulement à moitié ouverts. Un filet de sang avait séché le long de son oreille gauche et l'hémoglobine qu'il avait dans les cheveux avait laissé des traces sur le plastique recouvrant le fauteuil.

— Réveille-toi, enfoiré !

Jerry ponctua l'ordre de deux grandes gifles sonores qui projetèrent la tête de Joe de gauche à droite. Ses yeux roulèrent dans leurs orbites avant de se fixer sur le visage de son ravisseur.

— Jerry. Qu'est-ce qui se passe, Jerry ? Merde, ma tête. J'ai mal au crâne…

— Pauvre chou. Tu veux un antidouleur ?

— Je ne… Je peux pas bouger les bras. Je peux…

Une lueur de compréhension s'alluma lentement dans son regard, suivie par l'éclat de la terreur.

— Jerry. Qu'est-ce que tu fous ? Où je suis ?

— On prend du bon temps, mec. Dans ma nouvelle piaule. Qu'est-ce que t'en penses ? C'est la classe ultime, non ? Regarde un peu la vue.

D'un geste vif, il fit pivoter le fauteuil et l'arrêta avec brusquerie face à la paroi de verre.

— Laisse-moi partir, Jerry. Allez, Jer, arrête de déconner. Je suis amoché, mec.

— Tu te crois amoché ?

Vibrant d'excitation, encore plus qu'avec ses précédentes victimes, Jerry bondit devant le fauteuil et plaqua ses mains sur les accoudoirs en se délectant de la peur incontrôlable qui se lisait sur le visage de son ami.

— On n'a même pas commencé, dit-il.

— Jerry, mon vieux, arrête ! C'est moi, Joe. On est potes.

— Potes ?

Jerry se pencha pour récupérer une longueur de tuyau d'arrosage qu'il avait ordonné au droïde de découper dans un rouleau. Il s'en servit pour fouetter le torse de Joe, ce qui lui valut un petit cri aigu de surprise.

— Tu penses qu'on est potes ?

Il frappa de nouveau et sentit son sexe durcir quand Joe cria de douleur.

— On était potes quand tu m'as mis au défi de voler ces bonbons chez les Schumaker ? C'est toi qui m'as forcé à faire ça, espèce de connard.

— Je suis désolé ! Je suis désolé ! On était gamins.

— Et la fois où tu m'as donné la mauvaise réponse au contrôle d'histoire pour que je sois recalé ? Ou quand t'as baisé April Gardner alors que tu savais que je voulais lui demander de sortir avec moi ?

Il continua à fouetter Joe tout en rageant contre lui. Joe hurlait, sanglotait, pleurait comme un veau dans un flot de suppliques et d'excuses.

Jerry s'arrêta pour reprendre son souffle en regardant Joe haleter et hoqueter, les joues couvertes de larmes. Il avait également pissé dans son froc, ce qui constituait une satisfaction en soi.

— S'te plaît, s'te plaît, s'te plaît…

— Va te faire foutre, Joe. Tu t'es payé ma gueule pendant tout l'été où j'ai dû prendre les cours de rattrapage en informatique. Pas un jour sans que tu me chambres. Comme lorsque t'as gagné à Vegas ou lorsque Lori m'a foutu dehors.

— C'était pas sérieux ! sanglota-t-il en manquant s'étouffer sur ses propres larmes. Je déconnais, c'est tout.

— Hé, moi aussi ! répliqua Jerry en abattant son fouet sur l'entrejambe de Joe.

Le miaulement qu'émit celui-ci était une douce musique à ses oreilles. Jerry se débarrassa du tuyau et alla chercher une bière. Ainsi qu'une matraque souple.

Le visage pâle, légèrement verdâtre, la lèvre en sang à l'endroit où il se l'était mordue de douleur, Joe leva des yeux vitreux vers la matraque. Sa poitrine se gonflait au rythme de son souffle court.

— Fais pas ça. Je t'en prie. Je t'en prie. Je t'ai défendu, Jerry. Les flics, les flics sont tous après toi et je suis le seul qui prend ta défense. Mal et Dave, ils sont allés raconter plein de trucs à cette salope de fliquette avant de se terrer chez leurs mères. Mais moi, je suis de ton côté. Demande à qui tu veux ! Je t'en prie...

— Ah ouais ? répondit Jerry en faisant claquer la matraque au creux de sa paume.

— Parole ! Écoute, écoute, tu peux regarder dans mon communicateur. Elle a essayé de m'appeler. Dallas, la fliquette. Je veux même pas lui parler. Parce que je suis de ton côté.

Feignant l'intérêt, Jerry ramassa le communicateur de Joe qu'il avait posé sur le plan de travail et fit défiler le journal des appels.

— T'étais très occupé, dis donc. T'as parlé à Mal, à Dave, plein d'appels de la part des flics. Et c'est qui, celle-là, Marjorie Mansfield ? Une nouvelle pute ?

— Non, une journaliste. Elle veut faire un article sur toi, sur ce que t'as... sur ce qui s'est passé. C'est elle qui m'a retrouvé.

— Vraiment ? Et qu'est-ce que tu lui as dit ? demanda Jerry avec un grand sourire.

— Rien ! Je vais pas cafter sur toi, mec. Jamais, répondit Joe qui tremblait de peur et de douleur au point d'avoir du mal à parler. Je lui ai dit que t'étais innocent, que t'avais tué personne. On t'a fait porter le chapeau, voilà ce que je lui ai dit. Quelqu'un...

Jerry abattit la matraque et sentit un frisson délicieux le traverser en entendant le crissement cassant des os et des dents.

— Mauvaise réponse ! gronda-t-il avant de frapper de nouveau.

Dans un revirement complet par rapport à son opinion habituelle sur le sujet, Eve bénit le décalage horaire qui incita l'essentiel du contingent irlandais à partir se coucher à une heure raisonnable. Les bébés et les enfants furent les premiers à être mis au lit, beaucoup d'entre eux déjà endormis sur l'épaule ou entre les bras de leurs parents.

Les autres suivirent petit à petit, même si Eve suspectait certains des gamins les plus âgés – ou mûrs avant leur âge – d'avoir quasiment planté leurs piquets de tente dans la salle de jeu.

À la minute où cela lui parut acceptable, elle s'éclipsa pour retourner dans son bureau.

Non qu'elle n'ait pas pris plaisir à ce long repas bruyant en bonne compagnie. La famille de Connors était tellement adorable, pleine d'humour et de mauvaise foi typiquement irlandaise qu'il n'était pas possible de regretter ces moments. Pas vraiment.

Elle alla directement jusqu'à son ordinateur pour vérifier si elle avait reçu des rapports. C'était le cas, mais il n'y avait là rien de neuf ou de concluant.

Elle examina néanmoins la version affinée de la carte que proposait Peabody et jugea le travail solide.

Elle releva la tête quand Connors entra.

— Je te dois une très grosse faveur en échange de cette soirée, dit-il.

— Non, pas du tout. Non seulement parce que la famille en visite fait partie des règles du mariage, mais aussi parce que je les aime tous. Et peut-être que ça m'a donné une bonne occasion de reposer un peu mes méninges surchauffées. Nous verrons.

— Je te remercierai quand même, répondit-il en s'approchant pour lui embrasser le sommet du crâne. Je vais passer du temps en plus dans le labo ce soir pour voir si je dégote autre chose.

— Tiens-moi au courant, même si c'est un truc minuscule.

— Compte sur moi. Et j'y consacrerai tout le temps que je pourrai demain. Pendant ce temps...

Alors qu'il se retournait pour partir, il s'arrêta pour scruter la carte sur l'écran :

— Tu as fait des changements.

— C'est Peabody. Il faut que je passe tout en revue, mais mon intuition me souffle que les modifs qu'elle a apportées sont judicieuses.

Il se rapprocha de l'écran, tête penchée sur le côté.

— Vu sous cet angle... J'ai l'impression que certaines de ces propriétés m'appartiennent.

— Tu... Mais bon sang, bien sûr, commenta-t-elle avec un soupir de frustration. Moi et ma cervelle surmenée... Tu peux sans doute joindre les gérants, les superviseurs, ceux qui possèdent la liste des locataires.

— Je pourrais, en effet, mais ça me prendrait tout de même un certain temps. Ce sont les fêtes, ma chérie. Les bureaux seront fermés à cette heure, de même que demain. Certains de ces gérants ne seront pas en ville et accéder aux données demandera du temps. Je peux le faire moi-même mais, à moins que tu n'aies un nom, je ne saurai pas qui chercher.

— Un nouveau locataire. Son premier meurtre n'était pas prémédité. Il n'a pas pu commencer à chercher un nouveau logement avant vendredi dernier, sans doute même plus tard. Mais admettons à partir de vendredi. Un nouveau locataire, masculin, célibataire. Ça réduit les possibilités.

— C'est sûr. Je vais lancer une recherche, mais d'abord j'aurai besoin d'une copie de la nouvelle carte. Dans mon labo, précisa-t-il, afin de pouvoir travailler en même temps sur l'autre programme. J'ignore combien d'immeubles je possède dans un si vaste secteur, mais ce sera facile de le savoir. Et vu la taille de la zone, ils ne seront pas tous à moi. Cela dit, au prix de quelques manœuvres subtiles, je devrais pouvoir accéder aux listes de locataires d'autres endroits et appliquer les mêmes critères.

Ce qui plaçait Eve face aux limites morales qu'elle se fixait. Elle décida de faire une minuscule exception.

— Vas-y. Je vais tâcher d'obtenir un mandat de la part d'un juge. Commence par tes propriétés, d'accord ? Je ne les lâcherai pas avant d'avoir ce mandat. Je te l'obtiendrai, c'est sûr.

— Très bien. Je vais voir ce que je peux faire. Avec ou sans mandat, ça prendra du temps. À première vue, il y a facilement cent propriétés différentes.

— Cent vingt-quatre immeubles, confirma-t-elle. Tout ce que tu pourras faire pour réduire ce nombre sera le bienvenu. Et il serait temps que la chance nous sourie. Peut-être que tu vas nous trouver Reinhold.

— Ça ferait une nouvelle occasion de se réjouir durant Thanksgiving. Je te tiens au courant dès que je sais quelque chose.

Revigorée, Eve entreprit de relire tous les rapports pour compléter ses propres notes.

21

Aux alentours de 23 heures, Jerry fut pris d'une envie irrépressible d'oignons frits. La torture le mettait en appétit. Il essuya la sueur sur son front – la torture était également fatigante – et alla voir ce que contenaient l'autochef puis les placards.

Merde.

Il avait oublié de dire à ce crétin de droïde d'acheter des oignons frits.

L'autochef, le garde-manger, le réfrigérateur et le congélateur étaient tous bien remplis. Mais pas un seul sachet d'oignons frits à l'horizon.

Et il lui en fallait absolument.

Il envisagea de rallumer le droïde et de lui demander de descendre jusqu'au magasin. Les traiteurs seraient fermés à cette heure, mais il savait qu'il y avait une épicerie ouverte en permanence au niveau mezzanine. Il décida alors qu'une vraie pause lui ferait du bien, peut-être une petite balade et même un verre dans la boîte ouverte toute la nuit, elle aussi sur la mezzanine.

De toute façon, Joe s'était évanoui et ce n'était pas très marrant de tabasser un mec inconscient. Fatigant et pas très gratifiant.

Il s'était servi du tuyau, de la matraque, d'une mini-torche, de cure-dents (sacrée inspiration !) et du cutter qu'avait employé le droïde pour couper le plastique.

Pas étonnant qu'il ait faim !

Jerry abandonna sa victime ensanglantée, brûlée et inconsciente pour aller se laver. Une fois sous la douche, il se mit à chanter, se masturba et chanta de nouveau. Il enfila des vêtements propres – son nouveau jean noir avec quelques clous argentés, une chemise sans col d'un bleu vif, le blouson en cuir et les bottes.

Il avait l'air super-cool.

Il se rappela de remettre une tenue pourrie quand il reprendrait son œuvre. Il ne voulait pas salir ses nouvelles fringues.

Il s'assura d'emporter sa carte magnétique, son code, sa pièce d'identité toute neuve et ses cartes de crédit ainsi que du liquide au cas où il aurait envie de flamber un peu.

Il s'examina une dernière fois dans le miroir : son reflet lui faisait l'effet d'un homme dangereux, sexy, prospère. Il appuya un peu plus fort sur sa fausse touffe de barbe sous la lèvre. Il ne tarderait pas à s'en laisser pousser une vraie, décida-t-il avant de sortir de l'appartement en sifflotant.

Il se rendit d'abord au bar. Des éclairages bleutés couraient sur les parois et un holo-groupe se déchaînait sur la scène. Il s'était attendu à trouver plus de monde, des individus sexy, dangereux et prospères comme lui, mais beaucoup de tables et de tabourets étaient inoccupés.

« C'est mort, comme coin », pensa-t-il avec agacement.

Mais puisqu'il était là, il s'avança jusqu'au bar d'un pas nonchalant. Il commanda un whisky, sans glace, comme il avait vu des hommes le faire dans les films.

— Celui de la maison ou vous voulez voir notre sélection ?

Le barman aux larges épaules avait tourné vers lui un regard d'ennui qui fit immédiatement se redresser Jerry.

— Le meilleur que vous ayez, ordonna-t-il en tapant un doigt impérieux sur le comptoir.

— C'est parti.

Jerry ne prit pas de tabouret, préférant s'accouder au bar. Il espérait bien qu'on le remarquerait pendant qu'il balayait la boîte de son regard le plus cool. Deux couples partageaient une table près de la scène ; les femmes étaient canon.

Il s'imagina se dirigeant vers elles pour les inviter à le suivre d'un simple signe de tête. « Et elles le feraient, se dit-il. Elles laisseraient tomber ces couilles molles pour trottiner derrière moi comme de bonnes petites chiennes. »

Elles feraient tout ce qu'il leur dirait et le laisseraient faire tout ce qu'il voudrait. Et peut-être qu'il les tuerait ensuite, juste pour voir ce que ça faisait de se payer des inconnues.

Le barman posa le verre de whisky devant lui.

— Vous voulez ouvrir une ardoise ou vous payez directement ?

— Directement.

Avec un hochement de tête, le barman glissa sur le bar un petit étui noir cartonné.

— Où est-ce qu'on peut s'amuser dans le coin ? demanda Jerry.

— Il ne se passera pas grand-chose ce soir. Les fêtes. Beaucoup de gens sont partis ou sur le départ. Vendredi, ça bougera beaucoup plus. Et le groupe sera en live.

— Je reviendrai peut-être.

En découvrant la note, il eut du mal à ne pas ouvrir de grands yeux. Il aurait pu se payer cinquante bières pour cet unique verre de whisky.

Il crut voir une lueur moqueuse derrière l'expression impassible du barman et regretta de ne pas avoir apporté sa matraque. Au lieu de quoi il déposa sa nouvelle carte de crédit et leva son verre.

Il prit une longue gorgée… et manqua s'étrangler. Sentant les larmes lui monter aux yeux, il se retourna vivement comme pour jeter un nouveau coup d'œil à la ronde.

Il n'avait jamais bu de whisky auparavant, mais il était pratiquement certain que ce connard de barman l'avait arnaqué en lui servant de la merde au prix du haut de gamme.

Oh, il ne s'en tirerait pas comme ça. Jerry s'en fit la promesse. Il veillerait à ce que ce mec paie pour ça.

Il se força à boire une gorgée supplémentaire, simplement pour prouver qu'il avait des tripes, puis griffonna la signature qu'il s'était entraîné à former au fil des deux derniers jours.

Il rangea la carte dans sa poche et sortit.

« Ce con ne l'emportera pas au paradis », pensa-t-il. Une nuit, très bientôt, le barman rencontrerait le Faucheur. Et on verrait s'il aimait se faire verser de l'acide dans le gosier.

Désespérément en quête d'un moyen de couvrir le goût du whisky, il entra dans l'épicerie pour acheter un sachet d'oignons frits goût fromage/bacon – l'un de ses préférés – ainsi qu'une boîte familiale de biscuits moelleux à la crème, deux grosses barres chocolatées et un soda goût raisin.

Il passa le tout sur sa carte de crédit et entama le soda tandis que le droïde à la caisse mettait le reste dans un sac.

Affamé, il ouvrit le sachet d'oignons frits sur le chemin de l'ascenseur et remonta, la bouche pleine, vers son appartement.

Il ferait un tour détaillé des lieux le lendemain, avant son propre festin de Thanksgiving. Si le même barman était de service, il obtiendrait son nom. Histoire de faire un peu de recherches sur sa future cible.

À son retour, Joe était toujours inconscient, au point que même des gifles ne le réveillèrent pas.

« Pas marrant de jouer avec un enfoiré endormi », songea Jerry.

Il emporta ses emplettes jusqu'à la chambre. Il allait regarder des vidéos, dormir un peu. Et se remettrait au travail sur Joe avec plus d'entrain au matin.

Il lui restait encore plein de trucs à essayer sur son vieux pote avant que sonne l'heure de la dinde.

Connors poursuivit jusqu'à 1 h 30, après être resté en liaison constante avec Feeney, McNab et Callendar jusqu'à plus de minuit. Comme eux, il avait eu l'intention de laisser le programme en mode automatique pour aller se coucher, mais il était trop pris par les recherches.

Il avait été témoin d'une avancée – une avancée bien réelle – quand ils avaient démêlé les ordres de transfert initiaux et découvert les informations cachées à l'intérieur. Mais il y avait encore quelque chose caché derrière celles-ci.

Il avait un respect considérable pour feu Mme Farnsworth et si elle avait été encore en vie, il l'aurait embauchée en un clin d'œil avec toutes sortes de missions à lui proposer.

Au moment où il avait décrypté le code initial, il avait poussé un profond soupir de satisfaction. Jusqu'à ce qu'il comprenne qu'elle avait changé de code dans la section suivante.

Malin, devait-il admettre. Une manière de s'assurer que son tortionnaire ne verrait pas ce qu'elle faisait à son insu. Et tout cela alors qu'elle était sans doute terrorisée et en train de souffrir.

Malheureusement, elle s'était montrée tellement douée que tout ceci prenait beaucoup de temps à Connors. Il fallait récupérer les éléments effacés, octet par octet, puis se plonger au cœur des données pour traquer le message qu'elle avait caché à l'intérieur.

« Demain, se promit-il en vidant une demi-bouteille d'eau. Si Dieu le veut, je trouverai la suite demain. »

Il lança le programme automatique, se frotta le visage, puis partit en quête de sa femme. À cette heure, elle avait dû s'abandonner au sommeil.

C'était bien le cas.

La tête d'Eve reposait sur le bureau, le chat lové contre la pointe de son coude. Aux minuscules mouvements qui parcouraient son corps, il sut qu'elle rêvait. Craignant un cauchemar, il s'approcha d'elle et lui parla d'une voix douce en l'aidant à se redresser, puis à se lever.

— Tout va bien. Je suis là.

— J'ai dit que je le ferai, marmonna-t-elle.

— Alors tu le feras, répondit-il en la prenant entre ses bras.

— Quoi ?

Eve ouvrit de grands yeux sombres et troubles.

— Oh… Merde, je me suis écroulée.

— Tu as le droit. Tu t'es levée avant l'aube et si on continue, on va avoir fait le tour du cadran.

— Je parlais à Mme Farnsworth.

Il eut un petit sourire et regarda le chat se précipiter pour arriver en premier dans la chambre à coucher.

— Ah oui ? Figure-toi que moi aussi, d'une certaine manière. Qu'est-ce qu'elle avait à te raconter ?

— Elle est super en colère.

— Comment lui en vouloir ? Elle a inclus le nom de Reinhold dans les transferts bancaires.

Le regard d'Eve s'alluma immédiatement alors même qu'il la déposait sur le lit.

— Quoi ? Quoi ?

— Jerald Reinhold. Son nom et une courte déclaration que nous avons pu décrypter jusqu'à présent. « Jerald Reinhold est responsable. »

— Mais où est l'argent ? Quel nom utilise-t-il ? Où…

— Si on le savait, je crois que j'aurais commencé par ça.

Il lui retira ses boots et l'entendit pousser un gémissement involontaire de soulagement.

— On a des pistes basées sur ses habitudes, ce qui est déjà un miracle, sans compter qu'on a pu décoder le message de Farnsworth. Elle n'a pas rendu les choses faciles, et ça l'est encore moins du fait que l'ordinateur a été soigneusement effacé. Je suppose qu'elle savait qu'il n'était pas complètement ignorant en informatique et qu'elle a dû se montrer prudente… Nous avons bien avancé, Eve, lui assura-t-il. Bien plus que nous ne l'espérions au départ, nous autres geeks.

— D'accord. Très bien. Elle a inscrit son nom dans le code, l'a désigné comme coupable. Ça donne du poids au reste. Même si on n'en a pas besoin, une preuve de plus ne fait jamais de mal.

Elle passa à la question suivante :

— Et pour les locataires ?

— Je suis en train de les éplucher. Ça fait beaucoup de propriétés, lieutenant, et toutes les données ne sont pas à jour du fait de…

— … ces fichues fêtes à la noix.

Le ton mordant d'Eve faillit le faire sourire.

— Pas tout à fait faux. Mais j'ai pu lancer une requête en express sur mes propres immeubles. Le répertoire des nouveaux locataires et des candidatures de locataires seront toutes à jour demain, jour férié ou non.

— Merci.

— J'ai perturbé les plans de certaines personnes, mais ça ne devrait pas leur prendre longtemps, après quoi elles pourront toutes retourner se gaver.

— Beaucoup de flics maudissent mon nom à cet instant. Le standard téléphonique ouvert vingt-quatre heures sur vingt-quatre, notamment. Mais il suffirait qu'une seule personne le voie et appelle.

— Et nous nous occuperons de tout ça demain.

Après s'être tous les deux déshabillés en parlant, ils se glissèrent sous les couvertures.

— Je ne veux pas devoir retourner à la morgue demain, Connors.

— Tu fais tout ce que tu peux pour empêcher que ça arrive.

— Mmm…

Elle se blottit contre lui dans l'obscurité en priant pour que ce soit suffisant.

Quand son communicateur la réveilla peu de temps après 5 heures, elle tâtonna pour s'en saisir.

— Bloquer la vidéo, ordonna-t-elle tandis que Connors commandait l'allumage des lampes à vingt pour cent d'intensité. Dallas, j'écoute.

— Lieutenant… Euh, je suis vraiment désolé de vous appeler si tôt.

Immédiatement réveillée, Eve se redressa dans le lit.

— Mal. Que se passe-t-il ?

— C'est parce que… On n'arrive pas à trouver Joe. C'est sûrement rien de grave, mais je commence à flipper et ma mère a dit que vous devriez en être informée.

— D'accord…

Elle se remémora la discussion de la veille.

— Il avait rendez-vous avec une femme hier soir, non ?

— Justement, c'est ça, le truc. Il n'est pas venu et Priss a fini par m'appeler vers minuit pour se plaindre parce qu'elle pensait que Joe lui avait posé un lapin pour traîner avec Dave et moi. Mais on ne s'était pas vus ni parlé de la journée. Et Dave non plus. Elle m'a raconté qu'il lui avait envoyé un texto en disant qu'il serait peut-être un peu en retard à cause d'une grosse affaire sur laquelle il bossait. Mais il n'est jamais venu et n'a pas répondu à ses textos ni à ses appels. Dave et moi, on est allés chez lui, mais il ne répond pas.

— Compris, Mal.

Inutile d'interroger ses tripes sur un éventuel pressentiment ; elle avait l'impression d'avoir reçu une décharge d'adrénaline.

— Donnez-moi le nom et les coordonnées de la femme avec laquelle il était censé sortir.

— Oui, d'accord…

Il les lui dicta.

— Le truc, c'est que, bon, ça paraît pas improbable qu'il ait rencontré quelqu'un d'autre et que ça se soit bien passé pour lui. Il pourrait être chez la fille en question, et allez savoir où c'est… Et peut-être qu'il ne répond pas aux textos et aux appels simplement parce qu'il veut pas être emmerdé. N'empêche, ça me fait flipper.

— Vous avez bien fait de me prévenir. S'il devait avoir passé la soirée avec quelqu'un d'autre, vous savez qui ça pourrait être ?

— Aucune idée. J'ai essayé d'appeler certaines filles avec qui je sais qu'il est sorti, mais ça n'a rien donné. Mais il n'est pas du genre à se priver de sauter une inconnue si l'occasion se présente, donc…

— Compris. Je vais voir ce que je peux faire et je vous tiens informé.

Elle raccrocha et repoussa ses cheveux en arrière dans un geste de frustration.

— Joe le Goujat.

— J'avais compris.

Et parce qu'il la connaissait bien, Connors lui tendit la tasse de café qu'il avait programmée tandis qu'elle parlait à Mal.

— Il est peut-être avec une inconnue, mais ce n'est pas l'impression que ça me donne. Il a annoncé qu'il serait en retard, qu'il bossait sur un contrat. L'argent, le statut social et le sexe, voilà ce qui compte pour lui. Et Reinhold le sait. Peut-être qu'il l'a attiré avec une opportunité commerciale. Il faut que j'aille voir chez Joe.

— Je connais l'endroit. J'y vais avec toi.

— Tu me seras plus utile ici. Si je le trouve, et même si je ne le trouve pas, c'est ce que tu vas tirer de ces ordinateurs qui nous aidera le plus.

Connors aurait voulu la contredire, mais elle avait raison.

— Je ferai comme tu voudras si tu me promets de ne pas y aller seule.

Elle aussi aurait pu chercher à le contredire si cette précaution n'avait pas été pleine de bon sens.

« Pas de temps à perdre pour des conneries », se rappela-t-elle.

— Je prendrai deux agents avec moi et je vais réveiller le substitut du procureur, demander à Reo de m'obtenir un mandat. Il faut que je puisse entrer chez lui. S'il n'y est pas, je serai de retour dans une heure. Voire moins s'il y est, occupé à faire la bête à deux dos avec une inconnue. Si par contre il y est et qu'il est mort, ce sera plus long.

— Et si Reinhold est avec lui ?

— J'en serai très reconnaissante.

Il fallut moins d'une heure car la circulation était inexistante et qu'elle avait enclenché le gyrophare. Même chose au retour (au diable la discrétion !).

Elle se débrouilla pour esquiver la belle-famille en se précipitant dans l'escalier dès son arrivée. Mais elle les entendit néanmoins : voix étouffées des adultes, pleurs des bébés, babillages des enfants.

Elle trouva Connors déjà au travail dans son labo.

— Il n'y est pas, annonça-t-elle. Et il n'y a aucun signe de lutte ou de violence. J'ai eu une brève discussion avec la femme à qui il a posé un lapin. Elle est désormais plus inquiète qu'en colère. Et j'ai réveillé McNab pour qu'il remonte la piste du communicateur de Joe le Goujat. Malheureusement impossible parce qu'il est éteint. Nous verrons si et quand il est éventuellement rallumé. Et sinon, pourquoi ta famille est-elle déjà debout en train d'envahir la maison à 6 heures du matin à peine ?

— C'est le milieu de la matinée en Irlande, lui rappela-t-il. Sans compter que nombre d'entre eux sont des fermiers qui seraient de toute façon debout à 6 heures… Mais je suis sur un truc, là, et je m'en sortirais peut-être mieux si tu arrêtais de me parler.

Elle le toisa, les yeux étrécis, mais se tut le temps de programmer un nouveau café.

— Reinhold le tient.

Connors se détourna de son écran. Il bouillonnait d'impatience : il avait la certitude d'être tout près de trouver quelque chose. Mais il lisait aussi clairement le stress sur le visage d'Eve.

— Ma chérie, il y a plein de mecs qui couchent avec des inconnues à la première occasion.

— Ouais, les gros machos. Mais il avait des réservations dans un établissement couru qu'il n'a ni annulées ni utilisées. J'ai dû réveiller la gérante du resto pour le confirmer. Elle n'était pas ravie… Joe a quitté son bureau en se vantant d'avoir décroché un riche nouveau client. Pour savoir ça, j'ai réveillé son patron, mais ça n'a pas eu l'air de le gêner. Et McNab va y aller pour examiner l'ordinateur et le téléphone professionnels de Joe au cas où ils contiendraient des infos sur le nouveau client. Cela dit…

— Tu penses que Reinhold – le client en question – a contacté Joe le Goujat sur son communicateur personnel et donc qu'il n'y aura pas de traces. Et si Joe a fait des recherches quelconques, là aussi, ce sera sur sa machine personnelle.

— Exactement, mais McNab – qui lui n'a pas intérêt à se plaindre que je l'ai tiré du lit – va s'en assurer… Il n'est pas encore mort, ajouta-t-elle.

Ce n'était pas une question, remarqua Connors, ni même une supposition. Le ton d'Eve était celui de la certitude absolue.

— Parce que Reinhold va vouloir prolonger le frisson et son sentiment de toute-puissance ?

— Et la souffrance. Il a fait durer les choses un peu plus longtemps à chaque meurtre.

Elle se mit à faire les cent pas pour dissiper la tension, s'efforçant de porter sur la situation un regard logique en tenant compte des habitudes de chacun.

— En se basant sur la chronologie, Joe le Goujat s'est sans doute rendu sur place après 18 heures. Dans ces eaux-là, en tout cas. Reinhold voudra prendre son temps. Une journée, peut-être deux. Et il saura forcément – à moins de s'être complètement isolé, mais je n'y crois pas – que c'est un jour de fête aujourd'hui. Joe sera attendu quelque part. Avec la diffusion de l'avis de recherche et toutes les infos qui circulent dans les médias, Reinhold sait qu'on se mettra en quête de Joe après avoir constaté son absence.

Elle continua à aller et venir en sirotant son café.

— Ça lui plairait. Tenir Joe quelque part à l'écart, lui faire mal tout en regardant les informations à propos de sa disparition. Nous avons du temps. Quelques heures, sans doute, voire une journée. Puis ce sera fini. Il n'aura plus assez de maîtrise de lui-même pour faire durer les choses.

Elle se tourna vers Connors.

— Je vais ficher en l'air ta grande fête de famille.

— La nôtre, corrigea-t-il. Et aucun d'eux n'estimera qu'une vie vaut moins que ta présence pour le découpage de la dinde. Tous comprendront ce qui est en jeu.

— D'accord, d'accord…

La décontraction avec laquelle il la soutenait atténuait nettement la culpabilité qui l'assaillait.

— Je vais aller dans mon bureau. Et je vais devoir garder les portes closes. Je ne voudrais pas qu'un gamin en goguette entre et soit traumatisé à vie par le tableau de meurtre. Peabody arrivera dans l'heure, puis McNab dès qu'il en aura terminé avec l'équipement du bureau de Joe le Goujat. Je lui ai dit de te demander directement.

— Je serai ravi de l'accueillir.

— Connors, dès que tu as quoi que ce soit d'utilisable sur les nouveaux locataires ou sur ce fichu code…

— Tu seras la première informée. Je ne suis pas loin, dit-il. Si j'ai vu juste, il ne me faudra pas plus d'une ou deux heures. Voire moins. Donne-moi simplement un peu d'espace et de tranquillité.

— D'ac.

Elle sortit en emportant le reste de son café. Elle se retrancha derrière sa table de travail et tâcha de reconstituer l'itinéraire de Joe. Les compagnies de taxis ne furent guère coopératives jusqu'à ce qu'Eve se mette franchement en colère.

S'il avait pris un taxi, ce n'était pas devant son lieu de travail ou l'un des pâtés de maisons alentour. Elle fit appel à la régie des transports publics en demandant qu'ils effectuent une recherche sur leurs vidéos au cas où il aurait pris le métro. Le repérer pourrait rétrécir la zone des recherches.

Puis elle appela Mira. Plutôt que son habituelle coiffure sophistiquée, celle-ci arborait une courte queue-de-cheval. Un style – ou une absence de style – qui lui donnait l'air plus jeune aux yeux d'Eve.

— Je suis désolée, je sais qu'il est tôt.

— Pas de problème. Je suis levée depuis presque une heure. J'ai beaucoup de choses à cuisiner.

— Vous cuisinez ?

— Dennis et moi, oui. Et mes filles ont menacé – et par là, je veux dire qu'elles ont promis, précisa-t-elle avec un sourire – d'être là pour 8 heures afin de participer. Que puis-je pour vous ?

— Il tient une autre victime. Joe Klein. J'essaie de faire le tri dans les lieux potentiels. Je pense qu'il s'est procuré un logement à présent, à l'intérieur ou tout près de son ancien quartier. Quelque chose de luxueux. Nous travaillons à obtenir des listes de locataires récents, mais les possibilités sont très nombreuses.

— Un appartement ou un loft, affirma immédiatement Mira. Pas de maison individuelle ou semi-individuelle.

— Pourquoi ?

— C'est un être sociable et il veut se montrer. Ce n'est pas un solitaire. Derrière tout ceci, il y a une envie de faire partie de la société. Et d'être important au sein de ladite société.

— D'accord.

— Cherchez d'abord du côté des immeubles récents. Les plus clinquants, si je puis dire. Ses parents accordaient de la valeur aux traditions, à l'histoire, aux objets anciens. Il voudra tout l'inverse. En commençant par ce qu'il y a de plus sélect.

— Je penchais aussi pour ça, mais si l'on tient compte du coût…

— Il ne s'en soucie pas, l'interrompit Mira d'une voix ferme. Il a plus d'argent qu'il n'a jamais pu l'imaginer et la certitude qu'il continuera à en gagner. Un endroit proche des boîtes, salles de jeu, bars, magasins de luxe ou qui en propose directement. Le statut social. Il a toujours rêvé de succès, mais manquait de l'ambition ou de la rigueur nécessaires pour y parvenir. Il pense avoir trouvé la voie.

— Je vois ce que vous voulez dire. Ça me sera très utile. Merci.

— J'espère que vous le trouverez, Eve. Je vais donc vous souhaiter un joyeux Thanksgiving parce que je pense qu'il le sera.

— Merci. Même chose pour vous.

Eve se précipita vers la carte pour noircir toutes les maisons individuelles ou semi-individuelles et tous les bâtiments ayant plus de dix ans, à moins qu'ils n'aient été entièrement modernisés depuis.

— Voilà qui est mieux, murmura-t-elle en étudiant les résultats.

Occupée à croiser les lieux avec les listes de locataires que Connors lui faisait parvenir au compte-gouttes, elle jura quand son communicateur de bureau sonna.

— Dallas ! gronda-t-elle alors que Peabody entrait d'un pas pressé.

— Lieutenant Dallas, ici l'agent Stanski de la brigade des fraudes et délits financiers.

— Qu'est-ce que vous voulez, Stanski ?

Avisant l'air de chiot implorant de Peabody, elle lui désigna la cuisine et l'autochef d'un geste du pouce.

— Nous avons reçu aux alentours de minuit une alerte automatisée qui vient d'être traitée. Il n'y a pas grand monde au bureau du fait des congés.

— Accouchez, Stanski. Je suis pressée.

— Très bien. Je veux simplement vous avertir qu'on a reçu une notification, mais que ce n'est pas très clair pour nous non plus. C'est à propos d'un certain Anton Trevor, avec un code qu'on ne connaît pas – un truc pas standard – qui dit de vous prévenir aussi vite que possible. Donc je vous préviens aussi vite que possible.

— Je suis de la Criminelle, Stanski, je ne m'occupe pas de fraudes.

— J'avais compris, lieutenant, bien sûr.

Le visage rond de Stanski témoignait de son sérieux dans le travail autant que son accent trahissait ses origines du Queens.

— Mais le message vous mentionne très clairement : lieutenant Eve Dallas de la Criminelle. Vous voulez qu'on lance la procédure pour bloquer la carte de cet Anton Trevor ou bien… ?

— Je ne… Attendez.

Un frisson lui était remonté le long de la nuque tandis qu'elle réfléchissait.

— Ordinateur, recherche et affichage de l'identité d'un dénommé Anton Trevor, New York dans l'État de New York. Âge entre vingt-trois et vingt-huit ans.

— *Bien reçu. Travail en cours... Résultats affichés sur l'écran un.*

— Bordel. Bordel de merde !

— Lieutenant ? demanda Stanski, perplexe.

— Ne bloquez pas la carte. Où a-t-elle été utilisée ?

— Je vais vous dire ça... Un endroit appelé le *M Bar* et un autre, quelques minutes plus tard, le Petit Marché. Les deux se trouvent dans le complexe New York West. C'est au...

— J'ai l'adresse.

C'était l'un des immeubles sur la carte. Et l'une des propriétés de Connors.

— Ne bougez pas, Stanski. Ne contactez personne, ne bloquez pas la carte. Ne faites absolument rien jusqu'à ce que je vous recontacte.

— Pas de problème.

— Envoyez-moi tout ce que vous avez, puis attendez mon appel, dit-elle.

Elle raccrocha et se releva d'un bond en voyant Connors pousser la porte de son bureau.

— Je l'ai trouvé ! s'écrièrent-ils d'une seule voix.

Tous deux froncèrent les sourcils.

— Quoi ?

Connors leva la main.

— Vas-y, dit-il.

— Elle – Farnsworth – a dû insérer une alerte à la fraude dans la nouvelle identité de Reinhold. Avec ordre de me prévenir quand il s'en servirait. Elle a vu les bulletins d'information, elle savait que j'étais chargée de l'enquête. Il se fait appeler Anton...

— ... Trevor, termina Connors. J'ai trouvé ce nom dans les codes qu'elle a dissimulés au milieu des ordres de transfert. C'est le dernier locataire du complexe...

— ... New York West, termina-t-elle à son tour.

— Et nous y voilà.

— On le tient ! annonça Eve à Peabody qui revenait avec un café et un bagel à la main.

— Quoi ?

— Reinhold utilise le pseudonyme d'Anton Trevor. Prévenez McNab. Je veux aller vite, mais on va devoir agir en douceur. Appelez aussi Baxter et Trueheart...

— Baxter est parti chez sa sœur à Toledo la nuit dernière, l'interrompit Peabody.

— Merde. Alors Carmichael et Sanchez.

Elle s'interrompit un instant, au cas où Peabody lui annoncerait qu'eux aussi étaient en train de prendre leur foutu petit-déjeuner à Toledo ou Dieu sait où.

— Le briefing se fera par communicateur, reprit-elle. Je veux six agents en uniforme, des mecs expérimentés, Peabody. Connors, je vais avoir besoin que tu...

— ... préviennes l'équipe de sécurité de l'immeuble, compléta-t-il. Je comprends très bien la situation. Je m'occuperai de tout ce dont tu auras besoin. Et pour commencer...

Il ordonna à l'ordinateur d'afficher de nouvelles données.

— Voici son étage et le plan de son appartement. J'ai l'intégralité des plans de l'immeuble, donc tu auras la liste des points d'entrée et de sortie.

— Ça simplifiera les choses, répondit Eve.

Roulant des épaules, elle passa à la partie stratégique :

— Bon, ascenseur privé : on le désactive. Deux autres sorties. Nous les bloquerons. Il sera armé, et qui sait avec quoi, donc on y va avec nos équipements de protection. Je veux des yeux et des oreilles sur place au plus vite. Mais pas question qu'en admirant la vue depuis sa terrasse il aperçoive une escouade de flics débarquant dans la rue. Montre-moi le plan d'ensemble, que je puisse planifier l'opération, demanda-t-elle à Connors.

Tandis qu'il obtempérait, elle sortit son communicateur pour informer son commandant.

McNab se présenta juste au moment où Eve entamait le briefing par communicateur. Elle voulait une opération simple et directe. Dans les règles. Rondement menée.

Elle faisait les cent pas tout en détaillant le plan. Elle n'avait qu'une envie : se mettre en route. Mais elle savait qu'elle devait couvrir toutes les possibilités. Elle portait son arme par-dessus le pull de laine douce – du même bleu vif que les yeux de Connors – que Sinead avait tricoté pour elle. Elle avait enfilé un pantalon de toile brute et de vieilles bottes – les premiers trucs qui lui étaient tombés sous la main en s'habillant – et l'éclat dangereux du flic-en-chasse brillait dans son regard.

— C'est ainsi que nous procéderons, termina-t-elle. McNab sera nos yeux et nos oreilles. Connors s'occupe de la sécurité. À vous deux, et à mon signal, vous neutraliserez tous les équipements électroniques et l'alimentation électrique de cet appartement. Équipe A : moi, Peabody, agents Trueheart et Prince, porte d'entrée principale. Équipe B : inspecteurs Carmichael et Sanchez, agents Rhodes et Murray, porte d'entrée du deuxième étage. On entre à mon signal. Les agents Kenson et Ferris resteront en position pour barrer l'accès de la zone d'opération à tous les citoyens éventuels. Est-ce que tout est clair ?

— Oui, lieutenant.

— Ni gyrophares, ni sirènes, ni voitures de patrouille dans un rayon d'un pâté de maisons autour de la cible. Équipement de protection pour tous. Ce n'est pas optionnel. Si le suspect est vu quittant le bâtiment avant que l'opération soit en place, neutralisez-le. S'il est repéré à l'intérieur, suivez-le mais sans intervenir.

» On se met en route, ajouta-t-elle. Agissez avec discrétion et attendez mes ordres. Tous les pistolets paralysants sur mode médium.

Elle pivota sur elle-même, récupéra le manteau que Connors lui avait apporté et s'élança… avant de ralentir le pas en découvrant Sinead debout dans l'embrasure d'une porte que quelqu'un avait négligé de refermer. Elle portait un bébé sur la hanche et l'une de ses mains reposait sur l'épaule d'un Sean aux grands yeux fascinés.

— Euh… Il faut qu'on sorte, dit Eve. Désolée. C'est urgent.

Elle n'en dit pas plus et descendit les marches de l'escalier deux par deux. Connors s'arrêta un très bref instant :

— Nous serons de retour très vite et je te raconterai tout.

Puis il disparut à son tour sur les traces du reste de l'équipe.

Sean tourna vers Sinead un regard où se mêlaient enthousiasme et admiration.

— Mamie ! Ils poursuivent un méchant.

— C'est ça. Allez, viens, descendons prendre un petit thé.

Jerry, qui dormait du sommeil des bienheureux, se réveilla pour entendre les braillements sanglotants de Joe.

— Bon sang…

Il roula sur lui-même, s'étira et bâilla.

— Quelle femmelette !

Il commanda un chocolat chaud avec supplément de chantilly sur l'autochef de la chambre, puis s'avança jusqu'à la paroi de verre pour contempler New York tout en sirotant sa boisson. La ville tremblait déjà devant lui, il en était certain.

Quand Joe ne se présenterait pas chez sa mère vers midi pour retrouver son beau-père, son frère avec sa femme moche et ses gamins encore plus moches, et son gros cousin Stu accompagné de sa grand-mère bourrée, la famille Klein et le reste de la ville le craindraient encore plus, estima-t-il.

Il serait le sujet de conversation central de ce repas de Thanksgiving. Jerry Reinhold, le tueur insaisissable qui ciblait qui il voulait, quand il voulait.

Il prit son temps pour se rhabiller – avec des vêtements pourris parce que, jour de fête ou non, lui avait du travail –, avant de se diriger vers la chambre d'ami pour activer le droïde.

— Bonjour, monsieur. Il semble qu'une personne soit en situation de détresse.

— Ne t'inquiète pas pour lui. Ne lui parle pas et ne l'écoute pas. Compris, Trouduc ?

— Oui, monsieur.

— Descends me préparer des… comment ça s'appelle… ouais, des œufs Bénédicte, deux toasts avec de la confiture de fraises et tout ce qui va avec. Puis remonte, nettoie ma chambre et occupe-toi de mes vêtements. Je te dirai quand redescendre.

— Bien, monsieur.

Avant de descendre à son tour, Jerry se regarda dans le miroir. Il songea qu'il pourrait bien s'habiller classe et aller voir un match de football américain. Ce qui lui rappela d'ordonner au droïde de lui trouver des places premium pour les Giants. Puis peut-être qu'il se boirait un cocktail sophistiqué sur la terrasse, une fois son labeur terminé.

Il avait prévu de garder Joe chez lui pendant une nuit supplémentaire, histoire de s'amuser. Mais si cet idiot s'obstinait à gueuler…

Il se rendit dans le salon.

Joe n'avait pas bonne mine, c'était certain. Son visage était tuméfié et couvert de sang. Il devait avoir pas mal de trucs pétés. Dommage pour un mec aussi vaniteux que lui.

Les entailles superficielles avaient cessé de saigner, mais Jerry arrangerait ça après le petit-déjeuner. Les brûlures, elles, ressemblaient à des cercles et des rayures tracés au charbon.

Jerry ramassa la matraque souple et décocha un coup machinal à Joe.

— Ferme ta gueule ou je te tranche la gorge, qu'on en finisse.

— Non, je t'en prie… Pitié…

Les mots étaient déformés par ses dents brisées.

— Je crois que j'suis en train de crever. Je suis méchamment amoché. Ne me fais plus de mal, pitié, mec… Pitié. Je ferai ce que tu voudras. Je te donnerai tout ce que tu voudras.

— Ah ouais ? Ça pourrait peut-être le faire. Tu as du fric, Joe. L'argent de Vegas, entre autres. Peut-être que si tu me donnes tes mots de passe pour que je puisse le récupérer, je te laisserai partir.

— Tout ce que tu veux. Tu peux tout prendre. Je… J'ai aussi les mots de passe de mon oncle Stan.

— Ah bon ? sourit Jerry.

Il désigna une chaise près de lui.

— Sers-moi le petit-déj ici, ordonna-t-il au droïde.

— Je les ai trouvés pendant que je l'aidais sur un autre truc. Il est plein aux as, Jerry. Je t'apporterai ce fric. Laisse-moi simplement partir. Promets-moi que tu me laisseras partir et je te donnerai tout ça.

— Je vais y réfléchir.

— Je t'en prie. Il me faut de l'eau. Je peux avoir de l'eau, s'il te plaît ?

S'installant tranquillement sur son siège, Jerry prit le couteau et la fourchette sur le plateau que le droïde lui avait apporté.

— Tu ne vois pas que je prends mon petit-déjeuner ? Ferme-la avant de me mettre en colère. Toi, dit-il au droïde, allume l'écran géant. Ça doit être à peu près l'heure de la parade.

Il sourit en entamant ses œufs.

— Je n'aimerais pas qu'on rate la parade, Joe. Rallonge-toi et profite en silence.

22

Eve termina de donner ses instructions en chemin. Elle ne pouvait pas se permettre de faire un briefing une fois sur place : trop long et trop risqué. Le bruit pourrait se répandre que des flics se rassemblaient du côté de New York West. Une fuite dans les médias ou sur Internet pourrait alerter Reinhold.

Elle avait la ferme conviction que Joe le Goujat était encore en vie. Qu'ils avaient encore le temps. Mais connaissant un peu le caractère de Joe, il était bien capable de précipiter sa fin en attisant la colère de Reinhold.

Elle refusait d'arriver quelques minutes trop tard une fois de plus.

Elle en fit part à Connors qui posa la main sur la sienne.

— Il sera isolé dans son appartement quelques instants après notre arrivée. Et nous aurons des yeux et des oreilles sur place quelques minutes après.

« Quelques minutes », se répéta-t-elle. Elle espérait que cette fois, le temps serait de leur côté.

— La chance a tourné, déclara-t-elle. C'est à nous qu'elle sourit, maintenant. C'est comme ça qu'il faut voir les choses. Nous l'avons identifié tous les deux pratiquement au même moment. D'un seul coup, les pièces du puzzle se sont emboîtées.

— Elles se sont emboîtées parce que ça fait trois jours et trois nuits que tu trimes sans discontinuer.

— Sans oublier Mme Farnsworth. Elle a réussi une prouesse incroyable.

— Je dois admettre que j'aurais aimé la rencontrer.

— Tu aurais aimé l'embaucher, tu veux dire, répliqua Eve.

Ça le fit rire.

— Tu me connais bien.

— Sanchez est sur place, Dallas, lui annonça Peabody depuis le siège arrière. L'inspecteur Carmichael y sera dans moins d'une minute. Les autres agents sont en route.

— Connors, je suis en train de discuter avec votre responsable de la sécurité, ajouta McNab. Ils ont évacué les places de parking requises. Et ils surveillent les couloirs menant aux deux étages du loft de Reinhold.

— Bien. Et nous y sommes.

Peabody leva la tête pour contempler la tour.

— C'est super-joli, dit-elle. Tout ce verre, ça brille !

— On reste concentrée, Peabody, ordonna Eve.

À peine Connors avait-il arrêté la voiture qu'elle bondit sur le trottoir.

— Enregistrement. Tout le monde lance son enregistrement. Toutes les équipes en position. Je veux qu'aucun ascenseur excepté le sien ne puisse accéder à son étage dès que l'équipe B sera en place au second niveau.

Une grande brune plantureuse s'avança rapidement vers Connors.

— Monsieur, dit-elle. Nous sommes en place et attendons vos ordres.

— Lieutenant, voici la responsable de la sécurité de l'immeuble, Veronica Benston.

Celle-ci hocha la tête à l'intention d'Eve.

— Lieutenant. Aucune activité à l'extérieur de la zone ciblée. Deux des appartements à l'étage principal du suspect et un à l'étage secondaire sont inoccupés aujourd'hui ; les locataires sont en déplacement. Conformément à vos instructions, les locataires encore présents n'ont pas été informés, du moins pas encore, d'une quelconque activité policière.

— Vous me donnerez le reste des détails en chemin. Allons-y.

— Nous avons gardé cet ascenseur disponible pour vous.

Benston ouvrit la marche tout en détaillant la liste des occupants et des activités à l'étage concerné.

— Vous servirez de renfort en cas de problème, Benston. Et merci pour votre assistance et la vitesse à laquelle vous avez réagi.

Eve émergea dans le hall de l'étage habité par Reinhold. Elle fit un signe du pouce à l'équipe B et se remit en route tandis qu'ils rejoignaient l'étage supérieur.

— Désactivez son ascenseur privé, bloquez toutes les issues à cet étage. Connors, je veux qu'il ne puisse plus rien voir. Que ses alarmes et générateurs de secours soient coupés.

— Benston, si vous voulez bien vous en charger ?

— C'est fait, monsieur.

Elle porta un doigt à son oreillette.

— On l'aveugle, ordonna-t-elle. Désactivez les alarmes aux deux étages de l'appartement cible.

— On est devant la porte, souffla Eve dans son propre micro.

Elle fit usage du passe de la sécurité que Benston lui tendait, puis dégaina son arme et pénétra dans l'appartement.

— Donnez-moi accès à ce qui se trame à l'intérieur, McNab.

— Comme si c'était fait.

Il s'accroupit et pianota sur son portable.

— Très bon filtres, marmonna-t-il d'un air absent. Excellents boucliers. Ça m'aurait pris plus longtemps si je n'avais pas déjà toutes les spécifications.

Il décocha un grand sourire à Connors.

— Merci de me simplifier le boulot. Il y a deux sources de chaleur humaine, lieutenant, et une autre de type robotique, toutes à l'étage principal. Rien d'humain ou de cybernétique dans celui du dessus.

Eve se ramassa sur elle-même et scruta son écran.

— Ils sont dans le grand salon.

Quelques secondes plus tard, elle entendit des sanglots implorants.

— Maintenant, vous avez le son, lui murmura McNab.

Pitié... Je crois que j'suis en train de crever.

— Équipe B en position, indiqua Sanchez dans l'oreille d'Eve.

— Restez en place. Le suspect et la victime sont tous les deux dans le grand salon. Un droïde également au même étage.

J'ai aussi les mots de passe de mon oncle Stan.

Eve leva le poing pour signaler à son équipe d'attendre. Elle regarda la source de chaleur qu'elle avait identifiée comme étant Reinhold s'écarter légèrement de Joe.

— Il est assis, le droïde est à côté de lui. À bonne distance de la victime. Ouvre la porte, demanda-t-elle à Connors. Tout doucement. Équipe B, allez-y. Lentement, pas de bruit.

Rallonge-toi et profite en silence.

Eve leva trois doigts.

— À trois, murmura-t-elle.

Elle franchit le seuil, rapide et ramassée sur elle-même, avec Peabody derrière elle, redressée de toute sa taille.

Reinhold poussa un cri perçant de fillette. Il n'y avait pas de meilleure manière de le décrire, songea Eve avec dégoût. Projetant son plateau à travers les airs, il fonça vers l'escalier.

— Stop ! Arrêtez ! Mains en l'air !

Tandis que l'équipe B chargeait depuis l'étage, Reinhold changea de trajectoire, attrapa un vase et le lança vers eux. Le projectile rata largement la cible et se brisa en heurtant le sol.

Eve envisagea de le paralyser alors qu'il courait plus ou moins en cercles en balançant tout ce qui lui tombait sous la main, au son des cris suppliants de Joe. Bon sang qu'elle en avait envie ! Raison pour laquelle elle préféra le plaquer à terre.

Il dérapa et chuta avec force coups de pied et moulinets de bras, ajoutant ses hurlements aux cris de Joe, jusqu'à ce qu'Eve appuie son arme contre sa joue.

— Vas-y, donne-moi une raison de tirer, pauvre type !

— Lâchez-moi ! Me touchez pas ! Tue-la ! ordonna-t-il au droïde qui se tenait là, l'air aussi bouleversé qu'un droïde pouvait l'être.

Eve menotta les bras de Reinhold dans son dos.

— Jerald Reinhold, vous êtes en état d'arrestation pour meurtres, séquestration, usage de fausse identité, effractions et de multiples chefs d'accusation liés. Vous avez le droit de garder le silence… égrena-t-elle tout en le forçant à se relever avec l'aide de Peabody.

Il tenta plusieurs fois de se laisser tomber à genoux si bien qu'au terme de la lecture de ses droits elle en avait assez.

— Agent Carmichael. Placez cet individu en détention. Mettez-le dans une cellule de sécurité maximale au Central jusqu'à ce que je donne d'autres instructions.

— Comptez sur moi, lieutenant.

— Et que quelqu'un appelle les toubibs et une ambulance pour ce pauvre gars.

— Déjà fait, répondit Carmichael avec une petite tape sur sa radio. Ils sont en route.

Eve rengaina son arme et s'approcha de Joe. Elle secoua la tête.

— Vous n'êtes pas beau à voir, Joe, mais vous survivrez.

— Il m'a fait du mal. Il m'a torturé.

— Ouais, en effet.

Elle regarda Connors et un autre agent trancher les cordes et le ruban adhésif qui le retenaient prisonnier.

— Je suis désolée, dit-elle. Peut-être vous en souviendrez-vous la prochaine fois que vous serez tenté de prendre un flic de haut.

— De l'eau… sanglota-t-il au point d'éveiller une certaine pitié chez elle. S'il vous plaît. Il ne m'a même pas donné d'eau.

Peabody porta un verre aux lèvres de Joe.

— Tenez. Buvez lentement. On est là, Joe. On va s'occuper de vous.

— Je suis désolé. Je suis désolé. Je n'ai pas écouté.

— C'est bon. Tout va bien se passer.

« Il finira sans doute par se remettre, songea Eve, mais il a payé un prix terrible pour s'être comporté comme un abruti. »

Elle prit tout son temps ; autant laisser Reinhold mijoter et s'inquiéter pendant un moment. Assistée par son équipe, Eve passa l'appartement entier au peigne fin et confia tous les appareils électroniques, droïde compris, à McNab et à Feeney. Celui-ci, arrivé au moment où les ambulanciers emmenaient Joe sur un brancard, leur avait reproché de ne pas l'avoir attendu.

Eve constata pendant la fouille que Reinhold avait fait des provisions en vue d'un authentique repas traditionnel de Thanksgiving. Intéressant. Et triste, aussi. Elle se demanda s'il avait prévu de s'y attaquer avant ou après avoir tué l'un de ses plus vieux amis.

Elle leva la mini-scie pour la montrer à Connors.

— Un nouvel outil pour lui. J'imagine qu'il s'en serait servi pour trancher des doigts, peut-être même des mains ou des pieds. Puis il aurait sans doute découpé Joe en morceaux plus faciles à faire disparaître à l'aide des sacs pour déchets industriels que nous avons trouvés.

— Charmant. Mais tu as sans doute vu juste. Je me suis occupé du droïde, ajouta-t-il. Sa mémoire est complètement intacte et remonte au moment où Reinhold l'a reprogrammé, avant le meurtre de Farnsworth. De quoi fournir des preuves très solides à l'accusation.

— Toutes nos preuves sont solides. Et nous avons un survivant pour témoigner.

— C'est donc à l'hôpital et non à la morgue que tu vas aller.

— Thanksgiving tient ses promesses.

— Pour la plupart d'entre nous. J'ai également parlé à l'agent immobilier qui a organisé la location. Retrouver la transaction n'a pas été difficile.

Connors balaya tranquillement les lieux du regard ; même dans ces circonstances, il trouvait une certaine satisfaction dans l'agencement des lieux et les matériaux choisis.

— Reinhold a pris l'appart hier et il a demandé à acheter les meubles déjà en place.

— Coûteux et branché. Ça lui correspondait et lui faisait économiser du temps et des efforts.

— Oui... Donc, tu avais raison à propos du style de mobilier qu'il voudrait, mais la chance lui a souri, une fois de plus, en lui offrant un endroit presque entièrement meublé.

Un sourire sinistre apparut sur les lèvres d'Eve.

— La chance tourne et je suis sur le point de mettre un terme définitif à la bonne fortune de Reinhold. Je confie tout le matériel électronique à McNab... et à Feeney, vu qu'il fulmine parce que je ne l'ai pas arraché à sa femme et à sa famille durant l'un de ses rares jours de congé. Bref. Ils vont dresser l'inventaire et mettre tout ça en lieu sûr, après quoi ils seront libres. Sanchez et Carmichael vont assister la police scientifique pour sécuriser les lieux, puis eux aussi seront libres. Peabody est coincée avec moi. Il faut que je m'occupe de Reinhold aujourd'hui. Tout de suite. Si tout se passe comme sur des roulettes, je serai rentrée pour le dîner.

— Nous, rectifia-t-il. Je reste avec toi.

— Ta famille...

— Ma famille, c'est d'abord toi. Je vais les avertir. Et si nous ne rentrons pas à une heure raisonnable, ils commenceront sans nous.

— D'accord.

« Si vraiment les choses traînent, je le pousserai à y aller », se dit-elle. Mais il était temps de s'y mettre.

— Peabody ! C'est le moment d'avoir une gentille petite discussion avec Jerry.

— Je n'attendais que ça.

Elle réfléchit à sa stratégie pendant que Connors les ramenait jusqu'au Central. Reinhold était à elle, à présent. Armée du profil établi par Mira, de ses propres observations, des témoignages des amis, collègues, superviseurs, elle savait qui il était et estimait comprendre comment il réfléchissait.

— Vous ferez le bon flic, Peabody.

— Oh non !

— Il réagira face au méchant flic - moi - en essayant de trouver des excuses, de s'accrocher à une posture de caïd aussi longtemps que son peu de courage va le lui permettre. Il répondra positivement au bon flic s'il voit quelqu'un qui veut bien écouter ses justifications. Il n'est pas assez malin pour comprendre la dynamique, le rythme de l'interrogatoire ou la façon dont cette dualité va l'ébranler.

Connors jeta un regard au visage renfrogné de Peabody dans le rétroviseur.

— Cette stratégie est un classique pour de bonnes raisons, lui rappela-t-il. Et vous savez toujours quand intervenir en employant la manière douce. C'est remarquable, d'ailleurs.

Peabody se ragaillardit instantanément et Eve coula un regard en biais vers Connors. Remarquable, en effet.

À leur arrivée dans le garage, Eve tendit la main vers le carton d'outils et d'ustensiles collectés sur la scène de crime. Connors la poussa gentiment et porta la boîte pour elle.

— Je devrais vite voir la tournure que ça prend, lui dit-elle. Si ça risque de s'éterniser des heures, je te préviendrai par message ou je sortirai pour t'avertir. Je te propose un marché.

— J'adore les marchés.

— Si ça doit traîner en longueur, tu rentres à la maison et tu t'occupes de servir la dinde. Tu pourras revenir ensuite si tu veux. Je te ferai savoir quand on aura presque terminé. Ta tante ne devrait pas avoir à prendre les choses en main alors qu'elle est censée être notre invitée, ajouta-t-elle.

— L'argument fait mouche, admit-il.

Il souleva le carton à deux mains tandis que l'ascenseur les emportait vers les étages supérieurs.

— Très bien, marché conclu.

Eve sortit de l'ascenseur satisfaite qu'ils soient tombés d'accord.

— Peabody, prenez le carton. Ça lui donnera l'impression que c'est moi qui commande. Il faut qu'il me craigne, et je compte lui donner de bonnes raisons pour ça. C'est un lâche et la peur va le faire craquer. Il essaiera d'abord de me résister, puis il se tournera vers vous. Vous êtes de la même tranche d'âge, vous n'êtes pas celle qui exerce l'autorité et vous ferez preuve d'une certaine compréhension envers lui. Appelez-le par son prénom. De votre part, cela établira une sorte de proximité avec lui. De ma part, ce sera perçu comme un manque de respect.

— Je comprends. Il est dans la salle d'interrogatoire A.

— Alors je serai en salle d'observation, dit Connors. Bonne chance à toutes les deux.

— La chance est de notre côté maintenant, répondit Eve en ouvrant la voie.

Comme elle l'avait demandé en arrivant, Reinhold avait été placé en salle d'interrogatoire, mais sans menottes. Des menottes auraient indiqué que c'était quelqu'un à craindre.

Les agents en uniforme qui l'avaient sorti de la cellule pour l'escorter jusque-là n'avaient pas dit un mot. Ils n'avaient posé ni répondu à aucune question.

Il était à présent assis seul dans la pièce sans fenêtres, les lampes poussées au maximum. Il transpirait, nota Eve en entrant. Des gouttelettes de sueur étaient visibles sur sa lèvre supérieure et sur son front.

— Dallas, lieutenant Eve et Peabody, inspecteur Delia, annonça Eve d'une voix officielle. Entretien avec Reinhold, Jerald.

En s'asseyant, elle énuméra à haute voix la liste des dossiers concernés.

— Reinhold, Jerald, vous avez été informé de vos droits, comme attesté par nos enregistrements. Comprenez-vous vos droits et vos obligations dans le cadre de ces affaires ?

— Je ne veux pas vous parler.

— C'est l'un de vos droits. Comprenez-vous ce droit et les droits et obligations qui vous ont été communiqués dans le cadre du code Miranda révisé ?

Il détourna la tête pour regarder fixement le mur, tel un enfant en colère.

— Bon, très bien. Peabody, faites-le ramener dans sa cage.

— Je refuse de retourner là-bas !

Sans rien dire, Eve se leva et se dirigea vers la porte.

— D'accord, d'accord ! Ouais, ouais, je comprends ces droits à la con et tout le bazar.

— Bien.

Elle rebroussa chemin et se rassit.

— On peut faire les choses de manière simple et rapide, Jerry. Après tout, on vous a trouvé avec Joe. Vous lui en avez fait voir de toutes les couleurs.

— Vous êtes entrés sur ma propriété privée. C'est une violation de mes droits. Vous ne pouvez rien utiliser de ce que vous avez trouvé en violant mes droits.

Eve éclata de rire en s'appuyant contre le dossier de sa chaise.

— Sérieusement ? C'est votre défense ? Si vous décidez de regarder des séries de fiction policière, faites au moins un peu attention. Vous avez déjà entendu parler de la présomption légitime, Jerry ? Ou des mandats dûment exécutés ? Vous avez enlevé un individu et l'avez retenu contre sa volonté. Vous l'avez agressé, avez commis des voies de fait avec préméditation, à main armée et ainsi de suite. Et vous aviez prévu de l'assassiner, puis de le découper en morceaux pour vous débarrasser de lui.

— Vous ne pouvez rien prouver de tout ça.

— Au contraire, je peux tout prouver. Commençons par le début. Vous avez enlevé Joseph Klein.

— Mais non ! répliqua Reinhold dont la voix se fêla tandis qu'il pointait son doigt vers elle. C'est lui qu'est venu me voir. Il est entré chez moi de son plein gré. Et je faisais un peu le con, c'est tout, pour le faire enrager.

— Vous appelez ça comme ça ? Le frapper à la tête à l'aide d'une batte de base-ball, lui briser les dents, les pommettes et la mâchoire, le brûler avec une torche, le taillader. C'était juste pour le faire enrager ?

— Il s'est payé ma tête, je me suis payé la sienne. C'est de la légitime défense. Il...

Les yeux de Reinhold oscillèrent plusieurs fois de gauche à droite.

— Il est venu chez moi et il m'a menacé. Je me suis défendu.

— Sous prétexte qu'il vous a fait vivre des moments embarrassants, le torturer après l'avoir attaché sur un fauteuil serait de la légitime défense ? Vous êtes un imbécile, Jerry.

— Je ne suis pas un imbécile !

Le rouge lui monta aux joues et s'étendit à son visage, puis dans son cou, comme sa fureur se répandait à travers ses pores.

— Je suis plus malin que vous, plus malin que la plupart des gens. Je l'ai prouvé !

— Comment ?

— J'ai fait ce que j'avais à faire. J'ai obtenu ce que je voulais obtenir.

— En commençant par poignarder cinquante fois votre propre mère.

Il détourna de nouveau les yeux.

— Je ne sais pas de quoi vous parlez... J'étais même pas là. Je suis arrivé et je les ai trouvés là. C'était horrible.

Il se couvrit le visage de ses mains.

— Vous dites que vous êtes arrivé chez vous et avez découvert vos parents morts, Jerry ? intervint Peabody, pile au bon moment. Mon Dieu... ajouta-t-elle avec un soupçon d'horreur compatissante dans la voix.

— C'était...

Il baissa les mains et, pour la première fois, se tourna vers Peabody.

— Je sais même pas comment vous décrire ça. Je leur avais bien dit de ne pas ouvrir la porte à n'importe qui, mais ils n'écoutaient jamais. Et je suis entré et ils étaient... Tout ce sang.

— À d'autres, maugréa Eve.

Mais Peabody secoua la tête.

— Attendez, lieutenant. On s'était posé des questions à ce sujet... Qu'avez-vous fait, Jerry ?

— Je me souviens plus vraiment. Tout était sens dessus dessous dans ma tête. J'ai pété les plombs. Je crois que je me suis évanoui ou que j'ai eu, euh, une sorte de crise ou un truc comme ça.

— Donc, vous ne vous souvenez pas vraiment de ce que vous avez fait ensuite. Quand les avez-vous trouvés exactement ?

— Euh, tard dans la soirée de vendredi. Je suis entré et...

— Où étiez-vous ?

— J'étais sorti me balader. Bref, je comprenais plus rien à ce qui se passait, vous voyez ?

— Mais vous avez retrouvé votre lucidité assez longtemps pour voler la montre que vous avez revendue par la suite ? Et pour transférer toutes les économies de vos parents sur des comptes ouverts à votre nom ?

La question d'Eve le ramena à la réalité.

— C'était à moi, vu qu'ils étaient morts. Je ne savais pas quoi faire d'autre. J'avais peur et, et... j'étais déboussolé. Essayez donc de rentrer chez vous pour trouver vos parents morts, on verra comment vous agissez !

— C'était certainement affreux, mais... Vous auriez dû appeler la police, Jerry, dit Peabody d'une voix douce.

— Je sais. Là, maintenant, je vois bien que j'aurais dû. Mais sur le moment, mes pensées partaient dans toutes les directions.

— Mouais. La direction de l'argent liquide et des objets de valeur présents dans l'appartement surtout. Et la direction de la banque, lundi matin, pour retirer les fonds que vous aviez transférés, fit remarquer Eve. Et la direction d'une suite dans un hôtel de luxe pour y manger comme un prince samedi et dimanche.

— Ce n'est pas un crime, riposta-t-il en essuyant sa lèvre couverte de sueur. J'avais besoin d'argent pour faire face, non ? J'avais besoin de temps pour réfléchir. Et puis j'ai vu que vous autres flics en aviez après moi. Il fallait que je prenne le temps de décider quoi faire, donc…

— Donc, vous êtes allé jusqu'à l'appartement de Lori Nuccio, vous vous êtes servi des clés que vous ne lui aviez pas rendues après vous être fait larguer comme un malpropre et vous l'avez torturée avant de la tuer.

— Pas du tout ! Et c'est pas elle qui m'a largué, c'est moi. La relation ne me convenait plus, alors je l'ai plaquée. Elle m'a supplié de rester avec elle, de lui donner une deuxième chance. Et puis j'ai compris ce qui se passait quand j'ai entendu qu'elle était morte : la personne qui a tué mes parents a aussi tué Lori.

— Sur ce point, je suis d'accord.

— Mais Mme Farnsworth… dit Peabody en tournant vers Jerry un regard inquiet.

— Elle aussi !

Un début d'excitation se lut sur son visage comme il décidait de se raccrocher à cette explication.

— C'est le même tueur, il a fait ça pour me piéger. En fait, tout ça, c'était pour me mettre dans la merde, pour que les flics me poursuivent et peut-être qu'ils me tuent avant que je puisse prouver mon innocence… Joe.

Eve vit pratiquement une ampoule s'allumer au-dessus de sa tête.

— J'ai compris que c'était Joe qui avait fait le coup. C'est un dingue, tout le monde vous le dira ! Et il est super-jaloux de moi. C'est pour ça que je l'ai fait venir dans mon nouvel appart et que je l'ai un peu malmené. Je voulais qu'il avoue pour pouvoir vous le livrer.

— Waouh.

Peabody espérait qu'elle paraissait surprise et impressionnée et qu'elle ne laissait rien deviner du dégoût absolu qu'elle ressentait.

— Alors Joe a tué vos parents, Lori et Mme Farnsworth parce qu'il vous en voulait et qu'il était jaloux de vous ?

— Ouais. Il avait déjà dragué Lori plusieurs fois – elle me l'avait dit – et elle l'avait rembarré. Ça l'avait fichu en rogne. Et puis il n'a pas arrêté de me harceler à propos d'aller à Vegas. Une fois là-bas, il m'a payé des verres pour que je sois un peu, disons, diminué, et puis il m'a poussé à parier tout cet argent. Il m'a fait tout perdre. Oh, et puis il savait que je n'avais pas vraiment une dent contre Mme Farnsworth. Elle m'a beaucoup appris. Mais il m'a pris la tête et j'ai fini par dire que c'était une chieuse. Juste pour sauver la face. Et là, il la tue pour pouvoir me mettre le meurtre sur le dos.

— C'est très grave, Jerry.

— Je sais, je sais ! répondit-il en hochant la tête d'un air qui se voulait sincère. Je crois qu'il est fou, en fait. Mais il était prêt à l'admettre. Il m'a avoué une partie de ce qu'il avait fait, mais je n'avais pas encore lancé l'enregistrement. Il m'a raconté que ma mère l'a laissé entrer, qu'elle allait lui préparer un sandwich – c'était son genre – et il a pris un couteau et l'a poignardée, encore et encore.

Il se couvrit de nouveau le visage de ses mains.

— Maman…

— Mon Dieu. Où était votre père ? Joe vous l'a dit ?

— Il m'a dit qu'il était allé chercher ma batte dans ma chambre et qu'il s'était caché pour attendre que mon père rentre. Et puis il l'a frappé, encore et encore, pour lui défoncer le crâne. Et il les a laissés là.

— Bizarre, intervint Eve, ce talent d'entrer et de sortir de l'immeuble sans jamais apparaître sur les vidéos de sécurité.

« Oups », songea-t-elle en voyant les yeux de Reinhold osciller de nouveau de gauche à droite.

— Euh… Parfois, ces trucs ne marchent pas bien. Le gardien était censé les faire réparer, mais il ne s'en est jamais occupé. C'est un fainéant.

— Donc, par magie, la caméra de surveillance de la porte vous montre arriver jeudi soir tard et ne repartir que samedi soir, avec des valises. Et, de façon tout aussi magique, elle ne montre jamais Joe entrant ou sortant de l'immeuble.

— Ça se peut !

— Peut-être. On pourra au moins poser la question au gardien, dit Peabody d'une voix où perçait le doute.

— Il mentira, affirma Reinhold.

— Vous en savez un rayon sur les menteurs, répliqua Eve. Laissez-moi simplement vous poser une question. Une question qui me turlupine pas mal. Comment avez-vous obtenu la fausse identité et l'argent nécessaires pour louer cet appartement de luxe ?

— J'ai… gagné de l'argent à Vegas. Mais je n'avais rien dit aux autres. Et j'ai payé un mec que j'ai rencontré dans un bar pour la fausse identité.

— Quel mec, quel bar, combien ? rétorqua immédiatement Eve.

— Un mec, je sais pas son nom. Dans un bar normal. Euh… peut-être mille dollars. Non, à peu près, euh, cinq cents dollars, je crois.

— Conneries, conneries, conneries !

Eve se pencha brusquement vers lui et il eut un mouvement de recul.

— Vous avez perdu votre chemise à Vegas. Vous n'êtes pas tombé sur un expert en fausse identité dans un bar au hasard et vous n'en avez certainement pas obtenu une, avec la base de données associée, pour cinq cents dollars. Espèce de sale menteur…

» On a les ordinateurs que vous avez volés à Mme Farnsworth après l'avoir torturée et tuée. Ceux que vous avez envoyé son droïde revendre. Toutes les données sont encore dessus.

Remonté, il s'inclina vers elle jusqu'à ce que leurs visages se touchent presque.

— Ils ont été effacés. Entièrement effacés ! C'est vous, la menteuse.

— Comment savez-vous qu'ils ont été effacés, Jerry ?

Il recula vivement et passa la langue sur ses lèvres.

— Je… C'est logique. Joe n'est pas stupide. Il aura forcément tout effacé d'abord.

— Vous auriez dû être plus attentif durant les cours de Mme Farnsworth, Jerry. Avec les bons techniciens et l'équipement adéquat – et croyez-moi, le NYPSD dispose des deux –, on peut récupérer pratiquement n'importe quelles données. Votre fausse identité a été créée sur ses machines.

— D'accord, d'accord. Je ne voulais pas lui faire d'ennuis.

— Elle est morte, Jerry.

— Sa… réputation. Elle m'a fait la fausse identité, tout ça. Je suis allé la voir, je lui ai expliqué ce qui se passait et elle m'a aidé. C'est pour ça que Joe l'a tuée. Après que je suis reparti.

— Mais elle était morte quand vous êtes parti, Jerry, avec votre nouveau sac de marin et une valise qui lui appartenait. C'est là que vous avez pris un taxi jusqu'à la clinique parce qu'elle avait réussi à vous fracturer le pied.

— C'était pas moi. C'était Joe. Tout ça, c'était Joe !

Il se mit à pleurer, des larmes de terreur et d'apitoiement.

— J'ai rien fait. Laissez-moi tranquille. J'ai rien fait…

— Nous avons des témoins. On vous a suivi à la trace, espèce de crétin ! On sait où vous avez acheté la teinture pour les cheveux, l'autobronzant, la coloration optique.

Eve se releva brusquement.

— Et ceci, ajouta-t-elle en laissant tomber les preuves à conviction sous plastique. L'adhésif, la corde, le couteau. Cette scie avec laquelle vous aviez l'intention de découper Joe en morceaux, ces sacs pour vous débarrasser du corps.

— C'est pas moi ! C'est pas moi ! Le droïde a acheté ces trucs.

— Certains articles en effet, à votre demande. Le droïde de Mme Farnsworth. Et puis il y a ceci.

Elle présenta le sachet contenant une poignée de mèches arrachées à Lori Nuccio.

— Comment avez-vous récupéré les cheveux de Lori, Jerry ?

— Elle me les avait donnés. Comme un témoignage d'amour.

— Vraiment ? Comment a-t-elle pu faire ça alors qu'ils ont été pris par la personne qui lui a tranché les cheveux avant de la tuer ? Elle venait de se faire teindre l'après-midi même, Jerry. Avec cette couleur.

— C'est… Je me suis embrouillé. Vous m'embrouillez. Joe avait ça avec lui. Il a apporté ça avec lui. Il me les a montrés pour me prouver qu'il avait tué Lori.

— Vous avez tué Lori et pris du plaisir à le faire. Vous avez laissé vos sous-vêtements dans sa salle de bains, pauvre malade.

— C'est Joe qui les y a mis. Il me l'a avoué !

Eve se rassit.

— Rien de ce que vous me racontez ne tient debout, Jerry. Et pour couronner le tout, Mme Farnsworth nous a laissé une déclaration avant de mourir, sur son propre ordinateur. Un texte qu'elle a codé juste sous votre nez pendant que vous la terrorisiez. Elle vous désigne expressément, Jerry, et nous donne tout ce qu'il nous faut pour vous mettre derrière les barreaux.

— C'est un mensonge ! Elle a pas fait ça.

— Et pourtant si, Jerry, intervint Peabody d'une voix douce, sur un ton empreint de toute la compassion dont elle était capable. Tout est là.

— Elle a fait ça pour me mettre dans la merde, voilà tout. Elle a toujours eu une dent contre moi.

— Alors pourquoi vous a-t-elle confectionné cette fausse identité ? Pourquoi vous a-t-elle aidé ?

— Je... Vous m'embrouillez. Vous faites exprès de me faire perdre le fil. Je veux un avocat. Je veux un avocat et je ne vous dirai plus un mot.

Eve entreprit de ranger les pièces à conviction.

— C'est votre droit, dit-elle. Peabody, faites-le ramener en cellule.

— Je ne retournerai pas là-bas ! s'écria-t-il en agrippant la table comme pour s'ancrer sur place. Je veux un avocat, maintenant. J'ai beaucoup d'argent. Je vais engager le meilleur avocat de la ville et il vous fera regretter tout ça !

— Vous n'avez pas d'argent, Jerry, répliqua Eve.

— Je suis millionnaire !

Elle soupira.

— Jerry, Jerry, espèce d'idiot. Cet argent a été volé à l'occasion d'une série de crimes. Pas un centime de cette somme n'est à vous.

— Tout ce qu'avaient mes parents est à moi. C'est la loi.

— Pas si vous les avez tués.

Peabody se leva à son tour.

— Elle a raison, Jerry. Vous ne pouvez pas utiliser cet argent. Je vais prévenir le bureau d'aide juridictionnelle. Mais avec les fêtes, on pourrait devoir attendre lundi avant qu'ils vous assignent quelqu'un.

— Je vais pas attendre jusqu'à lundi !

— Si vous voulez un avocat… répondit Eve avec un haussement d'épaules. Ça risque de prendre un moment de vous en trouver un commis d'office.

— J'en veux un tout de suite ! postillonna Reinhold, les yeux exorbités. Je veux utiliser mon fric pour engager un avocat, espèce de salope.

— Dommage pour vous, Jerry. On tâchera de vous trouver un avocat commis d'office, comme la loi vous y autorise.

— Partez pas ! Revenez ici, sale garce ! Revenez ici tout de suite.

— Vous avez exercé votre droit et demandé un avocat. Cet interrogatoire est terminé jusqu'à ce que vous soyez représenté. Ouvrez-moi la porte, je vous prie, Peabody.

— Qu'ils aillent se faire foutre, les avocats. Je veux pas d'avocat, je veux que vous reveniez ici. Je veux rentrer chez moi.

Avec une apparence de calme absolu, Eve se retourna vers lui.

— Vous renoncez à votre droit d'être représenté par un avocat pour cet entretien ?

— Mais oui, putain. Je vous dis que c'est Joe qui les a tous tués et vous essayez de me faire porter le chapeau. Vous êtes en rogne parce que j'ai été plus malin que vous, c'est tout.

— Ah ça oui, je peux vous promettre que si vous étiez plus malin que moi, je serais en rogne.

Eve reposa le carton et se rassit.

— Mais voilà, il y a un autre petit problème. Joe a un alibi pour l'heure de la mort de votre mère, de votre père, de votre ex et de Mme Farnsworth. Vous pensez qu'on ne vérifie pas ce genre de choses, Jerry ?

— Il ment. Vous mentez. Je veux un autre flic que vous.

— Ça ne fait pas partie de vos droits. Vous les avez tous tués, Jerry. Et ça vous a plu. Vous avez découvert ce qui vous manquait dans la vie, n'est-ce pas ? Et vous êtes devenu riche au passage, vous avez eu tout ce que vous aviez toujours voulu, tout ce que vous méritiez. Tous ces cons qui vous avaient pourri l'existence ? Vous vous êtes vengé d'eux. Et vous étiez doué pour ça. Excellent, même.

— Exactement !

— Ça vous est venu au moment où vous avez planté ce couteau dans le ventre de votre mère, non ?

Eve gardait son regard braqué sur lui, et s'exprimait d'une voix tranquille et fluide.

« Éloges et menaces, songea-t-elle. Il faut jongler avec les deux tout en exposant les faits. »

— Elle est là, à vous gonfler sans arrêt : « trouve-toi un job, sors, bouge tes fesses ». Insupportable. Vous en aviez assez. Ça aurait été pareil pour n'importe qui d'autre. Alors vous avez saisi le couteau à portée de main, là, dans cette cuisine où elle vous préparait un sandwich, et vous l'avez lacérée. Et à cet instant précis, vous avez compris que vous veniez de trouver votre vocation.

— Elle était toujours sur mon dos. Ils allaient me foutre dehors. Me jeter à la rue, comme ça ! Qu'est-ce que j'étais censé faire d'autre ?

« Trouver un travail », songea Eve.

— Alors vous les avez tués. Votre mère à l'aide du couteau. Puis vous avez attendu le retour de votre père après le travail pour le matraquer à mort à l'aide de votre vieille batte de base-ball.

— C'était de la légitime défense. Il fallait bien que je me protège, non ? Ils m'ont rendu dingue. C'est leur faute. J'ai fait ce que j'avais à faire pour me protéger.

— Ce que vous aviez à faire, répéta Eve avec un hochement de tête. Puis vous avez pris leur argent, leurs objets de valeur. Vous êtes resté dans l'appartement, à proximité des cadavres, du vendredi soir jusqu'au samedi soir.

— Je pouvais pas rester là éternellement, si ?

— Oui. Bien sûr. Mais vous aviez besoin de temps pour organiser le transfert entre comptes bancaires, trouver tout l'argent qui leur restait, ouvrir vos propres comptes et faire transiter l'argent en utilisant leurs mots de passe.

— Mon argent, lui rappela-t-il. Mes parents, mon héritage. C'était mon dû.

— C'était plutôt malin, commenta Peabody avec un soupçon d'admiration dans la voix. Je veux dire, la façon dont vous avez transféré l'argent avant de le retirer super-vite le lundi après avoir passé du temps dans ce bel hôtel pour décider des prochaines étapes.

— Les gens me sous-estiment. C'est ça, leur problème. J'ai calculé ce que je devais faire et j'ai fait tout comme il fallait. Vous aviez mon nom et ma tête sur tous les écrans, mais vous n'arriviez pas à me trouver. J'ai du talent.

— Et c'est ce talent que vous avez employé sur Lori lundi soir.

— Cette salope ne me respectait pas. Encore une qui faisait que se plaindre. Elle m'avait humilié alors je l'ai humiliée à son tour. Elle l'avait cherché.

— Vous l'avez déshabillée, avez coupé ses cheveux, poursuivit Eve. Déchiqueté ses nouveaux vêtements. Ça vous a fait jouir de l'étrangler, hein, Jerry ? Il faut dire que ça doit être assez excitant, ce genre de talent. Vous avez découvert toute la puissance que vous aviez en vous à ce moment-là.

— Le meilleur orgasme de ma vie, et j'y suis parvenu tout seul. Elle méritait ce qui lui est arrivé. C'était de la légitime défense, répéta-t-il en martelant la table du bout du doigt. Tout ça, c'en était. Je devais me protéger. C'est mon droit.

— En quoi était-ce de la légitime défense avec Mme Farnsworth ? demanda Eve.

— Elle a foutu ma vie en l'air, manipulé mes notes pour que je sois recalé et m'obliger à passer tout l'été à me rattraper. Mes propres potes se sont payé ma tête. Je l'ai forcée à me rendre la vie qu'elle m'avait prise, c'est tout. À m'offrir une nouvelle vie. Rien qu'un juste retour des choses.

— Vous l'avez agressée, l'avez ligotée à l'aide de cordes et d'adhésif, l'avez contrainte à créer votre nouvelle identité ainsi que les cartes de crédit et les données associées et à vous transférer ses fonds.

— Elle me devait réparation. Tous, ils me devaient réparation ! Ils pensaient que je ne valais rien, maintenant c'est eux qui ne sont plus rien. Un juste retour des choses, répéta-t-il. J'ai le droit de me protéger.

Eve lança un bref coup d'œil à Peabody.

— Je veux être certaine que nous avons bien compris, Jerry, dit celle-ci. Vous avez tué votre mère, votre père, Lori Nuccio et Mme Edie Farnsworth, vous avez enlevé, agressé, torturé et prévu de tuer Joe Klein parce qu'ils vous devaient réparation après avoir, par leurs actions, gâché votre vie. Donc, leur ôter la vie était juste. Vous emparer de leur argent et de leurs biens était juste.

— C'est ça. C'est exactement ça.

Il hocha vigoureusement la tête, satisfait par ce résumé.

— Ils ont tous fait les cons avec moi, alors j'ai fait pareil, en plus grand. Vous avez vu mon appart ? Voilà qui je suis maintenant. Et je sais très bien qu'en fait vous vous gourez sur l'argent. Il est à moi. Il est à mon nom, sur mes comptes. Celui qui possède quelque chose a toujours raison. J'ai entendu ça quelque part. Et c'est moi qui possède l'argent, donc vous avez intérêt à me trouver un sacré bon avocat, tout de suite, ou bien je vous fous un procès au cul. C'était de la légitime défense et je retournerai pas dans cette cellule. Vous pouvez pas m'obliger !

Sur ces mots, il croisa les bras et inclina le menton en avant comme un gamin buté.

Eve s'autorisa un unique soupir de bonheur suivi d'un grand sourire.

— Oh, Jerry, Jerry, si tu savais comme je vais me faire un plaisir de te détromper, comme mon cœur se gonfle de gratitude pour cet instant. Tu vas être condamné pour meurtre, pauvre minable. Quatre meurtres, dont trois prémédités, plus une agression avec intention de tuer et tous les autres chefs d'accusation associés. Tu ne vas pas seulement retourner dans cette cellule, Jerry. Non. Tu vas vivre le reste de ta misérable existence dans une cage.

— Sûrement pas ! J'irai pas en cellule !

Elle le laissa se redresser d'un bond et foncer vers la porte… puis tendit la jambe pour lui faire un croche-pied. Et, oui, elle ressentit une petite bouffée de joie quand il s'étala au sol, face contre terre.

— Non, tu n'iras pas dans une simple cellule comme celle dont tu sors, confirma-t-elle en lui passant les menottes tandis qu'il réclamait son argent en pleurnichant. Là où tu vas, ça s'appelle la prison. Et je parie que ce sera l'une de ces ignobles prisons hors planète, bien sordides, où ils bouffent les petits poltrons sournois dans ton genre pour leur quatre-heures.

— Je vais aller le boucler en détention provisoire, dit Peabody en aidant Eve à relever Reinhold.

— Non, non. On va le confier aux agents de garde. Vous et moi allons profiter d'une part de dinde bien méritée.

— Génial !

Ensemble, elles traînèrent un Reinhold apathique et sanglotant hors de la salle d'interrogatoire en direction du reste de sa vie.

Épilogue

Il y avait eu de la paperasse à remplir et des appels à passer – la procédure était la procédure – mais Eve estima qu'il était encore raisonnablement tôt quand ils arrivèrent à la maison.

Elle n'avait pas gâché Thanksgiving.

— Champagne ! décréta Connors. En votre honneur à toutes les deux pour un travail d'équipe exceptionnel en interrogatoire.

— Du champagne ? Ô mon Dieu, ô mon Dieu ! s'exclama Peabody en esquissant une petite danse sur son siège avant de descendre de voiture.

« Ce fut une bonne journée », se dit Eve. Et elle pourrait attendre le lendemain pour aller parler à Joe le Goujat à l'hôpital.

En entrant dans la maison, elle se retrouva plongée au cœur d'un univers de voix chaleureuses, de musique, de bûches flambant dans l'âtre, de bougies tremblantes, de fleurs et de nourriture.

C'était cela être en famille, sans doute.

Ils s'étaient répartis à travers le salon et avaient sorti divers instruments de musique. Certains d'entre eux dansaient, y compris, constata Eve avec surprise, le colossal Crack, gérant d'un sex-club, avec ses plumes et ses tatouages. La peau blanche typiquement irlandaise de la petite fille qu'il tenait contre son flanc rayonnait par contraste avec son teint d'ébène.

Agrippée aux mains de McNab, la petite Bella agitait les pieds en imitant les pas de danse des adultes autour d'elle.

Ils appelaient ça un *ceili*, d'après le souvenir qu'elle avait de la visite qu'elle leur avait rendue dans le comté de Clare. Ils apportaient ainsi leur touche irlandaise à une fête américaine.

Et c'était un succès.

Avant qu'elle puisse s'esquiver – ou même l'envisager – l'un d'entre eux (un oncle… non, un cousin) passa devant elle et la prit par la main pour l'entraîner à sa suite au cœur du tourbillon dansant.

Elle tenta bien d'opposer un « non, je ne… » mais il la souleva de terre et la fit tournoyer avec lui.

Elle rit puis vacilla un peu lorsqu'il la laissa retomber et que la musique s'arrêta au milieu d'applaudissements déchaînés.

Le bruit ne cessa pas pour autant. Un million de questions et de commentaires jaillirent simultanément, au point qu'elle eut l'impression d'être au centre d'une conférence de presse.

— Du calme ! ordonna Sinead. Laissez-les un peu respirer ! Ian nous a dit que vous aviez arrêté votre homme, ajouta-t-elle à l'intention d'Eve. Et que le monde est de nouveau en paix.

— Pour le moment.

— Et c'est un bon moment. Comme vous le voyez, nous avons trouvé à nous occuper en vous attendant.

— Ne vous interrompez pas pour nous, répondit Eve.

Elle accepta la flûte de champagne que Connors lui tendait.

— Tu as fait vite.

— La bouteille était déjà sortie et ouverte.

Nadine s'approcha et offrit à Eve une étreinte aussi intense qu'inattendue.

— Je les adore, murmura-t-elle à son oreille. Je les adore et je veux les épouser, tous autant qu'ils sont.

— Vous avez bu combien de verres ?

— Juste ce qu'il faut. Bon sang, on s'amuse tellement ici ! Vous avez beaucoup de veine, Dallas.

— Je me sens plutôt en veine, effectivement.

— Et moi, je m'éclate !

Reculant d'un pas, Nadine leva sa flûte de champagne comme pour porter un toast.

— En plus, je vais obtenir une interview exclusive de vous et Connors, ensemble, dans mon émission.

— Ça ne risque pas.

— Oh mais si !

L'amusement et l'affection se lisaient dans les yeux verts pleins d'intelligence de Nadine.

— Je vais faire en sorte que vous soyez suffisamment ivres pour donner votre accord avant qu'on serve la tarte.

— Bonne chance pour y parvenir.

— Moi aussi, je me sens plutôt en veine. Oh, Morris va jouer du saxo. J'ai envie de l'épouser quand il joue du saxo.

L'un des oncles se mit à chanter pour accompagner la lancinante mélodie et la moitié de l'assistance y alla de sa petite larme. Visiblement, ça leur plaisait.

Mavis la rejoignit pour la serrer contre elle, suivie de Charles. Tout le monde semblait avoir envie d'une étreinte.

— J'ai trouvé le nom et le contact que vous vouliez, lui dit Charles. Mais visiblement, vous n'en avez pas eu besoin.

— Et c'est tant mieux, répondit Eve.

Elle s'éclipsa vers le hall ; il était plus que temps de retirer son arme et son harnais pour les ranger en sécurité à l'étage. Mais en baissant les yeux, elle découvrit Sean et Nixie qui la regardaient.

— Quoi ?

— T'as arrêté le méchant, déclara Sean.

— Ouais, on l'a arrêté.

— Tu lui as envoyé une bonne décharge d'abord ?

« Quelle petite brute, celui-là », pensa-t-elle. C'était quelque chose qui lui plaisait chez Sean.

— Non. Je l'ai seulement fait tomber par terre. Deux fois.

— C'est déjà ça.

— Il a tué des gens, dit Nixie.

— Oui.

— Et maintenant, il tuera plus personne.

— Non, c'est sûr.

La petite fille hocha la tête et sourit.

— J'ai votre surprise.

— Ah oui ? Fais voir.

La petite courut jusqu'à Elizabeth pour récupérer un fin rectangle enveloppé dans un papier doré.

Les cadeaux faisaient toujours un effet bizarre à Eve. Elle arracha donc rapidement le papier – comme on arrache un pansement – pour en finir au plus vite. Et se retrouva face à un dessin encadré qui la représentait.

Elle se tenait debout arme au poing, le regard dur, son manteau flottant dans le vent. Un peu dans le style d'une illustration de certains des romans graphiques anciens de Connors. Et tout aussi sexy.

— C'est moi qui l'ai dessiné, mais Richard m'a aidée.

— Un peu, confirma-t-il.

— Beaucoup, murmura Nixie.

— C'est génial. C'est vraiment génial. J'ai l'air redoutable.

Nixie gloussa et tourna les yeux vers ses parents adoptifs.

— C'était comme un devoir. Ma thérapeute m'a dit de faire le dessin de la personne envers qui je suis la plus reconnaissante pour ce Thanksgiving. J'ai beaucoup réfléchi. Parce que je suis très reconnaissante à Elizabeth et Richard et Kevin, mais je n'aurais jamais pu l'être sans vous. J'ai écrit un texte derrière le dessin. Ça fait partie du devoir… et du cadeau.

— Oh.

En retournant le cadre, Eve constata que le dos aussi était transparent. Sa gorge se serra tandis qu'elle parcourait le texte rédigé avec application.

— Vous voulez bien le lire ? demanda Sinead.

Eve releva la tête pour découvrir que le tohu-bohu avait cessé et que tous l'observaient.

— Vous voulez bien nous le lire, Eve ?

— Je…

— Et si je m'en chargeais ? proposa Connors d'une voix pleine de compréhension.

Il prit le cadre et lut :

La personne envers laquelle je suis la plus reconnaissante pour ce Thanksgiving est le lieutenant Eve Dallas. Elle m'a protégée quand j'avais peur et quand j'étais triste. Elle m'a emmenée chez elle avec Connors et Summerset et Galahad pour que personne puisse me faire du mal, même pas les méchants qui ont tué ma famille et ma copine.

Elle m'a dit la vérité. Elle m'a promis qu'on trouverait les méchants et qu'ils seraient punis. Et Connors a dit qu'elle ne s'arrêterait pas avant d'avoir réussi. Lui aussi m'a dit la vérité.

Elle m'a aidée à trouver Richard et Elizabeth et Kevin. Ce ne sont pas ma mère, mon père et mon frère. Mais ils sont ma famille maintenant et je sais que j'ai le droit de les aimer. Ça ne veut pas dire que je n'aime pas ma maman, mon papa et mon frère.

Dallas ne m'a pas traitée comme un bébé. Elle m'a dit que j'étais une survivante et que c'était important. Elle a travaillé dur et elle a même été blessée mais elle a trouvé les méchants et ils ont été punis.

Elle m'a dit la vérité. Elle a tenu sa promesse. C'est la personne à laquelle je suis la plus reconnaissante pour ce Thanksgiving.

Nixie Swisher

— C'est bien, Nixie, dit Connors en se baissant pour l'embrasser sur la joue. C'est très bien.

— Ça vous plaît ? demanda la petite fille à Eve.

— Beaucoup, réussit-elle à articuler. Je... ah. Je vais l'accrocher dans mon bureau, au Central. Ça me rappellera de dire la vérité et de tenir mes promesses.

— Vraiment ?

— Si je le dis, c'est que je vais le faire.

Nixie étreignit la taille d'Eve, puis se précipita vers Elizabeth.

— Ça lui a plu !

— Oui, je vois ça.

Les larmes aux yeux, Elizabeth adressa un sourire ému à Eve avant d'enfouir son visage dans les cheveux de Nixie. Sinead se leva.

— C'était magnifique, absolument magnifique, dit-elle. Et la meilleure façon de nous inciter à entamer notre festin, à mon avis. Allons-y donc. On est tellement nombreux qu'il faudra bien une heure avant que tout le monde soit assis.

— Si vous le permettez ? intervint Summerset.

Il tendit son bras à Sinead et gratifia Connors d'un imperceptible hochement de tête avant de guider la horde des invités vers la salle à manger.

— Donne-moi une minute… murmura Eve.

Connors l'attira contre lui et lui embrassa le sommet du crâne.

— C'est une petite fille pleine de force et de grâce, dit-il. Tu l'as aidée à croire que le monde pouvait redevenir un bel endroit.

— Elle a tout perdu et pourtant regarde-la. Elle a du cœur et, ouais, de la grâce et un sacré courage. Et puis regarde Reinhold. Je ne peux m'empêcher de me demander comment c'est possible, comment on peut en arriver là. Je n'aurai jamais la réponse, mais je m'interroge.

Remise de son émotion, elle leva la tête vers lui.

— Mais Sinead a raison. L'essentiel, c'est que tout aille bien, là, maintenant. Et il faut savoir en profiter tant que c'est le cas.

— Et c'est ce qu'on va faire.

— Absolument. Allons manger jusqu'à en être malades.

— Je vote pour.

Elle prit un instant pour placer le cadre, côté dessin, sur le manteau de la cheminée où brûlait toujours le feu, entre deux bougies scintillantes.

— J'ai vraiment l'air redoutable.

— Eve, ma chérie, tu es redoutable.

— Je ne vais pas te contredire là-dessus.

Elle lui prit la main et partit avec lui rejoindre la famille, les amis, le festin, pleine de reconnaissance pour le moment présent.

DU MÊME AUTEUR AUX ÉDITIONS J'AI LU

EN POCHE

Les illusionnistes (n° 3608)
Un secret trop précieux (n° 3932)
Ennemies (n° 4080)
L'impossible mensonge (n° 4275)
Meurtres au Montana (n° 4374)
Question de choix (n° 5053)
La rivale (n° 5438)
Ce soir et à jamais (n° 5532)
Comme une ombre dans la nuit (n° 6224)
La villa (n° 6449)
Par une nuit sans mémoire (n° 6640)
La fortune des Sullivan (n° 6664)
Bayou (n° 7394)
Un dangereux secret (n° 7808)
Les diamants du passé (n° 8058)
Les lumières du Nord (8162)
Coup de cœur (n° 8332)
Douce revanche (n° 8638)
Les feux de la vengeance (n° 8822)
Le refuge de l'ange (n° 9067)
Si tu m'abandonnes (n° 9136)
La maison aux souvenirs (n° 9497)
Les collines de la chance (n° 9595)
Si je te retrouvais (n° 9966)
Un cœur en flammes (n° 10363)
Une femme dans la tourmente (n° 10381)
Maléfice (n° 10399)
L'ultime refuge (n° 10464)
Et vos péchés seront pardonnés (n° 10579)
Une femme sous la menace (n° 10745)
Le cercle brisé (n° 10856)
L'emprise du vice (n° 10978)
Un cœur naufragé (n° 11126)
Le collectionneur (n° 11500)
Le menteur (n° 11823)
Obsession (n° 12192)
Un cœur à l'abri (n° 12672)
Enchantements (n° 12983)

LIEUTENANT EVE DALLAS

Lieutenant Eve Dallas (n° 4428)
Crimes pour l'exemple (n° 4454)
Au bénéfice du crime (n° 4481)
Crimes en cascade (n° 4711)
Cérémonie du crime (n° 4756)
Au cœur du crime (n° 4918)
Les bijoux du crime (n° 5981)
Conspiration du crime (n° 6027)
Candidat au crime (n° 6855)
Témoin du crime (n° 7323)
La loi du crime (n° 7334)
Au nom du crime (n° 7393)
Fascination du crime (n° 7575)
Réunion du crime (n° 7606)
Pureté du crime (n° 7797)
Portrait du crime (n° 7953)
Imitation du crime (n° 8024)
Division du crime (n° 8128)
Visions du crime (n° 8172)
Sauvée du crime (n° 8259)
Aux sources du crime (n° 8441)
Souvenir du crime (n° 8471)
Naissance du crime (n° 8583)
Candeur du crime (n° 8685)
L'art du crime (n° 8871)
Scandale du crime (n° 9037)
L'autel du crime (n° 9183)
Promesses du crime (n° 9370)
Filiation du crime (n° 9496)
Fantaisie du crime (n° 9703)
Addiction au crime (n° 9853)
Perfidie du crime (n° 10096)
Crimes de New York à Dallas (n° 10271)

Célébrité du crime (n° 10489)
Démence du crime (n° 10687)
Préméditation du crime (n° 10838)
Insolence du crime (n° 11041)
De crime en crime (n° 11217)
Crime en fête (n° 11429)
Obsession du crime (n° 11546)
Crimes par trois (n° 11614)
Crimes sans fin (n° 11615)
Pour l'amour du crime (n° 11672)
Confusion du crime (n° 11888)
Crimes et chaos (n° 11983)
Crimes sous silence (n° 12064)
Les noces du crime (n° 12266)
Le crime est une œuvre (n° 12724)
Crime et complot (n° 12879)
Les dessous du crime (n° 13072)
Crimes pour vendetta (n° 13108)

Crime de minuit (numérique)
Interlude du crime (numérique)
Hanté par le crime (numérique)
L'éternité du crime (numérique)
Crime rituel (numérique)
Mémoire du crime (numérique)
L'ombre du crime (numérique)
Dans l'enfer du crime (numérique)
Crimes pour vengeance (numérique)

LES TROIS SŒURS
Maggie la rebelle (n° 4102)
Douce Brianna (n° 4147)
Shannon apprivoisée (n° 4371)

TROIS RÊVES
Orgueilleuse Margo (n° 4560)
Kate l'indomptable (n° 4584)
La blessure de Laura (n° 4585)

LES FRÈRES QUINN
Dans l'océan de tes yeux (n° 5106)
Sables mouvants (n° 5215)
À l'abri des tempêtes (n° 5306)
Les rivages de l'amour (n° 6444)

MAGIE IRLANDAISE
Les joyaux du soleil (n° 6144)
Les larmes de la lune (n° 6232)
Le cœur de la mer (n° 6357)

L'ÎLE DES TROIS SŒURS
Nell (n° 6533)
Ripley (n° 6654)
Mia (n° 8693)

LES TROIS CLÉS
La quête de Malory (n° 7535)
La quête de Dana (n° 7617)
La quête de Zoé (n° 7855)

LE SECRET DES FLEURS
Le dahlia bleu (n° 8388)
La rose noire (n° 8389)
Le lys pourpre (n° 8390)

LE CERCLE BLANC
La croix de Morrigan (n° 8905)
La danse des dieux (n° 8980)
La vallée du silence (n° 9014)

LE CYCLE DES SEPT
Le serment (n° 9211)
Le rituel (n° 9270)
La Pierre Païenne (n° 9317)

QUATRE SAISONS DE FIANÇAILLES
Rêves en blanc (n° 10095)
Rêves en bleu (n° 10173)
Rêves en rose (n° 10211)
Rêves dorés (n° 10296)

L'HÔTEL DES SOUVENIRS
Un parfum de chèvrefeuille (n° 10958)
Comme par magie (n° 11051)
Sous le charme (n° 11209)

LES HÉRITIERS DE SORCHA
À l'aube du grand amour (n° 11109)
À l'heure où les cœurs s'éveillent (n° 11406)
Au crépuscule des amants (n° 11562)

LES ÉTOILES DE LA FORTUNE
Sasha (n° 11738)
Annika (n° 11967)
Riley (n° 12073)

EN GRAND FORMAT

ABÎMES ET TÉNÈBRES
L'éclipse
La prophétie
L'élue

INTÉGRALES

Affaires de cœurs
L'île des trois sœurs
L'hôtel des souvenirs
Le cercle blanc
Le cycle des sept
Le secret des fleurs
Les étoiles de la fortune
Les frères Quinn
Les héritiers de Sorcha
Les trois sœurs
Les trois clés
Magie irlandaise
Trois rêves
Quatre saisons de fiançailles

11041

Composition
FACOMPO

Achevé d'imprimer en Slovaquie
par NOVOPRINT
le 10 janvier 2021

Dépôt légal : février 2021
EAN 9782290252758
OTP L21EPLN002972N001

ÉDITIONS J'AI LU
87, quai Panhard-et-Levassor, 75013 Paris
Diffusion France et étranger : Flammarion